W0225121

Margaret Meyer

Die Hexen von Cleftwater

Margaret Meyer

Die Hexen von Cleftwater

Roman

Aus dem Englischen von Cornelius Hartz

C.H.Beck

Die Arbeit des Übersetzers am vorliegenden Text wurde im Rahmen des Programms «Neustart Kultur» aus Mitteln der Beauftragten der Bundesregierung für Kultur und Medien vom Deutschen Übersetzerfonds gefördert.

Titel der englischen Ausgabe:
The Witching Tide

Copyright © Margaret Meyer 2023
Phoenix Books, ein Imprint von The Orion Publishing Group Ltd,
London, An Hachette UK Company

Für die deutsche Ausgabe:
© Verlag C.H.Beck oHG, München 2024
Alle urheberrechtlichen Nutzungsrechte bleiben vorbehalten.
Der Verlag behält sich auch das Recht vor, Vervielfältigungen dieses Werks zum Zwecke des Text and Data Mining vorzunehmen.
www.chbeck.de
Umschlaggestaltung: geviert.com, Michaela Kneißl
Umschlagabbildung: © plainpicture/Benjamin Harte
Satz: Fotosatz Amann, Memmingen
Druck und Bindung: CPI – Ebner&Spiegel, Ulm
Printed in Germany
ISBN 978 3 406 80686 5

myclimate

verantwortungsbewusst produziert
www.chbeck.de / nachhaltig

Für Michael
und
für all die Frauen, die der Hexenverfolgung in East Anglia
1645–47 zum Opfer fielen:

Auf diesen Seiten wird euer gedacht.

Ertragt mich, dann will ich reden,
und nachdem ich geredet habe, magst du spotten!
Hiob 21:3

So suchet fleißig an ihrem ganzen Leibe danach, doch damit Ihr es nicht mit naturgegebenen Malen verwechselt, merket Euch dies: Es ist *ohne Empfindung*, und wenn man es steche, *blutet es nicht*. Wenn Ihr nun das Mal gefunden habt, so versuchet es, aber solchermaßen, daß die Hexe es nicht bemerke, und gebet Euch den Anschein, Ihr hättet es nicht gefunden, und stechet die Nadel in einige andere Stellen, aber dann auch ebendort hinein: Es ist manchmal wie eine kleine *Zitze*, manchmal bloß ein *bläulicher Fleck*, manchmal sind es *rote Flecken* wie Bisse vom Flohe, manchmal ist das *Fleisch eingefallen* und hohl, wie eine bekannte Hexe gestand, die obendrein aussagte, Hexen bedeckten ihre Male und manche hätten die ihren entfernt; aber laut jener Hexe Zeugnis wachsen sie immer wieder zu ihrer alten Form nach. Und darob wisset: Wird dieses Mal anfangs nicht gefunden, so mag es mit der Zeit dennoch erscheinen. Wer einmal danach suche, der darf dies nicht nachlässig thun, wie es manch einer thut, sei es aus Furcht, sei es, weil ihm Belohnung winke. Darob sei angeraten, jene Suchenden schwören zu lassen, sie mögen höchst sorgfältig suchen, sintemalen es in einem solchen Falle um Leben und Tod gehet, wenn ein solch Ausmaß an gotteslästerlichem Frevel aufgedecket wird.

– Richard Bernard, A Guide to Grand Jury Men, 1627

Teil eins

Gelbe Galle

Anfang September 1645

Mittwoch

⤙ 1 ⤚

Schon bei Tagesanbruch war sie im Garten. Es galt, Kräuter zu schneiden: Rosmarin für den Braten, Minze und Malve für ihren Husten. Das Haus und die Straße und den Hügel weiter hinten bedeckte ein dichter Dunst, rötlich wie von Flammen, und als sie über das Gras ging, sah sie, dass die Schwaden auch den Morgenstern einhüllten. Eine Elster kam aus dem Dunst herbeigeflogen, so nah an sie heran, dass der Flügelschlag die Luft um ihr Gesicht aufwirbelte. Der Vogel landete auf dem Dachfirst und verhöhnte sie mit seinem Gekrächze.

Zwei böse Vorzeichen, aber sie bedeuteten ihr nichts. Der Tag würde ohnehin so verlaufen, wie Gott der Herr es wollte.

Am Straßenrand wuchs üppig der wilde Eibisch. Martha hockte sich hin und schnitt eine Handvoll ab. Über die Schulter sah sie drei Männer auf sich zukommen. Sie stand auf. Die Männer hielten inne und wichen zurück, als wären sie Zeuge, wie sich aus dem Fegefeuer ein Dämon erhob. Dabei war sie bloß eine alte Frau.

Als sie sich von ihrem Schreck erholt hatten, gingen die Männer weiter, nun schneller als zuvor, und hielten auf ihr Haus zu.

Jetzt erst erkannte sie, wer das war: Hesketh s Burschen von der Schmiede am anderen Ende des Dorfes und Herry Gowler vom Kerker. Sie rannte zur Tür und war beinahe hindurch, als die drei sie einholten. Sie hatten den stumpfen Blick von Männern, denen ihre Aufgabe nicht so recht behagte, und wie sehr sie sich fürchteten, zeigte sich im Maß ihrer unnötigen Gewalt. Sie gaben Martha einen Stoß, und sie fiel zu Boden wie ein Büschel Gerste unter der Sense und blieb auf der Türschwelle liegen. Ihre Lunge gab ein Geräusch von sich wie ein durchlöcherter Blasebalg. Die Männer stapften über sie hinweg und betraten das Haus. Sie wandte den Kopf und sah, dass Simon mit erhobenen Händen – wie zur Begrüßung, wohl eher aber vor Schreck – von seinem Bett unter der Treppe hervorkam. Mit ihren Knüppeln schlugen sie ihn nieder und betraten dann die Küche. Martha stemmte sich hoch auf die Knie, kroch hinter ihnen her und versuchte, nach Kit zu rufen. Die Männer zerrten so sehr am Vorhang, dass die Stange splitterte. Prissy war gerade dabei gewesen, Erbsen in eine Schüssel zu schälen. Martha hörte, wie die Schüssel zerbrach, wie es grüne Perlen regnete und wie Prissy wimmerte. Es klang wie ein Tier. Wütende Anschuldigungen – schockierende Vorwürfe – drangen aus den Kehlen der Männer. Zu zweit packten sie Prissy und schleppten sie mit sich fort, wie eine Färse zur Schlachtbank.

Martha stand auf und sah ihnen nach. Die Tür stand offen, und der Nebel schien dichter zu werden und ins Haus zu dringen, als wolle er verschleiern, was geschehen war.

Simon kam und stellte sich neben sie. «Es war nur eine Frage der Zeit», sagte er langsam. Eines seiner Nasenlöcher war aufgeplatzt, ein rotes Rinnsal lief ihm in den Mund. «Bis wir dran sind, hier in Cleftwater.» Sie blickten einander schweigend an. Seine dunklen und glasigen Augen waren starr auf sie gerichtet. Sie sah, wie sich ihre eigene Angst darin spiegelte.

Sie machte eine Geste, die alles umfasste, was sie umgab, die Küche, das Haus, ihr Dorf.

«Recht hast du», sagte Simon. Seine Stimme klang heiser und war voller Missbehagen. «Nichts ist mehr sicher. Nichts.»

Dann erhob sich rings um sie alle Schwärze dieser Welt, und darin erschien ihr das Neugeborene der Archers – der bläuliche Mund, die wächserne Blässe. Wie eine Ranke wuchs das Grauen durch ihren Leib. Simon sah sie schwanken, ergriff ihren Arm und geleitete sie zum Küchenstuhl. Sie setzte sich, und er ging den Hausherrn holen.

Er stolperte über die Steinplatten zur Treppe. Blutstropfen markierten seinen Weg. Einen Augenblick später hörte sie sein zögerndes Klopfen an der Tür der Schlafkammer und Kits Stimme, tief und so heiser, wie sie so früh am Morgen immer war. Und dann auch die von Agnes, die ganz schrill klang vor Schreck.

Prissy war fort. Sie hatten Prissy mitgenommen. Sie hatten sie so unsanft von hier fortgerissen, von ihrem Herd und ihrem Zuhause, jenen Orten, die Prissy sich so hart erkämpft hatte. Überall erinnerte etwas an sie. Brotteig, der in einer Schüssel in der Herdglut vor sich hin gärte. Goldene Haare, die zwischen den Binsen glitzerten, mit denen der Fußboden ausgelegt war.

Martha zwang sich, ihre Beine zu bewegen, richtete sich auf und öffnete die Fensterläden in der Küche. Spärliches Licht fiel herein, und sie nahm den Krug und trank direkt davon, so schnell, dass ihr das Bier links und rechts aus dem Mund rann. Das Feuer war so gut wie erloschen. Sie stocherte mit dem Schürhaken darin herum und pustete hinein, um die Glut anzufachen. Kurzatmig, wie sie war, dauerte es eine Weile, bevor die Flammen aufloderten. Das Feuer brannte nur schwach, bis sie einige Tannenzapfen und ein Stück salziges Holz von einem der Schiffswracks am Strand hineinlegte. Sie setzte sich wieder auf den Schemel. Die Sonne schrieb Streifen von Licht an die Wand, die sie genau studierte, um herauszufinden, was sie ihr sagen wollten, aber vergebens. Ihre Wange schmerzte an der Stelle, auf die sie gefallen war, und zu beiden Seiten des Schnittes schwoll die Haut an, als wären es Lippen. Auf diese Weise gezeichnet zu sein, gab ihr ein ungutes Gefühl, es war wie eine Verurteilung ohne Anklage. Durch das Küchenfenster sah sie, wie sich im Hof hinter dem Haus der Nebel nun langsam lichtete, und durch die Schwaden vernahm sie das schwache, immer gleiche Rauschen des Meeres, so regelmäßig wie ihr Atem. Sie lauschte, bis ihr Herz wieder langsamer schlug.

Vielleicht döste sie, vielleicht schlossen sich bloß ihre Augen. Ihre Gedanken waren düster und flüchtig, darin zu verweilen, gefiel ihr ganz und gar nicht. Warum Prissy und nicht sie? Und was war mit den anderen Frauen aus den Dörfern südlich von hier passiert, die man verschleppt hatte? Frauen in Salt Dyke und Holleswyck, darunter eine Mutter und ihre Tochter. Weitere in Sandgrave, keine halbe Meile von hier. Einige von ihnen waren bereits am Kerkerfieber gestorben, andere würden getötet werden, wenn die Gerichte es so beschlossen. Kit hatte erzählt, ein Londoner Advokat sei angeheuert worden, den Prozess zu führen, ein Mann, der sich seine Urteilssprüche angeblich mit klingender Münze vergelten lasse; ein Mann, der nicht gerade für seine Milde bekannt war.

Sie war in Cleftwater geboren und wusste vieles, aber den wahren Ursprung dieser neuen Bedrohung kannte sie nicht, einer Bedrohung, die für sie bis heute in sicherer Entfernung gelegen hatte und nur ein Gerücht gewesen war. Jetzt war sie hier. Jetzt war sie Wirklichkeit. Prissy war gewiss nicht die Erste, die verhaftet worden war. Die Kessel über dem Feuer zischten, und das Geräusch vermischte sich mit dem üblen Geruch von Abfall, und beides löste in ihr ein mulmiges Gefühl aus, das ihr vom Hals bis hinunter in die Eingeweide lief. Die Beklemmung von vorhin, die kurz verschwunden war, klopfte wieder an. Wann? Wann würden sie zu ihr kommen? Und wenn sie kamen, was dann? Nichts dann. Sie wäre weniger als nichts. Verleugnet, heimatlos. Schlimmer noch: Man würde aus ihr etwas machen, das sie nicht war – ein Monstrum; all ihre Sünden und Fehltritte, ob nun wahr oder eingebildet, würden tausendfach vergrößert werden.

Möge Gott ihr beistehen. Möge Gott ihnen allen beistehen. All den verschleppten Frauen.

Eine Hand lag auf ihrer Schulter, der feste Griff gab ihr Kraft. Sie öffnete die Augen.

«Wie geht es dir, Martha?», fragte Kit.

Sie sah zuerst ihn an, dann auf ihre Hände; diese mussten für sie sprechen. In ihrem Inneren wohnten so viele unausgesprochene Worte. Sie bevölkerten ihren Kopf und ihre Brust, schoben und drängten einander zur Seite. Und doch konnte sie keines aussprechen, wegen dieses Ungetüms in ihrer Kehle – einer dicken, pochenden Wulst, die ihr die Stimme nahm und ihr buchstäblich den Atem raubte. Etwas lebte darin, eine Schlange, ein Wurm. Seit ihrer Kindheit war es da. Die Kräuter, die sie nahm, linderten den Husten, aber sie hinderten den Wurm nicht an seinem Werk. Zu sprechen schmerzte so sehr, dass sie es kaum je tat. Ihre Sprache war die Sprache ihrer Hände, lautlose Zeichen und Gesten, die Kit und sie vor nunmehr über dreißig Jahren erfunden hatten. So redeten sie miteinander.

Recht gut.

Er fasste sanft unter ihr Kinn und drehte ihre Wange zum Licht. *Ich hole den Arzt,* gestikulierte er.

Nein, gab sie zurück. *Ich habe meine Kräuter.*

Er brachte den Krug und einen Becher, goss mehr Bier hinein und hockte sich neben sie, während sie trank. «Was haben sie gesagt? Als sie kamen. Welchen Grund haben sie genannt?»

Sie schüttelte den Kopf. *Keinen.*

«Sie müssen doch einen Grund gehabt haben, auf solche Weise in ein Haus einzudringen, ganz gleich, welches.»

Ihre Wange pochte. Sie merkte, dass sie ihn nicht anschauen konnte. Das Leben bei Kit war wie von selbst verlaufen; sie war mehr oder weniger zufrieden, hatte nie daran gedacht, ihr Leben hier infrage zu stellen. Oder dass sie ihrerseits infrage gestellt werden würde.

«Martha?»

Sie atmete aus und merkte erst jetzt, dass sie die Luft angehalten hatte. Kit war ein guter Mensch, ein freundlicher Mensch. Er hatte Prissy – ihre anmutige Köchin mit dem Goldhaar – davor bewahrt, ihr Leben als Dirne auf den Docks von Salt Dyke zu fristen. Mit ihr, Martha, verhielt es sich ähnlich. Sie war seine Amme gewesen, und er hatte sie im Haus behalten, ihr ein würdevolles Dasein ermöglicht, ihr Arbeit und ein Zuhause gegeben. Sie konnte ihn nicht anlügen.

Sie formte eine Hand zu Hörnern und führte sie an die Stirn.

«Sie sagten ... was? Dass sie des Teufels ist?»

Ja ... ja. Seine Dienerin. Sie zeigte auf ihren Ringfinger. *Eine Braut des Teufels.*

Er sah sie unsicher an, dann schaute er an ihr vorbei. Sein Blick wurde fester, entschlossener. «Ruh dich hier eine Weile aus», sagte er. «Agnes ist noch im Bett. Simon und ich werden uns um Prissy kümmern.»

Er drückte Marthas Schulter und ging. Sie versuchte aufzustehen, aber all ihre Kraft war aufgebraucht, und sie musste sich gegen den Küchentisch lehnen. Im Haus war es still, bis auf die vertrauten Geräusche: das ständige Rauschen der Wellen und darüber das Grunzen der Schweine, die im ewigen Dreck des Hinterhofes ihr Tagwerk begannen. Aus dem Fenster sah man das Waschhaus und den Arzneigarten und weiter hinten die Mauer aus Feuerstein mit dem Tor, das zur Tide Lane führte. Jenseits der Gasse lag das Meer, ebenmäßig, glatt, teilnahmslos, von der Farbe polierten Zinngeschirrs. Nun, da Prissy nicht mehr hier war, würde es viel mehr zu tun geben. Bier brauen. Mahlzeiten zubereiten. Agnes würde bald aufstehen, und sie bräuchte Hilfe beim Ankleiden.

Die verletzte Seite ihres Kopfes fühlte sich taub an, daher ließ sie sich auf den Schemel sinken. Einige Minuten lang saß sie da, ohne sich zu rühren, und versuchte, in dem Durcheinander in der Küche, zwischen Töpfen und Tellern und getrockneten Kräutern, Scherben zerbrochenen Geschirrs und Erbsen auf dem Boden, einen klaren Gedanken zu fassen. Sie hörte die Stimme von Kit, der sich oben mit Agnes beriet und vollkommen sicher schien, dass Prissys Verhaftung erst der Anfang war; dass etwas in Gang gesetzt worden war, ein brutaler, erbarmungsloser Vorgang, der sich weder aufhalten noch in eine andere Richtung lenken ließ.

Diese Vorstellung trieb sie auf die Beine. Sie stieg die Treppe empor und ging den schmalen Gang hinunter, der am großen Zimmer vorbeiführte, dann eine weitere Treppe hinauf zu ihrer Kammer im Dachgeschoss. Das einzige kleine Fenster blickte auf den Garten und das Meer.

Mutters kleine Truhe aus Zedernholz stand unter dem Bett. Sie hob sie auf die Matratze und schloss sie auf. Die Scharniere beschwerten sich, als sie den Deckel hob. Obenauf lag eine Schicht gelber Blüten, die zu Staub zerfielen, als sie sie berührte. Die Truhe enthielt die Vergangenheit, eine Vergangenheit voller Sorgen; hauptsächlich Erbstücke von Mutter. Sie nahm eines nach dem anderen heraus. Perlen von Mutters Rosenkranz. Mutters Schere. Mutters Fingerhut, von einem ihrer Geliebten aus der Schale einer Walnuss geschnitzt. Mutters bestes Mieder aus weinrotem Damast, für Martha mittlerweile zu klein. Stecknadeln, Nähnadeln, drei hölzerne Garnspulen, eine Ahle, zwei flache Schalen aus geschlagenem Messing und ein kupfernes Kreuz, das einst mit blauen Glassteinen besetzt gewesen war, von denen alle bis auf einen verschwunden waren. Stoffreste, dünne Wimpel aus Seide und ein Stück grünen Samtes, das vom Kleid einer Dame stammte und, obwohl es vermodert war, noch die Spuren einer Stickerei trug, darin eingewickelt mehrere winzige gelbe Zähnchen und braunes Haar, auf eine Spule gewickelt. Von wem? Höchstwahrscheinlich von ihr. Milchzähne und Kinderhaar.

Unter all dem lag der Beutel aus Gamsleder. Jahrelang – jahrzehntelang – hatte er in dieser Truhe gelegen. Sie hatte seinen Inhalt nie gebraucht. In dem Beutel befanden sich alle Amulette und Talismane von Mutter, sowohl solche, die sie geschenkt bekommen, als auch solche, die Mutter selbst angefertigt hatte. Martha löste die Kordel. Als Erstes kam ein winziges, schrumpeliges, vertrocknetes Organ zum Vorschein, gräulich-rot und so hart wie eine Nuss: die Gallenblase irgendeines Feldtieres – einer Wühl- oder Spitzmaus. Sie warf das Ding aufs Bett, schimpfte wortlos und rieb sich die Finger sauber. Sie fuhr fort, den Beutel auszupacken, und entdeckte ein Glas mit Deckel und einer Handvoll Nägel darin, einen Maiskolben, einige getrocknete Blüten Fingerhut, einen verschrumpelten Zweig weißen Heidekrauts. Dann eine Kröte, platt gedrückt wie Papier, mit einem zerquetschten Halsband aus Dornen um den Hals.

Ihr Blut sang ihr in den Schläfen und den Ohren, wie so oft, wenn Mutter in der Nähe war. Sie legte die getrocknete Kröte zu den anderen Amuletten auf ihr Bett. Ihre Panik war abgeklungen, aber sie hielt trotzdem inne, um sich zu sammeln. Sie betrachtete die Amulette. Nein, diese nicht. Keines von ihnen. Was sie brauchte, war immer noch in dem Beutel.

Sie schaute nochmals hin. Aus dem offenen Beutel glaubte sie ein winziges Geräusch zu hören – ein unheimliches, verführerisches Summen. Sie holte tief Luft, fasste sich ein Herz, griff hinein und holte das Päckchen heraus. Das Leinentuch war ausgefranst, aber ansonsten so, wie sie es in Erinnerung hatte. Sie wickelte es aus. Der Inhalt passte genau in ihre Handfläche. Ein Kribbeln durchfuhr sie, Erinnerungen an einen längst vergessenen Kummer erwachten.

Das Püppchen war stümperhaft gemacht, grob aus einem Kerzenstummel geformt, an den Hüften wölbte sich eiförmig das Wachs. Reste des verbrannten Dochts steckten noch darin.

Sie wendete es in den Fingern. Man konnte es von beiden Seiten anschauen, wie ihr jetzt wieder klar wurde. Die zwei Gesichter. Das eine hatte keine Augen oder vielmehr bloß Nadelstiche als Augen, die Nase war ein kleiner Knubbel, der Mund kaum zu erkennen – eine sichelförmige Kerbe vom Fingernagel einer Frau. Diese Seite, dieses Gesicht wirkte ganz friedlich. Verschlossen. Das Gesicht der anderen Seite war mehr ausgeformt und furchterregender, die eingebrannten Augen waren weit aufgerissen, das O des Mundes sah aus, als wolle es schreien. Am Ende der Arme waren grobe Finger in das Wachs geritzt. Die Beine waren nur durch eine Kerbe angedeutet.

Das Püppchen schien an ihrer Haut zu kleben. Mutter hatte ihr beigebracht, dass man mit dem linken Auge, dem magischen Auge, Dinge sehen konnte, die nicht ohne Weiteres sichtbar waren, aber dennoch existierten. Sie drehte das Püppchen und betrachtete es von der Seite. Das Licht umspielte es, ließ das schmuddelige gelbe Wachs glänzen und weckte in ihr die Erinnerung daran, welchem Zweck es diente. Man würde es wecken müssen, wollte man es verwenden – seine Kräfte nutzen.

Sie nahm das Püppchen mit hinunter in die Küche. Auf der Fensterbank lag eine Fliege auf dem Rücken und drehte sich wie wild, und sie schaute hin, ohne sie wirklich zu sehen, dann schloss sie die Fensterläden. An einem Pflock baumelte ihre Schürze mit der Landkarte aus Flecken, und sie hing sie sich um den Hals. Prissys Bratpfanne baumelte am Balken, sie nahm sie herunter, stellte sie auf den Dreifuß und zündete die große Kerze darunter an. Das Kupfer wurde rot, als es sich erwärmte. Sie drückte das Püppchen mit den Beinen voran in die Pfanne, und sofort begann das Wachs nachzugeben. Sie drehte das Püppchen um und wiederholte das Prozedere, wobei sie diesmal den Kopf der Puppe auf das heiße Metall drückte, bis das Wachs weich war. Sie nahm die Pfanne vom Dreifuß und stellte sie beiseite. Mit dem Daumen strich sie sanft über die Rundung des Kopfes.

Ihr Leib fühlte sich kalt an und zum Teil leer, als sei ihr Ich beiseitegeschoben worden, um Platz für etwas anderes zu schaffen – eine Kraft, einen Geist, der sich in ihr emporschlängelte, ganz kühl. Die wächserne Haut des Püppchens hatte sich verfärbt. Seine Augen waren noch blind. Ein kleiner Luftzug spielte mit der Flamme der Kerze im Dreifuß und mit den Haarsträhnen, die ihr ins Gesicht hingen. Die Flamme erlosch, und sofort kam der Zweifel. Sie legte rasch die Puppe hin, trat zurück und schlang sich die Arme um die Rippen, als wolle sie sich ihres eigenen Seins vergewissern. Sie würde ihr Unterhemd waschen müssen; ihr Körpergeruch stieg davon auf, ein beruhigender Duft.

Natürlich war es immer besser, etwas zu tun. Die Dinge in die Hand zu nehmen.

Vom Tisch aus schaute das Püppchen in den Raum. Es kühlte bereits ab und festigte seinen Zweck. Sie entzündete erneut die Kerze unter dem Dreifuß und hielt das untere Ende der Puppe über die Flamme, bis das Wachs wieder weich wurde, dann setzte sie ihr Messer an und schnitt von unten nach oben hinein, bis die Klinge die Mitte erreichte. Hier war die Leistengegend. Sie drückte die zwei Teile auseinander. Das waren die Beine.

Sie lehnte das Püppchen gegen den Bierkrug. Es war fertig. War es fertig?

In ihrer Brust vermischten sich Aufregung und Besorgnis und ließen ihr Herz schneller pochen. Sie nahm es wieder in die Hand und besah es sich genau. Das Ding schien zu zittern; sie spürte, wie sich um sie herum die Luft bewegte, als würden Leute – Frauen – an ihr vorbeigehen; sie hörte das Rascheln von Röcken, spürte die Berührung von Händen auf ihrem Gesicht. Da waren auch Geräusche. Sie hielt das Püppchen an ihr Ohr: Stimmen hallten wider; Rufe und Protest und spitze Schreie, die um Gnade flehten; Mutters Warnungen – all das kam aus seinem offenen Mund.

Sie hielt es auf Armeslänge von sich fort. Die Geräusche hörten auf. Ihr Herz beruhigte sich ein wenig.

Das Püppchen war doch nur ein Spielzeug für Kinder, ein Stück Wachs. Dennoch. Sie hielt es wieder an ihr Ohr und hörte es noch einmal: ein dünnes, näselndes Wimmern.

Gedanken hämmerten in ihrem Kopf. Das Püppchen in ihren Fingern, das sie nun fallen ließ, als hätte es sie gestochen: Was war es wirklich, dieses missgestaltete Etwas, das sie zum Leben erweckt hatte? Was hatte sie in sich selbst zum Leben erweckt? Sie presste die Handflächen zusammen wie zum Gebet. *Vergib mir, o Herr, vergib mir meine Schuld.* Wachs blätterte von ihren Fingern ab. Das Püppchen war dazu da, benutzt zu werden, das war seine Wahrheit, die Essenz seines Wesens. Sosehr sie sich auch vor ihm fürchtete, sie brauchte es. Erneut ging sie nach oben und suchte in Mutters Truhe nach einer breiten Durchziehnadel, fand sie in einem Stück burgunderroten Damast und löste sie behutsam heraus. Wieder unten, packte sie die Furcht, sie ließ die Nadel fallen und legte die Hände an die Schläfen. Sie fühlte ihr Fleisch, ihren vor Aufregung schnellen Puls.

Sie wollte leben, in Freiheit leben. Prissy musste leben, in Freiheit leben.

Sie presste die Nadel auf die blutleere Haut der Puppe und drückte mit der Spitze eine Wunde hinein.

Stechen, ja, sie musste in das Wachs stechen, das schon hart wurde, und die Kehle des Püppchens durchbohren. In ihrem Nacken und auf ihren Armen stellten sich die Haare auf, als Reaktion auf eine Empfindung, die ihr ganz fremd war: eine Mischung aus Ekel, Faszination und so etwas wie Ehrfurcht.

Ein Wachspüppchen.

Eine Hexenpuppe.

Ein Atzmann.

2

Sie wickelte den Atzmann ein und verbarg ihn in ihrer Schürze, dann verließ sie die Küche und das Haus und ging so schnell, wie es ihr steifes Knie zuließ, über den Hof. Im Nebel hing noch immer die unnatürliche Hitze des vergangenen Tages. Auf der Straße tummelten sich die Kühe von Thomas Archer, die ihren

Zaun niedergetrampelt hatten, um an die Grasbüschel zu gelangen, die die Straße säumten. Im Waschhaus stellte sie sich auf Kits alten Birkenschemel und versteckte die Puppe in einer Fuge, wo ein Sparren in der Mauer steckte.

Sie stieg vom Schemel herunter und ging zur Wanne. Das Laken lag noch dort, wo sie es am Abend zuvor gelassen hatte. Sie hob es aus dem rötlichen Wasser. Das meiste Blut war verschwunden. Es war nur noch eine Andeutung davon zu sehen, verblasste rote Flecken auf dem Tuch. Sie betätigte den Griff der Schwengelpumpe, ganz vorsichtig, damit Agnes nicht von dem metallischen Knarren aufwachte. Frisches Wasser strömte in die Wanne. Gedanken an letzten Abend verstopften ihren Kopf, und sie pumpte fester, um sie fortzuspülen. Die grobe Seife arbeitete sich nicht nur in den Stoff hinein, sondern auch in die Poren ihrer Haut. Während sie schrubbte, dachte sie an die verschiedenen Mittel gegen unterschiedliche Arten von Flecken. Bei Wein zog Salz die rote Flüssigkeit aus dem Stoff. Wachs ließ sich durch Erhitzen und Abtupfen entfernen, aber oft blieb ein öliger Fleck zurück.

Für Blut war kaltes Wasser am besten. Sie pumpte erneut, spülte das Leinen, wrang es aus, wickelte es auf und trug es vorsichtig wie ein gewickeltes Baby zur Schnur, die ganz hinten über den Hof gespannt war. Bald wäre dort Sonne. Das Laken war schwer, und sie formte lautlose Worte des Protests gegen den Schmerz in ihrer Speiseröhre, der sich bei jeder noch so geringen Anstrengung meldete. Sie wich zurück und rieb sich den Hals. Die Straße führte an der Gartenmauer entlang, und dahinter lag ein breiter Streifen Brachland, auf dem nichts wuchs als Nelken und Klatschmohn, und wiederum dahinter fiel der Kiesstrand sanft zum Meer hin ab. Das Wasser war lautlos und grau und ganz still. In der Ferne stand eine große orangefarbene Sonne über dem Meer, die den Nebel fortbrannte.

Die Geburt letzte Nacht war vor der Zeit erfolgt und von einer regelrechten Flut von Mutterblut begleitet gewesen.

Es war schon spät gewesen, und alle waren zu Bett gegangen, als ihre Nachbarin Jennet Savory geklopft hatte. Simon hatte Martha geweckt, und sie war zur Hintertür gegangen. Im Licht der Laterne hatte Jennets Gesicht fahl wie Molke gewirkt. Sie hatte geredet und geredet und immer wieder die Straße hinuntergezeigt, zum Haus, wo ihre Schwester Marion Archer lag, erschöpft vom Versuch, ihr erstes Kind zur Welt zu bringen. Es wollte einfach nicht kommen.

Martha war in die Küche gegangen und hatte Prissy geweckt, die Dienstmagd, die gerne die Kunst der Wehmütter erlernen wollte. Gemeinsam gingen sie in den Arzneigarten und schnitten in Windeseile die notwendigen Kräuter. Als sie im Hause der Archers ankamen, lag Marion völlig erschöpft auf ihrem Strohlager, öffnete und schloss ihren Mund und stieß heisere Schreie aus. Ihre Freundin Liz Godbold hockte daneben und streichelte Marions Kopf. Das Licht in der Schlafkammer war schwach und flackerte, Prissy zündete die Laterne und ein paar Kerzen an, und nun sahen sie das Blut von Marions Wehen – viel zu viel Blut – und die Wölbung des Kindes, das nicht kommen wollte. Martha kniete sich zu den Oberschenkeln der Mutter hin und sah, dass ein kleiner Fuß bereits hindurch war – ein erstes schlechtes Zeichen. *Halt ihn fest,* befahl sie Prissy, und jene zog, während Martha im Takt der Qualen der Mutter den Rest des kleinen Leibes hervorholte. Die Schultern kamen, dann der Kopf, das Gesicht nach unten in Marthas Handflächen. Sie hob das Kind hoch und wischte Blut und Schleim von ihm ab. Rot und Weiß – die Farben der Liebe, die Farben des Lebens – wischte sie mit einem alten Tuch fort und rieb und rieb an Kopf und Wirbelsäule, bis sie den ersten Atemzug hörte, den ersten kläglichen Schrei. Ein Ruf nach dem Anfang. Ein Ruf nach sich selbst.

Dann drehte sie es um. Was sie sah, ließ ihr den Atem stocken. Sie bekreuzigte sich. Das Kind hatte Ohren und Augen und einen üppigen Schopf aus dunklem Haar, aber das war es auch schon. Es hatte fast keinen Hals; der Kopf wuchs direkt aus dem Rumpf heraus, und das Gesicht war zur Decke gerichtet. Milchige Augen starrten gen Himmel. Seine Oberlippe war zu groß und gespalten, wider die Natur, verkehrt.

Sie sah solch ein Kind nicht zum ersten Mal, aber es war jedes Mal ein Schock. Ihre Lippen beteten wie von selbst: *So fürchte ich kein Unheil, denn du bist bei mir,* und sie wickelte das Neugeborene fest in ein Tuch ein, damit es aufhörte, mit den sehnigen Ärmchen um sich zu schlagen, und schirmte es mit ihrem Leib vor den Blicken der anderen ab. Sie waren mit Marion beschäftigt, die immer wieder nach ihrem Kind fragte, ihren Erstgeborenen sehen wollte. Ihre Stimme war schwächer als zuvor. Das Strohlager war durchnässt, dunkel von Blut. Man würde es verbrennen müssen.

Martha entfernte sich vom Licht und schlich in die dunkelste Ecke des Raumes. Sie setzte sich auf einen Schemel und streichelte das Neugeborene, rieb den kleinen Brustkorb. Fühlte sein bebendes Herz, seinen Atem, zart wie der Flügelschlag eines Falters. Ein Rausch der Gefühle durchströmte sie; sie war zärtlich zu ihm, diesem unschuldigen Kümmerling, diesem verkehrten Kind. Blind drehte es sein kleines Gesicht hin und her, es wollte bereits trinken. Es wollte leben, wie alle Kinder. Behutsam untersuchte sie seine Lippen und seine Nase. Konnte es damit saugen? Es hatte vielleicht einen Tag, höchstens zwei – wie sollte so ein Kind überleben? Seine Fäuste wurden bereits kühler, seine Lippen blau.

Sie dachte an all die Kinder, denen sie auf die Welt geholfen hatte. Es hatte Gott dem Herrn gefallen, ihr dieses Geschick zu geben, die notwendigen Gaben für die Arbeit als Wehmutter. Schnell, langsam, gesund, krank: Alle Neugeborenen waren Gott wichtig, und genauso wichtig waren sie ihr. Oft waren sie gesund und überlebten, und manchmal waren sie krank oder kamen tot zur Welt und wurden sofort zum Herrn gerufen; doch ob gesund oder krank, sie hatte stets diese Mischung aus Sehnsucht und Neid verspürt, wenn sie sie auf die Welt geholt hatte – ach, unzählige, lang ersehnte Kinder; eines von ihnen war nun dieses Neugeborene von Marion.

Wieder und wieder flackerte in ihr eine Erkenntnis auf, wie ein Insekt, das nicht von einer Flamme lassen kann; sie konnte spüren, wie der Gedanke Gestalt annahm, auch wenn sie sich dagegen sträubte: Etwas Böses musste sich den Weg in das Brautbett der Mutter gebahnt haben. Ein Fluch musste auf dem Kind lasten, dass es so missgestaltet zur Welt gekommen war.

Ihr wurde flau. Wie fürchterlich, wie unwürdig war sie doch, diese primitive, uralte Angst, dass eine von diesen Frauen, ihren Freundinnen, eine Hexe war. Der Gedanke breitete sich aus, er verschlang alles Schöne in der Welt, das Licht der aufgehenden Sonne auf dem schimmernden Meer, die vielen Goldtöne der Ernte im Herbst, das Wunder neugeborenen Lebens, die Freundlichkeit der Nachbarn. Wer von ihnen war es? Wer?

Sie drückte den Kleinen an sich und schloss die Augen, als sie ihn in den Armen wiegte. Sie sprach ein kurzes lautloses Gebet und bat um Mut und um Schutz. Als sie die Augen öffnete, sah sie den leeren Blick des Neugeborenen. Sie hielt es an ihr Ohr und lauschte auf seinen Atem. Da war keiner, zumindest vernahm sie keinen.

Gute Reise. Herr, erbarme dich des kleinen Knaben. Sie wickelte ihn in das Geburtstuch und stand auf.

Die Mutter blutete immer noch, sie würde bald sterben. Martha übergab den Kleinen an Prissy. «Oh, er ist ja missgebildet!», sagte Prissy ganz leise. Sie tauschten einen Blick aus, der selbst schon vergiftet war. *Sag nichts,* gab Martha ihr zu verstehen. Liz war hinausgegangen, um Tom Archer mitzuteilen, dass er Vater sei; sie konnten ihn auf dem Flur hören, wo er auf die frohe Botschaft wartete. Jennet kam zu Prissy, um einen Blick auf das Kind zu werfen, und als sie es erblickte, keuchte sie: «Bewahre uns, Herr, bewahre uns!» Sie schlug sich an die Brust und begann zu schluchzen, leise, erstickt. Das Feuer brannte schwach, und eine merkwürdige Düsternis hatte im Zimmer Einzug gehalten. Rastlose Schatten brüteten darin. Martha zündete eine Handvoll getrockneter Salbei- und Lorbeerblätter an, deren fahler Rauch die Schlafkammer durchzog und den schrecklichen Geruch des Blutes überdeckte. Die Mutter fragte immer wieder nach ihrem Kind, bis Jennet aus Marions Armen eine Wiege formte und den toten Leib hineinlegte. Sie weinten, Stirn an Stirn; zwei Schwestern, von denen aus einer gerade das Leben herausblutete. Martha arbeitete rasch daran, eine Tinktur herzustellen, um die Blutung zu stillen. Für das Kind konnte man nichts mehr tun, als es zu segnen und zu begraben, und für das gebrochene Herz seiner Mutter gab es kein Heilmittel außer einem Gebet.

Auf dem Heimweg hatte sie eine Möwe begleitet. Ihre weißen Flügel strahlten hell in der Schwärze der Nacht.

«Warum geschieht so etwas? Dass kleine Leben so schnell enden?», fragte Prissy. In der Dunkelheit war nicht zu erkennen, was für ein Gesicht sie machte. «Es war so gezeichnet … So etwas habe ich noch nie gesehen.» Sie hatte die Hände gefaltet, spannte die Knöchel an und löste sie wieder. «War es meine Schuld? Habe ich es falsch gemacht? Habe ich zu sehr gezogen und ihn verletzt?»

Nein, nein, Mädchen, gestikulierte Martha. Sie klopfte Prissy auf die Schulter. *Du hast nichts falsch gemacht.*

«Warum ist es dann geschehen?», fragte Prissy, den Tränen nah. Die Nacht war klar und ganz still, aber stickig durch die Hitze, die seit Tagen über dem Dorf lag. Die Flut kam, das Mondlicht spiegelte sich in den Wellen, die auf den Strand schwappten, und auf den Steinen, die dort große glänzende Haufen bildeten.

Die Möwe war wieder da. Dreimal kreiste sie über ihnen. Martha nahm Prissys Arm, und sie folgten dem Vogel hinunter zum Wasser. Ihre Schuhe machten beim Gehen leise, knackende Geräusche. Nahe der Wasserkante nahm Martha eine Handvoll Kiesel auf und reichte sie Prissy.

Such einen aus.

Was meinst du?

Such einen aus. Sie legte die Arme übereinander und bewegte sie, als würde sie ein Kind wiegen. *Für den Knaben.*

Prissy musterte die Kiesel. Dann nahm sie einen eiförmigen Stein und hielt ihn hoch. «So einen?»

Martha küsste ihre Fingerspitzen, zeigte die Form des Steins und tat so, als würde sie ihn in die Fluten werfen. *Segne den Stein mit einem Kuss,* wollte sie Prissy zu verstehen geben, *dann gib ihn dem Meer.* Prissy zögerte, dann küsste sie den Stein, einmal, zweimal – «Einen Kuss für den Kleinen, einen für seine Mutter» –, hob ihn hoch und warf ihn weit hinaus.

Der Stein beschrieb einen Bogen und sank. Kleine dunkle Wellen entstanden, brachen und kamen wieder, wie Gewissheit, wie Zweifel. Martha legte das schmutzige Leinentuch hin, ging in die Hocke und wusch ihre Unterarme im schwarzen Wasser. Auf dass das Wasser die Pein der Nacht fortspüle. Auf dass es die Angst fortspüle. *Vertraue auf den Herrn mit deinem ganzen Herzen, und stütze dich nicht auf deinen Verstand!* Auf dass der Herr sich um die Hexen kümmere. Schaum bildete sich um ihre Hände, kleine grüne Lichter blitzten auf und verblassten, während sie zusah. Die Flut brachte Dinge und nahm sie; der Herr gab Leben und nahm es. Das war die Ordnung der Welt, und es war nicht an ihr, sie infrage zu stellen. Mit der Zeit würde auch die Mutter dies erkennen. Falls sie überlebte.

Als sie beinahe das Haus erreichten, sagte Prissy: «Ich werde sie nie wieder loswerden. Die Erinnerung daran», und Martha war mit einem Mal gereizt, sie wollte schlafen, sie wollte ihre Ruhe, sie wurde ungeduldig, als sie im Gesicht der jüngeren Frau die widerstreitenden Gefühle sah. Grob packte sie Prissy an der Schulter und bedachte sie mit einem langen Blick. Wenn das Mädchen das Handwerk der Wehmutter kennenlernen wollte, musste sie auch den Tod kennenlernen.

3

Der Wurm rumorte in ihrem Schlund, und das schmerzhafte Kratzen brachte sie wieder zur Besinnung. Wie lange hatte sie hier gestanden – regungslos vor dem fleckigen Leinentuch von der Entbindung, den Kopf gesenkt und ein pulsierender Bluterguss auf ihrer Wange?

Sie öffnete das Gartentor und trat hinaus auf die Tide Lane, einen unbefestigten Weg, der von der Schlucht durch das Dorf bis zum Hafen führte. Sie ging den Weg hinunter, vorbei an Archers Kühen. Ihre Euter waren prall gefüllt. Heute Nachmittag würde sie gemeinsam mit Simon die Kühe melken und die vollen

Krüge bei den Archers abstellen. Falls Marion in der Lage war, etwas zu sich zu nehmen, konnte sie vielleicht die Sahne auf der Milch trinken, das würde ihr guttun. Als sie am Haus der Archers vorbeikam, sah sie, dass die Läden geschlossen waren und die Hühner noch im Stall. Sie ging auf den Hof, befreite die Vögel und streute ein paar Körner aus. Am Zaun wuchs ein Strauch Stockrosen, hohe Stängel mit gelben Blüten. Aus einem Impuls heraus schnitt sie einige davon ab, bevor sie sich auf den Weg machte.

An der Ecke bog sie rechts in die Slip Lane ein. Weiter vorne ragte die Kirchturmspitze in einen bleichen, unnachgiebig wirkenden Himmel. Einerseits wollte sie dorthin, andererseits nicht; doch da waren Gebete, die gesprochen werden mussten, für Prissy und das tote Neugeborene und auch für ihre eigene unsterbliche Seele. Gebete, die längst überfällig waren.

Trotzdem schleppten sie ihre Füße weiter. Sie überquerte die High Street, hinter der die Straße anstieg, zunächst sanft und dann sehr steil; irgendein Spaßmacher aus längst vergangenen Zeiten hatte den Hügel «Wish Hill» getauft. Er war von dunklen Ulmen gesäumt, die lange Schatten auf die Straße warfen, und als sie vorbeikam, begann ein Schwarm Saatkrähen zu zetern, erhob sich in die Lüfte und flog über ihr eine laute, schiefe Acht. Geister schienen um sie herum und durch sie hindurch zu schwirren. Sie waren von ihrer Welt und zugleich von der Welt jenseits davon, dem Reich der Kobolde, Irrlichter, die Seelen der ungetauften Toten. Der ungetauften Neugeborenen.

Wie war es möglich, dass solch dunkle Gedanken an einem solch hellen Tag gediehen? Aber sie taten es, und sie konnte sie nicht abschütteln. Sie konnte sie nur fortschieben. Die Hitze war drückend, und ihr Schatten schritt geräuschlos neben ihr her. In ihr Keuchen mischte sich ein knarrender Laut. Er war nicht neu, aber in letzter Zeit verstörte er sie. Er kam von dem Wurm.

Manchmal über Tag und noch öfter in der Nacht konnte sie seinen Druck in ihrer Brust und ihrem Hals spüren. Er fraß an ihr, raubte ihrem Herzen die Kraft und machte sie langsam und schwerfällig. Selbst jetzt raubte er ihr den Atem.

Viele Male hatte sie darüber nachgedacht, wie sie den Wurm aufhalten konnte. Die einzige sichere Methode war, das Atmen ganz und gar einzustellen. Oben auf dem Hügel angekommen, dachte sie, das sei es jetzt mit ihr gewesen. Sie beugte sich vor und stützte die Hände auf die Knie.

Wo sie stand, teilte sich der Weg in drei Richtungen. Links ging es nach Top Field und Oliver's Paddock, benannt nach einem Esel, der dort einst geweidet hatte. Rechts zum Psalm Cliff und zur Allerheiligenkirche. Geradeaus traf ein Reisender oder ein Hexenjäger nach einer halben Meile auf die Küstenstraße, die ihrerseits in zwei Richtungen führte: gen Norden zur Blythe Bay und nach Seachurch, gen Süden nach Holleswyck und Sandgrave und weiter zur größeren Hafenstadt Salt Dyke.

Sie wandte sich nach rechts und ging das letzte kurze Stück Weg bis zur Kirche. Die Tür schwang hinter ihr zu und ließ alle Geräusche draußen. Auf dem Altar lagen noch Opfergaben der Erntezeit, Hopfen, Gerste und Kürbisse. Das Bleiglasfenster an der Ostseite, das einzige, das die Soldaten nicht zerstört hatten, warf bunte Farben auf die Steinplatten. Sie stand einige Augenblicke nur da, während sich ihr Atem beruhigte; zögernd; unrein ob dessen, was sie war oder was sie hierher mitbrachte; der schändliche Wurm, der Makel der Schuld.

Ein erlösender Reflex regte sich in ihr. Sie durchquerte das Kirchenschiff und ging den Gang hinunter zur achten Bankreihe, wo sie und Mutter beim Gottesdienst immer gesessen hatten. Die Kniebänke standen gerade nebeneinander aufgereiht. Der gelbe Stoff von Mutters Kniebank war verblasst, eine weiße Taube war darauf gestickt. Sie kniete sich hin, schloss die Augen, faltete die Hände und wartete, dass ihre Gedanken zur Ruhe kamen. Das taten sie nicht. Sie wurde immer aufgewühlter. Eine Parade rötlich eingefärbter Bilder zog hinter ihren Augenlidern vorbei: Mutter, Prissy. Das tote Neugeborene mit den blinden Augen. Eine Totenklage begleitete die Erscheinungen. Ihre Lippen bewegten sich: *«Gepriesen!», rufe ich zum Herrn, so werde ich vor meinen Feinden gerettet. Vor mir selbst.*

Das Gebet geriet ins Stocken, gerann auf ihren Lippen. Wie allzu oft war es zu kurz, zu schnell vorbei. Beten war notwendig, eine Gewohnheit wie Schlafen oder Atmen. Aber der Glaube war noch etwas anderes. Und ihr Glaube war nicht wie der der anderen. Er hatte einen grundlegenden Mangel, seine rastlose innere Kompassnadel drehte sich ständig, von der ehrlichen Überzeugung hin zum Unglauben, weiter zur Scham und wieder zurück, bewegt von einer unsichtbaren Kraft, deren Quelle sie nicht kannte. Mutter hatte immer gesagt, wie es funktioniere, sei egal; wo sich bei einer Frau die Nadel einpendele, gehe bloß sie und ihre Seele etwas an. Am Ende zählten nur Taten. Als Mutter noch am Leben war, da war sie laut gewesen, pragmatisch und erdverbunden. Ihr Glaube hatte kein starkes Fundament, selbst sonntags trug sie nicht schwer daran, und am Ende hatte er völlig versagt. Marthas Glaube war ähnlich, sie hielt sich lieber an das, was sie sehen, hören und berühren konnte. Wie Stockrosen. Wie Steine, die man für tote Kinder küsst.

Wie einen kleinen wächsernen Atzmann.

Ein Schatten tauchte im Winkel ihres geschlossenen linken Auges auf. Sie öffnete es. Pater Leggatt war neben ihr in die Kirchenbank getreten.

«Ah, nein – lass dich nicht beim Beten stören.»

Sie löste die Finger voneinander, erhob sich von den Knien, setzte sich auf die Bank und bedeutete ihm, Platz zu nehmen. Sein Gewand roch nach Feuerrauch, alter Wolle und Zwiebeln. «Wie geht es dir, Martha? Ich hörte von Prissy», sagte er, ohne ihre Antwort abzuwarten. «Wir leben wahrlich in düsteren Zeiten.» Sein Gesichtsausdruck war ungewohnt, hatte die übliche Fröhlichkeit eingebüßt. «Sie kann sich glücklich schätzen, gute Freunde wie dich zu haben, die für sie beten. Und einen Herrn und eine Herrin, die sich gewiss für sie einsetzen werden. Falls sie unschuldig ist ...» Sein Blick war auf den Altar gerichtet, dann sah er unvermittelt sie an. «Was glaubst du, Martha? Ist sie des Teufels? Wie ich hörte, hat sie mit ihren Händen das Neugeborene der Archers gezeichnet. Könnte sie ... *ist* sie zu solch einer Tat fähig?»

Martha schüttelte energisch den Kopf, schaute den Priester an und schrieb mit Buchstaben in die Luft: *Prissy ist unschuldig.*

«Prissy ...?», sagte der Priester. Weiter war er nicht gekommen.

Unschuldig, buchstabierte sie mit großen Gesten.

«Un... was?»

Liebe Güte, war er langsam. *U-N-S-C-H-U-L-D.*

«Unschuld? Prissy ist unschuldig?»

Ja. Unschuldig.

Das Gesicht des Priesters entspannte sich. Beinahe lächelte er, aber dann tat er es doch nicht.

«Ich hörte, dass das Kind eine Art Monstrum war. Mit einem schrecklichen Gesicht.» Er atmete tief ein und aus. «Du warst bei der Geburt dabei, glaube ich?»

Ja, das war ich.

«Und wer von euch hat das Kind auf die Welt geholt?»

Die Kompassnadel drehte sich: Wahrheit, Verrat. Sie war bestürzt darüber, wo die Nadel stehen blieb. Ihr Verstand vernahm ein Flüstern: Sei jetzt vorsichtig, ganz vorsichtig. Für Prissy. Für sie selbst.

Ich.

Er atmete tief ein und aus. «Das ist gut, Martha. Da bin ich erleichtert.» Er seufzte. «Das Böse ist heutzutage auf allen Straßen unterwegs. Gott sei's gedankt, reitet der Hexenkenner ihm nach und vertreibt es aus unseren Häusern. Aus unserem Leben. Obschon ich gestehen muss, noch vergangene Woche glaubte ich, er würde hier nichts finden. Cleftwater hätte seinen Anteil an der Sünde, aber Hexen gäbe es hier keine. Ich kniete nieder und dankte Gott dafür.» Seine Stimme wurde leiser, als belaste ihn etwas. «Aber nun ist Master Makepeace mit seinem großen Wissen über Hexen gekommen, und schon gibt es Gerede. Master Makepeace hat Beweise, wie ich höre.» Er wandte sich ihr zu, und seine milden blauen Augen waren voller Sorge. «Es scheint, als gäbe es doch Hexen in unserer Mitte. Und Prissy ist bloß eine von ihnen, wie Master Makepeace behauptet.»

Ihre Stimme wollte protestieren, aber es drang nur ein Stöhnen aus ihrer Kehle. *Nein. Nicht Prissy. Sie nicht.*

Er schaute ihr zu, verstand, was sie sagen wollte, wandte sich dann ab und verbarg seine Hände in den Ärmeln seines Gewandes. Sein Profil war perfekt, der Kopf eines jungen Mannes in voller Blüte, seine Haut war rein und makellos, sein dunkles Haar glänzte. Er war weit über Cleftwater hinaus bekannt, sowohl für seine vollendeten Predigten als auch für sein gutes Aussehen. Er war so unschuldig und besaß einen festen Glauben, so ganz anders als der ihre. Er starrte gedankenverloren vor sich hin, so lange, dass ihr unwohl wurde. Sie wollte fort, nach Hause, wo Kit und Agnes waren. Und der Atzmann. Schon jetzt brauchte sie ihn, seine Kräfte, so gering sie auch sein mochten. Prissy brauchte seine Hilfe. Sie machte Anstalten, aufzustehen, aber der Priester versperrte die Kirchenbank. Er schaute verwirrt drein, als schwirrten unangenehme Gedanken in seinem Kopf herum.

«Wurde die Geburt schriftlich festgehalten? Hast du sie in das Register eingetragen?»

Sie schüttelte den Kopf.

«Dann tun wir das jetzt.» Er stand auf und ging in die Sakristei, wo das Geburtenbuch von Cleftwater lag. Ihre Gedanken überschlugen sich vor Sorge. Sie würde den Eintrag unterzeichnen müssen; genau das hatte sie vermeiden wollen, damit später niemand wüsste, dass sie bei der Geburt dabei gewesen war. Sie stand auf und überlegte, ob sie sich einfach davonschleichen konnte, aber da kam der Priester schon zurück, mit einer Schreibfeder und dem Buch, das er aufschlug und auf dem Pult der Kirchenbank platzierte.

«Hatte das Kind einen Namen?»

Sie streckte ihre Hände aus, mit den Handflächen nach oben.

«Was war es? Ein Knabe oder ein Mädchen?»

Ein Knabe.

Er nickte und reichte ihr den Federkiel. Braune Tinte tropfte von der Spitze. Sie schrieb: Kreatur. Ein hässliches Wort für ein Leben, das auf so hässliche Weise geendet hatte.

Der Priester betrachtete, was sie geschrieben hatte. «Kreatur.» Er seufzte. «Das muss reichen. Ich werde trotzdem für ihn und die Familie beten. Du musst dort unterzeichnen, Martha, um zu bezeugen, dass du da warst.» Zögernd tat sie es. Er nahm das Buch und pustete darauf. Sie verbeugte sich vor ihm, machte einen kleinen Knicks. *Habt einen schönen Tag, Pater.* Nur wenige Schritte, und er war wieder an ihrer Seite, nahm ihren Arm und drehte sie zu sich.

«War da noch etwas, Martha? Gibt es etwas, das du mir erzählen möchtest?»

Die blauen Augen musterten sie sehr ernst.

Nein. Nichts.

«Bist du sicher?» Er hielt noch immer ihren Arm fest. «Denn das darfst du, das weißt du doch? Erleichtere dein Gewissen. So du das Bedürfnis hast.»

Was wusste er? Sie legte die Stirn in Falten.

Sein Griff wurde fester. «Ich muss dir sagen, Master Makepeace ist ein sehr gründlicher Mann.» Geradezu verstohlen schaute er sich um. «Von seinen Nachforschungen bleibt niemand verschont. Jede Frau in Cleftwater sollte sich in Acht nehmen. Prissy ist nicht die Einzige, die man beschuldigt – es sind bereits andere mit ihr im Kerker ...»

Ihr wurde flau. Sie hob die Hände zu einem V. *Wer? Wer?*

«Wer, willst du wissen? Nun ja. Ellen Warne und Hannah Holland. Und Ma Southern, die wurde aus Holleswyck hergebracht. Sie alle sind jetzt im Kerker.» Er rieb sich die Stirn. «Ich kann mir bei keiner von ihnen vorstellen, dass sie dermaßen verdorben sind oder überhaupt etwas Unrechtes getan haben könnten. Aber wie ich höre, hat Master Makepeace erkleckliche Beweise für ihr teuflisches Tun erbracht.» Er wandte den Blick ab und schaute in die Ferne, als studierte er Cleftwaters Dilemma. Sie sah, wie sehr ihn die Angst in ihren Klauen hatte. «Das erklärt vielleicht Cleftwaters jüngstes Unbill. Die Stürme im letzten Winter. Die Leiden, die uns das ganze Jahr über plagten. Und den Tod unserer Neugeborenen.» Seine Stimme wurde sanfter. «Wir können uns glücklich schätzen, dass wir dich haben, Martha, und deine Fertigkeiten. Aber ich bitte dich, achte in nächster Zeit ganz besonders darauf, dass du untadelig bleibst. Horch auf dein Gewissen, stelle sicher, dass alles, was du tust, ganz und gar Gott zugewandt ist. Vergewissere dich, dass der Hexenjäger keine Spur unrechten Tuns findet, keinen Schandfleck in deinem Buche, denn er wird noch weitere Verhaftungen vornehmen, dessen bin ich mir sicher ...»

Mit einem Ächzen schwang die Kirchentür auf. Schritte; Füße, die auf dem Stück Sackleinen hinter der Schwelle abgetreten wurden. Tom Archer kam herein. Am Taufbecken blieb er stehen und nahm seine Mütze ab. Zweifellos war er hier, um für die Seele seines Kindes zu beten und Pater Leggatt um ein ordentliches Begräbnis innerhalb der Kirchhofsmauer zu bitten. Einen Moment lang kam ihr das Undenkbare in den Sinn: dass der Pfarrer dies arrangiert hatte – eine Begegnung mit dem Vater des toten Kindes, hier in der Kirche. Die Nadel drehte sich, der Wurm rumorte. Sie musste hier fort, aber es musste ganz natürlich wirken, sie würde sich so unbeschwert geben, als sei sie frei von aller Sünde. Langsam löste sie ihren Arm vom Griff des Priesters. Sie faltete demütig die Hände und senkte den Kopf. *Ich danke Euch für Euer Mitgefühl, Pater.* Dann tippte sie sich mit den Fingern an die Lippen und streckte die leeren Handflächen aus. *Weiter habe ich nichts zu sagen.*

Das Taufbecken sah imposant aus, wie es da im Halbdunkel des westlichen Endes des Kirchenschiffs stand. Sie spürte Toms Augen auf sich, die Last seines Kummers. Die stibitzten Stockrosen stachen ihr in die Hände. Sie hatte sie mitgenommen, um sie auf Mutters Grab zu legen, aber sie gehörten hierher in die Kirche, zum Gedenken an Toms armes Neugeborenes. Ihre Reinheit und die Schlichtheit ihrer Farben sagten, was sie nicht sagen konnte.

Sie nickte beiden zu, dem Pater und dem Vater, der eine aufrecht und voller Glauben, der andere gebeugt vor Gram.

4

Auf dem Kirchhof tummelten sich Eichhörnchen, die sich zerstreuten, als sie sich näherte. Ihre Hände waren zu Fäusten geballt, nun lockerte und schüttelte sie sie, als könne sie sich so Pater

Leggatts Warnung entledigen. Sie ging zu der Hecke, die den Kirchhof umgab, und schnitt einen Arm voll Weißdorn, Wiesenkerbel und Heckenrosen ab, ohne Rücksicht auf die Dornen in ihrem Fleisch und die Schmerzen. Wildblumen waren ohnehin besser, die hatte Mutter besonders gerngehabt. Sie legte sie auf das Grab. Das Holzkreuz war schon sehr verwittert.

Mutter war einen unrechten Tod gestorben, einen grausamen Tod. Jetzt war sogar ihr Name verblasst. Aber ihre Stimme war überall, ihr vertrauter Tonfall drang zu ihr von der grasbewachsenen Grabstelle her, den Blumen und dem Kreuz. So begann sie jedes Mal, mit derselben Tirade von Klagen, sie zählte auf, wie man sie verletzt, ihr Unrecht getan hatte. Nach einiger Zeit beruhigte sie sich, so wie jetzt, ihr Ton wurde sanfter, ihre Stimme ein Klangfaden, der viele lange Jahre überspannte. Bald konnte Martha sie vielleicht begrüßen, ihr Fragen stellen. Sie nach dem Atzmann fragen.

Martha ließ sich auf dem Grab nieder. Ihr Kopf sank auf ihre Knie. Ihr ganzer Tatendrang schien zu versiegen, als habe sich in ihr ein Spalt aufgetan. Auf dem schwarzen Schirm ihrer geschlossenen Augenlider erschien der Atzmann. Sie sah zu, wie sein Wachs lebendig wurde, seine Züge sich bewegten, sein blasses Gesicht einen eindringlichen Ausdruck annahm. Seine eingebrannten Augen starrten sie an, ohne Lider, ohne zu blinzeln. Sein Blick spießte sie auf. Seine Lippen kräuselten sich, er öffnete den Mund: Er wollte sprechen, ihr etwas sagen – eine Botschaft, nur für sie. Ihr Herz pochte, jede Faser ihres Körpers war angespannt, sie musste wissen, was er ihr mitzuteilen hatte. Pass gut auf ihn auf, sagte Mutter. Und pass gut auf *dich* auf, wenn du mit ihm umgehst. Immer noch schaute der Atzmann sie an, immer weiter, blickte Martha mit seinen Augenlöchern herausfordernd an, während Mutter weiterredete. Zwei Möglichkeiten. Zwei

Möglichkeiten. Sie sagte es immer wieder – dringlich klang es, zwingend –, selbst als die Erscheinung schwächer wurde, dunkler, sich in der Schwärze auflöste.

Eine Mahnung. Eine Warnung. Vor dem Atzmann. Vor dem, was sein Wesen vermochte, vor den Folgen, wenn man ihn gebrauchte. Wortlos flehte Martha Mutter an, noch einmal zu sprechen, ihr zu erklären, was sie meinte. Aber Mutter verschwand, ihre Worte verstummten, ihr Sinn war immer weniger greifbar, während sie in die Jetztzeit zurückkehrte.

Sie stand auf. Alles war wie zuvor und doch wieder nicht. Auf dem Kirchhof war es still, aber sie spürte leichte Bewegungen im Boden und in der Luft, den zwei Schichten, die die Lebenden von den Toten trennen. Ihr Gesicht war plötzlich feucht. Sie rieb sich die Wangen, und die Bewegung wischte Mutters Gegenwart fort. Eine Weile stand sie vornübergebeugt über Mutters Grab. Wieder allein. Wieder eine Waise. Mutter war jäh von ihr gegangen, wie immer, sie brachte wenig Geduld für die Welt der Lebenden auf.

Der Weg den Wish Hill hinab war eine Tortur. Ihre Knie protestierten, der Hals tat ihr weh. Sie ging sehr langsam, ihr Gewissen regte sich, ihre Gedanken ebenso, schnell und hart pochten sie ihr gegen die Schläfen. Wie in Gedanken herbeigerufen, wartete in der Slip Lane eine schlanke, zierliche Gestalt, die sich Martha anschloss. Schweigend gingen sie im Gleichschritt zum Ufer hinunter. Das Wasser hatte sich ein ganzes Stück zurückgezogen, und unterhalb der Flutlinie versammelten sich Wasservögel, die ihre Beute aus dem feuchten Sand zogen. Vor ihnen breitete sich ein weitläufiges sonnenbeschienenes Panorama aus. Martha schirmte ihre Augen ab und schaute hinaus. Das Dorf folgte der Krümmung der Bucht. Am südlichen Ende lag der Hafen. Dann kam der Marktplatz, an einer Seite begrenzt vom Gemeindehaus und dem Marktkreuz, auf der anderen von dem Wirtshaus namens *Four Daughters*. Dann eine Reihe von Häusern, dann Kits Wiese, die er als Viehweide verpachtet hatte. Am nördlichen Ende befand sich der Cleft, die flache Schlucht, von der das Dorf seinen Namen hatte. Uferschwalben nisteten in den Steilwänden auf beiden Seiten der Schlucht, und dazwischen verlief der Fluss, den zweimal in der Stunde eine Fähre mit flachem Boden überquerte und Waren, Vieh und Menschen transportierte.

Sie war in Cleftwater geboren und hatte ihr ganzes Leben hier verbracht, vier Jahrzehnte, beinahe fünf. Die Zeit hatte das Dorf kaum verändert, der Krieg war an ihm vorbeigezogen. Sie kannte Cleftwater in- und auswendig, die Gezeiten, die Stimmungen, die Beschaffenheit der Böden. Sie wusste, wo die Nachtigall nistete, wo sich Liebende zum Stelldichein trafen, wo Ragwurzen wuchsen. Sie dachte an jedes einzelne Haus, berührte jedes mit ihrem Geist; sie schätzte alle, die hier lebten.

Eine Woge von Gefühlen stieg in ihr auf. Cleftwater war ihr Zuhause, ihr Dorf. Ihre Liebe zu diesem Ort durchzog sie wie die Lehmschicht die Psalm Cliff. Selbst in seinen Makeln fand sie Vollkommenheit. Es durfte sich nichts ändern; nichts durfte dem Dorf widerfahren.

«Ich weiß nicht genau, was ich gesehen habe», sagte plötzlich eine Frauenstimme. Martha schreckte auf. Ihre Begleiterin fummelte an ihrer Bundhaube herum und zog sie sich über das dunkelrote Muttermal, das ihr die Wange hinablief. «Gestern Nacht. Bei der Geburt. Aber ich weiß, dass ich etwas Seltsames gesehen habe, vielleicht sogar etwas richtig Übles. Das ist alles.»

Marthas Herz schlug schneller. Jennet Savory nahm nie ein Blatt vor den Mund, eine Eigenschaft, die nicht jeder an ihr schätzte.

«Ich will nichts Schlechtes von dir denken.» Jennet wiegte den

Kopf von einer Seite zur anderen. «Ich versuche, die Zweifel nicht in meinen Kopf zu lassen. Den ganzen Tag über sage ich mir: Nein. Das kann nicht sein. Nicht Prissy, die hat so ein freundliches Gemüt. Und Martha auch nicht. Nicht unsere Martha, die so viele von Gottes Kindern auf die Welt gebracht hat. So viele Kinder und ihre Mütter sind am Leben wegen dir.» Sie wandte ihr katzenhaftes Gesicht – lebhaft, dreieckig, beinahe hübsch – Martha zu und schaute sie an. «Aber dann ... Nach letzter Nacht kann ich nicht anders, da mache ich mir meine Gedanken.» Die kleinen Augen waren voller Fragen. Mutmaßungen. «Ich dachte, ich kenne dich, Martha. Du wärst meine Freundin. Ich hätte nie gedacht, dass ich an dir zweifeln würde. Aber jetzt, wo ich darüber nachdenke, kenne ich dich vielleicht doch nicht. Nicht so gut, wie ich dachte. Und Prissy auch nicht.»

Hör auf damit, gestikulierte Martha und fuhr mit der Hand durch die Luft zwischen ihnen, als wolle sie alle Unwägbarkeiten fortwischen. *Schluss damit.* Sie strich sich mit den Fingern über das Gesicht, um Tränen anzudeuten. *Ich trauere für dich.* Sie wies die Straße hinunter zum Haus der Archers. *Für euch alle.*

Jennet sah ihr zu, ohne sich zu rühren. «Ja. Nun. Es war eine schlimme Nacht. Eine sehr schlimme. Am schlimmsten für meine Schwester. Ich glaube, sie wird nie mehr aufhören zu trauern.» Kleine Tränen liefen über Jennets Gesicht. «Du hast mich auf die Welt gebracht, mich und Marion, und wir sind seit damals gute Freundinnen», schluchzte Jennet. Martha wischte ihr die Tränen mit ihren Daumen fort. «Und ich weiß, ich weiß es doch, Martha, wir hätten sie letzte Nacht verloren, wenn du nicht gewesen wärst. Aber du bist so still geworden, selbst für deine Verhältnisse. Du ziehst dich zurück, gehst allen aus dem Weg. Seit Kit geheiratet hat und deine Herrin das erste Kind verloren hat. Das, das niemand je zu Gesicht bekommen hat.»

Weil es starb.

«Das hast du behauptet. Und ich habe dir geglaubt. Ganz ehrlich. Aber nach dem, was letzte Nacht passiert ist, habe ich nachgedacht. Ich habe all das Unglück zusammengezählt, das dir widerfahren ist, Martha. Oder denen um dich herum.»

Martha öffnete ihre Hände und streckte sie aus. *Was willst du damit sagen?*

«Ich meine den Husten in eurem Teil von Cleftwater, den keiner hat heilen können, nicht einmal du. Ich meine Kits Schiffe, die gesunken sind. Ich meine die Hühner der Durrikens, die gestorben sind, eines nach dem anderen. Dann Toms Kühe mit der Pansenblähung. Und jetzt das Kind meiner Schwester.» Sie schaute an Martha vorbei und trat ein paar Schritte von ihr weg. «Es ist, als wäre Cleftwater vom Unglück heimgesucht worden – vom Pech. Und mittendrin bist immer du.»

Zwischen ihnen gerann die Luft. Jennet stand erwartungsvoll da und presste die Lippen aufeinander, wie sie es so oft tat. Was sollte Martha sagen? Es stimmte, Kits Haus war heimgesucht worden, aber seine gesunkenen Schiffe, das verlorene Kind letzten Herbst, das ungeboren von dieser Welt in die nächste übergegangen war, die Hühner, die Kühe, der Husten – auf all das hatte Martha keinen Einfluss. Sie hob die Schultern und formte ihre Handflächen zu Mulden. *Ich kann das nicht erklären.* Sie ließ die Arme sinken, dann zeigte sie gen Himmel.

«Du glaubst, dass das Gottes Werk ist?», fragte Jennet. Ihre Stimme wurde schriller. «Dass das Sein Wille ist?» Sie sah Martha zu, wie sie in Richtung der Kirche zeigte. «Ja, ja», bestätigte sie, «ich könnte den Pfarrer fragen, aber ich habe Angst davor, was er mir vielleicht sagt. Was er vielleicht *tut,* jetzt, wo der Hexenjäger da ist.» Ihre Hände zupften an ihrem Rock und drehten ihn. «Ich weiß nicht, worum ich beten soll. Ich weiß nicht, was ich denken soll. Alles ist jetzt anders. Ich dachte immer, Cleftwater ist ein guter Ort – der beste Ort zum Leben. Ich dachte nur das Beste von dir, Martha, wirklich. Bis gestern Abend, als ich seltsame Dinge sah. Gottlose Dinge.»

Ein Schwarm Möwen kreischte über ihnen. Martha sah ihnen zu, wie sie weiterflogen. Die Luft flimmerte, der azurblaue Horizont schimmerte, die weite, spiegelglatte See glänzte wie eine makellose Blechtafel. Über dem Wasser stand dichter Rauch, der sich am Himmel verzweigte wie merkwürdige, düstere Efeuranken.

Schau dort.

«Jesses», sagte Jennet. «Was ist das?» Sie schirmte sich die Augen vor der Sonne ab. «Kämpfen die da? Ich dachte, der Krieg wäre weiter weg. Tom meinte das auch.» Eine Minute verging. Dann hielt sich Jennet eine Hand vor den Mund. Sie wandte sich Martha zu, ein Schatten lag auf ihrem Gesicht. «Oder ob das die Frauen von Salt Dyke sind? Ich habe gehört, die kommen auf den Scheiterhaufen. Vielleicht verbrennen sie die heute.»

Martha stockte der Atem. Schweiß kroch in die Höhlungen ihres Leibes, unter ihre Arme und in die Wölbung ihres Rückens, und kribbelte wie Läuse.

«Die Blounts haben sie vor nicht einmal zwei Wochen mitgenommen», hauchte Jennet. «Mutter und Tochter, beide. Kanntest du sie? Rebecca war ein Kräuterweib, wie du.» Ihr war anzuhören, wie bestürzt sie war. «Sie wurden so rasch fortgeholt. Gebe Gott, dass sie genauso rasch sterben.»

Gebe Gott.

Jennet bekreuzigte sich. «Möge der Herr sich ihrer Seelen erbarmen.»

Der Rauch wurde dichter, stieg als schmutzige Säule auf. «Die Leute erzählen sich über Rebecca, was ich mich bei dir auch frage», sagte Jennet. Ihre Augen hatten sich gegen das grelle Licht zu Schlitzen verengt. «Ich sage es dir ganz offen, Martha. Ich habe Angst, dass du dich vielleicht mit dem Teufel eingelassen hast. Ich habe Angst, dass er dich vielleicht umgedreht, dich vom Guten weggeführt hat.» Sie senkte ihren Blick. «Davor habe ich Angst, Martha.»

Die Worte trafen sie wie Peitschenhiebe. Wie konnte Jennet nur so etwas denken? Wie konnte sie sie bloß beruhigen, den Verdacht ausräumen, bevor er von ihnen beiden Besitz ergriff? Martha hob die Hände und machte eine Bewegung wie auf und zu klappende Kiefer.

«Ob ich das jemandem verraten habe? Nein. Natürlich nicht. Aber jetzt verrate ich es dir. Weil du meine Freundin bist.» Jennet reckte ihr Katzengesicht vor. «Ich habe nichts verraten und werde es auch nicht tun, aber ich frage nun dich, Martha, und du musst mir die Wahrheit sagen.» Ihre weit aufgerissenen Augen glommen dunkel. «Was ist letzte Nacht passiert, Martha? Ich kann mir nämlich keinen Reim darauf machen. Meine Schwester hatte so große Mühe mit der Niederkunft, dass ich sagte, wir brauchen Martha. Und du bist gekommen und hast ihn auf die Welt geholt, wie ich's mir ausgemalt hatte, und als er herauskam, hast du ihn genommen und bist mit ihm abseits gegangen, ich habe dich gesehen. Du hast ihn ganz fest an dich gedrückt, als wäre er dein eigener Sohn. Dann hast du ihn Prissy gegeben, und sie hatte ihn eine Zeit lang. Aber als sie den Kleinen dann mir gab, war er tot. *Tot.* Und er hatte diese … Flecken auf seinem armen Gesicht. Und die Flecken waren noch nicht da, als er herauskam.»

Martha wich zurück. Ihr ganzer Leib zitterte, und sie konnte ihn nicht dazu bringen, damit aufzuhören. Sie trommelte auf ihre Augenlider und zeigte dann auf Jennet. *Du hast alles gesehen, was ich tat.*

«Ich habe gesehen, wie du ihn auf die Welt geholt hast», sagte Jennet langsam. «Und ich habe gesehen, wie du ihn gehalten hast, ja. Aber gezeichnet war der Kleine erst, nachdem du ihn gehalten hast und dann Prissy, also muss das eine von euch getan haben.»

Nein, nein, nein! Er war bereits gezeichnet. Sie zog an ihrer Oberlippe und bedeckte damit ihre Nasenlöcher. *So sehr gezeichnet, dass er nicht atmen konnte.*

«Mag sein. Aber *warum* wurde er dann so geboren?» Jennet streckte einen Arm aus und deutete auf das Dorf. «Das ist das vierte Kind, das in diesem Sommer krank auf die Welt kam. Gezeichnet. Wer oder was ist es sonst, das unsere Kinder verflucht?»

Woher soll ich das wissen? Sie ließ die Arme kreisen, wie um die Schuld von sich fortzuscheuchen. Sie wollte unbedingt fort von hier, nach Hause. *Ich kann nichts dafür, dass diese Kinder krank geboren wurden.* Sie wandte sich zum Gehen, aber die jüngere Frau stellte sich Martha in den Weg.

«Wer weiß, was das Kind meiner Schwester für ein Leben gehabt hätte? Wenn du nicht dabei gewesen wärst? Oder Prissy?»

Du bist grausam. Du redest Unsinn. Sie schubste Jennet zur Seite und schritt an ihr vorbei.

«Ach, wirklich?», fragte Jennet hinter ihr. Ihr Ton war nun schärfer, drängender. «Vielleicht sollte ich mal Pater Leggatt fragen, mal sehen, was der sagt. Oder den Hexenjäger. Der kennt sich aus. Der weiß gewiss, wann Satan am Werk ist.»

Martha drehte sich zu ihr um. Der Strand drehte sich mit ihr. Ihre Hände flogen hoch, fuhren durch die Luft. *Das würdest du nicht tun. Das darfst du nicht.*

«Ich will es auch gar nicht, Martha. Aber denk doch mal darüber nach – denk daran, wie das alles für mich aussehen muss. Diesen Sommer wurden hier und in Holleswyck sieben Kinder geboren, vier davon verkehrt. Keines wurde älter als eine Woche. Du warst bei allen Geburten dabei. Prissy auch. Und all diese Kinder sind gestorben.»

Empörung, heiß wie Blut, schoss durch ihren Leib. Sie hielt die Finger hoch und zählte sie in rascher Folge ab. *Fünf. Zehn. Noch mehr. All die Geburten. So viele Geburten* – sie klopfte sich auf die Brust –, *so viele Geburten, bei denen ich dabei war, und die Kinder haben überlebt.* Sie deutete auf Jennet. *Dich habe ich auch auf die Welt geholt.*

«Das stimmt, Martha, das weiß ich ja. Aber bitte, bitte, sag mir die Wahrheit. Hast du das Kind meiner Schwester verflucht?»

Der Wurm rumorte, seine Galle fraß sich ihr in die Kehle. *Ich habe dir die Wahrheit schon gesagt.*

Jennet begann zu zittern, ihre Augen wurden glasig und rollten nach oben, als würden sie an die Schädeldecke schauen. Dann gaben ihre Knie nach. Sie fiel vornüber. Martha versuchte, sie aufzufangen, aber Jennets Gewicht zog sie beide zu Boden. Martha hielt sie fest und versuchte, Jennets Oberkörper zu stützen, während sie ihrer Freundin das Halstuch abwickelte und es ihr zwischen die Kiefer schob. Seltsam wimmernde Töne drangen aus Jennets Mund. Plötzlich erklang ihre eigene stotternde Stimme. Es war merkwürdig, sie zu hören, heiser und kraftlos, da sie nie gebraucht wurde. In ihrem Mund schlug die Zunge hin und her und versuchte, brauchbare Laute zu formen. Was dabei herauskam, war nurmehr ein Röcheln, ein Laut wie von einer Kuh, *ganz ruhig, ganz ruhig* sollte es heißen. Jennets Wirbelsäule wölbte sich, ihr Kopf fiel nach hinten, ihre Absätze trommelten auf dem Kies. *Bleib bei mir,* flehte Marthas formloses Keuchen. Sie tätschelte Jennet die Wangen, die Stirn. *Bleib, bleib, meine Freundin.* Die Laute am Wurm vorbeizupressen, brauchte eine immense Kraft.

Mehrere Augenblicke vergingen. Jennet bebte und zuckte. Nach einer Weile wurden ihre Füße langsamer, trommelten die

Absätze weniger heftig. Ihr Leib entspannte sich. Martha wartete noch einen Moment, dann öffnete sie den Mund ihrer Freundin. Jennet atmete noch. Sie hatte ihre Zunge nicht verschluckt. *Komm schon, komm zu dir,* flehte sie ihre Freundin an, obschon jene kaum bei Bewusstsein war. Dies war nicht ihre Zeit, nicht Jennets Zeit. Nicht hier, in Marthas Schoß.

Falls der Hexenjäger von dem Anfall erfuhr, was dann?

Auf keinen Fall. Das durfte nicht geschehen. Sie zog Jennet hoch und legte sich ihren Arm um den Nacken, leicht genug war sie. Die Hitze war unerträglich. Sie dachte an die Hexen von Salt Dyke, die gerade von einer ganz anderen Hitze verzehrt wurden. Ein Stück die Straße hinunter lag das Haus der Archers, wo Jennet mit ihrer Schwester lebte. Tom Archers Kühe waren im Weg und drückten Martha gegen den Brustkorb, bevor sie endlich den Weg freigaben und sie durchließen. An ihrer Schulter erwachte Jennet wieder zum Leben; je mehr ihre Seele in ihren Leib zurückkehrte, desto leichter wurde ihr Arm. Sie überquerten den Hof und gingen zur Hintertür. Martha hämmerte dagegen. Alles in ihr war in Aufruhr, sie wollte nur fort von hier. Jennet regte sich an ihrer Schulter, aus ihrem Mund quoll Schleim und tropfte Martha hinten auf das Mieder. Leise Schritte näherten sich, erreichten die Tür. Sie öffnete sich. Liz Godbold stand im Türspalt.

Sie ist krank, gestikulierte Martha, *sie hat einen Anfall.*

Sie nahm Jennets Arm von ihrer Schulter und übergab sie an Liz. Jennets Kopf sank gegen Liz' Brust, das Muttermal hob sich deutlich von ihrer ausgelaugt wirkenden Haut ab, kraftlose Worte drangen aus ihrem Mundwinkel. «Danke, Martha.» Mühsam hob Jennet den Kopf. «Ich habe Angst um dich, Martha. Und ich habe Angst *vor* dir. Ist der Hexenjäger deinetwegen gekommen?»

Martha taumelte davon, über den Hof, wo die Hühner scharrten, und die Tide Lane hinunter. Kurz vorm Hafen ging sie wieder an den Strand, zu der Stelle, an der die Stranddisteln wuchsen mit ihren bläulichen Blüten. Die wächsernen Stängel ragten zwischen den Steinen hervor und ließen sich mit einem Ruck lösen. In ihrem Beutel befand sich Mutters altes Schneidemesser, und damit trennte sie die brauchbaren Teile vom Stängel: Wurzeln, Blätter, Blüten. Der Herbst würde wieder eine reiche Ernte an Geburten bringen, viele neue Leben würden auf die Welt kommen, manche schnell, manche langsam und manche nur für einen kurzen Moment. Dabei würde sie dieses nützliche Kraut gut brauchen können, das in all seinen Teilen heilende Kräfte besaß. Unwillkürlich begann sie, in Gedanken fieberhaft nachzuzählen. Jennet hatte recht: Zu viele waren verloren gegangen – Neugeborene oder ihre Mütter, manchmal beide. Die Zahl, die schiere Zahl, ließ sie blinzeln, als pickte sie ihr ins Gesicht.

Sie hörte auf zu schneiden. Ein Haufen Disteln lag zu ihren Füßen. Sie sammelte sie auf. Auf dem Heimweg war das Meer grau und still, gestreift wie eine Makrele; das bleiche Licht verwandelte es in einen Spiegel, dessen Anblick sie beruhigte, aber gleichzeitig wusste sie, dass der Schein trog. Jede glänzende Oberfläche hatte Makel, Risse, durch die das Unheil dringen konnte. Sie war fast auf der Höhe von Knoll House – Kits Haus –, als ihre Beine ihr plötzlich nicht mehr gehorchen wollten und mit jedem Schritt schwächer wurden. Dann gaben sie nach und zwangen sie, sich hinzuknien.

Eine plötzliche Vision, wie sie sich selbst, gebeugt und reumütig, mit einer Geißel auspeitschte.

Die Steine gruben sich schmerzhaft in ihre Haut. Sie nahm eine Handvoll Kiesel, graue und braune und violette, und zählte sie in ihrer Handfläche. Ihr Geist schweifte ab, widerstrebend, er wollte von der Wahrheit nichts wissen. Sie sah wieder und wieder die Neugeborenen – nicht viele, einige Knaben und ein Mädchen –, die krank zur Welt gekommen waren, schwächlich, mit blauen Lippen, verkümmert, ohne Aussicht auf ein Leben.

Ihre Lippen bewegten sich, wie sie es immer taten, wenn sie ihre eigenen Entscheidungen anzweifelte oder sich ob einer Torheit schalt, als wäre sie eine andere Person. Ach, ach, sie würde für sie beten, ganz besonders eindringlich würde sie für die toten Säuglinge beten. Sie würde Kit bitten, ihr zu gestatten, dass sie Prissy im Kerker besuchte; vor dem Richter würde sie Prissys Unschuld beteuern. Vor dem Hexenjäger, falls er sie vorlud.

Die Steine lagen regungslos in ihrer Handfläche. Wenigstens sie würden nichts verraten. Sie ließ sie fallen. Auf der Straße standen die Kühe, die das alles nicht kümmerte. Sie betrat ihren eigenen Hof und verschloss das hintere Tor zum Haus mit einem Seil. Kits Grund und Boden, ihr Garten – hier war sie sicher. Die Sonne hatte den morgendlichen Dunst fortgesengt und schien mit all ihrem unerbittlichen Glanz auf die Leine, an der das ausgewaschene Laken hing. Auf das Waschhaus, wo sich der Atzmann versteckte.

Donnerstag

⤙ 5 ⤚

Im Schlaf streckte sie einen Arm aus, um ihren Traum abzuwehren. Die Bewegung warf sie in den Tag. Noch dämmerte es nicht; blau-violett und so dicht, als könne man sie greifen, hing die Nacht in der Kammer und sträubte sich, sie zu verlassen. Durch sie hindurch ertönte Mutters Stimme, es klang wie eine Warnung. Drüben in der Ecke bildete sich aus dem Nichts eine Gestalt, und sie versuchte, sie fortzublinzeln.

Ja, nein, doch, seit Jahren hat sie sich nicht mehr so gesehen – als Kind, als Mädchen mit verweinten Augen, dünn wie ein Finger, in einem abgewetzten Kittel. Sie steht allein und unbeachtet in dem schäbigen Wirtshaus, die Luft schwer von Gestank und Sünde. Mutter beim Abendbrot; Mutter, wie sie Martha von ihrem Schoß stößt; Mutter bei der Arbeit, wie sie bei einem «Onkel» rittlings auf den Schenkeln sitzt, einem von mehreren, die sie immer besuchen, wenn die Sonne untergegangen ist. Ach, die endlosen Abendstunden in ihrem Kinderbettchen im Dachgeschoss, das Kissen über dem Kopf, dessen spärliche Strohfüllung die Geräusche, die von Mutters Bett kommen, nicht ganz zu dämpfen vermag; das Gegrunze und das Klatschen von Fleisch auf Fleisch. Unruhiger Schlaf, ein ranziger Geruch am Morgen, an dem der Onkel manchmal gut gelaunt und freundlich ist und Martha eine Münze zuwirft, öfter aber unflätig vor sich hin schimpft, Mutter verprügelt, Martha eine Ohrfeige gibt. Oder mehr. Oder Schlimmeres. Sie anfasst, ihr blaue Flecken macht.

Sich mit Gewalt nimmt, was er will. Ihr letzter Morgen, an dem die Sonne aufgeht wie immer, Mutter ist bereits aufgestanden und angezogen, der Onkel liegt ausgestreckt und regungslos in ihrem Bett, er ist tot. Von seinen Augen sieht man nur das Weiße, der Mund steht offen, und der Unterkiefer hängt schief herunter, als hätte sich in der Nacht ein Erdrutsch ereignet und seine Seele mit sich fortgerissen.

Die Szene ist wie ein Traum, wie der, den sie gerade träumt. Mutter sitzt regungslos in ihrem einzigen Stuhl und starrt ins Nichts. Alles Leben ist aus ihr gewichen. Mit einer Hand umklammert sie einen Wachsstumpf, der zu einer kleinen Puppe geformt wurde, und den drückt sie jetzt Martha in die Hände. Sie sagt: Nimm ihn. Sie sagt: Versteck ihn. Verwende ihn selten. Verwende ihn wohlüberlegt. Nur, wenn du ihn brauchst. Aber verwende ihn.

Sie sagt: Er ist alles, was wir haben, dieses kleine bisschen Macht, und dabei nimmt sie Marthas Finger und streicht damit vorsichtig darüber, als sei die Puppe sehr kostbar, ein Geschenk der Gnade. Dann steht sie auf, breitet ihr Schultertuch aus und wickelt darin ein paar Dinge ein, ihre besten Wollstrümpfe, das Set aus Messingschalen und Scheren, die paar Münzen, die sie gespart hat. Mutters zwei Seiten werden jetzt ganz deutlich: die eine raffgierig und pragmatisch, die andere immer noch zärtlich und liebevoll. Denn plötzlich zieht sie Martha an sich heran, küsst sie mit ihren schorfigen Lippen, stürmische Küsse, ganz und gar ungewöhnlich für Mutter. An der Tür dreht sie sich noch einmal um und sagt: Gott behüte dich. Gott schütze dich, immer und überall. Pass auf dich auf. Versteck die Puppe. Man sieht nicht viel durch das kleine Fenster, aber es reicht, dass sie Mutter hinterherschauen kann, wie sie davoneilt; sie ist gerade noch so groß wie das Püppchen. Dann ist sie fort.

Alle Wärme flieht aus Marthas Kleidern. Ihre Lunge hält den Atem nicht mehr. Diesen Schauplatz wird sie sich für immer einprägen: die Schlinge aus Bindfaden, die am Bettpfosten hängt, Mutters Kruzifix, das daran baumelt, die zerwühlten Laken. Der Onkel ist von plumper Gestalt, und er ist tot. Die Puppe ist von plumper Gestalt, und jemand – Mutter? – hat ihr eine Nadel in den Kiefer gestochen.

Martha fällt auf Mutters Stuhl in sich zusammen und sitzt dort stundenlang, eine Ewigkeit, und versucht, sich auf das, was geschehen ist, einen Reim zu machen, bis schließlich der Wirt mit dem fetten Gesicht hereinkommt und ihr neue Namen gibt – Dirnenbalg, Mörderbrut – und ihre letzten Habseligkeiten auf die Straße wirft. Draußen liest sie Mutters kleine Truhe aus Zedernholz auf. Wie durch ein Wunder ist sie unversehrt. Es ist noch nicht Abendbrotzeit, und sie ist noch keine elf Jahre alt, mutterlos, obdachlos, das Meer erbricht sich in schleimfarbenen Wellen, der Wind drückt ihr in den Rücken, sie schleicht wie betäubt durch Cleftwater, vom Strand zur verschlossenen Kirche und weiter zum Armenhaus. Da ist nichts, sie hat nichts außer diesem armseligen Erbe: der Truhe, der Puppe; einem Wurm, der in ihrer Kehle sein böses Werk beginnt. Merkwürdige Gaben.

Sie erwachte wieder. Unerträglich. Unleidlich. Die Erinnerung, die so wehtat, war abermals da; sie war *in* ihr und schmerzte wie ein gezerrter Muskel, eine frisch aufgerissene Wunde. Der Atzmann war ein Zauberding. Der Atzmann war eine Waffe. Sie durfte ihn nicht benutzen. Sie durfte ihn nicht behalten. Dieser Gedanke nahm in ihrem Geist immer mehr Platz ein, verdichtete sich, bis er in ihrem Bewusstsein voll und ganz präsent war, bei ihr in der Kammer, unübersehbar und unbestreitbar.

Heute, ja heute: Sie musste aufstehen und dem Atzmann ein

Ende bereiten – ihn komplett einschmelzen, das Wachs fortschütten.

Sie setzte sich auf und schlug sich mit der flachen Hand aufs Ohr. Mutter verschwand, zumindest ihr Klagelied. Sie öffnete den Fensterladen. Ein erster Hauch von Gold am Himmel. Das Meer wie Milch. Sie zog sich an, nahm ihre Schuhe in die Hand und stieg auf Strümpfen die schmale Treppe hinunter. Die Tür zur großen Schlafkammer stand einen Spalt offen. Agnes schlief unter dem Baldachin des Ehebettes, wo nur ein Laken die Kugel ihres schwangeren Bauches bedeckte. Ihr offenes Haar lag auf dem Kopfkissen ausgebreitet. Darin war eine Kuhle, dort, wo Kits Kopf gelegen hatte. Martha stahl sich hinein und holte den Nachttopf. Unten war die Tür zu Kits Zimmer geschlossen, und sein Hund Matthew lag auf der Schwelle. Als sie vorbeiging, hob er die Schnauze, und sie streichelte ihm den Kopf und genoss, wie weich sich das Fell anfühlte.

Auf dem Hof leerte sie den Nachttopf auf den Misthaufen hinter dem Zaun. Dann ging sie zum Waschhaus und holte den Atzmann aus seinem Versteck. Die Hand, die ihn hielt, fühlte sich unrein an. Galle stieg in ihrer Kehle auf. Darin rührte sich der Wurm, und sein Rumoren sorgte dafür, dass ihre Lippen kleine schnalzende Geräusche hervorbrachten, beinahe Anfangslaute von Worten, wie sie ein Pfarrer sprechen würde, wenn er sich an Gott wandte. Lass den Atzmann. Lass ihn wieder zu dem werden, was er einst gewesen war: ein simples Stück Wachs. Sie ging in die Küche, zündete die Kerze unter dem Dreifuß an und stellte Prissys Pfanne darauf. Das Kupfer wurde warm, die Luft darüber flimmerte. Sie hielt das Püppchen an den Boden der Pfanne, und fast augenblicklich gab das Wachs nach und wurde weich, als würde es sich seinem Schicksal ergeben.

Vom Gang hörte sie Schritte. Der Küchenvorhang bewegte sich. Simon kam herein. Sie ließ den Atzmann in die Pfanne fallen.

«Die Herrin will heute Huhn zum Abendessen. Haben wir eins? Ich rupfe es dir, wenn du willst.»

Mit leerem Blick starrte sie ihn an. In ihrem Kopf gingen alle Gedanken durcheinander. Dann nahm sie sich zusammen, ging in die Speisekammer und hob den Vogel von seinem Haken. *Rupf das Huhn aber draußen,* bedeutete sie ihm und zeigte auf die Hintertür.

Er nickte. «Werde ich tun.» Sie hörte, wie sich die Hintertür schloss, und kurz darauf setzte sein melodiöses Pfeifen ein. Sie nahm den Atzmann wieder aus der Pfanne. Er war warm und klebrig an einigen Stellen, aber sie wusste, dass er noch immer seine Macht besaß. Sie steckte ihn in ihren Beutel, zusammen mit ein paar Münzen aus dem Geldbeutel, den Prissy zwischen Putztüchern und alter Bettwäsche in der Abstellkammer versteckt hatte. Sie verließ das Haus durch die Vordertür, ging nach rechts zu Kits Wiese und nahm den Pfad, der parallel zum Haus verlief und zum Wasser führte.

Der Strand war eben und leer, unberührt. Eine Armlänge über dem Sand schwebte perlfarbener Nebel. Ihre Verwirrung schwand, machte ein paar schöneren Gedanken Platz, ihre Stimmung stieg. Alles war so friedlich. Das Dorf, das ihr an diesem Morgen wohlgesonnen war, in der besten Stunde des Tages am besten aller Orte, dem Meeresufer, das sich mit seinem Wasser und seinem Kies niemals veränderte, ein beruhigender Gedanke. Sie brauchte nur zu warten, nur offen und bereit zu sein, und Gott der Herr oder Mutter würden sie erhören. Sie formte ein Gebet mit den Lippen und bat um Bestätigung. Die kam nach einigen Sekunden als leichtes Kribbeln in den Muskeln ihres Herzens. An der Wasserkante nahm sie den Atzmann in die Hand. Es gab wahrlich keine ehrenhafte Verwendung für ihn. Ihn wiederzubeleben war ein Fehler gewesen und nur ihrer Panik geschuldet. Sollte er doch in die Wellen gehen! Möge Gott ihn nehmen – diesen Makel, diese Sünde –, im Austausch für Prissy. Sie würde ihn mit Freuden hergeben, wenn dafür ihre Freundin verschont bliebe. Sie hielt den Atzmann an seinem gelben Kopf und holte aus. Kleine, sanfte Wellen schwappten heran und zogen sich zurück, schwappten heran und zogen sich zurück; sie waren ihre einzigen Zeugen. Sie warf. Der Atzmann beschrieb einen Bogen und verschwand im dichten Dunst. Sie hörte, wie er in die glatte Wasseroberfläche eindrang. Bestimmt war er bereits auf sein sandiges Bett gesunken, wo nur die Strömung ihn finden würde.

O Herr, wasche mich völlig von meiner Schuld, und reinige mich von meiner Sünde! Sie war von dem Atzmann befreit, und niemand war zu Schaden gekommen. Möge auch niemand mehr zu Schaden kommen!

Die Sonne hatte sich bereits ganz über den Horizont erhoben und hatte nun mehr Kraft. Sie wandte ihr Gesicht der läuternden Wärme zu und spürte Erleichterung, in ihre Seele kehrte die Farbe zurück. Ihr blieb noch ein wenig Zeit, bis Agnes aufstand. Martha würde spazieren gehen, ein paar Pflanzen pflücken. Sie hatte immer Bedarf an Pflanzen. Ihre Holzschuhe waren voller brauner Steinchen, die sie beim Gehen stachen, aber sie war frei und Prissy nicht, und ihre Märtyrerschuhe waren die rechte Buße dafür. Sie ging den Strand entlang in Richtung Hafen, fand Meerkohl zwischen dem Kies und kniff mit dem Daumennagel in die jungen Blätter. Die Fischer waren unterwegs, sie konnte gerade noch die letzten braunen Segel sehen, wie sie die Sandbank von Holleswyck umrundeten. Die Warnglocke an der Boje erklang im Takt der Wellen, wieder und wieder. Sie beobachtete, wie am Hafen das Wasser zurückging und langsam die mit Seepocken übersäten Stufen freigab, die zur Hafenmauer führten. Später, nach getanem Tagwerk, würde sie dort die Füße im lauen grünen Wasser baden. Die Sonnenuhr auf dem Marktplatz zeigte an, dass es halb sieben war, und sie blieb eine Weile stehen und schaute zu, wie der Schatten des Zeigers wanderte.

Sie wandte sich ab, um heimzugehen. Langsam erwachte das Dorf, und in der Luft lagen die typischen Gerüche des Morgens, Salzfisch und frisches Brot, und aus dem Häuschen des Bierbrauers John Sparham drang der hefige Duft des Braukessels. Fünf, sechs Yards weiter öffneten Liz Godbold und ihr ältester Sohn gerade ihren Fischstand, an Liz' Fersen japste eine Horde Terrierwelpen. Martha kaufte zwei Räucheraale, deren Haut derb war wie Leder und die durch die Kiemen an einer Schnur aufgereiht waren. Der Handel lief schnell und geräuschlos ab; Liz schaute weg, wich Marthas Blick aus. Auch in Hesketts Schmiede war bereits Betrieb, der Klang eines Hammers auf glühendem Metall erfüllte die Luft.

Am Gartentor musste sie daran denken, wie es sich mit Dingen verhielt, die kaputtgingen. Dass sich manche nicht mehr retten ließen. Dass man andere aber flicken konnte, und dann wurde alles wieder gut.

⁓ 6 ⁓

Wieder daheim. Der Nebel war verschwunden, und das gewaschene Laken hing schlaff auf der Leine. Darunter lagen die beiden Schweine, zu voller Länge ausgestreckt auf einem Stück nahezu graslosen Bodens. Als sie sie kommen sahen, rappelten sie sich auf und trotteten vorwurfsvoll grunzend auf sie zu. Sie holte die Schüssel aus der Küche, in der sie Kohlstrünke und Rübenschalen gesammelt hatte, und warf sie ihnen zu. Während sie fraßen, kratzte sie die Ohren des gescheckten Ebers, des größeren der beiden, ihres Lieblingsschweins. Er grunzte, hob die Schnauze und grinste sie an. Auf einer Seite seines Kopfes befand sich ein großer grauer Fleck. Manchmal grinste er sie von seiner schmutzig-weißen Seite an und manchmal von der anderen. Er war für das Festmahl an Allerheiligen gedacht, wenn das Kind zur Welt kommen sollte. Sie würde ihre Zuneigung zu ihm zügeln müssen.

Sie sah hoch zum Fenster der großen Schlafkammer. Agnes lag noch im Bett, ihr schwangerer Bauch wurde immer größer. Ihre Herrin hoffte auf einen Knaben, Kit ebenso. Agnes war die Witwe eines Ratsherrn von Salt Dyke, privilegiert, gewohnt, ihren Willen durchzusetzen. Kit hatte sie im Frühjahr des vergangenen Jahres geheiratet, und schon bald war die Herrin schwanger geworden, hatte das erste Kind, einen winzig kleinen Knaben, jedoch verloren. In der Zeit danach hatte Agnes ihre Geduld und Ergebenheit gründlich auf die Probe gestellt: Sie war furchtbar kleinlich und barsch gewesen und hatte stets im Mittelpunkt stehen wollen.

Seither musste sie, Martha – Kits einstige Amme und viele Jahre seine engste Gefährtin –, seiner stolzen, verwöhnten Gattin jeden Wunsch erfüllen. Inzwischen war ihr stiller Groll jedoch größtenteils verschwunden; sie hatte sich strengen Gehorsam auferlegt und hatte hart daran gearbeitet, diesen Gehorsam aus ihrem Inneren auszugraben wie eine verfaulte Knolle.

Kits Hund Matthew war auf der Suche nach Wasser in den Hof gekommen. Sie betätigte die Schwengelpumpe, und während er trank, streichelte sie ihn. Auf der Leine flatterte das Laken. Sie sollte es abnehmen. Ohne Vorwarnung musste sie husten, so plötzlich, dass sie an der Wäscheleine Halt suchen musste, die dabei hin und her schwang. Nach dem ersten Anfall verebbte der Husten für einen Moment. Ihre Kehle fühlte sich rau an. Sie spürte, dass sie Luft brauchte, und atmete tief ein, aber das löste einen weiteren Hustenanfall aus, nicht minder heftig als der erste.

Dann hörte es auf. Als sie die Augen öffnete, sah sie, was sie mit dem Laken angerichtet hatte. Das Leinen war mit Blut besprenkelt, rot wie Erdbeeren. Sie hatte es gezeichnet, so, wie sie selbst gezeichnet war. Sie würde es noch einmal waschen müssen. Behutsam löste sie die Wäscheklammern. Den ganzen Sommer über war der Wurm gewachsen, und den ganzen Sommer über hatte sie ihr Wissen darum von Kit und sich selbst ferngehalten. Sie fühlte sich von dem Wurm zermürbt. Sie *war* von ihm zermürbt. Der Hund sah sie an und hielt den Kopf schief, als hätte er es die ganze Zeit gewusst. Lange starrte sie auf die roten Flecken und dann auf die Welt um sie herum – das Haus, das Dorf. Ihren Arzneigarten: das Werk eines ganzen Lebens. In ihrer Brust klopfte ihr Herz. In ihrem Kopf vernahm sie ein Gebet. Möge Gott der Herr mich heilen. Möge Gott der Herr mir diesen Herbst gewähren, um Kits Knaben zu begrüßen und ihn im Arm zu halten.

In der Küche wehte ein Schneesturm aus Federn. Simon saß auf dem Schemel und hielt das halb gerupfte Huhn über einen Sack.

Sie wedelte mit den Händen in seine Richtung. *Hinaus mit dir!*

Er grinste. «Keine Sorge, Martha.» Er schaute den fliegenden Federn hinterher. «Ich mache hinterher sauber. Bin hereingekommen, weil es draußen so heiß ist.» Sie hob eine Handvoll Federn auf. *Bewahr die auf.*

«Werde ich tun.»

Sie sah ihm bei der Arbeit zu, dann nahm sie zwei Becher aus dem Regal und schenkte ihnen beiden Apfelwein ein. Sie hatten ihn gemeinsam gepresst, sie und Prissy. Jetzt war jeder Schluck ein stiller Vorwurf.

Wo ist Kit?

«In seiner Kammer. Ist er schon den ganzen Morgen.» Simon deutete auf den Krug mit dem Apfelwein. «Davon nimmt er gewiss gerne etwas. Er ist nach oben gegangen, um nach Mylady zu sehen, und dann ist er wieder heruntergekommen und hat seine Tür geschlossen.» Er nickte ihr zu. «Ich trau mich nicht, hineinzugehen. Aber du kannst. Er freut sich immer, dich zu sehen.»

An seinem Hemd klebte ein goldenes Haar. Eines von Prissy. Sie klaubte es ab. Simon sah es, und als sie es ins Feuer werfen wollte, hielt er sie davon ab, wickelte das Haar zu einem Ring zusammen und steckte es in seine Tasche. «Dass sie heimkommt», sagte er. Sie nickte, den Tränen nah. Sie füllte einen weiteren Becher mit Apfelwein und wollte ihn Kit bringen, als von oben Agnes rief. Simon hörte auf, das Huhn zu rupfen.

Bring den hier zu Kit. Martha nahm einen vierten Becher und füllte ihn für Agnes. Auf dem Weg die Treppe hinauf fiel ihr der Nachttopf wieder ein – das war es gewiss, was die Herrin wollte. Sie ging zurück und holte ihn. Die Treppe war steil und eng, und sie ging langsam, um das Getränk nicht zu verschütten. An der Tür musste sie mit Becher und Nachttopf jonglieren, bevor es ihr gelang, anzuklopfen. Das Zimmer lag im Zwielicht, die Fensterläden waren noch geschlossen.

«Getränk in der einen Hand, Nachtgeschirr in der anderen?» Agnes verzog das Gesicht. «Du meinst es gewiss gut, Martha, aber das ...» Die holde Herrin, stets bereit, einen Fehler anzukreiden. Martha ließ den Nachttopf unter dem Bett verschwinden und stellte den Apfelwein auf den Rosenholztisch, eines von Kits Hochzeitsgeschenken für Agnes. Die Tischplatte zierte eine Einlegearbeit mit Blumenmuster, von dem Kit sagte, es sei aus Knochen geschnitzt. Kaum hatte der Becher das Muster berührt, griff Agnes danach und trank. Martha ging zu den Fensterläden und öffnete sie. Tageslicht strömte herein.

«Es ist zu hell, Martha!»

Verzeiht, Herrin. Sie klappte einen der Läden so, dass das Gesicht der Herrin im Schatten lag. Auf Agnes' Wange war ein Abdruck vom Kopfkissen, dort, wo das Leinentuch Falten geworfen hatte. Mit einem Seufzer ließ sie sich ins Kissen sinken.

«Der Kleine liegt heute nicht gut. Er tritt mir in die Eingeweide.»

Soll ich nachschauen? Martha hob das Laken an. Sofort fielen ihr die Schwellungen an Händen und Knöcheln der Herrin auf. Die Kugel mit dem Kind sah ungleichmäßig aus. Der obere Teil war eingesunken und der untere wölbte sich. Es schien über Nacht hinuntergerutscht zu sein, wie ein Vollmond, kurz bevor er untergeht. Sie bat Agnes wortlos um Erlaubnis und fuhr dann mit den Händen darüber. Hier war ein Fuß. Hier ein Ellbogen. Das Kind war sehr groß.

Sie stand auf und zog das Laken glatt. In der Kammer lag ein durchdringender, intimer Geruch, der ans Siechenhaus erinnerte. Die Herrin musste gewaschen werden. *Es würde euch besser gehen, wenn …* Sie machte schrubbende Bewegungen.

«Wenn du schnell bist, Martha, und nicht zu grob mit dem Lappen.»

Sie ging hinunter in die Küche und nahm den großen Kessel vom Haken. Als das Wasser warm war, goss sie es in eine Schüssel und trug sie nach oben. Agnes erhob sich langsam aus dem Bett und stellte sich über den Nachttopf. Sie hielt sich den Bauch.

«Es ist so schwer. Es liegt auf meinen Hüften.»

Agnes hockte sich hin. Der Inhalt des Nachttopfs war leuchtend gelb und schaumig. Martha half der Herrin, ihr Nachthemd auszuziehen, tränkte das Tuch, strich damit über die blasse, sommersprossige Haut von Agnes' Armen, seifte ihre Achselhöhlen ein und wischte sie sauber. Agnes' Atem war sauer, und Martha hielt ihren Kopf gesenkt. Sie wusch die Wirbelsäule der Herrin, die einzelnen Erhebungen, die flachen Knochen hinten an den Hüften, sah sich vor, dass sie nicht zu fest drückte, dass das Tuch nicht zu warm oder zu rau war. Trotzdem schreckte Agnes vor jeder ihrer Berührungen zurück. Vorsichtig öffnete sie die Beine der Herrin und fuhr mit dem Tuch von den Knien nach oben. Die Leistengegend wölbte sich. Der Kopf des Kindes war unten – sehr weit unten. Sie schaukelte auf ihren Fersen vor und zurück, während sie im Geist die Wochen und Tage zählte. Das Kind sollte Ende Oktober zur Welt kommen – in mehr als einem Monat. Aber so lange würde es nicht mehr dauern, das war heute Morgen deutlich sichtbar zwischen den Schenkeln der Herrin.

«Warum guckst du so? Ist alles in Ordnung? Stimmt etwas nicht mit dem Kind?»

Nein, Herrin. Sie spreizte ihre Finger, um Agnes zu beruhigen. *Es ist alles in Ordnung, Herrin.*

Das war nicht die ganze Wahrheit. Sie bat Agnes, sich zu setzen, dann ging sie zum Schrank und holte frische Wäsche heraus, ein sauberes Hemd für die Herrin, ein frisches Laken und einen frischen Bezug für das Kopfkissen. Agnes hatte sie selbst bestickt, ein Muster aus geflochtenen Ranken, die die Buchstaben A und C ergaben. Agnes und Christopher, ineinander verschlungen. Martha half Agnes zurück in das große Bett, hob die Füße der Herrin an, damit sie sie nicht anheben musste, und schüttelte das Kopfkissen hinter ihr auf. All das ließ Agnes schweigend über sich ergehen. Ein Dankeschön gab es ohnehin nur selten. Als Martha das Laken über sie zog, strampelte Agnes es wieder hinunter.

«Siehst du nicht, dass mir zu warm ist?» Ein lauter Seufzer. «Bitte meinen Gatten, mit einem Buch zu kommen. Ich möchte, dass er mir vorliest.»

Herrin, seine Tür ist geschlossen. Er ist mit seiner Arbeit beschäftigt.

«Das bisschen wird er wohl noch tun können», sagte Agnes, plötzlich mürrisch, «für seine Frau, die so schwer an seinem Kind trägt. Schwer im Bauch und heute auch schwer im Herzen.»

Sie ließ den Kopf sinken, als könne ihr Hals sein Gewicht nicht tragen. Tränen traten auf ihre Wimpern. «Ich weiß sehr wohl, Martha, dass ich allzu viel klage. Doch das Kind liegt so schwer in mir. Und ich habe Schmerzen – nicht immer, sie kommen und gehen, aber manchmal sind sie kaum zu ertragen.»

Wo?

«Hier – unter dem Kind und quer darüber. Da.» Agnes machte kleine Bewegungen mit den Händen und presste sie zu Fäusten zusammen. «Was sind das für Schmerzen? Kommt das Kind etwa schon?»

Sie zögerte. Agnes sah es und war sofort unleidig. Ihr Nacken wurde rot. «Was, Martha? Ist etwas nicht in Ordnung? Es *ist* etwas nicht in Ordnung …»

Nein, Herrin. Sie zwang ihren Mund zum Lächeln, faltete die Hände und legte sie sich an die Wange. *Das Kind ist ganz friedlich.* Machte eine ausladende Bewegung. *Aber er ist groß.* Zeigte auf die Wiege, die neben dem großen Schlafkammerfenster bereitstand. *Daher könnte er bald kommen.*

Agnes' Gesicht veränderte sich. Als sie nun wieder sprach, war ihr Ton sanfter. «Ich würde mich freuen, wenn das so wäre. Wenn mein Sohn bald käme. Ich frage mich manchmal, wie ich es ertragen sollte, ihn noch einen Monat lang zu tragen.» Ihre Augen flackerten, ihr Blick wirkte gehetzt. Schließlich sah sie Martha an. «Wir werden zusätzliche Hilfe benötigen, sobald er hier ist. Wir brauchen Prissy zurück. Und falls nicht sie, dann eine andere Frau, die uns hilft.» Sie wedelte in Richtung Tür. «Erzähl das alles Kit. Geh jetzt und sag ihm, dass das Kind bald kommt und dass er Prissy zurückholen muss. Er *muss.*» Sie hielt inne und holte Luft. Sie griff sich an den Bauch. «Da ist es wieder.»

Martha sah, wie sich der Bauch unter dem Laken bewegte.

Agnes wurde bleich. «Das Kind – dieser Schmerz –, er bringt

mich um den Verstand.» Die hübsche, reizbare Herrin, jetzt hatte sie Angst. «Warte, Martha. Schick meinen Gatten hoch. Ich werde es ihm selbst sagen. Ich vergesse immer wieder, dass du bloß eine Amme vom Lande bist. Und dass du stumm bist.»

7

Was machte es schon, dass Agnes so wenig von ihr hielt? Kits Zuneigung war ihr gewiss. Unten war seine Tür immer noch geschlossen. Sie klopfte, erst leise, dann lauter, und als er rief: «Geh weg!», hörte sie auf. Er klang angespannt, gar nicht wie er selbst. Sie ging durch die Küche in die Kühlkammer. Simon hatte Ordnung gemacht. Das gerupfte Huhn lag auf einer Platte. Sie zerlegte es und ließ es im größten von Prissys Töpfen schmoren. Sie wollte einen Eintopf mit Gerste und etwas Mangold kochen. Der wuchs als hellgrüner Streifen am sonnigsten Ende des Gartens.

Sie pflückte einen ganzen Korb voll. Die heiße Sonne schien ihr auf den Kopf. Ihre Hände zupften, ihr Geist arbeitete. Irgendwie war sie alt geworden, ohne Kinder, nur ihre Pflanzen. Den besten Teil ihres Lebens hatte sie Kit geopfert: Seine Mutter war kurz nach seiner Geburt gestorben, und mit der Zeit hatte Martha den Platz der Mutter eingenommen. Ihre Hingabe, ihre Liebe zu ihm schwang die ganze Zeit im Hintergrund mit. Deshalb hatte sie nie geheiratet, auf Kinder verzichtet, sich ihr ganzes Leben lang die Fleischeslust versagt. All diese Opfer hatte sie aus freien Stücken erbracht, und sie hatte sie nie bereut – bis Agnes kam.

Vielleicht würde die Ankunft des Kindes Kits letztes bisschen Aufmerksamkeit in Anspruch nehmen, sodass Martha gar keinen Platz in seinen Gedanken mehr hätte. Vielleicht würde sie aber auch etwas Gutes bewirken, die Familienbande stärken. Welches von beidem, würde Agnes entscheiden. Agnes mit den zwei Gesichtern: Kit gegenüber war sie freundlich und liebreizend; gegenüber anderen war sie hochmütig und streng, eine Frau, die es einem nicht leicht machte, sie zu mögen. Für einige Sekunden sah Martha sich selbst, so wie Agnes sie sehen musste: eine alternde Dienstmagd in einem verblichenen grünen Kleid, deren Haar langsam grau wurde, deren Haut ihren Glanz verlor, deren Leibesmitte schlaff und fülliger wurde, deren rissige Hände über die Pflanzen krabbelten wie gehäutete Spinnen. Sie hielt inne. Sie kaute an den Innenseiten ihrer Wangen. Diese Hände, die die Herrin für so ungeschickt hielt: Es waren ehrliche Hände; sie hatten siebenundvierzig Jahre lang unermüdlich gedient. Marthas ganzes Können steckte in den Knochen dieser Hände.

Sie verbrachte den Vormittag in der Küche und buk Brot. Die Herrin war mürrisch und rief immer wieder Anweisungen und Beschwerden die Treppe hinab. Sie hatte Hunger, aber als Martha ihr eine Schüssel Eintopf brachte, verkündete sie bereits nach vier Löffeln, sie sei satt. Später nahm sich Kit einen Stuhl und setzte sich neben sie ans Bett. Von unten konnte Martha hören, wie sie sich unterhielten, Agnes' hohe Stimme, wie die eines Kindes, Kits behutsame Antworten. Die Hitze in der Küche war kaum zu ertragen. Martha spülte die Töpfe, füllte Gemüsesuppe in eine kleine Schüssel und aß sie auf der Bank im Garten. Als sie fertig war, stellte sie die Schüssel unter die Bank und ging zum Waschhaus. Sie warf einen Blick auf die Fuge unter dem Sparren, wo sie den Atzmann versteckt hatte. Welch eine Erleichterung, dass er fort war! Sie füllte die Wanne und wusch das Geburtslaken, aber die neuen Flecken waren hartnäckig und hatten sich im Gewebe festgesetzt. Sie hing es wieder auf die Leine. Die Hitze würde es rasch trocknen.

An der Schwengelpumpe füllte sie einen Eimer mit Wasser und nahm ihn mit zu dem Beet, wo ihre Kräuter wuchsen. Sie begrüßte jedes einzelne Gewächs mit den Fingern. Ihre verbeulte, blecherne Gießkanne hing an einem Nagel in der Wand, immer wieder füllte sie diese und wässerte die Wurzeln. Während sie die Pflanzen versorgte, neigten sie sich in ihre Richtung. In jeder von ihnen steckten eine Gabe und eine Bestimmung, die von Gott kamen, aber auch von Mutter Erde, und sobald sie eine von ihnen berührte, ging etwas davon auf sie über. Petersilie, die bei einer Wöchnerin die Milch zum Fließen brachte. Salbei mit seinen pelzigen Zungen, die die Milch versiegen ließ. Sie tat noch ein paar Schritte in das Beet hinein. In der Mitte standen die höheren Kräuter, die sie für die Krankheiten benötigte, die jeden Winter über das Dorf kamen. Sie kniete nieder. Die Pflanzen schwankten, ein wildes Durcheinander an Düften und Farben. In ihnen konnte sie sich verlieren, ein anderes Land betreten. Mannigfaltige Farben umgaben sie, ein Meer aus Gelb, Blütenköpfe wie geborstene Sonnen, Reihen grüner Säulen, Stängel, die vor Saft nur so strotzten. Die Geburt von Kits Säugling mitzuerleben und, gebe Gott, überleben und aufwachsen zu sehen – das war ihre ganze Hoffnung.

Sie griff nach einem Blütenstand des Fingerhuts und berührte die rosafarbenen Kappen. Die Giftpflanzen hatten sich selbst im hinteren Teil des Beetes ihren Platz gesucht. Fingerhut, Schierling, Wolfswurz. Sie gediehen auf nichts, auf kargstem Boden, bei spärlichem Licht. Sie konnte sich nicht überwinden, sie mit Stumpf und Stiel auszureißen, diese Pflanzen, die in der Lage waren, einen Menschen zu betäuben oder sogar ein Leben zu beenden. Langsam oder schnell. Ihr eigenes oder das eines anderen. Falls es nötig war. Falls es dazu käme. Sie dachte an all die Frauen, die man mitgenommen hatte – jene, die bereits tot waren, und jene, die noch auf ihren Tod warteten. Sie wären froh über solche Pflanzen, über ihr betäubendes Gift. Gebe Gott, dass sie sie nicht brauchen würden.

Sie trat aus dem Beet heraus. Plötzlich war ihr klar, was ihre Aufgabe für diesen Nachmittag war. Sie ging ins Haus, klopfte an die Tür zu Kits Arbeitszimmer, obschon diese offen stand. Kit erhob sich und kam auf sie zu. Hinter ihm saß Agnes in dem Mahagonistuhl mit der hohen Lehne, ihre Glieder waren entspannt, ihre Züge sanft.

Martha merkte, dass sie ihre Herrschaften bei irgendetwas unterbrochen hatte, vielleicht wollten sie gerade zärtlich miteinander sein. *Ich bitte um Verzeihung, Herr, Herrin, sollte ich –*

Kit lachte. «Du hast uns nicht gestört, Martha.» Er winkte sie herein, ging zu seinem Tisch und setzte sich. Im November würde er dreißig werden. Dann wäre er bereits Vater. Durch die Heirat war er vollends zum Mann geworden. Agnes hatte einen Gentleman aus ihm gemacht. Blassgelbes Licht fiel durch das große Fenster und ließ sein Haar leuchten. Die Perle an der Spitze seiner langen geflochtenen Liebeslocke glitzerte.

Sie streckte beide Hände aus, die Handflächen zu flachen Mulden geformt, ihr Zeichen, dass sie reden wollte.

Ich mache mir Sorgen um Prissy. Dass sie hungern muss. Da sind noch Brot und Bier, die sie haben könnte. Ich möchte ihr etwas bringen. Darf ich das tun?

Agnes sah Kit an. «Was meint sie?»

«Sie ist besorgt um Prissy. Sie fragt, ob sie Prissy Essen in den Kerker bringen darf.»

Agnes verzog das Gesicht. «Ich denke … nein», sagte sie langsam. «Das wäre doch recht unziemlich. Es wirft ein schlechtes Licht auf uns, auf diesen Haushalt, wenn wir einer Hexe helfen.»

Kit atmete langsam ein. «Liebling, Prissy ist keine Hexe. Sie wurde irrtümlich verhaftet. Und der Kerker ist ein furchtbarer Ort. Dort sind alle möglichen Frauen, nicht nur von hier, sondern auch aus Holleswyck und Sandgrave, in der Dunkelheit und im Dreck eingepfercht, und sie müssen von kärglichsten Rationen leben. Sicherlich leidet Prissy. Etwas Anständiges zu essen wird ihre Laune heben, während sie ausharrt.» Er seufzte. «Ach, ich habe schon alles Mögliche über ihre vermeintlichen Verbrechen gehört, von unbedeutenden Gerüchten bis hin zu den wildesten Anschuldigungen, welche ich nur schwerlich glauben kann.»

«Was für Verbrechen?»

«Nun ja. Dass sie einigen der irischen Bettler, die im Frühjahr hierherkamen, faules Getreide gab und dass einige der älteren krank wurden, einer sei daran sogar gestorben.» Kit runzelte die Stirn. «Und dass sie das Neugeborene der Archers getötet hat oder an dessen Tod beteiligt war.» Er sah Martha an. «Wie kam dieses Gerücht zustande? Du warst doch gemeinsam mit ihr bei der Geburt zugegen, nicht wahr?»

Ja. Wir haben das Kind zusammen auf die Welt geholt.

«Was ist geschehen?», fragte Agnes.

Das Kind kam, aber es war kaum am Leben. Martha drückte ihre Nase und ihren Mund zu. *So wurde es geboren. Es konnte nicht atmen.*

«Was will sie sagen?»

«Ich glaube, sie meint, dass das Kind mit einem Leiden zur Welt kam», sagte Kit. «Es konnte nicht atmen. Stimmt das, Martha?»

Ja.

«So wurde es geboren?»

So war es.

«Du konntest es nicht retten? Trotz all deines Könnens?»

Sie spürte, wie der Wurm von innen an ihrer Kehle nagte. *Ich tat, was in meiner Macht stand.* Ihre Hände bewegten sich langsam, als sträubte sie sich gegen ihre Worte. *Ich habe alles versucht, aber es … gab kaum etwas, das ihn hätte retten können.* Das entsprach der Wahrheit. Sie faltete die Hände. *Ich bete für ihn und auch für seine Mutter.*

«Mrs. Archer lebt?»

Ja. Für den Moment. Sie ist sehr schwach. So Gott will, wird sie durchkommen.

«Das ist gut. Das macht Mut», sagte Kit. «Gebe Gott, dass sie sich erholt.» Er war zerstreut und wühlte in dem Durcheinander auf seinem Schreibtisch, dem Wust aus Landkarten, Rechnungen und Briefen, verfasst in fremder Schrift, auf einige fielen rote Flecken des Lichts, das sich in Kits wertvollem Glaskelch brach. Den Rand zierte ein Muster, eine eingeätzte Girlande aus Pelikanen, die sich selbst die Brust aufpickten.

«… mit Master Makepeace reden», sagte Kit gerade. «Martha kann vielleicht zu Prissys Gunsten aussagen.» Wieder sah er Agnes an. «Prissy braucht jemanden, der sich für sie einsetzt und dem Hexenkenner die Wahrheit sagt.»

«Dann solltest du gehen, Christopher. Sprich mit ihm, teile ihm mit, dass Prissy unschuldig ist, und hole das Mädchen heim. Martha wird hier bei mir bleiben.»

«Liebling, in der Sache mit dem Kind der Archers ist das, was Martha weiß, von entscheidender Bedeutung. Es könnte Prissys Leben retten. Also muss sie gehen, und ich muss mit ihr gehen. Das ist ein Gebot der Vernunft.»

«Nein, das ist es nicht, es ist geradezu unvernünftig. Hier ist so viel zu tun, und Martha war heute bereits draußen.» Die Herrin verzog den Mund, ihre braunen Augen glommen. «Du lässt ihr zu viele Freiheiten. Ich kenne keinen anderen Haushalt, der seinen Bediensteten solche Freiheiten gewährt, wie Martha sie hat. Zumal sie uns ständig daran erinnert, dass wir zu wenig Personal haben. Ihr Platz ist hier, sie soll mir zur Hand gehen und ihre Arbeit tun.»

«Agnes. Ich wünsche, dass sie mit mir kommt. Wir werden nicht lange brauchen, höchstens eine Stunde. Falls es uns gelingt, Prissy zu befreien und sie heimzubringen, hat sich diese Stunde schon bezahlt ge…»

«Du überschätzt deinen Einfluss», unterbrach Agnes ihn. «Ich kann mir nicht vorstellen, dass Master Makepeace auf deine Aussage viel gibt, geschweige denn auf das Geschwätz einer Dienstmagd – zumal einer, die nicht sprechen kann.»

Kits Stuhl schrammte über die Dielen. Er stand auf. «Agnes», sagte er in vorwurfsvollem Ton. «Wir gehen, und zwar gleich. Wir werden Master Makepeace aufsuchen und ihn mit den Tatsachen vertraut machen.» Er sah Martha an. «Such zusammen, was du brauchst.»

8

Sie gingen gemeinsam die Tide Lane hinunter. Kit schwieg und tat solch ausladende Schritte, dass sie nur mit Mühe mithalten konnte, schließlich wollte sie nichts von dem Krug mit Bier verschütten. Als er es bemerkte, wurde er langsamer.

Kit sagte: «Es tut mir leid, dass deine Herrin so mit dir gesprochen hat. Es geht ihr heute nicht gut. Sie … hat es nicht so gemeint.»

Das macht mir nichts aus, Herr. Sie wedelte mit den Händen, eine Geste, die nicht einmal sie selbst überzeugend fand.

«Ich hoffe …», begann Kit noch einmal. Er kam aus dem Gleichschritt, dann blieb er stehen. Er schwitzte. Eine schwache Brise kam vom Meer herüber und zerzauste sein Haar. «Manchmal ist Agnes nicht sehr freundlich, ich weiß, vor allem, wenn sie sich über etwas ärgert. Aber, Martha, bitte nimm dir ihre Worte nicht zu Herzen. Sie meint es nicht so … Sie will dich nicht verletzen.» Seine Augen, voller Tränen, suchten die ihren.

Ausnahmsweise konnte sie nicht tun, was er verlangte: ihn beruhigen, sich selbst trösten. Ihr gelang ein Nicken. *Wir sollten uns beeilen.*

«Ja», sagte er mutlos.

Sie gingen weiter, nun wieder schneller. Sie passierten die Häuser der Familien Spalding, Durriken, Farrow, Archer. Schlaffe Netze. Leinen, die schwer an der Bleichwäsche trugen. Katzen und Ziegen und Hunde und Hühner, die träge im kargen Schatten herumlagen. Dann die Piss Alley mit ihrem penetranten Gestank. Gegenüber ragte in seinem ausgeblichenen Schwarz der Wachturm in den Himmel, der tagsüber, während die Fischereiflotte vor Anker lag, nicht besetzt war. Auf der Straße war es ruhig. Ihre Schuhe drückten. Ihre Strümpfe rieben ihr die Füße wund. Sie liefen über den Markt, einen Teil der Straße, der voll war mit Ständen und Handkarren und aufgebockten Tischen, merkwürdigerweise fehlten aber sämtliche Käufer. Der Fischhändler, die Schankwirtin, der Küfer, der Bestatter, der Schmied; sie kannte alle, Kit ebenso, und doch grüßte keiner von ihnen. Sie schaute Kit an, sah sein Unbehagen. Einst freundliche Gesichter drehten sich weg, Augen wandten sich ab. Sie wusste, dies war erst der Anfang.

Vor ihnen lag das Gemeindehaus, dessen Fachwerk sich deutlich gegen den wolkenlosen blauen Himmel abhob. Es war das Wahrzeichen von Cleftwater, kein großes, aber dennoch ein imposantes Gebäude, vor Jahrhunderten gebaut, als noch mehr Land zwischen dem Dorf und dem Meer lag. Im oberen Stockwerk befand sich der große Saal, in dem alle wichtigen Angelegenheiten Cleftwaters abgewickelt wurden – Streitigkeiten wurden verhandelt, Rechnungen beglichen, Recht gesprochen. Vor dem Gebäude hatte sich eine gespannt dreinschauende Menschenmenge versammelt. Kit und Martha gingen um die Ecke des Gebäudes und erreichten den Eingang. Kit sprach mit einem der Wachmänner, der zur Seite trat und ihn passieren ließ. «Wenn du bei Prissy warst, warte auf der Straße auf mich.»

Sie nickte. Ihr Puls pochte bereits jetzt schneller. Am Gemeindehaus gab es zwei Treppen, die eine führte hinauf in den großen Saal, die andere hinunter in den Kerker. Sie nahm die Treppe nach unten. Es waren nur wenige Stufen, aber die waren steil. Am Fuß der Treppe öffnete sich ein mit Moos bewachsener Tunnel, der zum Kerker führte. Martin Strong hielt Wache.

«Martha? Was tut Ihr denn hier?» Er schreckte hoch, wobei sein Stuhl umfiel. Er war einer der Knaben aus dem Dorf, die sie auf die Welt geholt hatte, nunmehr erwachsen, ein Mann, mit ansehnlichen Zügen, bis auf die Kinnlade, die zu groß und zu lang war, wie bei einem Maultier.

«Ihr wollt zu Prissy, oder?»

Ja. Sie blickte an ihm vorbei in die Tiefen des Kerkers. In ihrer Jugend war er ein Pferdestall gewesen, und die alten Stallungen waren noch vorhanden, teils sogar mit den in die Steine eingelassenen Halfterringen. Vergangenen Winter, als Kit solche Geldsorgen gehabt hatte, dass sie befürchtete, er würde verhaftet werden, war sie hergekommen, um sich zu vergewissern, wie es um den Kerker bestellt war. Damals hatte der Fußboden aus zerfurchtem Schlamm bestanden, und die Luft war eiskalt gewesen. Jetzt war es stickig, es stank, und überall schwirrten Fliegen umher. Im Zwielicht konnte sie gerade so den Kotkübel in der Mitte des Raumes ausmachen, rundherum festgetrampelte Erde. Sie atmete durch ihren Ärmel, um den schlimmsten Gestank zu mindern. Der Kerker war voll. In jeder Zelle saß, lag oder krümmte sich eine Gestalt, wer es war, ließ sich nicht erkennen.

«Die ist nicht hier», sagte Martin. «Die haben sie vor einer

Weile über die Straße ins *Four Daughters* gebracht. Sind so viele Frauen hier, sie benutzen ein paar Räume im Wirtshaus. Um sie in die Mangel zu nehmen, habe ich gehört.» Er schaute so verblüfft drein, als hätte ihn jemand geschlagen. «Jeden Tag kommen noch mehr. Weiß gar nicht, wo die alle herkommen. Weiß gar nicht, wo die alle hinsollen.» An seinem Hals war ein Fleck, der wie ein ausgefranster roter Stern aussah, der letzte Rest einer üblen Eiterbeule, die sie ihm am Dienstag aufgestochen und mit einem Wickel behandelt hatte. Ohne nachzudenken, trat sie an ihn heran, um ihr Werk zu betrachten. Er zog den Hals weg. «Wie kann es sein, dass des Teufels Bräute die ganze Zeit unter uns waren? Hier leben und ihr böses Werk tun?»

Sie legte sich eine Hand an den Scheitel und rieb sich die Stirn. *Ich bin genauso erstaunt wie Ihr.* Dann erinnerte sie sich an das Päckchen und öffnete es, um ihm das Brot zu zeigen.

«Für Prissy?» Er zögerte. «Das darf sie nicht haben, Martha. Das kann ich ihr nicht geben. Wird sonst alles nur noch schlimmer. Die Frauen bekommen nur die üblichen Kerkerrationen. So, wie sie sind.»

Sie nickte. *Dann nehmt Ihr es.*

«Ist schon in Ordnung. Brauche ich nicht», bekräftigte er.

Sie betastete das verpackte Brot und überlegte, ob sie warten sollte.

«Ihr braucht hier nicht zu warten», sagte er, als hätte er ihre Gedanken gelesen. «Sie nehmen die Frauen ganz schön lang durch die Mangel – die gesamte letzte Nacht und heute den ganzen Tag. Schätze mal, Prissy ist noch eine Weile fort.» Er sah sie an. «Das machen sie mit allen Frauen, Martha. Ob jung, alt, krank, ist ihnen völlig gleich.»

Sie schüttelte ungläubig den Kopf. Hinter Martin brodelte es im düsteren Kerker. Die Gestalten bewegten sich nun, sie rührten sich, setzten sich auf, zerrten an ihren Ketten. Es waren Schatten, Geister; es waren Frauen, die sie kannte.

«... darum beten, dass sie Prissy sanfter anpacken», sagte Martin leise. «Aber das tun die bestimmt nicht.»

Augen funkelten sie aus der Finsternis an. Die Frauen: schmutzig, zerzaustes Haar. Klaffende Münder, ängstliche Blicke. Ein leises Wimmern setzte ein, gedämpfte Bitten und Klagerufe. Solche Geräusche hatte sie erst kürzlich gehört, sie hatten sich in ihren Geist eingebrannt.

«Ist besser, wenn Ihr jetzt geht», sagte Martin mit leichtem Nachdruck. Er betrachtete das Brot. «Nehmt das am besten wieder mit.»

Die Frauen wollten, was sie hatte. Brot, zu trinken. Das Nötigste zum Leben. Je lauter das Wimmern wurde, desto schwerer lastete es auf ihrem Gewissen. Martin bat sie, zu gehen, fort, nach Hause, wo sie sicher war. Nein, sie würde nicht verschwinden. Das konnte sie nicht. Stattdessen ging sie an ihm vorbei und hinein in den Kerker. Ihre Augen gewöhnten sich rasch an die Dunkelheit. Da war die alte Ellen Warne. Hannah Holland, eine Milchmagd von vielleicht sechzehn Jahren. An einer Wand kauerten nebeneinander drei Frauen aus Sandgrave, die sie vom Sehen, aber nicht mit Namen kannte. In der hintersten Ecke Ma Southern, die in ihrem eigenen Kot lag. Sie spürte, wie sich ihr Mut festigte. Sie brach das Brot, tauchte die Stücke in das Bier, beugte sich vor und drückte es in die Hände, die sich ihr entgegenreckten. Wie schnell der Laib kleiner wurde, schon war er beinahe fort. Das letzte Stück behielt sie zurück. Sie stand auf, ging zu Martin.

Gebt das Prissy.

«Ich hab's Euch doch gesagt. Das kann ich nicht, Martha.»

Doch, das könnt Ihr. Sie nahm seine schwitzende Hand vom

Knauf seines Dolchs, streckte seine Finger aus und legte sie auf seine Brust.

«Was soll das heißen?» Seine Augen weiteten sich.

Sie wollte, dass er in sich hineinhorchte und dort den nötigen Mut fand. Aber sein Gesicht verfinsterte sich bloß. «Ich weiß nicht, was Ihr mir sagen wollt. Ich weiß nur, dass der Kerker fast voll ist. Gibt so viele Hexen wie Möwen. So scheint's jedenfalls. Ist nicht mehr so einfach, zu wissen, was richtig und was falsch ist.» Er wies mit dem Kopf auf die Straße. «Ist alles so schlimm geworden. Alle haben Angst. Sogar ich, Martha.»

Zorn, wie ein Blitz in ihrer Brust. Sie spürte, wie er ihre Kraft verstärkte. Hier war ihre eigene Geschichte, mit all ihren gebrochenen Knochen, ihren gerissenen Sehnen, Mutters barbarischem Ende, die Scharten der Vergangenheit rissen nun Wunden in die Zukunft. Sie schlug, härter als beabsichtigt, auf Martins Brust.

«Was?», fragte er und trat einen Schritt zurück.

Tut es. Für Prissy. Für jede von ihnen. Nun nehmt es schon!

Er nahm es. Sie ließ ihn im dunklen Kerker stehen, in den niemals die Sonne gelangte. Sie ging hinauf auf die Straße, in die Hitze, die das Dorf einhüllte wie ein Leichentuch. Sie drängte sich an den Gerichtsbütteln vorbei, überquerte die Straße zum Wirtshaus. Sie würde hineingehen, Prissy finden und sie zu Kit bringen. Vor der Tür des Wirtshauses standen wieder zwei Büttel. Ihr Zorn nahm bereits ab, sickerte durch die Risse in ihrer Seele. Robert Bullard versperrte ihr den Weg, fragte, was sie wolle. Als sie es ihm mitteilte, grunzte er und schickte sie wieder hinaus.

Sie stand mitten auf der Straße und wusste nicht, was sie tun sollte. Zwanzig Schritte von ihr war das Marktkreuz mit seinem Strohdach, die einzige andere Aussicht auf Schatten, und das war voll mit Schaulustigen. Sie musterte die Leute. Keine Spur von Kit. Die Uhr am Gemeindehaus schlug zur Viertelstunde, dann zur halben. Sie dachte an Prissy, an die eingekerkerten Frauen; ihre Gedanken jagten einander, überschlugen sich. Dann: Agnes. Die freie Agnes mit dem großen schwangeren Bauch. Sie ging zurück zur Treppe, zum Gemeindehaus und wandte sich an Ned Bullard, Roberts Bruder, er kannte sie und verstand, was sie wollte. Er nahm sie mit hinauf. Die Tür zum Saal stand einen Spalt offen, und sie spähte hindurch: Zahlreiche Männer und Frauen, darunter Liz Godbold, standen in einer Schlange durch den ganzen Saal.

Wer sind die alle?

«Märchenerzähler», sagte Ned unverblümt.

Kit stand fast am Ende des Saals. Ned ging zu ihm, tippte ihm auf die Schulter und wies auf Martha. Kit sah angespannt aus, beinahe zornig. Seine Finger schrieben in die Luft: *Geh heim.*

9

Sie ging zurück ans Wasser, in der Hoffnung auf eine kühle Brise. Es war Ebbe, und sie lief unterhalb des Seetangs über den Sand. Ihre Schritte hinterließen deutliche Abdrücke. Das bekümmerte sie, ihre Fußspuren waren ein Zeichen, ein Beweis für ihre Freiheit, für ihren Ausflug zum Kerker. Das warme Licht des Nachmittags streifte die Häuser, tauchte sie in gelbe Farbe. Wie war es möglich, dass Cleftwater auf solche Weise heimgesucht wurde? Welche Häuser, welche Leben würden noch unter der Jagd zu leiden haben?

Sie zwang sich, diese Gedanken zu verwerfen. Ihnen folgen wollte sie nicht. Sie ging in Richtung ihres Hauses, doch sie spürte, wie es ihr widerstrebte, hineinzugehen, zu ihren Aufgaben, zu Agnes. Sie verweilte ein paar Minuten und betrachtete die Wellen. Sie kamen unablässig, graugrüne Wogen, von Schaum gekrönt. Das Wasser war klar, einladend. Sie schöpfte ein wenig davon und benetzte mit dem kühlenden Nass die Stirn. Unvermittelt kam eine große Welle, dann noch eine, und sie wich zurück, aber nicht schnell genug. Wasser füllte einen ihrer Holzschuhe. Sie bückte sich, um ihn zu leeren. Zu ihren Füßen lag der Atzmann. Unversehrt.

Sie sah sich in alle Richtungen um und nahm die Umgebung in sich auf. Alles andere war wie immer: der Kies am Strand, die Dünen, der Strauch rosafarbenen Baldrians, der ergraute Kadaver des Bootswracks. Wie konnte das sein? Sie war sich so sicher gewesen, dass sie weit genug geworfen hatte. Sie spielte es im Geiste noch einmal durch. Spürte, wie sie den Arm hob, fühlte das leicht klebrige Wachs an ihren Fingern, vernahm das Geräusch, als der Atzmann ins Wasser eintauchte.

Ihr Atem ging rasend schnell. Der augenlose Blick des Atzmanns zog alles an. Sie konnte sich nicht entscheiden: War es gut, dass er wieder aufgetaucht war, oder nicht? Warum war er zu ihr zurückgekehrt? Hatte Mutter ihn ihr geschickt? Sie schob etwas nassen Sand darüber, ging fort, wandte sich heimwärts, überlegte es sich doch anders und kam zurück. Sie konnte ihn unmöglich hierlassen, wo ihn jemand anderes finden und seine Macht zum Bösen nutzen konnte. Oder noch schlimmer: eine Frau, die man dann beschuldigen würde, er gehöre ihr. Sie ergriff ihn durch den Stoff ihres Rockes hindurch und steckte ihn in den Beutel, den sie am Gürtel trug. Ihr schien, als gehöre der Atzmann ihr allein, als sei sie für immer an ihn gebunden.

Dieser Gedanke setzte ihre Beine in Bewegung. Sie hatte noch eine halbe Stunde, bis man daheim auf sie warten würde. Sie drehte sich gen Norden und eilte die Straße hinab, die zur Schlucht führte. Im Beutel an ihrem Gürtel rüttelte der Atzmann. In ihrem Kopf erschien ein gleißendes Bild seines wächsernen Grinsens, sie schob es fort. Die Uferstraße beschrieb eine Kurve und bog landeinwärts ab. An der Stelle, an der sie abknickte, befand sich die Mündung der Schlucht. Zu beiden Seiten waren dicht an dicht schiefe, verwinkelte Häuser gebaut. Die Schluchtbewohner waren ein Menschenschlag für sich – Fischer hauptsächlich, Menschen, die im Schatten lebten und dunkle Geschäfte betrieben. Als berührte Gottes Licht sie nur selten. Simon stammte von hier, hier war seine Kirche: St. Hildas, düster und freudlos, seitlich gegen die Psalm Cliffs gebaut, auf deren Kamm Uferschwalben saßen und die Schlucht mit ihrem Gezeter erfüllten.

Sie ging weiter in die Schlucht hinein. Trotz der strahlenden Nachmittagssonne war der träge dahinfließende Fluss dunkel, fast schwarz. Vor Jahrhunderten hatte eine gemauerte Brücke die beiden hoch wie Kathedralen aufragenden Ufer miteinander verbunden; ihre Fundamente standen noch, daran wurden stets Fischernetze zum Trocknen aufgehängt. Sie erklomm die Stufen, die zur Stützmauer führten. An klaren Tagen war die Aussicht grenzenlos, da schaute man über das weite Meer bis nach Salt Dyke. Sie hielt sich mit einer Hand an den Resten der Brüstung fest und tastete mit der anderen nach dem Beutel an ihrem Gürtel. Geöffnet sah er aus wie ein schreiender Mund. Im Innern schien sich der Atzmann zu verstecken. Sie holte ihn heraus: dieses letzte Geschenk von Mutter, das sie nicht mehr ertragen konnte. Nicht so sehr die Puppe selbst, sondern vielmehr die Furcht, die sie in ihr auslöste; das war ihr Vermächtnis.

Mit trägen, flachen Wellen kam die Flut. Gut so. Sollte sie die verdammte Puppe stromaufwärts spülen, wo sie sich im Schilf verfangen und ihr kühles Grab im Schlick finden würde. Martha ließ den Atzmann fallen. Direkt unter ihr verfing er sich mit den

Beinen in einem der Netze. Sie hörte sich selbst einen Laut ausstoßen, der wie ein Blöken klang. Das Ding war verflucht. *Sie* war verflucht. Sie langte nach unten. Das Netz war steif und verkrustet von Salz, das brannte, als es sich in die Risse ihrer Handflächen rieb. Vom Psalm Cliff kam die Fähre herüber und schob sich durch die Strömung des Flusses. Eine Reihe von Gestalten befand sich darauf, einige saßen, einige standen: Kirchgänger auf dem Rückweg von der Abendandacht und Trinker, die auf ein kleines Bier im Eel's Boot, der Schänke nahe dem Landesteg am diesseitigen Ufer, übersetzten. Die Trinker hatten sie erspäht, einer von ihnen salutierte, eine spöttische Geste. Das plumpe Gelächter seiner Kameraden hallte von den Klippen und dem schweren Wasser wider. Sie hatte den Atzmann aus dem Netz befreit, aber nun konnte sie ihn nicht mehr fortwerfen, noch nicht. Sie durfte aber auch nicht mit ihm erwischt werden. Sie schob sich den Atzmann in den Ärmel und ging zurück, wie sie hergekommen war. Über der Schlucht war der Himmel von einem blassen, ausgelaugten Blau. Sie brauchte einen dunklen Ort, um den Atzmann zu beerdigen. Am schlammigen Ufer am Fuße des Steges schnüffelte ein kleiner gescheckter Hund mit vernarbtem Fell an dem Unrat, der sich dort angesammelt hatte – Erbrochenes und verfaulte Nahrungsreste und Schlimmeres. Und plötzlich war sie froh darüber, dass es dieses widerliche verschlammte Flussufer gab, an dem kein Mensch nach etwas suchen würde.

Bei Hochwasser würde das Ufer vollends unter Wasser stehen, aber im Moment bot es Gelegenheit genug, einen Platz für den Atzmann zu finden. Sie hockte sich hin und grub in dem schwarzen Schlamm, der sich anfühlte wie schleimiger Ton. Sobald sie ein Loch grub, versiegelte es sich von selbst, als wolle es verhindern, dass sie etwas hineintat. Die Fähre hatte angelegt, die Kirchgänger gingen von Bord und machten sich auf den Weg zu ihren

Häusern oder zur Schänke. Hinter ihr rief und pfiff ein Mann, und der Hund hörte auf zu wühlen und lief davon.

«Wen haben wir denn da?»

Sie wich zurück und versuchte, sich im Schatten zu verbergen, aber der Mann kam weiter auf sie zu und blinzelte, fest entschlossen, nachzuschauen, wer da hockte.

«Martha? Martha Hallybread? Lange her, dass du uns auf dieser Seite des Dorfes beehrt hast.»

Mogg Basford. Ein Waliser, ganz aus dem Westen. Er war groß und kräftig, doch seine Haut wirkte so blutleer wie bei allen Schluchtbewohnern. In der Kirche leitete er den Chor, wählte die Psalmen und Lieder aus und sang sie mit kräftigem Bass. Sie spürte den durchdringenden Blick seiner hellblauen Augen. Sie stand auf. Neben ihm kauerte sein Hund und rieb sich die Schnauze an seinem Schienbein. Der Himmel neigte sich auf sie, der Schlamm saugte sie ein.

Wie geht es dir, Mogg?, gestikulierte sie.

Er gab ein fleischig-feuchtes Husten von sich. «Hörst du das? So geht's mir.» Er schmollte und schaute an ihr vorbei. «Kommt dies Jahr früh. Der Husten. Ist wegen der Hitze.» Er trat von einem Fuß auf den anderen.

Ich kann dir etwas bringen, ein paar –

«Ach, das ist nett, Martha, aber verschwende deine Kräuter nicht an mich. Ein ordentlicher Gin, das ist meine Medizin.» Er verzog den Mund zu einem schiefen Grinsen, das gleich wieder verschwand. «Was suchst du hier?» Sein Hund folgte ihm, als er das Ufer hinab und auf sie zu taumelte. «Hast was verloren?»

Ja, mir ist etwas heruntergefallen. Sie streckte ihm ihre Hand entgegen, damit er sie erkennen konnte, und machte mit den Fingern einen Ring. *Eine Münze. Ich kann sie nicht finden. Das ist aber nicht weiter schlimm.*

«Tja, ja. Die Schlucht ist ein Friedhof. Gott allein weiß, was hier im Laufe der Jahre alles verschwunden ist.»

Schweiß rann ihm über die Wangen in den Bart. Drüben war der Fährmann mit einem Krug Bier zu seinem Boot zurückgekehrt und nahm einen Schluck, während er zu ihnen herübersah.

«Ist ein heißer Tag, Martha. Trinkst du einen mit mir?»

Danke, aber ich muss –

«Ach, komm schon.» Mogg nickte in Richtung des Eel's Boot. «Müssen ja nicht in die Schänke. Können uns zu mir setzen. Nur einen Becher. Bin ich dir schuldig. Hast dich so um meine Judith gekümmert, bevor sie starb. Hätte sie gewiss so gewollt, um sich zu bedanken. Dein feiner Herr und deine Herrin werden dir wohl einen Drink gönnen, oder? Ein Päuschen für Martha und ein Schlückchen guten Mutes!» Sein rattenfarbener Bart teilte sich, als er lächelte. «Einen Gin? Gut, dann eben einen Apfelwein. Ja, das ist das rechte Schlückchen für dich. Na, komm schon. Trink einen Becher Apfelwein mit einem Freund.»

Er ergriff ihre Hand und zog sie das Ufer hinauf zu seiner Hütte. Vor dem Haus stand eine Bank, und er schob Reusen und eine Aalfalle zur Seite, damit sie sich setzen konnte. Sie nahm Platz. Sie würde ihn ein paar Minuten lang unterhalten, dann würde sie gehen. Mogg betrat die Hütte. Von den Wänden der Schlucht hallten verschiedene Geräusche wider: die Rufe der Uferschwalben und die undeutliche Fröhlichkeit aus der Schänke. Mogg kam mit einem Krug und zwei angeschlagenen Bechern zurück.

Sie stand auf. *Ich muss fort, Mogg. Daheim braucht man mich.*

«Ach, komm», setzte er an, dann überkam ihn der Husten. Sie konnte das Ächzen seiner Lunge hören, das Rasseln in seiner Brust.

Sie deutete auf ihren Beutel. *Lass mich dir Kräuter geben. Ich würde dir –*

Er schüttelte den Kopf. «Dank dir schön, aber gegen das, was ich habe, hilft kein Kraut. Keine Arznei kann mir meine Judith zurückbringen. Auch deine Heilkräuter nicht, Martha.» Sie wusste, was kommen würde, sie hatte diese Bitte schon allzu oft gehört. Sie wich zurück, aber Mogg ergriff ihre Hand und hielt sie fest. Sie versuchte, sich loszumachen, aber er drückte nur noch stärker zu. In seinem Gesicht sah sie Begierde, gemischt mit etwas anderem. Gerissenheit. Verschlagenheit.

«Als Witwer führt man ein einsames Leben, Martha.» Er betrachtete sie, ein wenig zu genau. «Schätze, du weißt, wie das ist, immer allein zu sein. Nur, dass du so was wie eine Familie hast und mit anderen Leuten zusammenlebst. Aber wenn man so ist wie ich, wenn man jemanden hatte und ihn dann verloren hat, und man hat sein Leben noch vor sich … Tage um Tage. Einsame Tage.» Er hustete noch einmal. «Gut möglich, dass ich dasselbe Leiden habe wie Judith. Dasselbe Grummeln, hier drin. Wenn das so ist, dann ist das in Ordnung, dann darf das ruhig sein Werk tun.» Er blickte über das Wasser zu St. Hildas und dem Kirchhof darüber, wo seine tote Frau begraben lag. «Weiß nicht, ob ich noch viel länger leben will. Vielleicht ruft mich Gott der Herr bald zu sich. Wenn er das tut, bin ich bereit zu gehen.»

In ihrem Ärmel wurde der Atzmann weicher, entspannte sich auf ihrer Haut.

«Es sei denn, der Herr sendet mir ein wenig Trost», fuhr Mogg fort. «Jemanden zum Festhalten. Der mir nahe ist. Mit dem ich mein Leben teilen kann, solange ich's noch habe.» Er legte seine schwieligen Finger an ihr Kinn und drehte ihr Gesicht zu sich. «Oder, Martha?» Seine Augen waren trüb wie eingekochte Stachelbeeren. «Zwei Menschen, die sich schon so lange kennen wie wir. Wir sind nicht mehr so jung wie früher, aber ich schätze, wir haben noch Zeit, oder? Du kannst alles haben, was du willst. Wir können ganz und gar zusammen sein oder nur nachts, wenn du verstehst, was ich meine. Sag mir, was du willst. Du sollst nur wissen, dass ich bereit wäre – mehr als bereit. Dann würde ich deine Kräuter nehmen, Martha. Wenn wir zusammen wären. Denn dann hätte ich einen Grund, sie zu nehmen, und dann würde ich es auch tun.»

Früher einmal war er ein stattlicher, ansehnlicher Mann gewesen. Er lächelte, sein Gedanke wurde immer schöner und wahrer, während er sprach. «Denk doch nur! Du hättest einen Mann an deiner Seite. Der dir im Sommer Gesellschaft leistet und dich im Winter warm hält.» Er musterte sie von Kopf bis Fuß. «Einen, der dich beschützt, der für dich da ist in Zeiten wie diesen, wenn alles voll ist mit Gerüchten, mit Leid. Wenn Frauen, die allein sind, sich nicht sicher fühlen können.»

Ich danke dir. Sie gestikulierte mit der freien Hand, aber nicht in seine Richtung. *Für deine … freundlichen Worte.* Sie versuchte erneut, sich aus seinem Griff zu winden. *Ich muss heim.*

«Lass mich dich begleiten.»

Nicht jetzt, Mogg.

«Ach, Martha, warum so eilig? Gönn mir doch noch ein paar Minuten deiner Gesellschaft.» Er klang plötzlich vollkommen ernst. «Du weißt, dass Cleftwater nicht mehr so sicher ist, wie es einmal war. Da sind Hexen unter uns. Du solltest nicht allein herumlaufen. Außerdem würde es mir Freude machen, mit dir zu gehen. Damit die Leute wissen, dass sie unserer Martha nichts antun dürfen.»

Sie atmete verzweifelt aus und wies dann den schlammigen Weg hinauf, wo sich die Hütten lichteten und die Schlucht sich verengte, eine Stelle, die Scheißende und Huren gleichermaßen bevorzugten. Man ging dorthin, um sich auf alle möglichen Arten zu erleichtern. Eine flüchtige Hoffnung huschte über sein Gesicht. Dann verstand er, was sie meinte. «Ich warte auf dich.»

Gott schütze ihn, den traurigen alten Trottel, aber er sollte sich anderswo nach einer neuen Frau umschauen. Sie lehnte sich zurück und erleichterte sich auf einen Farn. Das Geräusch ging unter im gleichmäßigen Zirpen der Grillen auf dem Feld oberhalb. Die Erde war warm. Doch nein: Die Wärme kam von ihr, von ihrem Leib, ihrem überhitzten Geist. Sogar ihr Urin war heiß, verätzte den Boden. Sie zog den Atzmann aus dem Ärmel, betrachtete ihn skeptisch und presste den Kopf mit Daumen und Zeigefinger zusammen. Diese Hexenpuppe, die sie so sehr loszuwerden versucht hatte – insgeheim wünschte sie sich, dass ihre Kraft, ihre Macht wahrhaftig war. Sie lockerte den Griff. Vielleicht konnte sie sie doch benutzen, dieses eine Mal. Hier und jetzt. Vielleicht würde Mogg dann endlich von ihr ablassen.

Er wartete unterhalb von ihr in der Gasse und schaute ihr verstohlen bei ihrem Geschäft zu. Sie wünschte sich erneut und mit Inbrunst, dass er sie in Ruhe lassen würde, aber sie wusste, dass er es nicht tun würde. Sie hatte zwei Möglichkeiten: über die offene Straße nach Hause zu gehen, mit Mogg an ihrer Seite, der sich falsche Hoffnungen machte, oder sich den Cart Scour, einen schmalen Trampelpfad in der Böschung, hinaufzuschleichen. Es war hell genug, dass sie den Pfad erkannte. Sie verstaute den Atzmann in ihrem Beutel. Der Cart Scour war steil und stets feucht, und sie hielt sich an Pflanzen fest, als sie hinaufkletterte, an Farnen und langen Büscheln von Wicken, deren violette Blüten gerade verwelkten und zu Samen wurden.

Am Rand der High Street blieb sie stehen, um Luft zu holen. Sie blickte auf das Meer, dem das Licht des Nachmittags die Farbe angesengten Messings verlieh. Ihr Zuhause – Knoll House – war nicht weit, und es ging nur noch bergab. Ihre Atmung beruhigte sich, während sie ging. Die High Street war breit und hell. Auf jeder Seite gingen die Scours ab, Gassen, die die Sonne nicht erreichte und die so schmal aussahen, als passe kaum ein Kind hindurch. Die auf der linken Seite führten zum Fluss und zur Schlucht hinab, die auf der rechten zu Kits Wiese. Die Menschen – Fischer – fristeten hier ein hartes Dasein in beengten, armseligen Häusern. Die Mütter in den Scours waren dürr und stets erschöpft, allzu oft wurden sie vor ihrer Zeit zum Herrn abberufen. Ihre Kinder waren ausgemergelt und kränklich. Immer mal wieder wurde Martha zu einer siechen Marktfrau gerufen, hier schätzte man ihre liebevolle Art genauso wie ihr Wissen um Heilkräuter. Sie spürte die Augen der Gassenbewohner auf sich. Beacon Scour. Dutchy's Scour. Die nächste war Shitters' Scour – sie konnte das Gegrunze der Wildschweine und Hunde hören, die dort immer im Unrat wühlten. Und genau dort kam Mogg nun heraus, mit seinem gebeugten Gang; selbst an Land war er stets auf See. Sein Gesichtsausdruck verriet seine üble Laune. Die untergehende Sonne ließ seine Haut und sein Haar leuchten. Oh, wie dumm ich war, hier entlangzugehen.

«Warum hast du mich stehen lassen, Martha?»

Ich muss heim. Sie machte Anstalten, an ihm vorbeizugehen.

«Nach Hause, ja, ja, ich habe gesagt, ich begleite dich.» Er stellte sich vor sie und zwang sie, stehen zu bleiben. «Bin für dich nicht gut genug, ist es das?»

Sie schüttelte den Kopf und hielt die Hände über Kreuz und streckte sie aus. *Das habe ich nie gesagt – das würde ich nie sagen.*

Es stimmte, und sie meinte es so, aber er war fest entschlossen, sich über sie zu ärgern. Schlimme Wörter strömten aus seinem Mund, Beleidigungen wie liederlich und schamlos und schäbig. Isebel, Schindmähre. Sie stand da mit gesenktem Kopf und gefalteten Händen – die Pose einer Märtyrerin – und dachte an seine Frau und seine Kinder, die ebenso sehr an seinem Temperament gestorben waren wie an der Krankheit. Er wütete immer weiter.

Hexe. Er nannte sie eine Hexe. Ihre Gedanken überschlugen sich, sie dachte an die tote Judith, dann an Prissy, an das missgestaltete Neugeborene und schließlich an den Atzmann. Warum hatte sie ihn nicht benutzt, als sie Gelegenheit hatte? Moggs Worte wurden langsamer, seine Schimpftirade ließ nach.

«... stimmt wohl. Die Leute halten viel von dir. *Ich* halte viel von dir.» Er blies die Backen auf und war kurz still. Er schaute sie durchdringend an, dann wurde sein Blick mit einem Mal reumütig. «Schätze, du hast mich falsch verstanden, Martha. Oder vielleicht bin ich zu weit gegangen. Ja, vielleicht bin ich das. Ich habe mich so gefreut, dich zu sehen, denn du hebst immer meine Laune. Dachte, wir könnten etwas Zeit miteinander verbringen. Ich wollte dich nicht erschrecken. Wenn ich das getan habe, tut es mir leid.» Er nahm den Hut ab. Der oberste Knopf seiner Hose hatte sich gelöst. «Du bist eine gute Frau.» Erneut ein schiefes Lächeln. «Wir sind beide keine Schönheiten, aber eines sage ich dir, Martha: Für mich bist du ansehnlich genug. Das meine ich ernst. Und vielleicht findest du mich ja irgendwann auch ansehnlich.» Seine Augen suchten die ihren. «Schenk mir doch ein wenig Hoffnung, hm?»

Sie musste ihn bei Laune halten, auch wenn sie ihn am liebsten fortgestoßen hätte. Er hielt ihr den Arm hin, damit sie sich bei ihm einhakte, aber sie tätschelte ihn bloß und schob ihn von sich. Trotzdem war er fürs Erste beruhigt. Sie ging schneller und tat größere Schritte. Ein paar Yards hielt Mogg mit ihr mit, dann fiel er zurück und ging hinter ihr. Er redete weiter, Worte prasselten aus ihm heraus wie Spreu in den Wind. Noch mehr Komplimente, oder was er für Komplimente hielt, er lobte ihr verlässliches Aussehen, ihre Gottesfurcht, ihre heilenden Hände. Er kicherte, so sehr freute er sich darüber, dass er sie umwarb. Aus dem Kichern wurde ein Husten, daraus ein Keuchen. Sie suchte in ihrem Beutel nach etwas, das sie ihm geben konnte, fand aber nur etwas Milchlattich.

«Deshalb brauche ich dich, Martha. Du hast Kräuter und ein gutes Herz.» Er wischte sich den Mund ab und grinste. Ihre bloße Nähe war ihm Ansporn. Plötzlich strahlte er sie an, packte sie und stürmte mit ihr die Straße hinunter wie ein verliebter Bräutigam. Sein Hund bemerkte den Stimmungswechsel seines Herrn und rannte im Kreis um sie herum. «Nun schau uns an, was? Wir beide hier zusammen! Du hältst deine Kräuter wie einen Brautstrauß.» Sein Wams stank nach dem Fisch, den er vorhin noch ausgenommen hatte, und sie drehte den Kopf weg. Er war trunken vom Trugbild einer Zukunft, die nicht sein konnte. Er tänzelte mit ihr immer weiter die Straße hinauf, vorbei am Haus des Arztes, am Laden des Krämers, am Bootsausrüster.

Schon waren sie wieder an der Schänke. Unter dem Vordach lungerten zwei Männer herum.

«Schaut mal, Freunde», rief Mogg, «meine Martha, die einen ehrlichen Mann aufmuntert und ihm Grund gibt, fröhlich zu sein.» Er hielt inne und legte seine Lippen an ihr Ohr. «Und hier ist unser kleines Fest – nun sei doch nicht so, Martha.»

«Die sieht mir nicht ganz so fröhlich aus», sagte einer der Männer, der kleinere, kam näher und starrte sie im Abstand einer bloßen Handbreit an. Sie sah das Salz in seinen Wimpern und in seinem strähnigen Haar, auf seinen aufgeplatzten Lippen, die sich zu einem Grinsen verzogen. Herry Gowler – Fischer, Taugenichts und einer der Kerkermeister von Cleftwater. Sein Begleiter war fast noch ein Knabe, dürr, mit einer Nase, die aussah wie das Hinterteil eines Kapauns, und Ohren, die nahezu im rechten Winkel vom Kopf abstanden.

«Aber das ist ja unsere Martha Hallybread. *Die* ist Moggs Liebling», krähte Herry. Sein Atem roch sauer vom Bier.

Mogg zog sie an sich. «Das ist mein Wunsch, Gentlemen. Sie hat nicht Ja gesagt, aber sie hat auch nicht Nein gesagt, also habe ich Grund zur Hoffnung. Also, meine Herren, ich bitte Euch, erweist dieser feinen Lady ein wenig Respekt.»

«Stimmt das, Martha, was Mogg sagt? Ihr wollt Hochzeit feiern?», fragte Herry. Ein langsames Grinsen. «Hast du's schon Kit mitgeteilt? Hat er dir seinen Segen gegeben? Oder hast du Mogg etwa», und hierbei sah er zu seinem Begleiter und dann wieder zu ihr, «mit einem Liebeszauber belegt?» Er schaute sie verschlagen an. «Kit hat geheiratet, er ist nun einer anderen treu, und da hast du dir Mogg ausgeguckt. Stimmt's, Martha?»

Sie hielten sie für eine zahnlose, verdrießliche Alte, ein wertloses Weibsstück in grauen Kleidern, ein Vorbild an stummer Nachsicht, eine, die sich ködern ließ, ohne dass man Angst vor den Folgen haben musste. Sie verzog keine Miene und drückte den Milchlattich so fest, dass er ihr in die Handfläche stach, als könne sie so Mogg dazu bringen, sein Spielchen zu beenden. Er sagte nichts. Sein Grinsen war breit, eine Provokation. Die Glut ihres Zorns entzündete sich. Sie fühlte das Bedürfnis, gemein zu ihm zu sein, es ihm heimzuzahlen. Sie grinste ihn abschätzig an, dann stieß sie ihn gegen die Brust. *Lass mich in Ruhe!* Sie hielt ihm ihren Ringfinger vors Gesicht, zog mit der anderen Hand einen unsichtbaren Trauring vom Finger ab und warf ihn in die Gosse. *Nicht du. Niemals.* Sie trat zurück und klopfte sich heftig auf den Mund. *Hör auf, mich zu verspotten!* Sie konnte spüren, wie die Wut in ihm hochschoss wie Wasser aus einer geplatzten Pumpe. *Sprich mich nie wieder an!*

Mogg musterte sie mit den Augen eines Wiesels. «Tja. Sie will nichts mehr von mir wissen, Jungs, das ist nun wohl klar.» Er bedachte sie mit einer übertriebenen Verbeugung. «Das war bloß ein Scherz, Martha, nur ein Spielchen. Aber nimm's, wie du magst.» Er riss ihr den Milchlattich aus der Hand. «Wünsche dir und deinen Kräutern einen schönen Abend, du vertrocknete alte Jungfer. Vielleicht sind die anderen jungen Herren hier ja mehr nach deinem Geschmack.» Er sah Herry an. «Oder vielleicht haben sie Lust, eine Hexe zu fangen.»

Er pfiff nach dem Hund, ging mit ihm die Brine Scour hinunter und war verschwunden. Sie faltete die Hände, um sie am Zittern zu hindern. Schnell, sie musste sich beeilen. Aus dem Augenwinkel sah sie, wie Herry und sein krummbeiniger Kumpan einander angrinsten. Als sie sich wieder auf den Weg machte, folgten sie ihr, blieben aber zunächst ein Stück zurück. Doch die Neigung der Straße und die Gleichgültigkeit der Leute, denen sie begegneten, machten sie mutiger, ihre Spötteleien und Sticheleien wurden lauter und dreister, während sie wie Hütehunde um sie herumliefen. «Sei mein, Martha. Sag Ja zu mir. Heirate *mich*.»

Dutchy's Scour. Cran Scour. Sie befand sich schon beinahe am Fuße des Hügels, wo die High Street eine Kurve machte und in die Tide Lane überging, die entlang des Strandes verlief. Grope Scour lag zu ihrer Rechten, die letzte Gasse. Aus einigen Häusern drang schwaches Licht, das die Düsternis der engen Gasse, die einem jede Hoffnung auf Sicherheit nahm, kaum zu erhellen vermochte. Oben war die Gasse kaum breiter als ihre Schultern, aber je weiter sie abfiel, desto mehr öffnete sie sich. Das Pflaster war mit Unrat bedeckt. Sie ging schnell hinunter, vorbei an schemenhaften Gestalten – teilnahmslosen Frauen, die in lichtlosen Türöffnungen herumlungerten, einem Kind, das ein kleines hölzernes Boot durch eine Schlammpfütze fahren ließ. Jedes Gesicht war müde, von Entbehrung gezeichnet. Die Burschen folgten ihr immer noch. Sie verstummten in der toten Luft der Gasse, waren aber entschlossener denn je, sie an der Flucht zu hindern. Sie begann zu laufen. Unter einem Gewirr von Ästen wurde die Grope

Scour noch dunkler und fiel steiler ab, bis sie in einer Treppe mündete. Als sie am Fuße der Treppe ankam, raschelten Kleider, Leiber ließen voneinander ab, Metall klirrte. Eine Gestalt schob sich an ihr vorbei, stiefelte schnell bergan und verschwand. Eine zweite Gestalt hockte in einem Torbogen und war gerade dabei, sich zu erleichtern, es lief unter ihren gerafften Unterröcken hervor. Martha blieb stehen. Die Frau sprang auf und ließ die Röcke fallen.

«Was wollt Ihr hier?» Jennet stand auf und steckte dabei eine Münze ein. Ihre Wangen waren stark gerötet. Sie lachte auf und fuhr sich durchs Haar. «Martha Hallybread. Du hast mich überrascht. Du bist der letzte Mensch, den ich hier erwartet hätte.» Sie rückte ihr Mieder zurecht. «Dachte, du wärst eine Nutte. Oder ein Dieb.» Sie las in Marthas Gesicht. Dann sah sie zur Gasse hinauf, wo Herry und Segelohr oben an der Treppe standen. «Aah. Verstehe. Wünsche Euch einen guten Abend, die Herren. Was führt Euch nach Grope Scour? Ein bisschen feiern, was? Ein bisschen fröhlich sein?»

Herry schaute finster drein und kniff die rissigen Lippen zusammen. Eine große getigerte Katze tauchte aus einem Gebüsch auf und schlich ihm um die Beine. Er trat sie fort und kam schwerfällig die Treppe herunter.

«Ein ungestümes Temperament», sagte Jennet und rührte sich nicht, «ziemt keinem Mann.»

«Scheiß drauf. Und scheiß auch auf dich», höhnte Herry und trat auf sie zu.

«*Das* ist doch mal ein Vorschlag.» Jennet wandte sich Martha zu. «Erstaunlich, nicht wahr, was aus dem Mund dieser Chorknaben kommt, nachdem sie sich in der Kirche heiser gesungen haben.» Sie sah Herry an. «Warum verschwindet ihr nicht und besauft euch im Eel?»

«Halt's Maul, du nichtsnutzige Schlampe», krähte Herry.

«Halt selbst das Maul, Herry Gowler.» Jennet hakte sich bei Martha unter. «Wir haben mit dir nichts zu schaffen.»

«Was tust du hier?», fragte Segelohr.

Jennet drehte sich zu ihm um. «Was glaubst du, Freundchen? Es gibt nur eine Art von Männern, die in die Grope Scour kommt, und das sind Männer, die fürs Vergnügen bezahlen müssen.» Sie musterte die zwei von oben bis unten. «Was für ein Paar. Was für *Exemplare.* Schau nur, wie sie dich anstarren, Martha. Sieh dir Ralph an, wie er hier steht wie ein Rattenfänger, dem vor Geilheit die Zunge heraushängt.» Sie trat einen Schritt vor. «Ihr geht in die Kirche und betet für eure Seele, und dann kommt ihr heraus und macht euch wieder zum Affen, und alles geht von vorne los. Derlei zwei Gesichter zu haben, muss ganz schön ermüdend sein.» Sie sah wieder zu Martha. «Herry hat zwei Gesichter, meinst du nicht auch?»

Ja, bestätigte Martha, indem sie ein Paar Hinterbacken in die Luft zeichnete. *Ein Arsch hat immer zwei Seiten.*

«Hast du das gesehen, Herry?», krähte Jennet. «Da beschreibt dich die beste Wehmutter von Cleftwater. Ein rechter Arsch, sagt sie, mit einem Loch, durch das die Luft entweicht.»

«So helfe mir Gott, Jennet Savory, halt die Klappe, oder ich sorge dafür, dass du sie hältst.» Herry trat auf Jennet zu und packte ihre Kinnlade. «Du verschwindest jetzt ganz still und leise, wenn du weißt, was gut für dich ist. Wir haben etwas mit Martha zu bereden.»

«Ist das so? Tja. Dann muss das wohl warten, denn Martha geht jetzt mit mir heim.»

«Das tut sie nicht», sagte Herry. «Sie kommt mit uns.» Er presste sein Gesicht an Jennets. «Sie hat mit Mogg Basford noch eine Rechnung offen – schuldet ihm Abbitte, weil sie ihn beleidigt hat, die alte Hexe.»

«Verstehe.» Jennet nickte. «Das geht natürlich nicht. Unerhört, einen so feinen Menschen wie Mogg Basford zu beleidigen.» Sie befreite sich aus Herrys Griff. «Mogg Basford! Einen Gentleman, der so vornehm ist, dass er seine Drecksarbeit nicht selbst macht, sondern seine beiden persönlichen Frettchen losschickt.» Sie schubste Herry eine Treppenstufe hinauf, dann noch eine. Martha sah zu, bewunderte Jennets Kühnheit und wünschte, sie wäre ähnlich wagemutig. «Lasst mich Euch folgende Frage stellen, werte Herren: Wenn Martha solch eine alte Hexe ist, warum ist Mogg dann hinter ihr her? Weil sie stets Nein zu ihm sagt.» Wieder schubste Jennet ihn. «Du bist ein einfältiger Kerl, Herry, deshalb erkläre ich es dir mit ganz einfachen Worten.» Sie legte sich die Hände auf die Wangen und zog sie nach unten, sodass das rötliche Innere ihrer Augenhöhlen zum Vorschein kam. «Du willst eine Hexe? Hier hast du eine.» Sie hielt ihm die Faust vors Gesicht und spreizte den Zeigefinger und den kleinen Finger ab. «Haut ab, und kümmert euch um eure eigenen Angelegenheiten, ihr zwei. Und lasst uns in Ruhe, wir haben euch nichts getan.»

Sie drehte die Handfläche nach außen und hob wie zum Gruß die Hand mit den abgespreizten Fingern. Die gehörnte Hand. Die Hexenhand. Ralphs Mund klappte auf; er schnappte nach Luft wie eine geangelte Flunder. Herry warf einen Arm hoch und drehte den Kopf, als weiche er einem Fausthieb aus.

«Jesus, Jennet …»

«Selber Jesus, Herry Gowler. Ich sag's dir noch einmal, sag du es Mogg: Haltet euch fern, haltet euch gefälligst fern. Von Martha. Und von mir.»

Der Weg grenzte an Kits abschüssige grüne Wiese, die sie diagonal überquerten. Nach der Düsternis der Gasse war Martha vorübergehend von dem hellen Tageslicht geblendet. Ihre Hände zitterten noch immer von der Aufregung, und sie hielt sich den

Ärmel zu, damit der Atzmann nicht hinausrutschte. Die Sohle ihres einen Schuhs hatte sich gelöst und klapperte beim Gehen. Kühe, Möwen, das melodische Piepsen einer Heckenbraunelle. Sie kamen an den Kuhteich und erblickten auf der anderen Seite Tom Archer, der einen Eimer füllte. Ohne dass sie sich absprechen mussten, warteten sie hinter dem Riedgras, das auf ihrer Seite das Wasser säumte.

Martha formte die Hände zu Kelchen und hielt sie in Form eines V. *Warum hast du mir geholfen?*

«Warum ich dir geholfen habe? Warum nicht?», sagte Jennet unverblümt. «Gestern hast du mir geholfen. Heute helfe ich dir. Das ist gottesfürchtig. Das ist Freundschaft.» Sie grinste Martha an. «So nennt man das.»

Danke. Oh, ich danke dir. Sie küsste ihre Fingerspitzen und tippte damit an Jennets Hals. *Meine Samariterin. Meine Freundin.*

«Jedenfalls», fuhr Jennet fort und liebkoste Marthas Finger, «habe ich keine Zeit für Herry Gowler, dieses pockengesichtige Großmaul. Er will, dass man ihn in seine Schranken weist, so ist es doch.»

Vielleicht, aber die gehörnte Hand hättest du ihm dennoch nicht zeigen sollen.

«Ach wo, Herry macht mir keine Angst. Den beachte ich gar nicht. Er redet einfach viel – immer dieses biblische Gewäsch, das er in der Kirche aufgeschnappt hat. Ich sage dir, Martha, mehr Weisheit findest du in einem von Pater Leggatts Fürzen.»

Beider Lachen wurde immer lauter, ihr eigenes ein kehliges Keuchen, wie sie es schon lange nicht mehr aus ihrem Mund gehört hatte.

«Wollen wir gehen?»

Gerne. Wir werden beide daheim gebraucht.

Als sie am Kuhteich vorbeigingen, erhob sich der Schwanenvater mit weit ausgebreiteten Flügeln aus dem Schilf und zischte sie an.

«Wie kommst du zurecht? Ohne Prissy?»

Leidlich. Sie seufzte. Sie war sehr müde. *Es ist viel zu tun.*

Jennet wurde langsamer und warf Martha einen ernsten Blick zu. «Was geschieht mit Prissy? Wann lassen sie sie heimgehen?»

Martha schüttelte den Kopf. *Ich weiß es nicht.* Sie hob die Hände und faltete sie wie zum Gebet. *Bald, so Gott will.*

«So Gott will. Oder der Hexenjäger. Je nachdem.»

Sie betrachtete Jennet von der Seite: das leicht schräge dunkelblaue Auge, ihr Wangenknochen, der weinrote Fleck neben ihrer Kinnlade. Alles an ihr wirkte wie gemeißelt, selbst der Rand ihres Muttermals.

Warum warst du hier in den Scours?

Jennet schaute nach vorn. «Das ist eine Sache zwischen mir und Gott dem Herrn, alte Freundin. Sagen wir einfach, ich wollte mich für einen Gefallen revanchieren.» Sie ging zwanzig Schritte weiter. «Und du? Was hast du da drüben gemacht?»

Die Lüge ging ihr leicht von den Fingern. *Eine Besorgung erledigen.* Sie dachte kurz nach. *Einem kranken Mann Kräuter bringen.*

«Woran leidet er?»

Herz.

«Ach wirklich?»

Sie konnte Jennets Gesichtsausdruck nicht deuten.

«Welche Kräuter heilen denn ein krankes Herz?»

Sie waren an Kits Tor angekommen. *Das erzähle ich dir ein andermal.* Hinten im Hof ächzte und sprudelte die Schwengelpumpe. Sie hörte das Plätschern des Eimers und Simons schwere Schritte, als er das Wasser hineintrug. Schon von hier aus konnte sie spüren, wie verärgert Agnes war, als strahle das ganze Haus ihre Wut aus. Schon erfand sie Ausreden, erdachte Gründe für ihre Verspätung, dafür, dass ihre Röcke voller Staub und Schmutz waren.

Jennet nickte ihr zu und sah sie vielsagend an. «Das ist es, was ich an dir schätze, Martha. Du kannst Geheimnisse für dich behalten.»

Sie grinste. *Wer könnte das besser als ich?*

Jennet zog sie zu sich und drückte sie in einer knöchernen Umarmung an sich. «Ich verrate nichts, wenn du nichts verrätst – du sagst nichts von mir, ich nichts von dir. Wenigstens im Moment. Damit sind wir quitt, alte Freundin.»

10

Simon hatte den Herd in der Küche zu stark geheizt und das gesamte Feuerholz verbraucht. Sie schickte ihn hinaus, um neues zu hacken. Im Haus herrschte eine drückende Schwüle, Agnes' Verdruss hing in der Luft. Martha bürstete ihre Kleider ab, trank einen Becher Apfelwein. Zeit, sich bei der Herrin zu melden. Sie ging leise den Flur hinunter und fand die Tür zu Kits Arbeitszimmer einen Spaltbreit geöffnet. Agnes saß noch immer in dem Stuhl mit der hohen Lehne. Auf dem Schemel vor ihr hockte Kit. Von der Tür aus beobachtete sie die beiden. Sie waren ein schönes Paar: der hübsche, stattliche Kit, nicht zu hochgewachsen, aber wohlproportioniert, mit seinen ausgeprägten Gesichtszügen und dem dichten dunklen Haar; die dralle, anmutige Agnes, die mit schüchternen, mädchenhaften Bewegungen vor Kits Berührungen zurückwich. Ihrem Gesicht sah man an, wie wütend sie war – gerunzelte Stirn, rosige Wangen. Kits Gesicht sah man an, wie verliebt er war.

«Den ganzen Tag über hat er mir in die Rippen getreten», sagte die Herrin. Sie strich mit einer Hand über ihren gewölbten Bauch.

«Dann lass mich Martha holen. Sie wird wissen, was zu tun ist. Sie hat gute Kräuter.»

«Sie hat bereits nachgesehen.»

«Das war heute Morgen. Lass sie noch einmal schauen. Vielleicht weiß sie etwas, kennt ein Heilmittel, das dir heute Abend Ruhe schenkt.» Kit erhob sich vom Schemel und legte Agnes' Füße darauf.

«Ich kann es mir einfach nicht bequem machen», sagte Agnes anklagend und presste sich unruhig gegen das harte Holz. «Das Kind liegt so tief. Martha sagt, vielleicht kommt es bald, weil es schon so groß ist. Manchmal kommt ein Kind früher, wenn die Mutter keinen Platz mehr hat.» Sie wandte ihr Gesicht Kit zu. «Der Größe nach ist er gesund ... Aber wie soll ich ihn zur Welt bringen?»

«Dank Marthas Können wird ...»

«Martha! Deine Martha ist ja nicht einmal hier! Sie ist ein Bauerntrampel – ein Kräuterweib, weiter nichts. Sie ist kein Arzt. Kräuterkunde ist keine Wissenschaft. Ihre Kräuter lindern, aber heilen können sie nicht. Das einzige Heilmittel gegen meine Beschwerden sind die Geburtswehen, das weißt du so gut wie ich. Und wenn das Kind überlebt und ich nicht, wie wird es dir ergehen? Du wärst Witwer mit einem gesunden Sohn und ohne Frau, die ihn aufzieht.» Kit wollte sie liebkosen, doch sie stieß ihn fort. «Aber nein, wie töricht von mir! Mit Martha als Amme wird es unserem Sohn an nichts fehlen. Er wird zweifellos wachsen und gedeihen. Dafür wirst du sorgen. Dafür wird die gesegnete Martha sorgen, daran hege ich keinen Zweifel. Und dann, wenn die Trauerzeit vorbei ist, wenn alle Gebete für meine Seele gesprochen sind und bei meinem leblosen Haupt ein Stein aus feinem Marmor in die Erde gesetzt wurde, dann wirst du eine andere Frau finden, und sie wird dich gewiss genauso erfreuen, wie ich es einst tat.»

«Liebling, nein, nein. Sag das nicht. Denke das nicht. Was du sagst, wird niemals passieren. Ich verspreche dir, wenn du niederkommst, wirst du nur die allerbeste Pflege erhalten. Würde es dir helfen, Doktor Quinnell hier zu haben? Dann werde ich anordnen, dass ...»

«Ich bitte dich nur um eines, mein Gatte: dass du in den kommenden Jahren an dem Tag, an dem sich die Geburt unseres Sohnes oder mein Tod jährt, meiner gedenkst. Gedenke kurz deiner Agnes und wünsche mir alles Gute, wo immer ich sei. Dann gestatte ich es dir, in dein angenehmes Leben zurückzukehren, dich mit unserem Kind und deiner neuen jungen Gattin zu vergnügen, und natürlich mit Martha, deiner stets treuen Martha, deren Kunst nicht ausreichte, um mein Leben zu retten.»

Agnes hielt abrupt inne, als hätte der Groll sie übermannt. Draußen auf dem Flur trat Martha einen Schritt zurück und kauerte sich zusammen, sosehr sie nur konnte.

«Agnes. Meine Liebe, meine einzige Liebe. Deine Laune ist heute nicht die beste. Das Kind liegt nicht gut, du fühlst dich unwohl, deine Gedanken gehen durcheinander ...»

«Gatte! Halt! Ich lasse mich nicht bevormunden. Tu nicht ab, was ich sage. Ich sage die Wahrheit. Angenommen, das Kind kommt zu früh. Was dann? Wir haben nur zwei Bedienstete, der eine ein Bursche, die andere eine alte Frau. Die dritte ist noch immer im Kerker.»

«Agnes, du solltest dich nicht aufregen. Ich habe mit den Bütteln gesprochen; so Gott will, wird Prissy bald wieder daheim sein. Und was hast du plötzlich gegen Martha, die uns stets treu und eine wertvolle Hilfe für uns beide war? Warum zweifelst du an ihr?»

Agnes gab einen abweisenden Laut von sich. «Christopher, sie ist stumm, aber du bist blind. Du kannst und willst ihre Makel nicht sehen. Ihre Treue zu dir macht dich blind, genau wie deine Treue zu ihr. Du merkst nicht, wie ihr Ansehen bereits gelitten hat. Erst vorgestern war sie bei der Geburt bei den Archers dabei; der Knabe ist gestorben, eines von mehreren Neugeborenen in diesem Jahr, die gestorben sind, trotz Marthas Fähigkeiten – oder vielleicht gerade deswegen? Das weiß niemand außer Gott und Martha. Das zu hören, schmerzt dich, mein Gatte, aber es dir zu sagen, die Wahrheit zu sagen, schmerzt mich nicht minder. Und ich weiß, was du erwidern wirst – dass beides nichts miteinander zu tun hat, dass diese Kinder starben, wie Neugeborene es nun einmal mitunter tun. Vielleicht stimmt das auch. Aber wenn du mich liebst, dann höre mich an. Ich habe Angst davor, mich auf Martha verlassen zu müssen. Angst davor, sie allein um mich zu haben, wenn ich niederkomme. Ich würde mit Freuden jede andere Wehmutter nehmen – Liz Godbold ist erfahren und geschickt. Sogar Jennet Savory besitzt in dieser Hinsicht einige Fertigkeiten, wie ich hörte. Oder Prissy, die, so Gott will, bald wieder daheim sein wird. Sie hat schon etwas Erfahrung, sie wird wissen, was zu tun ist.»

«Schatz, Prissy war doch ebenfalls bei der Geburt bei den Archers dabei, genau wie Martha. Sie haben das Kind gemeinsam zur Welt gebracht. Wenn du die eine beschuldigst, beschuldigst du zugleich die andere.»

«Ich meine ja nicht … Ich will nur sagen …» Agnes rutschte auf dem Stuhl hin und her. «Ich will nur sagen: Ich möchte Martha nicht bei der Geburt unseres Kindes dabeihaben. Du musst eine andere Wehmutter holen und Martha bitten, fernzubleiben.»

Die Worte waren wie eine Ohrfeige. Ihr Mund gab ein Geräusch von sich; sie hielt die Hände davor und keuchte den Rest hinein.

Kits Knie knackte, als er aufstand. Er holte tief Luft. «Du vergisst, Gattin, dass Martha alles dafür getan hat – und weiterhin alles dafür tun wird –, dass unser Kind gesund zur Welt kommt. Sie lebt dafür, die Ankunft dieses Kindes mitzuerleben, bei seiner Geburt dabei zu sein. Wie könnte ich ihr das verbieten? Ich wüsste nicht, wie ich es ihr sagen sollte. Oder welchen Grund ich ihr nennen sollte. Du verlangst zu viel von mir.»

«Ich glaube nicht, mein Gatte. Tu es für mich. Ich weiß, wie sehr du Martha schätzt. Sie war deine Amme, jetzt ist sie deine Haushälterin, und wie ich glaube, bist du ihr freundschaftlich zugetan. Aber den Höhepunkt ihres Könnens hat sie überschritten. Der Tag wird kommen, so er nicht schon gekommen ist, da sie ihre Arbeit als Kräuterfrau aufgeben sollte. Vielleicht ist es für sie an der Zeit, ins Armenhaus zu gehen und dort still und leise ihren Lebensabend zu verbringen. Was ich verlange, ist nicht viel – bloß, dass mir eine andere Wehmutter bei der Geburt beisteht.»

«Was du verlangst, ist sogar sehr viel», sagte Kit in einem ungewohnt scharfen Ton.

Sie hatte genug gehört. Auf den Fußballen schlich sie davon; leer, hohl. Aus der Gleichung genommen. In dem Topf über dem Küchenherd schwammen die beiden Räucheraale in der Flüssigkeit, in der sie sie gekocht hatte. Zwei schlafende Schlangen. Als sie sie heraushob, zerfielen sie in ungleiche Teile.

Sie legte eine kleine Portion für Simon beiseite und verteilte den Rest auf zwei Teller. Dann löffelte sie etwas weißen Essig darüber und gab die Beilagen aus dem Topf dazu – Ingwerscheiben, Apfelsinenstücke. Schließlich fügte sie noch einige Lorbeerblätter von den getrockneten Zweigen in der Speisekammer hinzu. Gekochter Aal war eine von Prissys Spezialitäten; zweifellos würde sie in Agnes' Augen nicht mit Prissy mithalten können. Sie lud die Teller und eine Handvoll Besteck unbeholfen auf ein Tablett und ging damit laut polternd den Gang entlang. Während sie sich wieder Kits Tür näherte, hörte sie sie miteinander streiten, abwechselnd die anklagende, fordernde Stimme von Agnes und Kits verblüffte Antworten. Martha klopfte an. Sie machten dennoch weiter. Entweder hatten sie sie nicht gehört, oder sie stritten sich zu heftig, um auf sie zu achten.

«Ich habe dir auf mehr als eine Weise bewiesen, dass ich deine treue Gattin bin, Christopher. Ich habe deine Schulden getilgt. Ich habe dazu beigetragen, deinen guten Ruf wiederherzustellen, und versucht, uns ein gutes Leben zu schaffen, hier in diesem Haus, von dem du genau weißt, dass es nicht zu mir passt. Ich ...» Agnes brach ab.

«Stimmt etwas nicht?»

«Doch, doch. Das Kind hat sich nur bewegt.» Eine Pause. «Fühl seinen Fuß, hier. Fühl, wie er tritt.»

«Der Knabe ist noch einmal gewachsen, sogar in den letzten paar Tagen.»

«Er ist zu groß für seine kleine Mutter geworden.» Die Herrin stieß ein kurzes, hohes Lachen aus. «Er stimmt mir zu. Er tritt mich, um dich daran zu erinnern, wem du Treue geschworen hast. Du bist jetzt ein verheirateter Mann, und als solcher sollte deine Zuneigung zunächst einmal mir gelten.»

Martha war plötzlich so müde, als wäre sie im Laufe dieses einen Tages um hundert Jahre gealtert. Sie klopfte erneut an, und dieses Mal hielten sie inne. Schritte kamen an die Tür. Kit sah sie schuldbewusst an. Sie reichte ihm das Tablett, nickte ihm zum Abschied zu und schloss die Tür.

Simon saß draußen auf der Bank und spielte auf seiner Maultrommel eine Melodie. Sie bot ihm die Portion Aal an.

Hast du schon gegessen?

«Ich nehme gerne noch etwas, wenn ich darf.» Er warf ihr einen fragenden Blick zu. «Willst du nicht?»

Nein.

«Hast du keinen Hunger?»

Sie schüttelte den Kopf.

Er zögerte, nahm den Teller und klopfte auf den leeren Platz neben sich. «Setz dich zu mir.»

Ich kann nicht, mein Junge. Ich habe noch viel zu tun.

Der Himmel war von der Farbe zerfließenden Feuers. Dieser Tag, dieser verfluchte Tag, war nun beinahe zu Ende. Sie ging über den Hof zum Waschhaus und zog den Atzmann aus ihrem Ärmel. Er passte genau in ihre Handfläche. Missgestaltet, unförmig, Mutters letztes Geschenk. Sie legte ihn zurück an seinen Platz unter den Sparren. Sie spürte, wie der alte Kummer nahte, die Trauer, die Mutter durch ihre Abwesenheit hinterlassen hatte und die sich wie dunkle Flügel um sie schloss und sie in Düsternis hüllte.

Freitag

≺ 11 ≻

Am Vormittag kam Jennet zum Haus.

«Meine Schwester blutet immer noch. Sie fiebert, sie ruft nach ihrem Kind. Und wenn nicht, dann weint sie stundenlang. Ich habe alles versucht, was mir einfiel, Martha. Nichts hat geholfen. Würdest du sie dir ansehen? Ich kann nichts mehr für sie tun.»

Nicht jetzt. Sie deutete auf den bleichen Himmel, an dem die Sonne emporstieg. *Ich werde nachher vorbeikommen.*

«Nachher wird sie tot sein.» Jennets Augen suchten die von Martha, schauten sie an und durch sie hindurch. «Und das wäre ein weiteres verlorenes Leben aus unserem Hause, ein Neugeborenes und seine Mutter in nur einer Woche. Noch eine Last auf deinem Gewissen, Martha.»

Ich kann noch nicht kommen. Mit einer Geste deutete sie Agnes' dicken Bauch an.

«Agnes' Kind? Was ist damit?»

Es ist groß.

«Was ist verkehrt daran?»

Sie schüttelte den Kopf. *Nichts.* Sie tippte sich an die Augen. *Aber ich kann die Herrin nicht allein lassen. Ich muss hierbleiben und aufpassen.*

«Wenn es nur darum geht, das kann ich auch. Ich bleibe und schaue nach deiner Herrin. Du gehst und siehst nach, was meine Schwester plagt. Dann kommst du zurück und sagst mir, was sie braucht.» In Jennets Gesicht war zu lesen, dass ihr ein Gedanke gekommen war, dass sie Schuld gegen Schuld aufrechnete. «Ich glaube schon, dass du das für mich tun kannst, Martha. Nach allem, was passiert ist. Nach dem, was ich für dich getan habe. Nach dem, was ich *nicht* getan habe.»

Sie klopfte an die Tür der Archers und ging hinein, ohne innezuhalten. Das Haus war viel kleiner als das von Kit, und die Einrichtung – abgenutzte Möbel, ein zertrampelter Hanfteppich, die dünne Matratze, auf der Marion lag – sah schäbig und ausgelaugt aus. Der Küchentisch war voll mit benutztem Geschirr, Bergen von Wäsche und einer Aalfalle. Tom stand am Kamin und beugte sich über seine Gattin, die auf einem Rollbett vor dem Feuer lag und kaum wach schien. Auf dem Herd lagen noch Reste des blutgetränkten Strohlagers, auf dem sie niedergekommen war, und warteten darauf, verbrannt zu werden.

Wie geht es ihr?

«Schlecht», sagte Tom. Mit gequältem Blick schaute er Marion an, dann Martha. «Ich muss arbeiten. Habe eine Kuh mit Blähsucht. Aber ich traue mich nicht, sie allein zu lassen.» Er blickte an ihr vorbei. «Wo ist Jennet?»

Bei mir daheim.

Er nickte. «Ich bitte dich, Martha, tu dein Bestes. Gott hat uns unseren Sohn genommen, das ist Kummer genug. Ich kann nicht auch noch Marion verlieren. Das … kann ich einfach nicht.»

Sie ging zum Bett. Als sie die Decke anhob, schlug ihr sofort ein verdorbener, falscher Geruch entgegen. Auch dieses Lager war dahin, mit Blut besudelt. Marion musste sehr krank sein. Martha kniete nieder und schob den Kittel der Patientin hoch. Aus Gewohnheit rieb sie sich die Hände, um sie zu wärmen, bevor sie sie auf Marions Bauch legte. Behutsam drückte und suchte Martha. Marion schrie, völlig heiser – der Schrei einer Motte. Sie schwitzte und sah furchtbar aus, ihre Augen standen nun offen, aber sie waren nach oben gerichtet und starrten etwas an, das nur sie sehen konnte. Martha ergriff Marions Hand und drehte die Handfläche nach oben. Sie wünschte, sie hätte Mutters Gabe – die hatte in die Zukunft sehen können; sie hatte irgendeine Hand nehmen und darin lesen können, ob derjenige heiraten, wie viele Kinder er haben, wie lange er leben würde. Jetzt schaute sie sich die Handfläche der Frau auf ihrem Lager an – die Linien waren lang, aber ausgefranst; die Lebenslinie selbst war unterbrochen. Der Tod würde kommen, sie spürte ihn schon, hörte ihn in Marions schwerem Atem, fühlte ihn im zu schnell pochenden Puls der Frau.

Sie hielt die Hand weiterhin fest, schloss die Augen und atmete aus und ein. Nach einigen Augenblicken hatte Martha in sich Platz geschaffen, in ihrem Inneren einen Raum geöffnet. Dann begann sie zu rufen. Mutter war weit fort, sehr weit fort. Sie spürte, wie sie sich selbst auflöste, weniger und weniger wurde. Sie rief weiter. Gedanken kamen – wie lange hatte Marion noch, wie lange musste sie hier sitzen? Sie schob sie fort. Ihre Hand, die Marions Hand hielt, verkrampfte sich und kribbelte. Ruf weiter. Atme weiter. Das Kribbeln verstärkte sich noch. Mutter kam zu ihr, nach und nach, wie ein sanfter Dunst. Mit einem Mal wurde Marthas Geist von Wissen erhellt, das in ihr aufstieg und angewendet werden wollte. In Marions Schoß steckten noch die Eihäute des Kindes und die Nachgeburt, sie mussten für die Entzündung sorgen. Das Bild der Mutter verblasste und wurde durch ein anderes ersetzt. Notwendige Pflanzen tauchten auf, jede erstrahlte in ihrem eigenen, sonderbaren Licht. Eisenkraut. Raute. Beifuß: Davon gab es jede Menge in den Hecken rund um Kits Wiese.

Danke, Mutter! Danke, Gott! Nun konnte sie ein Leben retten und dabei selbst Erlösung finden. Das war das Geschenk, das dieser Tag ihr gewährte.

Sie führte Marions Hand an ihre Lippen und küsste sie. Sie sah die Rillen in der Haut unterhalb ihres kleinen Fingers: zwei schwache Linien, das hieß, zwei mögliche Kinder. Sie steckte die Hand unter die Decke zurück, zog diese über Marion und stand auf. Tom sah sie erwartungsvoll an. Sie ging zu ihm und versuchte, ihn zu beruhigen, aber ihre Hände scheuten sich, zu sprechen. Wie zeigte man «retten», wie «Seele» oder «Tod»? Dafür hatte sie keine Gesten.

Sie kannte jeden Fußbreit des Feldes, jede Erhebung und jede Senke. Beifuß wuchs in den Hecken und auf dem Brachland an den Scours im Überfluss. Sie würde Jennet etwas davon bringen und ihr sagen, sie solle einen Brei daraus kochen und dann einen Umschlag machen, den man auf Marions Bauch binden solle. Der Brei würde das kranke Fleisch wie auch das Fieber austreiben.

Die Wiese war leer, bis auf die Kühe. Die Kuh mit der Pansenblähung war in der hintersten, schattigen Ecke angepflockt und schrie ohne Unterlass. An Kits Haus führte ein schmaler Feldweg entlang, von dem weitere Wege abzweigten, hinüber zur Schlucht. Martha erreichte das obere Ende des Feldes, wo das Kraut in großen Büscheln wuchs. Es war beinahe Mittag oder kurz danach. Vom Meer her wehte eine leichte Brise, doch sie reichte nicht zur Linderung. Die Sonne brannte. Martha arbeitete schnell und schnitt einen Arm voll Beifuß ab.

Auf dem Rückweg stellten sich ihr drei Männer und ein Hund in den Weg. Die Sonne blendete, sie konnte ihre Gesichter nicht erkennen. Der kleinste von ihnen sprach. «War die ganze Nacht beim Kerker», sagte Herry. «Habe Wache gehalten. Über die Hexen, auch über deine Freundin Prissy. Gestern wurden noch zwei gebracht. Habe gehört, heute sollen wieder welche kommen.

Alle möglichen. Junge, alte.» Er hob die Augenbrauen. «Wer hätte das gedacht, Martha? Dass wir in unserem kleinen Nest im Nirgendwo so viele Hexen haben? Aber so ist Cleftwater halt: voller Überraschungen. Zwei Kirchen, zwei Wirtshäuser und mehr Hexen, als in den Kerker passen. Deshalb ist Ralph den ganzen Weg von Sandgrave herübergekommen: Er hilft, sie zu bewachen – so viele sind es.»

Die Sonne brannte auf ihrer Kopfhaut.

«Heißer Tag, was, Martha? Ich sage dir, im großen Saal ist es noch heißer. Die haben da nämlich die Feuerstelle angeheizt. Damit die Frauen ins Schwitzen kommen. Sie holen eine nach der anderen aus dem Kerker und bringen sie zum Hexenjäger. Er redet mit ihnen, stellt ihnen Fragen, stundenlang. Was sie getrieben haben. Welche Teufel in ihnen wohnen. Was für Hexereien sie begangen haben. Er ist gründlich und sehr geduldig. Er lässt sich von niemandem beirren. Von den Hexen schon gar nicht, auch wenn sie weinen und betteln und so tun, als wüssten sie nicht, wovon er redet. So ging's auch deiner Prissy, als sie zu ihm gebracht wurde. Hatte Flecken im Gesicht und weinte. Vor allem, nachdem dein Master Kit da war und versucht hat, Prissy zu befreien.» Mit stechendem Blick sah er sie an, sie starrte zurück. «Aber Master Makepeace lässt sich nicht beirren. Er hat eine Aufgabe, und bei Gott, die wird er erfüllen, und ich danke Christus, dass es Männer gibt wie ihn, die uns von diesem Gesindel und ihrem Teufelswerk befreien.»

Sein frettchenhaftes Gesicht, seine blitzenden Augen, seine spöttische Stimme. Sie fuchtelte energisch mit dem Beifuß, als könne sie seine Anschuldigungen so fortfegen. *Geh deiner Wege, Herry Gowler. Ihr alle. Geht fort.*

«Warum fuchtelt sie mit den Armen herum wie eine Vogelscheuche bei Sturm?», fragte Ralph.

«So redet sie halt», sagte Herry. «Hat keine Stimme. Oder will sie nicht benutzen. Was von beidem, weiß man nicht.» Er griff nach ihrem Kräuterbündel. «So oder so ist sie ziemlich merkwürdig, das bist du doch, nicht wahr, Martha?» Er zog sie an sich heran. «Ich sag's dir ganz offen: Hat mich inspiriert, dieser Makepeace. Ein wahrhaft gottesfürchtiger Mann in diesen gottlosen Zeiten. Hat mich zum Nachdenken gebracht, wirklich. Vor allem nach dem, was gestern mit dir und Jennet war. Dem Teufelszeichen, das sie geformt hat.»

Nicht schon wieder! Ihnen zu widersprechen, würde sie nur noch mehr anstacheln. Die kranke Kuh brüllte, ihr Blöken klang verzweifelt. Martha konnte sehen, wie das Tier zitterte.

«Mogg und ich, wir haben uns unterhalten.» Herry deutete hinter sich. «Du weißt gewiss, wie sehr Mogg seine Bibel liebt. Und was Hexen betrifft, so steht darin Folgendes: Du sollst eine Zauberin …»

«… nicht am Leben lassen», sagte Mogg und holte sein abgewetztes Buch so energisch hervor, dass Herry ausweichen musste. «Das steht da drin, wortwörtlich. Zum Thema Hexen. *Eine Zauberin sollst du nicht am Leben lassen!*», verkündete er in seinem sonoren Bass. In die Luft zwischen ihnen malte er mit dem Finger das Zeichen des Kreuzes. Herry streckte die Hand nach der Bibel aus, aber Mogg steckte sie wieder ein. «Wer sind wir, uns darüber hinwegzusetzen, was im Buch der Bücher geschrieben steht?» Er öffnete die Bibel und zeigte sie ihr. «Siehst du? Ganz alte Worte, niedergeschrieben von weisen Männern, göttliche Worte, die heute wie damals gelten.»

Sagt wer?, flüsterte es in ihrem Kopf. Ihr Verstand arbeitete. Sie hob die Hände. *Gestern Abend hast du um meine Hand angehalten, heute willst du mir den Hals umdrehen?*

«Ich weiß nicht, was du sagen willst», erwiderte Herry schnell, «aber ich weiß, dass Jennet Savory uns verflucht hat oder es zumindest versucht hat. Sie hat uns verflucht mit diesen Hörnern, die sie gezeigt hat. Ich habe das schon einmal gesehen, ich weiß, was er anrichtet, dieser Fluch. Und keine Stunde später fing meine Haut an zu jucken und hat nicht mehr aufgehört, als ob mich tausend Milben beißen – als ob ein Dämon versucht, sie in Stücke zu reißen. Ralph hier meint, er hat das auch. Und Mogg sagt, seine Hündin ist wie verflucht und tut seltsame Dinge – sie klaut Essen vom Teller und Bier aus dem Bierkrug. Und siehst du, wie ihr Bauch angeschwollen ist? All ihre Zitzen sind zu sehen. Das war vorher nicht so. Nicht, bevor Jennet sie verhext hat.»

«Uns ärgert vor allem, wie viele Hexen noch frei herumlaufen», verkündete Ralph. «Der Kerker ist fast voll, und doch sagt der Hexenkenner, dass sie wahrscheinlich noch mehr finden werden.»

«Bist du auch eine?», unterbrach ihn Herry. «Weib, sieh mich an, wenn ich mit dir rede. Ich habe Fragen an dich – viele Fragen.» Seine Stimme war träge vom Alkohol. «Was für eine Frau weist einen solch rechtschaffenen Mann wie Mogg Basford ab? He? Raus mit der Sprache. Nein, warte», sagte er und hob einen Finger, wie um sie zum Schweigen zu bringen. «Ich werde es dir beantworten: eine, die nicht will, dass man ihr auf die Schliche kommt. Eine, die einem gottesfürchtigen Mann nicht zu nahekommen will, damit sie Gott nicht zu nahekommt. Wie du. Wie deine Freundin Jennet. Und warum?», fragte er, ohne eine Antwort zu erwarten. «Warum sollte eine so schüchterne und scheinbar so tugendhafte Frau nicht wollen, dass Gott sie sieht? Ich sag's dir: Sie will für sich behalten, was sie tut. Sie will unbehelligt ihren Hexereien nachgehen. Vor allem nachts, wenn sich selbst die Tiere vor der Finsternis fürchten.» Er wankte auf sie zu, blieb ein paar Schritte vor ihr stehen und musterte sie, als wäre sie eine

Jahrmarktsattraktion. Seine Augen flackerten; eine ganz verkehrte Logik war hier im Spiel. «Und ich sag dir noch etwas: Ich weiß, was du mit Moggs Hündin gemacht hast. Du hast sie verhext. Ich sehe das in ihren Augen. Sie hört gar nicht auf, dich anzuschauen. Sie beobachtet dich, als würde sie auf deine Befehle warten.» Er verzog das Gesicht. «Wie ihre Zitzen hervorstehen, ist unnatürlich. Ich mag das nicht.»

«Warst du das, Martha?», fragte Mogg. «Hast du meine Hündin verhext? Sie zu deiner Kreatur gemacht? Damit sie deine Dämonen säugt?» Der feixende Herry mit seinen hochgezogenen Augenbrauen, Mogg mit seinen gelben Zähnen und dem schlaffen Bart, der wie ein totes Tier an seinem Kinn klebte. Beides Esel, wie sie vor ihr standen.

Die Hündin, sagte sie langsam, *ist trächtig.*

Die zwei wichen zurück, als sie gestikulierte.

«Was meint sie?», fragte Ralph.

«Irgendetwas mit der Hündin», antwortete Herry, als wäre das nicht vollkommen offensichtlich. Sein Grinsen verblasste.

Sie ging in die Knie, hielt den Hund fest, deutete auf die geschwollenen Zitzen, die rötliche Schwellung ihres Geschlechts. *Sie ist trächtig.*

«Sie bekommt Junge?», fragte Mogg.

«Junge? Von wem? Von einem Hund? Oder von Satan?» Ralph sah Mogg und Herry an, die langsam zu begreifen schienen. «Wir haben gestern Abend gesehen, wie du, Martha, draußen herumläufst, einfach so, und tust, was du willst. Wie das? Wieso wirst du daheim nicht gebraucht?» Er sah sie an. «Oder braucht der Teufel dich mehr?»

Er wollte keine Antwort. Ihre Füße bereiteten sich auf eine Flucht vor. Mogg war alt, Ralph war langsam; beiden würde sie entwischen können. Blieb noch Herry. Vielleicht konnte sie schneller laufen als er. Sie stieß ihm gegen die Brust, sodass er zurücktaumelte, und rannte an ihm vorbei den Pfad hinunter. Moggs Hund rannte neben ihr her. Das Feld dehnte sich in alle Richtungen aus, eine schier endlose Weite. Ihre Lunge pumpte und gab ein seltsames Pfeifen von sich, als hätte der Wurm sie durchlöchert. Sie musste es bis nach Hause schaffen, dort wäre sie in Sicherheit – für den heutigen Tag hatte sie nur noch dieses eine Ziel. Sie bog abrupt nach links auf einen der quer verlaufenden Pfade ab, merkte aber sofort, dass das ein Fehler gewesen war. Die Scours waren zu weit entfernt und lagen in der falschen Richtung, dort würde sie keine Hilfe finden. Sie drehte um und rannte noch schneller. Wenn sie es bloß bis zur Straße schaffte. Zum Hintertor ihres Hauses. Sie hatte beide Holzschuhe verloren, und der Boden stach ihr in die Füße. Jeder Kieselstein hatte es auf sie abgesehen, verschwor sich mit dem Unkraut, um sie zu Fall zu bringen. Sie stolperte, und es gelang ihr beinahe, sich wieder aufzurichten, aber dann fiel sie hin.

Die Männer kamen, umringten sie, zogen sie wieder hoch und marschierten mit ihr den Weg zurück, den sie gekommen war. Sie wehrte sich, ihre Füße schleiften über den Boden, sie versuchte vergebens, Halt zu finden.

«Damit hat sie selbst bewiesen, dass sie eine Hexe ist», sagte Ralph. «Warum sonst hätte sie fortlaufen sollen?»

«Warum sonst hätte sie meine Jess verhexen sollen?», fragte Mogg. Die Hündin blieb zurück und beobachtete ihn mit seltsam gelben Augen. Mogg pfiff sie zu sich. «Komm, Jessilein, komm, mein Mädchen.» Widerwillig kroch die Hündin auf Mogg zu. Ihr Bauch schleifte im langen Gras. «Was hast du mit ihr gemacht?», fragte er Martha, nun voller Angst. «Mach es weg! Nimm den Zauber zurück, mit dem du sie verhext hast. Nimm ihn zurück! Nimm ihn zurück, du Hexe!»

Die Welt um sie herum geriet ins Wanken. Diesmal war keine Jennet da, die ihr helfen konnte. *Ich bin keine Hexe,* kritzelte sie in die Luft.

«Sie verflucht dich, Mogg. Sie verflucht die Welpen. Die wirst du wohl ertränken müssen. Und deine Jess musst du vielleicht auch ertränken.»

«Eher ertränke ich Martha», fauchte Mogg.

Die Idee zündete. Sie packten sie, fesselten ihre Handgelenke mit dem Strick der Hündin und zogen sie durch den Schilfsaum in das flache Wasser des Kuhteichs. Die drei Schwäne, die im Teich lebten, schwammen unter lautem Protest davon. Schlamm stieg vom aufgewühlten Grund auf wie Rauch. Sie zogen sie weiter hinein, das Wasser ging ihr zu den Knien, zu den Oberschenkeln. Sie hatte schreckliche Angst, umzufallen. Das Wasser leckte an ihr, bereit, sie zu verschlucken. Im Schilf zeigte sich der männliche Schwan und breitete die Flügel aus wie ein segnender Priester die Arme. An der Stelle, wo der Grund des Teiches jäh abfiel, hielten sie inne. Sie stritten sich und konnten sich nicht einigen, was zu tun sei. Herry und Ralph wollten sie kurzerhand ins tiefe Wasser schubsen: Trieb sie oben, war sie eine Hexe, sank sie, war sie ein Mensch. Mogg war dagegen, er wollte, dass sie zuerst den Fluch von seiner Hündin nahm.

Bis in den Mund spürte sie ihr Herz pochen. Der Tag hatte sich von ihr abgewandt; alles, was er nunmehr bringen würde, war Unheil. Während sich die Männer über das Für und Wider stritten, sah sie sich nach Hilfe um. Der Strand war nicht weit entfernt, dort arbeiteten überall Leute, landeten ihre Fänge an, flickten Netze und Boote. Hilfe war so nah, aber sie konnte sie nicht heranwinken, geschweige denn nach ihr rufen. Weder Kit noch Simon konnten ihr helfen. Noch Jennet, noch der Atzmann, der nutzlos unter seinem Sparren saß.

Ralph verlor die Geduld, nahm sie bei den Haaren und tauchte sie unter. Mit dem Gesicht unter Wasser würgte sie, öffnete die Augen. In einiger Entfernung paddelten die Schwäne, gelassen und unnahbar. Ralph zog sie wieder hoch, und Herrys Gesicht tauchte auf und fragte erneut, ob sie eine Hexe sei. Wasser rann ihr aus der Nase. Herry bezichtigte sie übler Dinge, die nicht wahr waren, sosehr sie es auch behaupteten. Sie sah, wie sich seine Lippen bewegten, und holte tief Luft. Die Kuh mit der Pansenblähung stöhnte und klagte in der Entfernung über ihr Schicksal. Ralph drückte sie wieder nach unten. Ihre Lippen begegneten der Wasseroberfläche. Darauf bewegten sich unzählige winzige Kreaturen hin und her, ohne einzusinken. War es tief genug, um sie zu testen, um herauszufinden, ob sie eine Hexe war? War sie eine Hexe? Das Wasser sollte es ihnen verraten. Wieder drückte Ralph sie unter Wasser. Diesmal hielt er sie länger dort unten. Ihr Mund füllte sich, ihre Lunge leerte sich. Dann kam ein Gebet, *Vater aller Dinge, sei mir gnädig,* und sie hustete es in die Fluten. Das trübe Grün des Teiches – das war die Dämmerung ihres Lebens. Aller Unbill, alles Gezanke verblasste, erlosch mit ihrem letzten Atemzug. Graue Flecken schwammen vor ihren Augen und nahmen ihr die Sicht. Das war der Tod; sie spürte, wie sie ihm erlag, sie gab sich seiner Kälte hin.

Dann wurde der Strick plötzlich schlaff.

Sie riss den Kopf hoch, tauchte aus dem Wasser auf, hörte die blökende Kuh. Das Licht war ein Vorhang, der sich öffnete, hindurch trat eine Gestalt, die sich dem Teich näherte. Martha kam auf die Beine, taumelte zum flachen Ufer und fiel hin. Ihre Nase war voll Wasser. Steh auf. Steh auf. Der Atzmann. Hinkend näherte er sich ihr, kam direkt auf sie zu. Sie sah, wie die Luft um ihn herum flimmerte. Jetzt beugte er sich vor, seine Hände – lebendige Hände! – zerrten sie aus der Hölle oder vielmehr dem Ort, den sie auf halbem Wege dorthin erreicht hatte, zurück in die Welt der Lebenden. Ein Teil von ihr kämpfte dagegen an, wollte alldem ein Ende machen, aber ihre Lungen sogen ohne ihr Zutun Luft ein. Immer noch hielt der Atzmann sie fest, zwang sie hoch auf die Knie, dann auf die Füße.

«Wie geht es dir, Martha?» Seine Stimme war erdig und tief wie die eines Mannes. Sie spuckte, würgte. Sie hatte sich auf die Lippe gebissen. Blut rann ihr die Kehle hinunter. «Lehn dich an mich», bat er sie. Möwen kreischten, die Kuh brüllte, und beides verband sich in ihrem Kopf zu einer Art Musik. Was spielte sich hier ab? Ein Wunder? Eine Geisterbeschwörung? Ihr Leib bebte unkontrollierbar, als versuche er, das Geschehene abzuschütteln, die Schmerzen in ihrem Leib genauso wie die tief sitzenden Verletzungen in ihrer Seele. Doch wie geliebt und umsorgt fühlte sie sich, als sie mit diesem neuen wundersamen Gefühl in ihrem Herzen neben dem Atzmann herging. War es möglich, dass der Atzmann nicht nur vernichten, sondern auch retten konnte?

Ihre Hände zitterten, sie faltete sie. Von der Seite sah der Atzmann beinahe aus wie Simon. Das Wasser troff aus ihren Augen. Es *war* Simon. Er löste den Hundestrick, und sofort flogen ihre Hände hoch und begannen zu gestikulieren, wild wie flatternde Vögel.

Danke, ich danke dir –

«Ach wo», sagte er schnell, «ich habe nur getan, was jeder Christenmensch getan hätte.» Plötzlich drehte er sich um und rief über das Feld hinweg: «Schande über dich, Mogg Basford! Schande über dich, Herry Gowler! Auf Martha loszugehen, die niemandem schadet und in unserem Dorf bloß Gutes tut.» Er spie aus. «Ich habe keine Zeit für Tagediebe wie euch.» Er legte einen Arm um ihre Taille. «Kannst du laufen?» Sie nickte. «Stütze dich auf mich», befahl er. Ihre Beine knickten ein, gaben nach wie die eines neugeborenen Fohlens.

«Ich wollte dich ohnehin holen», sagte er. Sein Atem ging genauso schnell wie der ihre. «Ich ging zu Marions Haus, da ich dachte, du wärst dort. Ihr Fieber ist so schlimm, dass ich für sie betete. Dann kam ich heim, und wen fand ich da vor? Die Kerkermeister, die Jennet abholen wollten.» Er sah sie besorgt an. «Sie haben sie mitgenommen, Martha. So, wie sie Prissy mitgenommen haben. Sie haben sie mit Stricken gefesselt und fortgeschleppt. Sie behaupten, Jennet ist eine Hexe.»

12

Sie stand im grellen Sonnenlicht, das sich in den Fenstern im Erdgeschoss spiegelte, und wartete darauf, dass das Zittern nachließ. Sie fühlte sich so zerbrechlich, ein Sack aus Gewebe und Knochen, der beinahe ertrunken wäre. Immer noch wacklig auf den Beinen, ging sie zur Bank im Hof, um sich zu setzen. Simon bediente die quietschende Schwengelpumpe, füllte einen Becher und brachte ihn ihr, tupfte ihr mit seinem Hemd den Mund ab. Er meinte es gut, aber sein Getue war ihr zu viel, und so schickte sie ihn fort, um nach der Herrin zu sehen. Ihr Leib bebte, ihre Gedanken gingen in alle Richtungen hin und her. Jennet, Jennet – was würde mit ihr geschehen? Die Schweine kamen, um an ihren Röcken zu schnüffeln, dann trotteten sie wieder fort und legten sich in den Schatten der Gartenmauer. Die Sonne brannte, eine gleißende Scheibe am kalkweißen Himmel. Was wäre geschehen, wenn Simon nicht gekommen wäre? Warum hatte sie ihn als Atzmann gesehen?

Sie stand auf. Ihre Röcke waren fast trocken. Im Waschhaus tastete sie sich an den Balken entlang. Welcher war es? Sie konnte sich nicht erinnern, sie konnte immer noch nicht klar denken. Als sie den Atzmann endlich gefunden hatte, starrte sie ihn an, als sähe sie ihn zum ersten Mal, diesen Klumpen Wachs, dessen sie sich noch am Tag zuvor unbedingt hatte entledigen wollen. Sie drehte ihn immer wieder und starrte auf seine zwei Gesichter, eines stumm, eines im Begriff, zu sprechen. Halb befürchtete sie, halb hoffte sie, er würde blinzeln oder sich bewegen oder ihr sonst ein Zeichen geben. Ihre Ohren, ihr Kopf waren erfüllt vom Klang der Wellen, die auf den Strand schlugen und sich wieder zurückzogen, so rhythmisch wie ihr Atem. Sie klangen genau so, wie sie vor Jahrzehnten geklungen hatten, als sie sich als elternloses junges Ding auf die Suche nach Mutter gemacht hatte, in der Hand den Atzmann wie eine nicht entzündete Kerze, als könne er ihr den Weg zeigen. Und vielleicht hatte er das sogar getan – denn hatte er sie damals nicht ausgerechnet an jenem Tag von den Scours zum Marktplatz geleitet, als dort der Gesindemarkt stattfand? Wo Kits Mutter sie als Kindermädchen ausgewählt und mit sich heimgenommen hatte, damit sie sich um ihren kleinen Sohn kümmerte? Hatte er ihr nicht auf diese Weise geholfen, ein Zuhause zu finden?

Vielleicht hatte die Zeit ihn geläutert. Vielleicht besaß der Atzmann doch die Macht, Gutes zu bewirken, zu heilen. Vielleicht war es an ihr, Martha, seine Gaben zu entdecken und sie zu nutzen. Dann würde sie ihn behalten. *Nutze ihn nicht zu oft, aber nutze ihn.* Marion kam ihr wieder in den Sinn, sie musste ihr die Kräuter bringen, am besten heute noch. Sie faltete das Leinentuch um den Atzmann und verstaute ihn in ihrem Beutel. Sie schritt schnell über die Wiese und hielt ihr Schneidemesser bereit. Die Erinnerung an die Ereignisse des Vormittags verfolgte sie wie ein streunender Hund. Als sie zu dem Bündel Beifuß kam, das sie vorhin hatte fallen lassen, sank sie in die Knie und starrte zu Boden. Sie versuchte, sich wieder in den Griff zu bekommen, ihre Wunden zu vergessen, doch allzu verzweifelt fühlte sich ihr Zorn an. Sie zupfte am Gras. Sie blickte hinaus auf die gleichförmige, kraftvolle Bewegung des Meeres und sprach ein Gebet für Prissy, dann noch eines für Jennet. Sie nahm einen Stängel Beifuß in die Hand und betrachtete die kleinen goldenen Blüten. Wieder kam ihr die wohlbekannte Ahnung, dass sich jeden Moment – jetzt, sofort – im Gefüge der Welt ein Fenster auftun würde und Mutter erschien, um ihr zu zeigen, was zu tun war.

Dabei wusste sie bereits, was sie zu tun hatte. Sie stand auf und schnitt neue Stängel ab, dann ging sie wieder zurück, wie sie gekommen war. Die See, der Horizont, seine Wolken und die Vögel, alles bewegte sich so, wie es sich gehörte, in der dafür vorgesehenen Art und Weise.

Bei den Archers öffnete Liz Godbold die Tür. Martha drückte der erschrockenen Liz die Kräuter in die Hand. *Koch das, und gib Marion den Sud zu trinken.*

Auf dem Heimweg behielt sie ihre Hand am Beutel. Martha spürte, wie sich mit ihrer Bewegung auch der Atzmann bewegte; das waren die Regungen seiner Liebe.

Auf dem Hof flatterte das fleckige Laken im Wind. Vom Fenster im Obergeschoss kam ein Klopfen: Agnes brauchte ihre Hilfe. *Komm her. Nun komm schon.* Kam das Kind etwa? Gebe Gott, dass das nicht heute geschah! Sie ging in die Küche, füllte den großen Krug und griff sich ein paar Tücher. Sie nahm zwei Treppenstufen auf einmal und war schon halb oben, als Kit rief, sie solle herunterkommen.

«Martha», sagte er. «Verzeih, dass ich störe. Ich brauche deine Hilfe.»

Ich wollte zur Herrin gehen, sie ruft nach mir.

Jetzt noch nicht, bedeutete er ihr.

Er ging voraus zu seinem Arbeitszimmer, öffnete die Tür und trat beiseite, um ihr Platz zu machen. Vor dem Erkerfenster stand ein Besucher, der sich zu ihr umdrehte, als sie das Zimmer betrat. Ein Gentleman, im gleichen Alter wie Kit, aber dünner und von gebückter Haltung, ein ernstes, blutleeres Gesicht, straffe Haut über markanten Knochen, eingefallene Wangen. Sie ging bis zum Teppich, dort blieb sie stehen. Kits Hund erhob sich von seinem Platz an der Feuerstelle, kam zu ihr und wedelte mit dem Schwanz. Er war schon alt, doch sie konnte sich genau daran erinnern, wie er ein Welpe gewesen war. Sie ließ ihre Finger auf seinem Kopf ruhen, sein Fell gab ihr ein Gefühl der Vertrautheit. Kit hatte die Tür geschlossen und trat neben sie.

«Martha, das ist Master Makepeace, der Hexenkenner. Er ist ein gottesfürchtiger Mann, der sich mit Hexen und dem Bösen sehr gut auskennt und äußerst versiert darin ist, es aufzuspüren.» Kit drückte ihren Arm, damit sie den Mann ansah. Kit sah ebenfalls blass aus. «Du hast gewiss von den Hexen gehört, die vor Kurzem in Salt Dyke entdeckt wurden. Master Makepeace hat sie aufgespürt.» Er hielt inne und drückte erneut zu. «Nun ist er nach Cleftwater gekommen. Er ist hier wegen gewisser ... Gerüchte. Einige Leute behaupten, dass wir hier Hexen haben.»

Ihr Herz hatte schneller und schneller gepocht, jetzt raste es. Sie befeuchtete ihre Lippen. Der Hund lehnte sich an ihren Unterschenkel, seine Wärme drang durch ihre Röcke. Der Zustand ihrer Kleider war ihr peinlich, der Stoff war fleckig vom Teichkraut.

«Master Makepeace ist sehr besorgt. Es sitzt bereits eine ganze Reihe mutmaßlicher Hexen im Kerker. Master Makepeace glaubt, es werden sich noch weitere finden.» Schweiß glänzte auf Kits Gesicht. Seine Finger stachen schmerzhaft in ihren Arm. «Vielleicht ist mitten unter uns sogar ein Hexenzirkel am Werk.»

«Ich bin mir fast sicher», sagte Makepeace, «dass es einen Hexenzirkel gibt.» Seine Augen waren groß und schienen auf merkwürdige Weise zu leuchten – Fenster, die sie einluden, hineinzuschauen. Von Kits Tisch nahm er ein Buch, schlug es auf und blätterte zu einer Seite, die er mit dem Ballen seiner Hand glatt strich. «Kann sie lesen?»

«Ein wenig, ja. Ich habe es ihr beigebracht», sagte Kit.

Makepeace hob das aufgeschlagene Buch hoch. «Auf diesen Seiten führe ich eine Liste: die Namen derer, die als Hexen bekannt sind oder von denen man annimmt, dass sie mit dem Teufel zu tun haben. Ich bitte Euch, schaut Euch die Namen an, die hier geschrieben stehen.» Sein Ton war unaufgeregt, seine Stimme angenehm. «Falls Ihr eine seht, die Ihr kennt, müsst Ihr es mir sagen.»

Die Buchstaben standen eng beieinander, waren aber dennoch voller Schnörkel. Die Namen liefen in einer Spalte über die ganze Seite. Elizabeth Bradwell. Cecily Hockett. Jane Crispe. Helen Leach. Kleine Funken wie glühende Kohle flackerten in ihren Augen. Mit ihren Fäusten rieb sie sie fort.

«Sie schaut, aber sie spricht nicht.»

«Sie kann nicht sprechen», erklärte Kit. «Sie hat ein Leiden im Hals, das sie daran hindert.»

Martha schaute noch einmal auf die Seite und las sie sorgfältig bis zum Ende durch. Ihr Name stand dort nicht. Erschöpfung und Erleichterung zugleich durchfluteten sie.

Der Hexenjäger blätterte um.

Auf der nächsten Seite ging die Liste weiter. Die Namen wurden ihr immer vertrauter: Frauen aus den Dörfern rund um Cleftwater. Sarah Hating. Meggs Lacey. Katherine Greenliefe. Dorothy Hare, die Frau des Bäckermeisters. Der Hexenjäger sah, wohin sie gerade schaute, und unterstrich mit dem sauberen, makellosen Nagel seines langen Zeigefingers den Namen von Dorothy Hare.

«Man sagt, sie habe Eier in einem Kübel Wasser gekocht, um Jed Phillips' Boot sinken zu lassen, und kurz darauf sank Phillips' Boot, und zwei Männer ertranken. Außerdem hält sie fünf dämonische Geschöpfe in ihrer Wäschetruhe, die sie hegt und pflegt und immer wieder ausschickt, um Unheil anzurichten.»

Martha kannte beide Familien, hatte bei der Geburt ihrer Kinder geholfen. An ihrem Gaumen formte sich Protest, und ihre Kehle spannte sich an, aber nichts kam heraus.

«Sie kennt sie?», fragte er Kit.

«Ja. Es sind Familien hier aus dieser Gegend. Sie ... *wir* kennen sie schon lange.»

Der Hexenkenner atmete aus, in seinem Atemzug war ein Kratzen zu hören. «Schaut mich an», sagte er.

Sie schaute – blinzelte – in den fahlen Glanz, der von ihm ausging, das Licht, das er auszustrahlen schien und das die Seiten seines Buches glänzen ließ.

«Woher rührte dieses Leiden, das ihr die Stimme nahm?», fragte er Kit. Seine strengen Augen waren auf Martha gerichtet. Sie fühlte sich ihm ausgeliefert.

«Ich weiß es nicht. Sie war mein Kindermädchen, ich kenne sie schon mein ganzes Leben lang und habe sie nie sprechen gehört.» Kits Blick war starr und verbarg seine Unsicherheit. «Wie ich Euch schon sagte, bürge ich voll und ganz für sie. Sie ist ein wahrer Christenmensch, sehr gottesfürchtig und im Dorf sehr geachtet. Sie betrachtet ihr Leiden als Geschenk.»

«Was soll das heißen?»

«Das soll heißen, dass sie es hinnimmt und mit rechtem Anstand und ohne eitles Geschwätz ihren Pflichten nachgeht.»

Der Hexenkenner gab einen Laut von sich, ein leises anerkennendes Grunzen. Er schwenkte erneut das Buch. «Welche dieser Namen sind Euch bekannt?», fragte er noch einmal, viel zu laut, als wäre sie ein Dummkopf oder schwerhörig.

Sie betrachtete die Stellen, auf die er zeigte, auf die verschlungenen Buchstaben, das verlaufende Nussbraun, die vereinzelt helleren, teils dunkleren Linien, je nachdem, wo die Feder ins Stocken geraten war und Klumpen von Tinte hinterlassen hatte.

Priscilla Persore. Köchin. Jennet Savory. Jungfer.

Stand dort auch ihr Name? Das konnte nicht sein. Aber musste es doch, weshalb sonst sollte er sie auf diese Weise prüfen? Sie war wie Agnes, die ein Geheimnis unter dem Herzen trug, nur durfte das ihre niemals geboren werden. Das ganze Haus bewegte sich, und ihr Herz stolperte über seinen eigenen Schlag. Auf der Buchseite verzerrte sich die Schrift des Hexenmeisters, verschwamm, ordnete sich neu. Sie fuhr sich mit dem Ärmel über die Augen und bereute sie sofort, diese verräterische Geste des Unbehagens. Dann zwang sie sich, weiterzulesen und nach den Formen zu suchen, die ihren Namen buchstabierten. Unten auf der Seite standen wieder Namen, die sie kannte oder zu kennen glaubte: Hannah, Ellen –

Der Hexenkenner ließ das Buch sinken. «Kennt Ihr diese Frauen?»

Ihre Hände waren nutzlos, Beutel aus Knochen und Haut. Langsam nickte sie. *Ja.*

«Und wisst Ihr, *warum* deren Namen in meinem Buch geschrieben stehen?»

Nein.

«Nein? Aber das müsstet Ihr doch, Mrs. –?»

«Sie heißt Martha.»

«Mrs. Martha. Ihr seid mit ihnen gut bekannt, wie ich hörte. Ihr müsst doch wissen, warum die Namen dieser Frauen hier geschrieben stehen.»

Im Zimmer war es zu warm, und das Meer war plötzlich völlig still. Selbst die Vögel waren verstummt. Sie blickte vom Hexenkenner zu Kit, suchte nach Hilfe, fand aber keine. Von Kit kam nur ein kaum wahrnehmbares Kopfschütteln, das jeder übersehen hätte, der ihn weniger gut kannte als sie.

Der Hexenkenner deutete wieder auf sein Buch mit den vielen Namen. «Schaut noch einmal. Seht genau hin. Ihr seid doch gewiss im Bilde, welche schrecklichen Taten sie begangen haben? Welche teuflischen Taten?»

Sie schüttelte den Kopf. *Ich weiß von keiner.*

«Ich glaube doch», sagte er – unnachgiebig, unbefriedigt –, «dass Ihr das tut.» Er musterte sie abschätzend. Ihre Haut kribbelte. Der Augenblick dehnte sich ins Unendliche. «Ich muss Euch wohl nicht daran erinnern, dass es Eure Pflicht als Christenmensch ist, mir mitzuteilen, was Ihr wisst.» So schmächtig der Mann war, er verströmte einen mächtigen Zorn, einen unerbittlichen Jagdtrieb.

In ihrer Lunge rührte sich der Wurm und drohte, Husten auszulösen. Sie presste sich die Faust vor den Mund, um ihn zu unterdrücken, wagte aber nicht, den Blick abzuwenden.

Kit räusperte sich. «Martha. Wegen der Menge, der schieren Zahl an Hexen ersucht Master Makepeace uns um Hilfe. Er und ich haben eine … Vereinbarung getroffen.» Er zögerte, wog seine Worte ab. «Master Makepeace sucht für dieses heilige Werk tugendhafte und aufrechte Frauen, solche mit Fähigkeiten wie den deinen. Frauen, die in der Lage sind …»

«… die Angeklagten zu untersuchen», sagte Makepeace. «Auf verdächtige Spuren, vor allem auf Papillen oder Zitzen an ihrem Leib, Stellen, wo sie dem Teufel beigewohnt oder Dämonen gesäugt haben.» Er strich über das Buch. «Solche Hexenmale finden sich oft an Zauberinnen.»

Ein Moment verging. «Ich … ich … habe Master Makepeace von dir, deinen Fähigkeiten und deiner Arbeit erzählt», sagte Kit. «Dass du mit dem weiblichen Leib vertraut bist. Ich habe mich dafür verbürgt, dass du weißt, welche Male auf der Haut recht und üblich sind und welche nicht. Wir haben also vereinbart, dass du mit Master Makepeace gehst, um ihm zu helfen, die Hexen zu untersuchen.»

Sie sah ihn verblüfft an.

«Ich habe Master Makepeace versichert, dass man sich darauf verlassen kann, dass du als ehrlicher Christenmensch diese Aufgabe zuverlässig erledigen wirst», fuhr Kit fort. In diesem Moment sah er irgendwie kleiner aus – ein Knabe, der so tat, als sei er ein Mann. Dann ergriff er ihre Hände und breitete die Handflächen aus wie Seiten eines Buches. *Verzeih,* schrieb er darauf, *dass ich dich darum bitte.*

Haut auf Haut – so öffentlich zeigte er sonst nie ihre gemeinsame Sprache aus Formen und Buchstaben, die nur sie beide kannten. Die Angst kam über sie wie Nadelstiche und nahm ihr den Mut. *Ich habe Angst um Prissy,* schrieb er; sein Finger war feucht, sein Blick ungerührt. Sie las sein Flehen. *Tu für sie, was du kannst,* schrieb er. *Dann kommt beide sicher heim.*

Düstere Vorahnungen strömten durch sie hindurch, wie ein Gift in ihrem Blut. In ihrer Kehle krampfte sich der Wurm zusammen, formte ihren Protest zu einer festen Kugel. Sie bemühte sich, gehorsam zu wirken, doch in ihr brodelte der Zorn. Ach, ach, es war schwer, ja unmöglich, sich vorzustellen, dass Kit auf diese Weise mit ihrer Ergebenheit Handel treiben würde. Sie atmete tief aus und wieder ein, in der Hoffnung, es würde die Hitze lindern und ihre Gedanken beruhigen. Wenn ich es tue, wenn ich tue, was verlangt wird, dann tue ich es rasch, aber der Wahrheit gemäß. Damit Prissy das Schlimmste erspart bleibt.

Prissy – Freundin, beinahe schon Familie. Prissy, die an Marthas statt im Kerker saß.

Die zwei Männer warteten auf Antwort. Die Welt hatte sich zusammengezogen und reduzierte sich auf diesen einen Raum, in den das Sonnenlicht einfiel wie eine Lanze; auf diesen Moment, auf diese Bitte. Sie sah den Hexenkenner an und stellte fest, dass sie zitterte. *Ich werde tun, was von mir verlangt wird.*

Zu Kit gestikulierte sie: *Ich werde meine Kräuter brauchen. Falls Prissy etwas fehlt.* Aus den Augenwinkeln sah sie, wie der Hexenjäger sie beobachtete. Sie wusste, dass er sie falsch verstand.

«Was für Gesten sind es, die sie da tut?», fragte er.

«Sie spricht mit ihren Händen», sagte Kit. «Weil sie doch keine Stimme hat.»

«Ich verstehe. Und was sagt sie?»

«Dass sie diese Aufgabe aus freien Stücken und aus Liebe zu Gott übernimmt», antwortete Kit mit fester Stimme. Einen Moment lang stand er dem Hexenjäger gegenüber, die Kinnlade vorgeschoben, das Gesicht errötet. Sie sah, wie ein Anflug von Streitlust zwischen den Männern aufflackerte und wieder verschwand. «Martha ist meine geschätzte Dienstmagd. Sie ist nicht bei voller Gesundheit. Sie muss die Medikamente mitnehmen, die sie braucht.» Kit wurde lauter. «Ich bitte Euch, kümmert Euch um sie, und strapaziert ihre Kraft nicht allzu sehr.»

Wieder nahm er ihre Hände in die seinen, die weich waren, aber zu warm und zu klamm, und er presste und presste seine Dankbarkeit in ihre Handflächen.

Keine Zeit, es sich anders zu überlegen. Sie lief die Treppe hinauf, entkleidete sich und zog ihr zweitbestes Kleid und ihre Jacke an, band sich ein frisches Halstuch und eine Haube um. Mit rotem Gesicht kam ihr Agnes auf dem Flur entgegen und hob an, sich zu beschweren, aber Martha warf nur die Hände hoch und ging. Draußen sahen die Schweine zu, wie sie sich zur Schwengelpumpe beugte und sich Gesicht und Hände wusch, an denen noch der Schmutz des Teiches klebte. Sie konnte nicht kontrollieren, was geschah, aber es vielleicht zum Guten beeinflussen: den Hexenjäger ablenken, das Leid der Frauen lindern, an ihren Leibern nichts als Unschuld finden.

Vielleicht konnte sie aber auch Schaden anrichten. Am Buch des Hexenjägers.

An dem Mann selbst, falls es so weit kam.

Ihr Kopf und ihr Hals waren nass, doch sie fühlte sich immer noch unrein. Sie ging zum Pflanzenbeet und betrat es, schnitt schnell verschiedene Kräuter ab, für Prellungen und Wunden, gegen Erschöpfung, gegen ihren Husten. Sie hielt inne, wischte sich mit der Hand, die das Messer hielt, über die Stirn. Dann war der Husten wieder da. Sie spuckte rot in ihr Taschentuch, dachte, wie viel schlimmer es geworden war, wie sehr sie ein neues Heilmittel benötigte. Sie beugte sich wieder zu den Kräutern. Fingerhut, Schierling. Pflanzen, die in der Lage waren, einen Menschen zu betäuben oder sogar sein Leben zu beenden. Als sie sich bückte, zerrte der Wurm in ihrer Kehle, aber wie sollte sie die Pflanzen sonst ernten? Wasser trat ihr in die Augen, sie rieb es ungeduldig fort. Was Kit getan hatte, war zu viel. Sein Judaskuss, der Lärm der Möwen, das Blöken der immer noch leidenden Kuh – alles war durcheinander, hatte einen Riss in das Gefüge ihrer Welt geschlagen. Aus dem Riss heraus erklang Mutters Stimme: Fass dir ein Herz, mein Liebes, mein Mädchen; denk an meinen ...

Sie blickte auf.

... Atzmann.

Ihr Herz wurde ruhiger. Als sie den Garten verließ, achtete sie nicht darauf, wohin sie ihre Füße setzte, sie spürte bloß, dass der Boden fester wurde. Auf der Gartenbank leerte sie ihren Beutel aus, wickelte den Atzmann wieder ein, legte ihn ganz unten in den Beutel und bedeckte ihn mit den Kräutern. Es war riskant, ihn mitzunehmen, aber sie brauchte ihn jetzt, sie brauchte die Gewissheit, dass er etwas bewirken konnte.

Im Haus stand Agnes am oberen Ende der Treppe, Simon am unteren Ende, Kit an der Haustür. Er öffnete sie ihr. Martha trat als Erste hinaus. Der Hexenjäger folgte ihr und hielt seine Kleider fest, damit sie nicht die ihren berührten. Auf der Straße drehte sie sich um und schaute zurück. Die offene Haustür war wie eine klaffende Wunde. Darin stand Kit mit versteinerter Miene. Sie hob eine Hand zum Abschied. *Lebewohl*, schrieb er in die Luft.

Der Hexenjäger ging, wie es seinem Wesen entsprach, schnell und bedächtig, eine Schulter ein wenig nach vorne geschoben, als würde er sich gegen die Welt stemmen. Sie liefen die Swallow Street hinunter. An der Kreuzung bog er links ab. Er marschierte mit ihr geradewegs ins Zentrum des Dorfes. Vielleicht wollte er, dass alle sie sahen. Es war helllichter Nachmittag, die Sonne stand hoch über der Straße, auf der sich der Schatten des Hexenjägers voranschob. Sie musste nicht nur hinter ihm gehen, sondern in seinem Schatten, in dem Dunkel, das er in die Welt brachte. Irgendwo in der Nähe schrie ein kleines Kind. Das Geräusch erinnerte sie an das todgeweihte Neugeborene neulich. Das Kind schrie wieder. Sie schaute sich um und sah ein paar Dutzend Schritte weiter Liz Godbold, ihr Jüngstes auf dem Arm. Sie schien es eilig zu haben. Ihre Blicke trafen sich. Liz schaute sie anklagend an, dann wandte sie sich ab.

Als sie am Marktkreuz vorbeikam, wurde ihr klar, warum alles so ruhig war: Das ganze Dorf hatte sein übliches Tagewerk unterbrochen, um sich voller Erwartung vor dem Gemeindehaus zu versammeln. Entlang der Mauer standen oder knieten mehrere

Knaben auf den Schultern ihrer Väter und spähten durch die spitzbogigen Fenster des Saals. Händler und Kaufleute standen dicht an dicht und boten ihre Waren feil – Brote und Pasteten und Fleischstücke, auf denen die Fliegen saßen, eilig hergeschafft, um die Menge zu verköstigen, die auf das weniger erfreuliche Geschäft dieses Tages wartete: das Abwägen von Frauen mittels einer Waage, von der Martha vermutete, dass sie sich von vornherein zu einer Seite neigte. Selbst die Hunde waren still und schnüffelten am Rande der Menschenmenge herum. Nan Dolan lungerte auf der Treppe des *Four Daughters* herum, einen Wasserkrug in der Hand.

Makepeace nickte Martha zu. «Hier werdet Ihr tätig sein», sagte er. «Ihr werdet Mrs. Knill zur Hand gehen, meiner Sucherin. Die Angeklagten werden eine nach der anderen zu Euch gebracht. Ihr werdet sie untersuchen; was Ihr findet, müsst Ihr Mrs. Knill mitteilen. Solange Ihr nicht gebraucht werdet, bleibt Ihr im Kerker.» Seine Stimme klang streng. «Beobachtet die Hexen. Ihr solltet ihnen lauschen, allem, was sie sagen – ihren Geheimnissen, ihren Berichten über Hexentaten, ihren Gelübden an Satan, den Namen ihrer Dämonen. Habt Ihr das verstanden?»

Ja. Nein. Die alte Logik der Welt war außer Kraft gesetzt, eine neue Logik trat an ihre Stelle. Sie überquerten die Straße. Martha musterte die wachsende Menschenmenge. Heute waren aller Blicke misstrauisch. Makepeace rief: «Macht Platz, macht Platz!» Alle Köpfe wandten sich um; die Masse der Leiber teilte sich vor ihnen und verströmte ein Unbehagen, das so körperlich war wie ein Geruch. Sie gingen hindurch und kamen an den Fuß der Doppeltreppe des Gemeindehauses. Sie fragte sich, wohin sie der Hexenjäger schicken würde – hinauf in den Saal oder hinunter in den Kerker. Er nahm die Treppe, die emporführte, und bedeutete

Martha, ihm zu folgen. Sie tat es, und das Gemurmel der Menge nahm zu. Jemand rief ihren Namen.

«Was führt dich her, Martha Hallybread?», rief ein grinsender Mogg Basford. «Verrätst du uns, welche deiner Schwestern Hexen sind? Hilfst du uns, sie loszuwerden? Gelobst du das?»

Sie zögerte. Die Menge verstummte, die angespannten Gesichter verschwommen ineinander, während sie sich umsah. Oh ja, das würde sie geloben – wenn sie es nur könnte! Aber sie war zu Unrecht hier, man hielt sie für jemanden, der sie nicht war, sie fühlte sich zerrissen; sie hatte das Gefühl, ihr äußeres Ich könnte ins Rutschen geraten wie ein Vorsprung der Psalm Cliff und ihre wahren Absichten offenbaren. Mogg und seine Kumpane beäugten sie von unten und warteten auf Antwort. Schließlich neigte sie den Kopf. Sollten die Leute, sollte Mogg doch von ihr halten, was sie wollten.

Sie nahm die letzte Treppenstufe. Der Beutel an ihrem Gürtel schwang hin und her, und sie legte die Hand darauf, um ihn festzuhalten. Sie spürte, wie sich der kleine Atzmann an ihr Bein drückte, dass sie gemeinsam mit all ihren anderen bewährten Knochen geradewegs ins Verderben gehen würde.

Teil zwei

Schwarze Galle

Freitagnachmittag

‹ 13 ›

Im großen Saal herrschte reges Treiben. Viele Leute waren bereits hereingekommen, und es wurden immer mehr. Hinter Martha schwang wieder und wieder die Tür auf, und jedes Mal ließ man noch mehr ein. Etwa zwanzig Schritte vor ihr befand sich das Podium. Es erstreckte sich über die gesamte Breite des Saals und endete an der Feuerstelle. Darauf waren für den Richter und die Geschworenen ein festlicher Tisch und schöne Stühle aufgestellt. Wachtmeister Napier und der Bürgermeister standen bei Makepeace, flankiert von zwei Geistlichen, Pater Leggatt und Pfarrer Deben von St. Hildas. Alle waren in ein ernstes Gespräch vertieft und schauten von Zeit zu Zeit hinüber zu den Hexen.

Die Frauen waren an der hinteren Wand zusammengepfercht. Martha zählte sieben, alle von unterschiedlichem Alter und unterschiedlicher Stellung. Hannah Holland war die Jüngste, die Älteste Ma Southern, von der keiner ihr wahres Alter kannte, aber sie war taub, halb gelähmt und mittellos, lebte von den Almosen der Kirche und vom Betteln. Sie stand ohne Krücken da, zitternd und verwirrt, auf der einen Seite lehnte sie sich an die Wand, auf der anderen an Ellen Warne, eine Marktfrau aus Holleswyck. Da waren auch die Schwestern Durriken, Kits unmittelbare Nachbarinnen, die sich heimlich an den Händen hielten. Neben ihnen stand Prissy, sie wirkte fahrig und trug keine Haube, ihr Haar hing herunter. Ihr Kleid, das sie vor zwei Tagen frisch angezogen hatte, war stark verschmutzt, der gelbe Stoff ganz matt. Ein paar Schritte weiter stand Jennet. Ihr bleiches Gesicht war voller blauer Flecken, ein Auge war beinahe zugeschwollen.

Zu Marthas Linken hing das blau-rot-goldene Banner von Cleftwater an seiner Stange. Man musste es eigens entrollt haben. Daneben hatte sich eine Gruppe Frauen versammelt, allesamt Wehmütter. Liz Godbold. Sue Ruddock und Kate Weeting, beide Kriegswitwen und ebenfalls Wehmütter. Sie lebten in winzigen, lichtarmen Hütten in den Scours. Sie waren nirgends wohlgelitten, da sie unablässig um Brot, Fleisch und Milch bettelten. Aber immerhin waren sie gottesfürchtig – manchmal kamen sie in die Allerheiligenkirche, um zu beten. Ein, zwei Mal hatte sie sie zum Stillen aufgesucht. Was führte sie hierher? Sie wollte sich zu ihnen gesellen und schlängelte sich durch die Menschenmenge, wurde aber von einer Hand aufgehalten, die sich ihr auf die Schulter legte. Die Hand war sauber und gepflegt und gehörte zu einer beleibten Frau, die schon älter, aber dennoch hübsch war und makellose Gesichtshaut hatte.

«Ihr seid Mrs. Hallybread?» Die Frau nickte ihr zu.

Das bin ich.

«Ihr seid die Dienstmagd von Christopher Crozier?»

Das bin ich.

Die Frau musterte sie. «Ich bin Frances Knill, die Hauptsucherin. Master Makepeace wird von mir gesprochen haben.»

Martha verbeugte sich. *Ja, Madam, das hat er.*

«Er hat mir gesagt, Ihr werdet uns als Sucherin unterstützen.» Sie machte eine flüchtige Geste in Richtung der anderen Wehmütter. Ihre Augen leuchteten. Sie waren von einem so hellen Blau, dass sie wie gemalt wirkten. Ihr Blick richtete sich wieder auf Martha. «Wie ich höre, seid Ihr sehr geschickt. Und stumm.»

Martha machte eine sägende Geste an ihrem Hals. *Das ist leider wahr, Madam.*

Ein knappes Lächeln. «Macht nichts. Wir werden uns zweifellos verstehen. Im Moment benötige ich Eure Augen mehr als Eure Stimme.»

Sie ergriff Marthas Ellbogen zum Zeichen, dass sie mitkommen solle. Sie gingen in bedächtigem Tempo auf das Banner zu, Mrs. Knill geleitete Martha wie ein Bräutigam die Braut. «Gott der Herr hat uns zu diesem Werk berufen. Aber wenn wir diesem Ruf folgen, müssen wir Opfer bringen und auf einiges verzichten.» Martha ging mit gesenktem Kopf und betrachtete die feinen Ziegenlederschuhe der Frau, die Fettpolster an ihren Knöcheln, den teuren schwarzen Stoff ihres Kleides. Auf viel schien Mrs. Knill nicht zu verzichten. «Zum Beispiel», fuhr Mrs. Knill fort, «auf den Zuspruch von Familie und Freunden.» Sie ging langsamer. «Ich frage mich, Mrs. Hallybread, ob Ihr in der Lage seid, die Ergebenheit zu Eurem Hause hintanzustellen. Zu Priscilla, die auch bei Euch arbeitet, und Euren Bekannten.» Sie warf einen Blick auf die angeklagten Frauen. «Diese Arbeit ist ein Privileg, eine Ehre. Um sie zu verrichten, muss man alle Freundschaften, alle Bindungen vergessen.» Ihr Gesichtsausdruck veränderte sich. «Vor allem verwandtschaftliche Bindungen.»

Das sagt sich leicht für jemanden wie dich, dachte Martha. Und noch leichter, wenn Geld im Spiel ist, Münzen, noch warm von der Hand des Hexenkenners.

«Und dennoch müsst Ihr Euch an alles erinnern, wie unbedeutend es auch sei», fuhr die Sucherin fort. Sie passierten eine Gruppe von Ratsherren, gut zu erkennen an ihren weinroten Gewändern. Die Ratsherren schauten sie an, schienen sie aber nicht wahrzunehmen, als sähen sie durch sie hindurch. «Der Teufel ist listig, aber wir Sucherinnen sind ebenfalls listig. Und was wir tun, besitzt eine gewisse Anmut.» Mrs. Knill blieb stehen und ließ Martha los. Sonnenlicht fiel durch das Buntglasfenster, erhellte das Antlitz der Frau und ließ ihr ergrautes Haar leuchten. Als sie weiterredete, sprach sie durch einen Regenbogen aus glasigen Farben, wie ein Engel, der frohe Kunde brachte. «Denkt vor allem an eines: Wir sind Dienstmägde Gottes. Wir verurteilen den Leib, um die Seele zu retten.» Der strenge Blick aus den unwirklich blauen Augen heftete Martha an der Stelle fest, an der sie stand. «Wir Sucherinnen sind jetzt Eure Familie.» Mrs. Knill lächelte. «Kann man Euch trauen? Können wir uns darauf verlassen, dass Ihr Euch mit Eurer ganzen Seele für diese Aufgabe einsetzen werdet?»

Martha wusste, was sie zu tun hatte. Sie schaute unschuldig drein, legte eine Hand auf ihre Brust und machte einen Knicks. *Jawohl, Madam, das könnt Ihr.* Die Frau sollte glauben, dass sie sich fügte, dass ihr Schweigen Zustimmung bedeutete. In ihrem Mund zuckte ihre Zunge. Die Hure des Hexenjägers.

«Gut.» Ein strahlendes Lächeln – die Hure zeigte all ihre Zähne. «Wir verstehen uns.»

Die Männer auf dem Podium traten auseinander. Die Geschworenen nahmen ihre Plätze ein; Makepeace und der Wachtmeister stiegen vom Podium herab, ebenso die Kerkermeister, die sich vor dem Podium in einer Reihe aufstellten und die versammelte Menge anschauten. Über ihnen nahm auf dem größten der hochlehnigen Stühle ein kleiner, vierschrötiger Gentleman mit rötlichem Teint Platz: der Richter, der Bacon hieß.

Marthas Laune stieg ein wenig. Richter Bacon war dafür bekannt, dass er oft Milde walten ließ. Vielleicht würde er das auch heute tun und die Frauen auf Kaution freilassen oder sie sogar freisprechen. Trotz des Gedränges an Leibern fühlte sie sich plötzlich bloßgestellt. Wo war nun ihr Platz? Sie konnte nicht dort stehen bleiben, wo sie war; sie musste sich entscheiden. Sie schaute Prissy und Jennet an, die niedergeschlagen in der Ecke mit den anderen Gefangenen standen. Sie überlegte. Sich zu den Sucherinnen zu stellen, bedeutete, dass sie sich mit ihnen gemein machte, sich auf ihre Seite schlug. Dann erinnerte sie sich daran, was sie Kit versprochen hatte, und stellte sich neben Liz.

Ma Southern wurde als Erste aufgerufen und zu einer behelfsmäßigen Anklagebank geführt, die aus zwei Bänken bestand, die v-förmig aneinandergestellt waren. Ihre Hände, dünn und zerbrechlich wie Reisigbündel, waren vor ihrem Bauch mit einem Strick gefesselt, der ihr um die Taille gebunden war. Der Wachtmeister verlas die Anklagepunkte. Die Liste war lang und die Vorwürfe belanglos, meist ging es um irgendwelche alten Streitigkeiten. Hühner und Schweine von Nachbarn, die erkrankt waren; ein neuer Schornstein, der eingestürzt war. Ma Southern verzog ihr runzliges Gesicht. Richter Bacon fragte, ob sie verstanden habe. Offenbar verstand sie nichts, denn sie beugte sich vor und hielt ihr gutes Ohr mal in die eine, mal in die andere Richtung, wie ein Hund, der nach seinem Herrn lauscht.

«Versteht – Ihr – mich?», rief der Richter, aber Ma Southern konnte ihn weder hören, noch begriff sie die Folgen dessen, dass sie ihn nicht hörte. Sie zitterte so stark, dass ihr gutes Bein nachzugeben drohte. Martha tat unwillkürlich ein paar Schritte auf sie zu, aber dann sah sie Mrs. Knills vorwurfsvollen Blick und trat wieder zurück. Für den Moment war es am besten, abzuwarten. Sie würde der Alten besser helfen können, sollte es zu einer leiblichen Untersuchung kommen.

Makepeace trat an das Podium heran. «Herr Richter, meine Herren, Geschworene, ich habe neue Beweise, die ich dem Gericht vorlegen möchte», sagte er.

«Tut das», erwiderte Richter Bacon.

Der Hexenjäger verbeugte sich, trat einen Schritt zurück und ging dann vor dem Podium auf und ab, sein kleiner zurechtgestutzter Bart zuckte, während er sprach. Ma Southern sei eine Müßiggängerin, eine Last für die Gemeinde, die überall, wo sie hingehe, Unheil anrichte. Ihre Sünden seien so zahlreich wie ihre Verbrechen, allen voran habe sie die Familie Brookes verflucht; die Kinder waren am Winterfieber erkrankt und alle drei gestorben. Seine Beweise waren ein Flickwerk aus Klatsch und Gerüchten. Martha kannte die Geschichten, wie ganz Cleftwater. Es stimmte, die Kinder waren im letzten Herbst gestorben, als die Schweißkrankheit das Dorf heimgesucht hatte, die auch viele andere Menschenleben gefordert hatte. Was Makepeace verschwieg: Die Kinder hatten die alte Frau jahrelang geärgert, sie geneckt, ihr das Brot gestohlen, ihre Krücken versteckt.

«Was erwidert Ihr darauf, Madam?», fragte Richter Bacon. Alles schwieg erwartungsvoll. Ma Southern schwieg auch und blickte verwirrt um sich. Wohin sie schaute, duckten sich die Leute, sahen weg oder drehten sich zur Seite, als könne allein ihr Blick sie vergiften.

«Seht, wie sie sich verstellt», sagte Makepeace und ging bedächtig auf sie zu, sein Gesicht voller Abscheu. «Sie tut so, als würde sie weder sehen noch hören, dabei weiß sie genau, dass sie diese Verbrechen begangen hat. Ließen wir sie gehen, folgten ihr heim und beobachteten sie des Nachts, dann bekämen wir die Wahrheit zu sehen. Wie sie sich freut, wenn ihre Dämonen kommen. Wie sie sie säugt und dann aussendet, damit sie in ihrem Auftrag Böses tun.» Er wandte sich an die versammelte Menge. «Es ist durchaus üblich, dass solche Frauen sich verstellen. Sie lügen sogar noch, wenn sie auf die Bibel schwören.»

«Aber wenn sie nicht weiß, was ihr vorgeworfen wird», fragte Pater Leggatt, «wie soll sie dann etwas erwidern?»

Hier und da kam Zustimmung aus der Menge, doch der Blick des Hexenkenners ließ sie schnell verstummen. «Ihr werdet sehen, dass es wenig ausmacht, ob sie etwas versteht oder nicht. Und wenn Ihr eine ganze Stunde mit ihr verbringt: Sie wird alle Anschuldigungen abstreiten. Sie wird Ausflüchte suchen. Das ist bei allen Hexen so. Was aus ihrem Mund kommt, sind Lügen, die Satan uns schickt, um gottesfürchtige Menschen zu verwirren – namentlich die aufrichtigen Männer dieses Gerichts.» Wieder kam Zustimmung aus der Menge, diesmal lauter als zuvor. «Gebt mir einen ganzen Tag und eine Nacht mit ihnen, dann, oh ja, *dann* werde ich euch ihr wahres Wesen offenbaren.» Er trat näher an den Richtertisch. «Euer Ehren, ich will ganz deutlich sein. Wenn man sie unter Druck setzt, geben diese Hexen alles preis. Von ihrer Zusammenkunft mit dem Teufel. Von der Treue, die sie ihm schwören, und von der Schwarzen Magie, die Satan persönlich sie gelehrt hat.» Er wandte sich der Menge zu. Sein Blick schweifte umher, begegnete dem der Männer, und das schien ihm Kraft zu geben. «Und ich darf wohl behaupten, dass ich selbst Zeuge war – ach, ich sah Dinge, die zu abscheulich sind, um hier darüber zu sprechen; wenn eine Hexe in ihrer Verzweiflung ihren Herrn um seinen teuflischen Beistand anrief.» Er schüttelte den Kopf. «Wer das einmal sah, wird es nimmer vergessen. Man kann es nicht ungesehen machen.» Er wandte sich wieder an den Magistrat. «Ich spreche von Dingen, die ich mit meinen eigenen Augen sah, Sir. Und von meiner Fähigkeit, Hexen aufzuspüren, weswegen mich dieses Dorf herberufen hat.»

«Was schlagt Ihr vor, Master Makepeace?», fragte einer der Geschworenen.

Der Hexenjäger richtete sich auf. «Erlaubt meinen Frauen, sie gründlich zu beschauen. Indem wir ihren Leib untersuchen, können wir feststellen, ob sie die Male des Teufels trägt oder nicht. Damit meine ich, Sir, die unterschiedlichen Arten von Flecken – wie Warzen, Zitzen oder kleine erhabene, verfärbte Stellen auf der Haut –, die jene bekommen, die Dämonenwesen gesäugt haben.» Der Saal wurde unruhig, Schreckensrufe erklangen, und er hob die Hände, um die Menge zu beruhigen. «Und wenn wir die Hexen des Nachts beobachten, werden wir Zeuge, wie der Teufel in verschiedenster Form zu ihnen kommt – in der Gestalt von Hunden oder Mäusen, Spinnen, Schlangen oder auch als ganz höllische, unnatürliche Kreaturen, die aussehen wie eine Ziege oder ein Schwein mit dem Hinterteil eines Iltis oder etwas Schlimmerem», sagte er, nun lauter, um das ängstliche Gemurmel zu übertönen. «Durch diese Methoden, den Leib zu untersuchen und zu beschauen, kommt das wahre Wesen dieser Frauen ans Licht. Wenn sie gestehen, könnt Ihr sie verurteilen und wisst, dass Euer Urteil rechtschaffen ist.» Er verbeugte sich vor der Bank. Als er sich wieder aufrichtete, sah er den Richter mit ernster Miene an. «Andere Gerichte haben solche Methoden bereits angewandt und sie für recht befunden.»

Richter Bacon zog sein Schnupftuch hervor und wischte sich damit über die Stirn, als wolle er seine Zweifel fortwischen. «Lasst Elizabeth Southern drei Nächte lang beobachten. Lasst alles, was sie sagt und tut, notieren.» Er steckte das Tuch wieder ein und nahm seine Schreibfeder zur Hand. «Wenn in dieser Zeit irgendetwas Ungewöhnliches ans Licht kommt, soll es aufgeschrieben und vor das Gericht gebracht werden.» Er warf Makepeace einen strengen Blick zu. «Wenn aber nach drei Tagen nichts zu sehen ist – weder böse Erscheinungen noch seltsames Gerede –, dann ist auch dies dem Gericht mitzuteilen, und sie soll freigelassen werden.» Er klopfte mit seinem hölzernen Hammer. «Wer ist die Nächste?»

Ma Southern wurde fortgebracht. Martha musterte die versammelte Menge, die misstrauischen Gesichter. Was geschah hier nur, was für abscheuliche Vorgänge fanden hier statt, inmitten dieser ach so braven Christenmenschen, die eher die Bibel zitierten, als einer Bettlerin ein Stück altbackenes Brot hinzuwerfen? Die Luft war stickig und warm und wurde noch wärmer, und immer deutlicher stieg der Gestank des Kotkübels im Kerker in den Saal empor. Martha presste ihre Wirbelsäule gegen die Wand, spürte den kühlen Stein im Rücken. Im Laufe der folgenden Stunde wurden zunächst Hannah und dann Ellen vor die Richterbank geführt. Dann waren die Schwestern Durriken an der Reihe, zuerst Joan und dann Rose, wobei beiden die gleichen Verbrechen vorgeworfen wurden.

Die Uhr schlug erneut, beklagte eine weitere Stunde. Martha hatte Durst und sehnte sich danach, sich zu setzen. Die Müdigkeit zerrte an ihr wie ein Mühlstein.

Prissys Name wurde aufgerufen. Sie trat zögernd zur Bank. Sie war dünner geworden, hatte dunkle Ringe unter den großen blauen Augen, und ihr Haar war strähnig und wirr wie ein zerfasertes Hanfseil. Obgleich sie aus dem stinkenden Kerker kam, war sie immer noch hübsch und zog Blicke auf sich. Pfarrer Deben verlas die Anklagepunkte, begleitet von leisem Stöhnen aus der Menge. Prissy wurden zahlreiche Verbrechen vorgeworfen – sie habe nicht nur den Tod des Säuglings der Archers verursacht, sondern auch die Mutter verflucht, die, wie Pfarrer Deben dem Gericht mitteilte, noch immer von einem unnatürlichen Leiden befallen war und mit dem Leben rang.

Wollte niemand sie verteidigen? «Die Vorwürfe gegen Euch wiegen schwer», wandte sich Richter Bacon an Prissy. «Am schwersten von allen. Was habt Ihr dazu zu sagen?»

Prissy klappte den Mund auf und zu, eine Träne lief ihr die Wange hinab. Ihre Augen waren glasig vor Furcht. «Ich … Ich spreche meine Gebete, Sir. Ich gehe in die Kirche. Ich diene Gott, und ich diene meinem Herrn und meiner Herrin. Ich habe nichts von alldem getan, nichts von dem, was er behauptet.» Sie schaute den Hexenkenner an. «Warum sollte ich so etwas tun? Ich wünsche niemandem etwas Böses – am allerwenigsten Marion Archer, die doch meine gute Freundin ist.»

Der Richter betrachtete sie schweigend. Dann nahm er seine Feder zur Hand und schrieb etwas auf ein Blatt Papier. «Auch Ihr werdet einer leiblichen Untersuchung unterzogen und werdet auf den Beinen bleiben, Mrs. Persore.» Er lehnte sich ein wenig über den Tisch. «Ich hoffe, Ihr werdet diese Zeit nutzen, um über Eure Taten nachzudenken und Euer Gewissen zu prüfen», sagte er, nun sanfter. «Falls Ihr gesündigt habt, bekennt Eure Schuld und seid demütig vor Gott. Lasst Euch von ihm leiten.»

Wieder klopfte sein Hammer. Kerkermeister Gil Hesketh zerrte an Prissys Fesseln, sie folgte ihm, und jene, an denen sie vorbeigingen, bekreuzigten sich und beteten leise. Gerade, als sie an die Tür kamen, betrat Kit den Saal. Prissy schaute ihn an, dann sah sie sich um. Ihre Augen fanden die von Martha und starrten sie so durchdringend an, dass Martha dankbar war, als Prissy wieder wegschaute. Kit wollte auf sie zugehen, doch Gil hinderte ihn daran. Prissy stolperte und streckte die Hände aus. An ihren Handgelenken waren rote Ringe zu sehen, wo die Haut vom Strick wundgerieben war.

Mir gebührt das. Der Strick, die wunde Haut. Martha spürte die Schuld, die ihr Gewissen quälte. Sie musste handeln, jetzt gleich. Sie öffnete die Lippen und befeuchtete sie. Einen leichtsinnigen Moment lang überlegte sie, zur Anklagebank zu gehen und sich schuldig zu bekennen, sich von dieser Last zu befreien. Sie wandte sich zu Liz um, die sich zu ihr beugte, wobei ihre Haube beinahe die von Martha berührte, als wolle sie ihr etwas Vertrauliches verraten. Martha hob die Hände. In ihrer Kehle entrollte sich der Wurm, ihre Stimmbänder spannten sich an, Sehnen knackten. Nichts, weder Töne noch Worte. Die Saaltür schwang zu. Der Moment war vorüber und hatte Prissy mit sich gerissen, und schon rief der Bürgermeister einen weiteren Namen.

Jennet. Sie kam zur Richterbank und hob ihre gefesselten Hände vor sich wie zum Gebet. Richter Bacon verlas die Anklagepunkte. Es waren so viele, allein die Anzahl konnte einem Angst machen. Mrs. Savory halte sich in einer Kiste einen Dämon in Form einer Kröte, die sie seit mindestens fünf Sommern immer wieder in Cleftwater freigelassen und der sie befohlen habe, in jedem Haus im Dorf das Hustenleiden zu verbreiten. Sie sei auf der Straße nach Sandgrave einem Hausierer begegnet und habe ihn verflucht, sodass sein Esel verrücktspielte; sein Besitzer habe noch immer ein lahmes Bein, weil der Esel ihn getreten habe. Sie habe Bettlern aus Sandgrave schales Bier gegeben; als jene sie zur Rede stellten, sei sie rückwärts zu Boden gefallen, wo sie sich auf liederliche Weise gekrümmt und gewunden und den Teufel angerufen habe. Daraufhin sei der älteste der Bettler – ein harmloser, unschuldiger Mann – vor Schreck gestorben.

«Kann es einen deutlicheren Beweis geben?», rief Makepeace aus. «Die Frau ist eine Hexe, und sie verheimlicht es nicht einmal. Erst gestern begegnete Mrs. Savory einem der Kerkermeister von Cleftwater – Herry Gowler, einem gottesfürchtigen Mann, der sich gerade auf dem Heimweg von der Abendandacht befand. Und dieser Gentleman versuchte, sie ohne Ansehen seiner eigenen Sicherheit aus dem Dorf zu geleiten, und dafür erhielt er von dieser dreisten Hexe den Fluch mit der gehörnten Hand.» Die Menge stöhnte auf. Makepeace wandte sich zur Richterbank. «Das ist noch nicht alles», warnte er, «und es wird schlimmer.» Er hielt inne. «Aber vielleicht ist das zu viel für dieses Gericht.»

«Wenn Ihr Beweise habt», sagte der Richter, «dann müssen wir sie hören.»

Der Hexenjäger zählte die Vorwürfe auf, eine ganze Liste vorzeitiger Tode, die Jennet herbeigeführt habe, einige langwierig und qualvoll, andere kurz und brutal. Gedämpfte Schreie und gemurmelte Gebete kamen aus allen Ecken des übervollen Saales, der, während der Hexenjäger sprach, immer kleiner zu werden schien. Das einfallende Licht ließ den dunklen Fleck auf Jennets Wange leuchten. Sie schaute finster drein. Sie wankte. An dem Strick, mit dem sie gefesselt war, zogen ihre Bewacher sie wieder auf die Beine.

«Jennet Savory, die Anschuldigungen gegen Euch sind zahlreich. Sie wiegen schwer. Habt Ihr sie vernommen?»

«Oh ja, durchaus.»

«Ihr werdet des Mordes an zahlreichen Bürgern in dieser Gegend bezichtigt. Was sagt Ihr zu diesen Anschuldigungen?»

«Ich sage, dass sie falsch sind. Die Leute lügen, wenn sie behaupten, ich hätte so etwas getan. Das habe ich nicht. Hätte noch nicht einmal daran gedacht. Ich habe noch nie etwas Böses getan und würde nie irgendwem in Cleftwater etwas antun, weder Mann noch Frau noch Kind. Und auch keinem Tier. Warum sollte ich den Leuten, mit denen ich hier zusammenlebe, etwas Böses wollen?»

Sie reckte den Hals und starrte Richter Bacon trotzig an. Martha sah, wie er Jennets langen Blick erwiderte. In beider Augen lag eine Geschichte – Begegnungen in lauen Sommernächten, Stöhnen in der Abenddämmerung, eine Münze, die den Besitzer wechselte. Jennet wandte sich um und schaute den Hexenjäger an.

«Was Ihr behauptet, ist alles erlogen», spie sie aus. «Ich werd's nicht damit beehren, dass ich noch drauf antworte.»

Ein Luftzug fuhr durch den Saal und ließ die Anklageschriften flattern. Der Richter hielt sie fest und ließ die Hand darauf liegen. Von der Straße her ertönte eine Handglocke, dann waren Gebrüll und Gejohle zu hören. Martha sah Liz an: Wurde da noch eine Frau in den Kerker gebracht?

«Alles Lügen», bekräftigte Jennet, «herumerzählt von Lügnern.» Sie zerrte an ihrem Strick. Ihre Augen weiteten sich, und ihr Kopf zuckte auf und ab. Die Wachen wichen zurück und zogen den Strick fester. Jennet kämpfte dagegen an. «Fragt sie, fragt *die da*», schrie sie. Der Strick spannte sich, als sie die Hände in Richtung von Liz und Martha ausstreckte. «Ich habe gesehen, was sie getan haben, als mein kleiner Neffe geboren wurde. Kam so schlimm gezeichnet auf die Welt, hatte kaum seinen ersten Atemzug getan, bevor sie ihn seiner Mutter wegnahmen. Und dann war er tot. *Sie* war dabei», kreischte Jennet, «und *sie* auch. Eine von denen hat Böses getan, ich weiß es, ich schwör's. Los doch, sorgt dafür, dass sie es gestehen!» Jennet errötete, ein unnatürliches Rot. «Denkt nicht schlecht von mir, denkt nichts Böses von mir. Ich würde den Meinen niemals schaden. Bin ein aufrichtiger Mensch. Habe nichts Böses getan.»

Sie schimpfte immer weiter. Die Worte sprudelten nur so aus ihr heraus. Martha wischte sich mit dem Ärmel das Gesicht ab. Sie schloss die Augen, und sofort erschien ihr der Atzmann, sie sah ihn deutlich vor sich. Betrübt und anklagend sah er sie an; er wollte, dass sie gestand – sie sollte beichten, dass *sie* böse war, eine falsche Freundin für Prissy, eine Sünderin, schlimmer als Jennet. *Eine Zauberin sollst du nicht am Leben lassen.* Martha griff nach ihrem Beutel und fühlte die leichte Wölbung, wo sich der Atzmann befand. Um ihn herum schien die Luft zu schwirren. Sie klopfte darauf. Schluss jetzt. Mach, dass es aufhört.

Jennet richtete ihre schwarzen Augen auf Richter Bacon. «Ganz Cleftwater wurde verflucht.» Ihre Sprache war jetzt eher ein Singsang und wurde leiser, als löse sie sich auf. «Verflucht, als wir alle verflucht wurden. Wir Frauen.» Sie sah den Hexenkenner an. «Ihr kommt wie eine Flamme zur Kerze», sagte sie, hob einen Finger und zeigte auf ihn, «und setzt Cleftwater in Brand.» Sie hielt inne. Ihr Mund klappte auf, als wolle er sich leeren – als wolle Jennet selbst aus ihm herausfahren. Dann knickten ihre Knie ein, sie ging zu Boden und fiel seitlich auf die Rippen. Ihre Augen verdrehten sich. Martha spürte den Anfall kommen, als sei sie es, die ihn bekam. Als sich Jennets Wirbelsäule wölbte, verkrampfte die ihre sich ebenfalls, und sie rückte ihren Kopf nach hinten.

Die Menge schrie auf, die Panik des einen löste die des nächsten aus, Angst erzeugte Angst. Martha konnte Jennets Atem spüren, ihre Lungen pumpten ganz flach und zu schnell, als wären sie ein Blasebalg, betätigt von einem Dämon. Jennets Absätze trommelten auf die Dielen, ein hektischer Tanz, der auch Marthas Füße in Bewegung setzte. Sie zuckte dort, wo sie stand. Köpfe drehten sich, Blicke flogen in ihre Richtung – auch der des Hexenjägers. Jeder einzelne Blick war wie ein schmerzhafter Schlag. Jennets bloße Andeutung, ihre Anschuldigung, die unvollendet geblieben war, vollendete die Menge nun mit ihrem Misstrauen.

O Martha, was hast du getan? Was hast du unerledigt gelassen?

An ihrer Hüfte schwang ihr Beutel, und als sie durch das Leder hindurch den Atzmann spürte, verließ sie die Raserei wieder, als hätte der Atzmann sie irgendwie gebändigt oder aufwärts geschickt, zu den Dachbalken, wo eine Schar gemalter Engel, blau und rot und golden, dem Treiben mit freundlicher Miene zuschaute. Sie senkte den Kopf. Jennet hatte sich im Liegen im Strick verfangen; die Wachen hatten ihn fallen lassen und waren an die gegenüberliegende Wand geflüchtet. Jennets Absätze trommelten langsamer und hörten dann auf. Sie lag keuchend da wie ein Fisch im Netz. Die Schnur ihres Mieders hatte sich teilweise gelöst, und ihre Brüste drohten herauszuquellen.

Eine Minute verging. Der Hexenjäger ging auf sie zu. Er war so dünn und schmal gebaut, dass seine Gestalt gänzlich von dem Strahl Sonnenlichts umsäumt wurde, der durch das Fenster an der Westseite fiel und seinen Kragen und das vergoldete Kreuz an seinem Hals glänzen ließ. Er beugte sich über Jennet, nur ein Stück weit. Sein Gesicht war von Verachtung gezeichnet.

«Lebt sie noch?», fragte Richter Bacon.

Makepeace stieß Jennet mit der Spitze seines Stiefels an. Er schürzte die Lippen. «Sie lebt.» Er sah sich nach den Wachen um. «Richtet sie auf», befahl er den Bullard-Brüdern. «Hoch mit ihr», rief er und klatschte in die Hände, um seinem Befehl Nachdruck zu verleihen. Ned Bullard kam und packte Jennet an den Schultern. Behutsam hob er sie hoch.

«Öffnet die Tür», befahl der Richter. «Die Dame braucht Luft, und wir brauchen einen kühleren Kopf.»

«Da habt Ihr es selbst gesehen», verkündete Makepeace, an alle Anwesenden gewandt. Seine Augen leuchteten, seine helle Stimme füllte den Raum. «Schaut, wie der Teufel von ihresgleichen Besitz ergreift. Er macht sie zu seinem Spielzeug, lässt sie plappern und lügen.»

«Mag sein», sagte Richter Bacon trocken. Er hatte seine Perücke abgenommen, seine Haare standen ab wie Wildschweinborsten. «Aber jeder weiß, dass sie diese Ohnmachtsanfälle hat. Das war nicht der erste. Abgesehen davon ist ihr Ruf tadellos.»

Jennet hustete und würgte, Speichel lief ihr ins Mieder. Pater Leggatt trat neben sie und beugte sich zu ihr, legte ihr eine Hand auf den Rücken. «Um Himmels willen», sagte er, «kann man ihr nicht etwas zu trinken geben?» Niemand rührte sich. Er schaute sich um, sein Gesicht ein einziges Flehen. «Freunde! Wir *kennen* diese Frauen. Wir haben mit ihnen gelebt, Seite an Seite, sie sind unsere Schwestern, unsere Gattinnen, unsere Freunde. Bis vergangene Woche waren sie ein Teil unserer Gemeinde.» Er sah Makepeace an. «Jennet Savory ist so alt wie ich, ich kenne sie schon mein ganzes Leben. Ich glaube kein Wort von dem, was Ihr von ihr behauptet, diesen … diesen Anschuldigungen, die Ihr vorbringt.»

«Halt, halt!», protestierte eine Stimme. Mogg Basford drängelte sich an den Fuß des Podiums und stellte sich vor den Richter. «Wollt Ihr denn nicht nachfragen, ob es wahr ist, was die Hexe gesagt hat?»

«Ob was wahr ist?», fragte Richter Bacon.

«Was die Hexe gesagt hat, bevor sie die Besinnung verlor.» Mogg wies auf Martha. «Über die Frauen da drüben.»

«Dem Geschimpfe einer Kranken, die einen Anfall hat, sollte man keine Beachtung schenken», warf Pater Leggatt ein.

«Ich finde aber schon», beharrte Mogg. «Sie hat's doch ganz deutlich gesagt. Hat auf Martha Hallybread da drüben gezeigt.»

«Sie hat auf alle Sucherinnen gezeigt», gab Richter Bacon zu bedenken. «Sie hat keine von ihnen herausgegriffen. Zudem glaube ich nicht, dass man das Gerede einer Frau, die so krank ist, dass sie kurz vor der Ohnmacht steht, für bare Münze nehmen kann.» Auf seinen Wangen leuchteten zwei scharlachrote Flecken, als wäre er geohrfeigt worden. «Mrs. Savory soll leiblich untersucht und beobachtet werden, wie die anderen auch. Auf diese Weise werden wir die Wahrheit herausfinden. Was sie sagt, wird aufgeschrieben und in drei Tagen vor mich gebracht.»

«In drei Tagen? Wollt Ihr, dass diese Teufelshuren sich wieder erholen? Drei Tage reichen ihnen, ihr böses Werk zu verrichten – ihre Dämonen gegen uns zu beschwören.»

«Mogg spricht wahr», bestätigte der Bürgermeister. «Um ihnen Einhalt zu gebieten, sollten wir jetzt handeln.»

Eine Salve der Zustimmung ging durch den Saal. Die Stimmung kippte, wurde aufrührerisch. Martha konnte die Veränderung in den schockierten Gesichtern lesen. Der gute Wille war verschwunden, die Zweifel waren fort. Schon wurden sie und Liz angestarrt. Sie waren verdorben. Sie waren aussätzig, mussten verstoßen werden. Sie trat zurück an die Wand. Über die Unruhe im Saal hinweg bat Pater Leggatt lautstark um Frieden, um Ruhe, darum, sich auf die Weisheit des heiligen Thaddäus zu besinnen. Wer von euch ohne Sünde ist, der werfe etwas. Einen Stein, einen Würfel.

Plötzlich stand der Bürgermeister auf dem Podium und brüllte so laut, dass er die beschwichtigenden Worte des Priesters übertönte: «Die Zeit des Betens ist vorbei. Wie uns der heilige Matthäus warnt: *Wenn aber dein rechtes Auge dir Anstoß gibt, so reiß es aus und wirf es von dir!* Ruft man etwa den Chirurgen, um ein fauliges Bein zu behandeln, und lässt er dann den ganzen Leib erkranken, in der Hoffnung, das eine Glied zu heilen? Das tut er nicht. Er schneidet das Schlechte weg, um das Gute zu erhalten, und niemand wird ihm das verdenken.» Seine Stimme wurde schrill. «So sollten wir auch mit den Hexen handeln. Solange sie leben, verbreiten sie ihre Seuche. Jede Verzögerung wird uns teuer zu stehen kommen. Schaut euch nur Mrs. Savory an», rief er über das zustimmende Gebrüll der Menge hinweg. «Sie ist jung, ja, aber der Fleck auf ihrer Wange ist zweifellos das Brandzeichen des Teufels. Deshalb fordere ich: Lasst sie zusammen mit ihren Schwestern hängen, heute noch.»

«Ohne eine Prüfung könnt Ihr nicht wissen», entgegnete der Priester, «ob die Frauen schuldig dessen sind, was Ihr behauptet.» Er kniete sich hin, um Jennets Leib mit dem seinen abzuschirmen.

«Solange sie nicht tot sind», widersprach der Bürgermeister, «könnt Ihr nicht sicher sein, dass Cleftwater frei vom Bösen ist.

Kommt das etwa vom Papst? Gehört es zu Eurem Glauben, für diese Hexen einzutreten? Warum plädiert Ihr dafür, sie zu verschonen, wenn sie uns doch schaden?»

«Weil diese Frauen, die Ihr so gerne verurteilen würdet», sagte der Geistliche scharf, «genauso sehr Hexen sind, wie ich ein Zauberer bin.»

Stille trat ein, unmittelbar, fassungslos, als wäre mit einem Mal alle Luft aus dem Raum gesaugt worden. Der Priester hatte einen Fehler begangen, das war Martha sofort klar. Wie er dastand, mit puterrotem Gesicht und auf- und zuklappender Kinnlade, wirkte er wie das Gegenteil eines Heilands oder Märtyrers. Der Schock mündete in einen allgemeinen Tumult. Pater Leggatt wurde umringt und an der Soutane zum Richtertisch gezerrt. Beschuldigungen und deren Erwiderungen füllten den Raum, dazwischen lautstarke Unterstellungen durch Makepeace, und über den Lärm hinweg hörte man immer wieder den Hammer schlagen. Richter Bacon rief: «Ruhe im Saal!», aber dafür war es zu spät. Die Glocke der Allerheiligenkirche begann zu läuten, und im nächsten Moment stimmte die Uhr am Gemeindehaus mit ein. Vier Uhr an einem sommerlichen Freitag, die Glocken läuteten eine neue Zeit ein. Eine Zeit, in der man entweder gewann oder verlor. In der man entweder liebte oder hasste.

Sie hatte das Gefühl, als falle sie, als gebe das Gerüst nach, auf dem sie ihr Leben aufgebaut hatte. Martha stand wie betäubt da und versuchte, ihr aufgewühltes Gewissen zu beruhigen, die Stimmen in ihrem Inneren, die durcheinanderriefen, zum Schweigen zu bringen. Alle Angeklagten waren abgeführt worden. Pater Leggatt war fort – sie hatten ihn gefesselt und hinausgezerrt, Jennet hatten sie hinter ihm her geschleift. Die Geschworenen zerstreuten sich, Makepeace verließ den Raum. Der Saal leerte sich, die Tür schwang immer wieder auf und ließ kurz die Welt von draußen herein, wo die Möwen kreischten, als sei nichts geschehen. Martha kam wieder zu sich und stellte fest, dass ihre Hand noch immer auf dem Atzmann ruhte. Sie ließ ihn los. Wo war Liz hin? Wo war Kit? Knapp zehn Schritte entfernt stand Mrs. Knill und betrachtete den Beutel. Wie viel hatte sie gesehen?

«Sagt mal, Mrs. Hallybread, was habt Ihr da in Eurer kleinen Tasche?»

Nun hieß es: vorsichtig sein. Martha löste den Verschluss des Beutels und zog einen Eibischzweig heraus. Mit der anderen Hand berührte sie mit zwei Fingern ihren Mund und ihre Brust.

Für meinen Husten.

«Für Euren Husten?»

Ja.

Ein schwaches Lächeln. «So viele Kräuter bloß für einen Husten?»

Jawohl, Madam. Sie besann sich und erinnerte sich an ihr Tuch. Sie holte es heraus und hielt es mit der blutigen Seite Mrs. Knill entgegen. Das Tuch hatte seinen eigenen Zauber, oder vielmehr die Flecken darauf, denn die Hauptsucherin trat einen Schritt zurück.

«Das Übel der Hexen ist ansteckend, Mrs. Hallybread. Es verbreitet sich so schnell wie die Pocken. Passt auf, dass Ihr Euch nicht ansteckt. Wachsamkeit, ein scharfes Auge, dessen bedarf es nun. Behaltet die Frauen im Auge. Lasst Euch nichts entgehen. Meldet alles. Kein Zeichen ist unbedeutend.» Sie ging zur Tür, dann wandte sie sich noch einmal um. «Doch wisset, dass ich Euch ebenfalls im Auge behalte.»

Freitagabend

≁ 14 ≁

Der für die leiblichen Untersuchungen vorgesehene Raum war eine Schlafkammer im obersten Stockwerk des Wirtshauses, die vollgestopft war mit stumpfen Beilen und kahlen Besen, verbeulten Töpfen, in denen altes Besteck lag, rissigen Nachttöpfen, noch mit Exkrement verkrustet, löchrigen Eimern und Stapeln verschlissener Wäsche. Die Fenster waren mit alten Laken verhängt, die stümperhaft an die Rahmen genagelt worden waren. Neben dem Schornstein stand ein durchgelegenes Himmelbett, dessen eines Bein auf einem Ziegel ruhte. Im Kamin brannte ein kleines, prasselndes Feuer. Zwei Männer brachten eine Frau herbei, die sie an den Ellbogen gepackt hatten und schnellen Schrittes mit sich zerrten, sodass sie fast zu rennen schien. Im Nacken hatte sich ihr Haar aus der Haube gelöst und fiel ihr unordentlich auf den Rücken. Als sie die Sucherinnen sah, hörte ihr Wehklagen abrupt auf. Die Männer hielten Prissy weiterhin fest.

«Kommt, setzt Euch», sagte Mrs. Knill, beinahe freundlich, und rückte einen Stuhl und einen Schemel so zurecht, dass sie einander gegenüberstanden.

Die Dielen knarrten, als sie näher trat. Wie ein Haufen abgelegter Kleider fiel Prissy auf den Schemel.

«Ihr würdet es Euch viel leichter machen, Mrs. Persore, wenn Ihr uns die Wahrheit sagt und Euch von Eurer Last befreit.»

Prissys Blick wanderte zwischen den Sucherinnen hin und her und blieb schließlich auf Martha ruhen.

«Nein? Ihr habt nichts zu erwidern?», fragte die Hauptsucherin.

Arme Prissy mit ihrem müden und fassungslosen Gesichtsausdruck. Etwas Märtyrerhaftes ging von ihr aus. Schon die drei Tage in Gefangenschaft hatten sie gezeichnet; ihre Wangen waren eingefallen, ihre Augen trüb. «Ich bitte um Verzeihung. Ich weiß nicht … Was wollt Ihr denn, das ich Euch sage?» Sie faltete die Hände und löste sie wieder.

«Nicht doch, Mrs. Persore. Ihr sollt uns ja nicht ausfragen. Wir stellen hier die Fragen, und Ihr müsst sie beantworten. Ich frage Euch noch einmal: Was habt Ihr uns zu beichten?»

In der Kammer war es sehr eng, und die Hitze schien sie noch enger zu machen. Prissy klammerte sich mit abgebissenen Fingernägeln seitlich an ihren Schemel. «In den letzten Tagen bin ich wieder und wieder im Kreis gelaufen, und die ganze Zeit habe ich mir den Kopf zerbrochen, was ich falsch gemacht habe.» Erneut sah sie Mrs. Knill an. «Ich sage die Wahrheit. Aber niemand will sie hören.»

Mrs. Knill nickte, verschränkte die Finger und führte sie an ihre Lippen. Sie stand auf und hieß den Männern, die Kammer zu verlassen. «Entkleidet sie», wies sie Martha an.

Sie löste Schnüre, hängte Haken aus, hob Prissys Mieder an und zog ihr die Bluse aus. Schweigend und mit starrem Blick ging sie vor, bis Prissy entkleidet war. Zum Vorschein kamen wohlgeformte Arme und Schenkel, die Umrisse ihres üppigen Busens, den sie vergeblich mit verschränkten Armen zu verdecken suchte. Auf ein Signal der Hauptsucherin hin schor Sue Ruddock ihr die goldenen Locken, die ihr Geschlecht bedeckten. Dann begann die offizielle Untersuchung von Prissys Leib, vom Kopf abwärts: Kopfhaut, Hals und Nacken, Achselhöhlen. Martha musste sich zwingen, hinzusehen, musste ihre Finger zwingen, Prissys Gesäßfalte zu spreizen und die Spalte zwischen ihren Beinen. Dann hob Sue eine nach der anderen Prissys Brüste an und hielt sie wie ein Metzger, der Fleisch abwiegt. Unter der linken Brust fand sich etwas, das aussah wie eine Ansammlung fleischiger Pilze von der Länge eines Fingernagels oder etwas länger. Bräunliche Hautlappen, einige rosa, einige waren blass und sahen aus, als spanne sich dort die Haut. Sue hielt inne.

«Was ist das?», fragte Mrs. Knill und betrachtete Prissys Oberkörper. «Priscilla, was habt Ihr zu diesen Malen zu sagen?»

Prissy schaute nach unten und reckte den Hals, um zu sehen, von welchen angeblichen Malen die Rede war. Sie betastete ihre Achselhöhle und die Haut unter ihrer Brust. «Das da? Das ist schon alt, Herrin. Ich weiß nicht, woher ich das habe.»

«Das wisst Ihr nicht? Habt Ihr es vergessen? Oder leugnet Ihr die Wahrheit?»

«Ich … ich … Weder noch, Herrin, ich …»

«Was hast du getan, Prissy?», rief Sue. «Hast du dich dem Teufel versprochen? Ich dachte immer, du wärst eine sanfte, harmlose Seele, die ihrem Master und ihrer Herrin gefällig ist und ihnen gutes Bier und Brot bereitet.» Prissy auf dem Schemel begann zu zittern, und ihre Angst schien Sue anzustecken. «Schaut nur, Kameradinnen! Schaut, wie sie mich zittern lässt!» Sie streckte ihre Arme aus, die heftig bebten, als kämpfte sie gegen die Luft. «Was tust du mir an, Prissy?»

«Beruhigt Euch, Mrs. Ruddock. Ich habe Euch beide gewarnt: Hexen treiben stets ein falsches Spiel, das liegt in ihrer Natur. Unsere Aufgabe ist es, sie zu entlarven und sie dazu zu bringen, ihren Pakt mit dem Teufel zu bekennen.» Mrs. Knill schaute sich die Erhebungen unter Prissys Brust noch einmal an. «Ich habe solche Male schon oft auf dem Pelz von Hexen gesehen.» Vom

Gürtel, der um ihre Taille hing, nahm sie ein Werkzeug – fünf Zoll lang, dünn und aus Stahl, mit einer Spitze am Ende. «Meine Lanzette», sagte sie und hielt sie hoch, damit alle sie sehen konnten, «ist immun gegen das Böse, lässt sich nicht von den Lügen der Hexen beeindrucken. Sie weiß nur, was sie an ihrem spitzen Ende vorfindet.» Behutsam tippte die Hauptsucherin das Instrument auf ihren Daumen, dessen Haut nachgab, als wolle sie sich der Klinge unterwerfen. Martha sah, dass die Spitze angelaufen war, ein rostiges Rosa. «Die Lanzette wird uns verraten, was wir wissen wollen», fuhr Mrs. Knill fort. «Sie wird die Wahrheit ans Licht bringen.»

Prissy kauerte auf dem Schemel, schaute von Sue zu Martha und sah sie mit glasigen Augen an.

«Steht auf», befahl die Hauptsucherin.

Langsam erhob sich Prissy. Gekonnt setzte Mrs. Knill die Lanzette an und stach mit der Sorgfalt eines Chirurgen zu. Prissy verzog das Gesicht und zuckte zurück. «Martha?», flüsterte sie halblaut, das Gesicht von Angst gezeichnet. «Sag's ihnen, ich bitte dich! Sag ihnen, dass ich niemandem etwas Böses getan habe …»

Martha trat an Prissy heran, nahm ihre Arme und winkelte sie so nach hinten ab, dass die junge Frau die Hände auf dem Rücken hatte – außer Sichtweite von Mrs. Knill. *Mut, Mut* kritzelten ihre Finger; eine verzweifelte Botschaft und eine gefährliche dazu. Prissy verstummte. Hatte sie sie verstanden? Sie konnte es nur hoffen. Über die Schulter der jüngeren Frau hinweg beobachtete Martha die Lanzette, die unerbittlich, erbarmungslos ihr Werk tat und purpurrote Girlanden in Prissys Haut stach.

Schließlich richtete sich Mrs. Knill auf. «Schaut her!» Sie zeigte mit ihrem Instrument auf die Hautlappen, die nun gerötet und lädiert aussahen. «Seht Ihr, wie unempfindlich diese Wucherungen gegen die Lanzette sind? Sie bluten nicht, wenn man hineinsticht. Und diese längliche hier, mit dem kleinen Loch darin? Wenn ich mich nicht täusche – und das tue ich gewiss nicht –, dann ist das eine Zitze, an der kürzlich ein Dämon gesaugt hat.» Sie wandte sich Prissy zu und starrte sie an. «Ist es nicht so, Miss? Erzählt es uns. Erzählt mir von Euren Dämonen.»

«Ich … ich habe keine, Miss.»

«Nein? Wie kommt es dann, dass Ihr diese Zitzen habt?»

«Ich weiß es nicht, Herrin. Ich weiß nur, dass ich das da schon habe, seit ich eine Jungfer war.»

«Wir alle waren einst Jungfern», sagte Mrs. Knill sanft. «Aber Ihr seid jetzt offensichtlich keine mehr. Ihr wisst ganz genau» – sie unterstrich ihre Worte mit dem Metallstift –, «was das für Male sind. Bekennt jetzt, wie sie dorthin kamen!» Sie machte eine Pause, um Prissy zu mustern. «Muss ich Herrn Makepeace rufen lassen? Er ist ein scharfsinniger Mann, sehr erfahren im Umgang mit Hexen. Er wird Euch weniger freundlich befragen, als ich es jetzt tue. Ich brauche ihm nur von der Zitze zu erzählen, an der gerade erst Euer Dämon gesaugt hat. Er wird Euch als das erkennen, was Ihr seid.»

«Aber ich bin doch nichts, Herrin. Bin nichts als ein Dorfmädchen, wie Sue sagt. Fragt Martha. Sie wird's Euch bestätigen. Stimmt's, Martha?»

In Marthas Schlund zuckte der Wurm so heftig, dass sie zusammenzuckte, von Prissy abließ und beinahe den Schemel umstieß. Auf ihrer Haut bildete sich eine Gänsehaut, als wäre sie ebenfalls gestochen worden.

«Sag's ihnen, ich habe nichts getan, nicht einmal gelogen», flehte Prissy.

Die reizende Prissy mit ihren hübschen braunen Augen, arglos wie die eines Kindes. Kleine Tränen quollen aus ihnen hervor, als sie sich umsah, erst Martha anstarrte, dann das Feuer, die Lanzette mit der roten Spitze, das erwartungsvolle Gesicht von Mrs. Knill. Der Schemel klapperte leise unter ihr, so sehr zitterte sie.

«Törichtes Mädchen. Törichtes Schätzchen des Teufels. Euch zu verstellen, nützt Euch gar nichts.» Mrs. Knill ging in die Knie und brachte ihr Gesicht ganz nah an Prissys. «Sagt uns die Wahrheit, damit wir Euch helfen können», sprach sie, nun wieder in sanfterem Ton. «Was hat Euch Satan, Euer Herr und Meister, versprochen? Nur Gutes, da bin ich mir sicher. Einen Platz in seinem Bett, feinste Kleider und Süßes zu essen? Ach ja, und zweifellos hat er Euch versprochen, dass Euch kein Unbill widerfährt – dass er Euch in Eurer Not beistehen wird. Aber wo ist er nun?» Prissy wurde ganz still. «Hat er Euch bis hierhin beschützt? Hat er Euch vor dem Kerker bewahrt? Nein. Er hat Euch bloß benutzt – sein Mal ist deutlich an Euch zu sehen. Er hat sich genommen, was er wollte; jetzt lässt er Euch im Stich.» Sie seufzte. «Ich habe diese Geschichte schon zahllose Male gehört. Hört mir jetzt gut zu, Priscilla. Ich sage: Tut Buße! Gebt Eure Dämonen auf – schickt sie dorthin zurück, wo sie hergekommen sind. Widerruft den Pakt, den Ihr mit Satan geschlossen habt; bekennt die Wahrheit, und rettet Eure unsterbliche Seele.»

«Ich bitte Euch um Gnade, meine Damen. Wenn Ihr wisst, was ich getan habe, verratet es mir. Dann kann ich es bekennen, es zugeben und Gott um Vergebung bitten. Aber ich kann mich nicht erinnern, was ich getan haben soll – ich weiß von keinem Verbrechen und keiner Hexerei, das schwöre ich.»

Mrs. Knill stieß ein unzufriedenes Zischen aus. Von außerhalb der Kammer waren schlurfende Schritte zu hören, laute Stimmen und der schrille Schrei einer Frau, jäh unterbrochen von einer Tür, die zugeschlagen wurde. Martha glaubte, den Tonfall erkannt zu haben – Rose Durriken oder ihre Schwester. Der Schrei gellte erneut, noch schriller, panischer. Augenblicke später klopfte jemand an ihre Tür. Mrs. Knill öffnete. Liz Godbold stand mit Kate Weeting davor; die drei Frauen berieten sich mit leiser Stimme. Thaddeus Spalding, der Bestatter des Dorfes, stand hinter ihnen und spähte aufmerksam in die Kammer, wo Prissy immer noch nackt war. Martha sah, wie Thaddeus' Augen glasig wurden, wie sich in seinem Schritt der Stoff bewegte. Sie ging zu Prissy hinüber und stellte sich so, dass er sie nicht mehr sehen konnte. Prissys Brüste ließen sich verbergen, aber die Zitzen – waren das wirklich Zitzen, diese kleinen pilzfarbenen Hautstummel? – waren ans Licht gekommen, ob Prissy nun, etwas für sie konnte oder nicht. Solche Male waren vollkommen üblich, aber ach, wie sich die Welt verändert hatte, nun, da jeder Makel der Haut als Teufelswerk galt.

Schweißtropfen rannen Prissys Schläfe hinab, und Martha strich mit dem Ärmel darüber und wünschte sich, ihre eigene Qual ließe sich ebenso leicht fortwischen. *Der Herr wird für euch kämpfen, ihr aber werdet still sein* – so hatte Pater Leggatt erst letzten Sonntag gepredigt. Heilige Stille. Einmütige Stille. Oder diese boshafte Stille, derer sie schuldig war; Martha, die Stumme, die Schwindlerin, die Sünderin. Sie spürte, wie ihre Schuld wuchs, als schwelle ihre Seele an, gleich einem Bluterguss.

Sie hob Prissys Bluse auf und zog sie dem Mädchen über den Kopf.

«Ihr sollt mitkommen», sagte Thaddeus und trat ein.

Mrs. Knill steckte ihre Lanzette ein und wandte sich zum Gehen.

«Mrs. Ruddock. Mrs. Hallybread. Ich werde anderswo gebraucht. Spalding wird hier bei Euch bleiben, und ich werde Hesketh hochschicken, dass er ihm helfe. Gemeinsam müsst Ihr ein Auge auf sie haben und dafür sorgen, dass sie auf den Beinen bleibt.» Zu Thaddeus sagte sie: «Sie darf sich nicht ausruhen.

Lasst sie nicht schlafen. Sie darf von Zeit zu Zeit einen Schluck Bier trinken, aber sonst nichts – kein Fleisch. Achtet auf alles, irgendein Tun oder Zeichen. Sie wird Euch anflehen, und Ihr dürft nicht nachgeben. Wenn sie müde wird, kommen ihre Dämonen, oder sie ruft sie herbei. Sie werden Hunger haben, sie werden an ihr saugen wollen. Sobald sie satt sind, wird sie ihnen zweifellos befehlen, sich an die Arbeit zu machen. Notiert alles, was Ihr seht. Merkt Euch ihre Namen und was sie ihnen zu tun befiehlt. Haltet Ohren und Augen offen, aber glaubt nichts von dem, was sie sagt. Schickt nach mir, wenn Ihr müsst.» Ein letzter Blick auf Prissy, die zusammengesunken auf dem zu kleinen Schemel kauerte. «Es wird besser für Euch sein, wenn Ihr schnell gesteht, was wir doch ohnehin alle sehen können.»

«Ich kann nicht lügen, Madam, denn das ist eine Sünde. Aber Master Makepeace meint, mein Schweigen ist auch eine Sünde.» Prissy hob den Blick und sah sie nacheinander an. «Was soll ich denn tun?»

«Was du tun sollst, ist die Wahrheit sagen», antwortete Sue.

«Was Ihr tun sollt, ist gehen», antwortete Thaddeus und zerrte Prissy auf die Beine. «Gehen, ganz einfach.»

Martha legte zwei Finger an Prissys Kinn und hob ihr Gesicht an. Sie versuchte, sich ihre Bestürzung nicht anmerken zu lassen. *Sei getrost, sei tapfer,* schrieben ihre Hände schnell, während sie Prissy liebevoll anschaute. *Ich werde alles tun, was ich kann.*

«Was erzählst du ihr da?», fragte Sue barsch.

Martha schüttelte den Kopf und bekreuzigte sich, dann bewegte sie die Hände, als würde sie Wäsche waschen.

Wie sie da in der Kammer auf und ab gingen, bildeten sie ein schauerliches Dreiergespann: die mittellose Frau von den Scours, dürr wie eine Fischgräte in ihrem geflickten Kleid, der lüsterne Leichenbestatter, dem die Begierde die Hose ausbeulte, und zwischen ihnen die unglückselige Köchin, die ihre Dämonen nicht verraten wollte.

Schnell tut eine Hexe ihr böses Werk, wird es aber nur langsam beichten. Daher musste man sie müde machen, und das tat man wie folgt: Man ließ sie dreißig Schritte gehen. Drehte sie um. Ließ sie wieder dreißig Schritte gehen. Wiederholte das dreißigmal. Dann noch einmal und noch einmal. Währenddessen ging der Nachmittag in den Abend über.

Zur Essenszeit wechselten die Wächter: Ned und Robert Bullard lösten Thaddeus Spalding ab. Sie sollten Prissy die ganze Nacht über auf den Beinen halten. Im Schankraum servierte Nan Dolan ein simples Mahl – gekochten Kabeljau, altes Brot mit Butter, eine Schüssel Platterbsen und eine mit Rübstielen in Essig. Einfache Kost für einfache Frauen. Martha saß am Tisch neben Sue Ruddock. Sie hatte Hunger, aber ihr war zugleich mulmig, und sie versuchte, die Schritte über ihren Köpfen zu ignorieren. Sie nahm ein paar zaghafte Bissen Brot, kaute, dann gab sie auf. *Ich brauche frische Luft.*

«Ich bin so müde, dass ich auch kaum essen kann», sagte Sue. «Aber wir haben uns unser Abendessen verdient, nicht wahr, Martha?»

Einen Augenblick lang spürte sie einen Hauch von Verbundenheit, bis sie daran dachte, was es war, das sie verband – das Werk, das sie zwei verrichteten.

*

Der mondlose Abend empfing sie wie ein allzu fester Händedruck. Als sie aus der Tür des Wirtshauses trat, sah sie zwei Männer, die eine weitere Gefangene zurück in den Kerker führten.

Verzweiflung stieg in ihr auf wie ein Schrei. Sie überquerte die Straße. Oben an der Treppe zum Kerker traf sie Wachtmeister Napier, der gerade die Stufen emporstieg.

«Martha. Was führt Euch hierher?»

Sie senkte den Kopf und erklärte ihm mit ihren Händen, dass man sie geschickt habe, um Geständnisse zu melden, dabei wusste sie genau, dass er das nicht verstehen würde. Er beäugte sie misstrauisch, als könne er sie bei einer Lüge ertappen. Schließlich trat er zur Seite. «Nun, dann geht halt hinein.»

Martin saß vor dem verschlossenen Kerkertor, sein Kinn ruhte auf seiner Brust. Sie schüttelte ihn, und sofort stand er auf, rieb sich mit den Händen über Gesicht und Hals, über die halb verheilte Eiterbeule.

Ich möchte zu Prissy.

«Was?»

Prissy.

«Oh.» Er deutete mit dem Kinn nach oben. «Sie haben sie hoch zum Richter gebracht. Sind jetzt gerade dort oben.»

Sie spürte einen Anflug von Angst, der sich zwischen ihnen ausbreitete. *Wozu?*

«Weiß nicht, Martha. Aber der Hexenjäger ist auch da oben.»

Aus dem Halbdunkel, das sich jenseits des Tores auftat, war ein lautes Stöhnen zu vernehmen. Martin hob die Laterne. Auf den dreckigen Binsen lag eine Gestalt auf dem Bauch, als hätte ein Kind eine Stoffpuppe fallen lassen.

Wer ist das?

«Ma Southern», sagte Martin mit matter Stimme. Er verzog das Gesicht. «Sie haben sie im Gemeindehaus drei Nächte und einen Tag lang ohne Unterbrechung marschieren lassen. Hat nur ein paar Schlucke Wasser getrunken. Wenn sie morgen früh noch am Leben ist …» Er brach ab und spähte durch das Gitter im Tor.

«Schätze, sie ist hin.» In dem schwachen Licht konnte Martha sehen, dass er ebenfalls todmüde war.

Darf ich zu ihr?

Martin zögerte, dann schloss er das Tor auf.

Überall an den Wänden lagen oder saßen die Eingekerkerten. Prissy war nicht darunter, auch nicht Rose Durriken, aber in der Nähe von Ma Southern lagen Jennet und Ellen, ebenfalls vor Erschöpfung zusammengebrochen. An der Wand gegenüber saß Joan Durriken, zerzaust und in sich zusammengesunken. In dem Stand neben ihr war Hannah Holland angebunden, ihre Arme baumelten am Strick.

Im Licht der Laterne, die am Deckenbalken hing, sah Martha die bestürzten und niedergeschlagenen Gesichter der Frauen, die verräterischen Anzeichen der Verhöre. Halb geöffnete Kleider, nackte Haut, wundgerieben von Fesseln, übersät von blauen Flecken und Striemen, voller winziger roter Blasen, die aussahen wie Pocken, überall dort, wo die Lanzette zugestochen hatte. Marthas Herz pochte vor Empörung; sie spürte jede Wunde, als hätte man sie ihr zugefügt. Sie ging zu der Stelle, an der Ma Southern lag. Wie viele Schritte, wie viele Meilen hatte sie in den letzten drei Tagen gehen müssen? Zu viele. Zu viele für diese alte Frau, lahm, wie sie war. Ihre Füße waren blutig und geschwollen – monströse Füße, eben wie die einer Hexe. Jetzt würde sie auch noch wegen ihrer Verletzungen verurteilt werden.

Martha öffnete ihren Beutel und tastete darin nach den Kräutern. Sie holte sie heraus und breitete sie im Licht der Laterne auf dem Boden aus. Schafgarbe, Thymian, Salbei. Sie rollte die Pflanzen zwischen ihren Fingern, und sofort verströmten sie ihren heilenden Duft. Ihre Hände übernahmen das Kommando und wussten trotz ihrer Erschöpfung von selbst, was zu tun war. Sie riss einen Streifen Leinen vom Hemd der alten Frau ab und band ihr die Kräuter an die verletzten Füße. Diese kleine Hilfe – dieses behelfsmäßige letzte Ritual aus Betroffenheit und zerrissenem Leinen: Es reichte nicht, aber es war alles, was sie zu bieten hatte, mehr konnte sie nicht tun. Ma Southerns Atem pfiff leise durch ihren schlaffen Mund.

Martha ließ von ihr ab und ging zu Ellen, wobei sie fast über den Kotkübel stolperte. Ellen lag direkt daneben, allzu nah an seinem Inhalt, seinem schrecklichen Gestank. Martha setzte sich schwerfällig hin. Die Welt schien aus den Fugen geraten, alles war durcheinander. Und sie selbst hatte dazu beigetragen, daher war es ihre Pflicht, die Dinge wieder in Ordnung zu bringen. Sie setzte sich und formte ein Kissen aus ihrem Unterrock, dann hob sie Ellens Kopf an und bettete ihn in ihren Schoß. Die Frau schlief tief und fest, ihr schmutziges Gesicht war wie versteinert. Martha streichelte das ergraute Haar. Nach einiger Zeit fielen ihr selbst die Augen zu. Die Flut kam, sie konnte sie hören, das Zischen ihres Herannahens. Die Brandung des Meeres und der Geruch von Schweiß und das leise sinnlose Gebrumme der Wachen verschmolzen miteinander und verwoben sich. Sie spürte, wie sie sich auflöste, wie sie durch eine Lücke in ihrer Hülle glitt, wie sie durch die Dunkelheit schwebte, über Felder und Schilfgürtel, über Klippen und Felsen, bis zu einem Ort, der ihr vertraut war, ob aus ihren Träumen oder aus der Wirklichkeit, wusste sie nicht. Hier ließ sich ihre Seele nieder.

Dort, wo sich ihr Leib befand, war es dämmrig, aber nicht finster. Sie verweilte, wollte fort, hatte aber nicht die Kraft, sich loszureißen. In der Ferne zeichnete sich eine kleine Gestalt ab, ihr Umriss wurde von einem fahlen Licht erhellt. Die Gestalt kam näher, und dann war sie bei ihr: der Atzmann, und er war lebendig, sein Wachs schimmerte, seine Nasenlöcher atmeten, seine plumpen Lippen waren zu einer Art Lächeln verzogen. Licht floss durch seine Adern. Martha hörte sich selbst keuchen und riss den Blick von ihm los. Sie spürte etwas Weiches, Schweres in ihrer Handfläche; schaute hinunter und fand dort den Atzmann, zusammengekauert, den Daumen im offenen Mund. Er schaute sie mit ruhigen hellen Augen an. Ein Säugling, Kits Säugling, mit Agnes' leicht gebogener Nase. Sie konnte nichts tun als zuzuschauen, war gefangen in dem Moment. Nach einer Weile oder einer Ewigkeit wölbte sich das Wachs, fiel ein, brach auf. In ihrer Hand kauerte eine Gestalt, die aussah wie Mutter in ihrer ganzen zerrütteten Schönheit; sie schüttelte langsam den Kopf und schaute Martha mal lächelnd, mal traurig an. *Du hast die Wahl. Entweder, oder. Wenn du fehlst, wird es dich reuen. Du hast die Wahl.* Hell wie eine Glocke erklang Mutters Mahnung aus dem Mund des Püppchens.

Dann spaltete sich der Atzmann, aus einem wurden zwei. Diese teilten sich noch einmal und verdoppelten sich; die Paare hielten sich an den Händen, eine Gestalt geleitete die andere – Mutter und Kind? Herr und Diener? Sie vervielfältigten sich immer weiter und gerieten zu einer ganzen Schar an Atzmännern, zu viele, um sie zu zählen. Alle waren unförmig, alle schauten sie an. Dann verschmolzen sie wieder, verdichteten sich, wurden zu einem einzigen Atzmann, der selbst noch dunkler wurde, sich umwandte und davonhumpelte und mit vielen verschiedenen Stimmen ihren Namen rief.

Mit einem Ruck kam sie wieder zu sich. Ihr Puls hämmerte. Aus der Laterne stieg öliger Rauch empor wie ein böser Gedanke. Sie zwang sich, vollständig zur Besinnung zu kommen. Der Kerker. Sie saß mitten im Kerker auf dem Fußboden. Neben dem Kotkübel, dessen Geruch fast greifbar schien. Ellens Kopf lag noch immer auf ihren Schenkeln, die nun schmerzten. Wachen auf der einen Seite des Tores, Frauen auf der anderen.

Sie betastete ihren Beutel. Da war der Atzmann, in seiner Hülle aus Kräutern. War es eine Heimsuchung gewesen oder ein Traum? Sie rieb sich die Augen, betastete ihre Arme. So warm es in dieser Nacht auch war, ihr fröstelte, und sie fühlte sich entblößt. Eine schmerzhafte Wahrheit war ans Licht gekommen: die Risse in ihrem Gewissen, ihr eigenes gespaltenes Wesen, ihre Fähigkeit, zu heilen oder zu schaden. Über ihr schlug die Uhr am Gemeindehaus und signalisierte, dass die erste Wache zu Ende war. Drei Uhr, der Zeitpunkt, an dem sich die guten und bösen Mächte aus ihrem Schlummer erhoben, um ihre jeweilige Arbeit wieder aufzunehmen.

Aus Ellens offenem Mund kamen leise, ursprüngliche Laute. Ihre Lippen waren rissig vor Durst. Martha richtete sich auf und winkte den Kerkermeistern zu. Sie saßen jenseits des Tores an der Feuerstelle, deren Glut aussah wie ein funkelndes Auge. Sie hatten sie nicht gesehen, waren zu sehr damit beschäftigt, sich einen Bierkrug zu teilen. Sie ging zum Tor und rüttelte daran. Liz' Sohn, Judah Godbold, schaute herüber. Sie bedeutete ihm: *Etwas zu trinken.* Judah erkannte sie, dann stand er auf und brachte den Eimer. Er füllte den Becher und reichte ihn ihr durch das Gitter. Das Wasser war unrein, Schmutz und Fasern von Binsen schwammen darauf. Trotzdem tat es gut. Sie trank ihn halb aus.

Mehr.

Er zögerte. «Was?»

Sie winkte mit dem Becher hinter sich. *Mehr Wasser. Für die anderen.*

Judah blickte hinter sich. «Was sagt sie, Ned?»

«Ich glaube, sie will, dass alle etwas zu trinken bekommen.» Ned sah Herry an. «Was hat der Makepeace gesagt?»

«Er hat nichts von trinken gesagt», sagte Herry.

«Er hat also nicht gesagt, dass sie nicht dürfen.»

«Er hat aber auch nicht gesagt, *dass* sie dürfen.»

Ned zögerte. «Nur ein paar Schlucke. Er erfährt's ja nicht, außer du sagst es ihm, Herry.»

«Erraten, mein Freund, und ich werd's ihm sagen.» Herry nickte in Richtung der Frauen. «Die da können warten. Achte gar nicht auf sie.»

Zu spät. Joan Durriken hatte den Becher gesehen, setzte sich auf und bettelte darum, trinken zu dürfen. Ihr Jammern weckte die anderen. Ihre heiseren Rufe wurden lauter.

«Wie kannst du ihnen nichts geben?», protestierte Judah. «Die sind seit Stunden hier, ohne Wasser. Sie wollen nur einen Schluck.»

«Und dann den ganzen Becher, und dann den ganzen Eimer», sagte Herry. «Sie wollen damit ihre Dämonen säugen.» Er nahm den Becher, trank einen Schluck, dann schüttete er den Rest durch das Gitter. Das Wasser spritzte auf Marthas Röcke. Sie starrte ihn durch das Eisengitter an. Sie hatte seine Mutter gekannt, die nun schon einige Jahre tot war, aber Herry war ihr ein und alles gewesen, ein richtiger kleiner Engel, wenn er den Teller für die Kollekte herumreichte. Alle Frauen, die noch kräftig genug waren, um zu stehen, hatten sich jetzt erhoben. Auf beiden Seiten des Tores entbrannte der Zorn. Jennet rüttelte am Tor.

«Gib's her», sagte sie zu Herry. «Noch ist unsere Schuld nicht bewiesen, du grindiger Hexenjägerbüttel.»

Herrys Gesichtsausdruck veränderte sich, ihm war anzusehen, dass ihm eine Idee gekommen war. Er nahm den Eimer, hob ihn auf Schulterhöhe und kippte ihn langsam, sodass sich das flüssige Silber auf den Erdboden ergoss. «Hier ist euer Wasser, ihr Teufelshuren», höhnte er. «Sollen eure Dämonen es euch doch bringen, wenn ihr Durst habt.»

Hinter ihm füllten sich die Stufen zum Kerker mit vier Paar Stiefeln, eines davon glänzte wie neu: Makepeace, Wachtmeister

Napier und zwei Wachen. Der Hexenjäger trat auf das Tor zu. Er hielt inne, seine Augen musterten die Umrisse der zerzausten Gestalten, der entblößten Schöpfe und Brüste. «Sie dürfen trinken», befand er schließlich. «Jede einen halben Becher. Die hier auch.» Er meinte Prissy, die zwischen den beiden Wachen zusammengesackt war. Auf sein Zeichen hin sperrte Herry das Tor auf. Sie schleppten Prissy herein. Sie konnte kaum allein gehen, und als sie sie losließen, fiel sie zu Boden und blieb regungslos liegen.

Wie eine Tote. Martha ging in die Hocke. Eine Übelkeit überkam sie, die sie nur mit Mühe unterdrücken konnte. Judah brachte den Eimer. Es war kaum noch Wasser darin, bloß einen Knöchel hoch. Er goss den Rest in den Becher.

Martha weckte Prissy und versuchte, ihr kleine Schlucke einzuflößen. Das Wasser tropfte in den Schmutz. Martha kniete nieder, hob Prissys Kopf auf ihren Schoß und versuchte es erneut. Diesmal schöpfte sie das Wasser mit den Fingern und ließ es zwischen die ausgetrockneten Lippen des Mädchens tröpfeln. Gebe Gott, dass Prissy sich schnell erholen würde; sobald sie wieder frei war – vielleicht am Morgen, wenn die Männer erkannten, dass das Mädchen unschuldig war; dass sie nie etwas Schlimmeres getan hatte, als den Haferbrei anbrennen zu lassen oder das Brot zu früh aus dem Ofen zu nehmen. Vielleicht, hoffte Martha, würde man sie ebenfalls gehen lassen, nachdem sie ihren Beitrag zur leiblichen Untersuchung geleistet hatte. Sie malte sich aus, wie es wäre, wieder daheim zu sein, Prissy in der Küche, sie selbst zwischen den Kräutern. Alle im Haus erleichtert und unbeschwert, alle fröhlich wie früher.

Prissy blieb stumm. Als sie ihr das schweißnasse goldene Haar zurückstrich, wurde Martha bewusst, dass sie beobachtet wurde. Sie sah auf. Der Hexenjäger und der Wachtmeister musterten sie mit ernster Miene. Sie hatten bemerkt, wie sie sich um Prissy kümmerte, und vermuteten gewiss, dass sie ihr am Herzen lag. Sie überlegte einen Moment, dann streichelte sie sie weiter, langsam, bedächtig, betastete Prissys Kopfhaut, fuhr mit den Fingern hinter ihre Ohren, befühlte ihren Hals, ihre Brust. Sie betrachtete, was sie betastete, damit die anderen dachten, sie fahre fort mit der leiblichen Untersuchung. Sie sollten sie für wachsam halten, für sorgsam und beflissen.

«Was findet Ihr bei ihr?», rief Wachtmeister Napier. «Ist sie gezeichnet?» Das unstete Laternenlicht verzerrte sein Gesicht und ließ ihn aussehen wie ein Monster von grotesker Gestalt.

Ja, gestikulierte sie geformt, *aber nicht mehr als Ihr oder ich.*

Er verstand ihre Sprache nicht. «Was meint sie?», fragte er Judah.

«Weiß ich nicht genau. Die kleine Persore wurde bereits untersucht, aber was sie bei ihr gefunden haben, weiß ich nicht.»

«Hat sie geredet?»

Gil Hesketh grunzte. «Ja. Hat sie.»

«Was hat sie gesagt?»

«Genug», antwortete Gil.

Die Männer gingen. Martha sah ihnen zu, wie sie sich unterhielten. Sie waren schon zu weit fort, als dass sie sie verstehen konnte. Was hatte Prissy gesagt? Was hatte man sie zu sagen gezwungen? Gil sprach immer noch und schaute ernst drein, der Hexenjäger wirkte teilnahmslos, der Wachtmeister antwortete mit ungläubigen Blicken und schüttelte leicht den Kopf.

Als die Männer aufbrachen, folgte sie ihnen in einigem Abstand die Treppe hinauf. Der Hexenjäger blickte sich um, sah sie und gab den anderen ein Zeichen, still zu sein. Auf der Straße nickten sie ihr zu, bevor sie sich trennten. Makepeace ging zurück ins Wirtshaus, die anderen heim. Judah Godbold wohnte am Fuße der Scours, und ohne ein Wort ging er zum Strand hinunter und am Wasser entlang. Sie folgte ihm. Vielleicht würde er reden. Vielleicht konnte sie ihm etwas Nützliches entlocken –

«Ich darf Euch nichts erzählen», sagte er abrupt und drehte sich zu ihr um. «Es hat also gar keinen Zweck, dass Ihr überhaupt fragt.» Er sah erschöpft aus. «Ich gehe jetzt in mein Bett. Das solltet Ihr auch tun.»

Judahs Fischerboot war wie die anderen auf den Strand gezogen und gegen Wind und Wetter auf die Seite gedreht worden, eine Ansammlung hölzerner Ungetüme, die sich in der Dunkelheit deutlich abzeichneten. Martha ließ sich auf den Kies sinken und lehnte sich mit dem Rücken gegen die Planken. Das Meer atmete. Von irgendwoher – Psalm Cliff oder Top Field – kam der klagende Ruf eines Fasans. Sie spürte, wie Mutter und unzählige Menschen vor ihr das Meer und die Sterne und die Bewegungen des Mondes beobachtet hatten, um deren Bedeutung zu entschlüsseln.

So, wie sie es gerade tat. Von all den Sternbildern, die sie kannte – Kit hatte sie ihr beigebracht –, konnte sie den Großen Wagen ausmachen und den Sternengürtel des Orions und, ganz schwach, den der Andromeda. Sie kannte die Geschichte von Andromeda, die wegen einer Verfehlung der Mutter an einen Felsen gekettet worden war, um von einem Seeungeheuer verschlungen zu werden. Leise lachte sie vor sich hin. Sogar griechische Königstöchter wurden für Dinge bestraft, für die sie nichts konnten. Die Bucht beschrieb nach Norden und Süden jeweils eine Kurve, und in beiden Richtungen säumten die Lichter der Dörfer das Ufer wie Daumenabdrücke glimmenden Bernsteins. Noch vor drei Nächten hatte sie hier mit Prissy gestanden und im Salzwasser ihre Hände gewaschen. Hatte sorgfältig das Kind der Archers, seine tragische Geburt von ihren Händen gewaschen.

Das Meer war wie Seide und der Himmel ganz klar, der Mond eine schmale Sichel, und in seinem Glanz konnte sie ihre Feigheit nicht mehr leugnen. Eigentlich sollte sie, Martha, dort im Kerker sein; ihr Leib untersucht, ihre Lügen samt ihren Kleidern heruntergerissen, ihr wahres Wesen enthüllt werden.

Sie atmete tief ein. Ginster und trockenes Gras und salziges Holz. Reine Düfte. Wohltuende Düfte. Sie spürte das Pumpen der Lungen und den Schlag des Herzens in ihrer Brust, beides fühlte sich richtig an und gab ihr Kraft. Wenn sie Prissys Platz einnahm, wäre Schluss mit den Treuebrüchen, mit den Untersuchungen von Leibern und Gewissen. Sie würde wieder mit sich im Reinen leben können – zumindest so lange, wie ihr dann noch blieb.

Die Vorstellung wurde beinahe körperlich, als flösse das Blut in ihren Adern plötzlich schneller.

Samstagmorgen

⸺ 15 ⸺

Jemand rüttelte sie wach. «Martha. *Martha.*» Sue schüttelte sie noch einmal. «Hoch mit dir! Wir müssen zum Wirtshaus. Mrs. Knill will uns sehen.»

Der Tag brach gerade erst an. Martha kauerte einen Moment lang da und verinnerlichte den Anblick des Strandes. Ein unberührter Morgen, das Meer, still und blechfarben, umrahmte Sues düstere Miene. Es kostete sie einiges an Kraft, wieder zu sich zu finden, wieder in ihrem Leib anzukommen, ihn zum Aufstehen zu bewegen. Sie hatte die letzten Stunden der Nacht an das Boot gelehnt geschlafen, und jetzt fröstelte ihr, ihre Glieder waren steif. Sie folgte Sue die Straße hinunter. Sie gingen durch den Hinterhof des Wirtshauses, am Stall vorbei und über den mit Steinplatten gefliesten Weg zu einem zugewucherten Stück Erde – Nan Dolans ungepflegtem Gemüsebeet. Hinter einem hohen Strauch Königskerzen hob sie ihre Röcke, um sich zu erleichtern. Die Hitze hämmerte auf sie ein, und der Himmel war übersät mit Wolken in allen Grautönen. Sie war noch nicht einmal einen Tag lang Sucherin, und schon war sie ganz durcheinander. Alle Tatsachen lagen offen vor ihr, und doch hatte sie Mühe, sie zu ordnen. Wie war es bloß dazu gekommen, dass sie hier war? Warum pendelte sie in ihren muffigen Kleidern zwischen dem Kerker und dem Wirtshaus – den zwei Polen Leid und Lust – hin und her?

Weil der Hexenjäger nach ihr verlangt hatte. Weil Kit sie an ihn verschachert hatte, wenn auch mit besten Absichten. So entschlossen sie letzte Nacht gewesen war, Prissys Platz einzunehmen: Jetzt war davon nichts mehr übrig, als hätte ihr Gewissen Risse bekommen und ihr Mut wäre versickert. Statt Entschlossenheit spürte sie einen schmerzhaften Groll, eine böse Vorahnung. Da waren zu viele Unwägbarkeiten, zu viel, das schiefgehen konnte. So wie bei Mutter, die nach vielen Jahren nach Cleftwater zurückgekehrt war, um ihre Schuld abzubüßen, zumindest die Schuld ihrer Tochter gegenüber. Und deren Rückkehr in einen grausamen Tod gemündet hatte.

Nein, niemals. So würde sie nicht enden. Sie schaute in die Regentonne bei den Ställen und erschrak über ihr Spiegelbild, das zerzauste Haar, das sich aus ihrer Haube gelöst hatte, die Furchen, die ihr Gesicht zeichneten, und zwischen denen hervor sie wilde Augen anstarrten. Sie sah aus wie eine Hexe. War sie eine? Urplötzlich ergriff sie für einen kurzen Moment ein Hochgefühl, dann fühlte sie sich ebenso plötzlich niedergeschlagen. In ihrem Kopf entbrannte einmal mehr ein Streit, ein Gewirr von Stimmen, die einander widersprachen. Sie könnte zum Wachtmeister gehen und so tun, als hätte sie den Atzmann gefunden. Sie könnte vorgeben, ihn in Kits Haus oder in der Nähe davon gefunden zu haben. Das stimmte ja auch. Und dann die Vermutung in den Raum stellen, ein Fremder habe die Wachspuppe zurückgelassen, vielleicht, um Kit zu schaden. Der Sturm letztes Jahr hatte ihn nicht nur seine Schiffe, sondern auch zahlreiche Menschenleben gekostet; nicht jeder wünschte Kit und seinem Haus Gutes. Durch das Leder des Beutels hindurch fanden ihre Finger den Atzmann. Seine kleine, gedrungene Gestalt. Sie umfasste ihn mit einer Hand. Es war, als hielte sie ein winzig kleines Leben in der Hand, einen winzig kleinen Säugling. Kits Säugling. Ein rauschhaftes Gefühl fuhr durch sie hindurch. Ja! Mit einem Mal erkannte sie ein Muster. Mutter hatte sich aufgegeben, um Martha die Freiheit zu sichern, und das Püppchen an ihrer statt zurückgelassen. Sie, Martha, konnte nun dasselbe tun: den Atzmann aushändigen und damit Prissy und sich selbst die Freiheit erkaufen. Dann konnten sie heimkehren und Agnes bei der Geburt von Kits Kind helfen und es gemeinsam aufwachsen sehen.

*

Sie fand Mrs. Knill beim Frühstück mit den anderen – Sue und Liz und Kate. Mrs. Knill sah erholt aus, ganz ruhig und aufgeräumt, ihr Haar steckte ordentlich unter einer schneeweißen Haube. Sie bat Martha, sich zu setzen, und sie ließ sich neben Kate auf der Bank nieder. Liz reichte ihr das Brot. Martha brach sich ein Stück ab. Es war frisch gebacken, warm und duftend. Sie kaute lange und genoss den Geschmack, bevor sie es hinunterschluckte. Dazu gab es Bier, ein paar kleine schrumpelige Äpfel und einen Teller mit einem Stück hellen Käses, wächsern wie die Puppe. Der Hunger stach ihr in den Magen, aber sie konnte sich dennoch nicht dazu durchringen, von dem Käse zu essen. Stattdessen nahm sie einen Apfel.

«Ich habe gehört, Ihr habt gestern Nacht den Kerker besucht, Martha», sagte Mrs. Knill. «Habt Ihr etwas gesehen? Etwas gehört? Von den Gefangenen?»

Ihr Mund zog sich zusammen, so sauer war der Apfel. Sie hatte zu schnell gegessen, und ein großer Bissen steckte ihr im Hals, zusammen mit dem Wurm und mit all dem, das sie nicht sagen durfte.

Nichts, Mylady.

Sie nahm einen großen Schluck aus dem kompakten Becher. Das Wirtshaus füllte sich mit ungewohnten Geräuschen. Die Bretter an der Decke knarrten und ächzten. Dort mussten die angeblichen Hexen schon wieder hin und her marschieren. Sie aßen im hinteren Teil des Schankraums, und als sie den Becher absetzte, sah sie Makepeace, der am Hinterausgang stand und wartete. Mrs. Knill erhob sich und ging zu ihm, sie begrüßten einander so herzlich wie Bruder und Schwester. Sie traten hinaus und schlenderten über den Hof, wobei sie die Köpfe zusammensteckten und sich unterhielten. Im gedämpften Licht des Morgens leuchteten ihre Farben, der Spitzbart des Hexenjägers, der sich beim Sprechen auf und ab bewegte, Mrs. Knills nachtschwarzes Kleid. Sie gingen bis zum Ende des Weges und blieben dort stehen. Mrs. Knill warf den Sucherinnen noch einen kurzen Blick zu, dann wandten sie sich wieder ihrem Essen zu.

«Ich habe gehört, dass heute noch mehr Frauen hergebracht werden», sagte Sue.

«Noch mehr?», fragte Kate. «Wer kann das denn noch sein?»

Sue zuckte mit den Schultern. «Das werden wir früh genug erfahren.» Sie nahm den Bierkrug und füllte erst Kates Becher nach und danach ihren eigenen. «Ich hatte gehofft, wir wären heute fertig und könnten heimkehren zu unseren Familien, aber nein.» Sie fuhr sich mit der Hand über die Stirn und schob ein paar verirrte Haarsträhnen zurück unter die Haube. «Da sind so viele, die wir noch untersuchen müssen.»

«Zweifelt ihr etwa an dieser Aufgabe?», fragte Liz Godbold und schaute mit ihrem verbrauchten Gesicht in die Runde. Ihre schlaffen Wangen hingen herab wie die Kehllappen eines Hahnes und zitterten, während sie kaute. «Zweifelt ihr an der Notwendigkeit? An eurem Anteil daran?»

Kate ließ ihr Messer sinken. «Sue und ich, wir zweifeln nicht, Liz. Ich habe mich diesem Werk genauso verschrieben wie du. Aber ich habe Kinder daheim und Sue auch, und ihr Mann ist im Krieg. Als wir zugesagt haben, zu helfen, haben wir gleich gesagt, dass wir nicht allzu lange fort sein können …»

«Still», zischte Sue. «Sie kommen zurück.»

Mit gesenktem Blick sah Martha zu, wie die beiden pechschwarzen Aasvögel zurückkehrten. Sie glaubte, Pater Leggatts Namen zu hören. Ihr Atem stockte, und ihr Bauch krampfte sich zusammen. Nein. Doch gewiss nicht der Priester? Christi Bote hier in Cleftwater? Sie legte den Apfel fort. Sie wollte ihren Becher, etwas, in das sie spucken konnte. Die anderen aßen mit gesenktem Kopf. Sie griff nach dem Beutel, öffnete ihn, betastete den Atzmann, der sich darin verbarg. Sie dachte daran, wie es wäre, ihn zu benutzen, und dieser Gedanke vertrieb die Übelkeit und die Schwermut; sie fühlte sich plötzlich wieder lebendig.

Der Hexenjäger stand am Kopfende des Tisches, legte die Handflächen aneinander und nickte leicht. Mrs. Knill tat es ihm gleich. Martha warf den anderen einen unsicheren Blick zu. Liz hatte aufgehört zu essen und legte ihr Brot und ihren Käse hin, im nächsten Augenblick taten sie alle dasselbe und saßen still und erwartungsvoll da. Ein Moment verging. Dann ein weiterer.

Dann öffnete der Hexenjäger die Augen. Sein Blick fand sein Ziel, als käme er aus weiter Ferne. «Mrs. Knill berichtete mir von Eurer Hingabe», sagte der Hexenjäger. «Dass Ihr unermüdlich Eure Arbeit erledigt. Ich danke Euch für Eure Mühe. Mit mir zusammen helft Ihr, Cleftwater von einer Krankheit zu befreien – einem Geschwür, einer ansteckenden Seuche. Obgleich ich erst seit vier Tagen hier bin, habe ich bereits festgestellt, dass Satans Bräute in diesem Dorf, wie überall in der Grafschaft, recht zahlreich sind. Sie lassen nicht ab davon, gegen uns ihre Ränke zu schmieden. Man muss ihnen Einhalt gebieten und sie vertreiben, damit Euer Dorf wieder ganz wird und wieder gesund in Gottes Augen.» Er faltete eine Hand über die andere. «Weshalb Gott es zulässt, dass der Teufel so viel Schaden anrichtet, ist ein Mysterium, und es ist nicht an uns, es infrage zu stellen. Was wir wissen, ist Folgendes: Satan ist stets bereit, sein böses Werk zu tun. Da er schon so lange existiert – mehr als sechstausend Jahre –, ist er ein besonders geschickter und raffinierter Verführer; niemand ist davor gefeit, seinen Künsten zu erliegen. Wenn er mit einer Hexe einen Bund schließt, damit sie sich von Gott abwendet und seine Gespielin wird, tut er dies mit ihrem Blut, und er verspricht, sie zu beschützen und vor allem Unbill zu bewahren. Doch auch hier spielt er ein falsches Spiel: Sein Opfer glaubt, es könne sich durch Schweigen oder Leugnen oder durch die Kraft seines Willens retten. Vielleicht bietet sie sich sogar – auf sein Zureden hin – von sich aus zur leiblichen Untersuchung an und liefert sich freiwillig dem Urteil des Gerichts aus, im Glauben, ihr teuflischer Herr und Meister werde ihr zu Hilfe eilen. Doch das tut er nicht, wie diese armen Seelen bald selbst feststellen werden.» Er machte ein verkniffenes, ernstes Gesicht, aber Martha sah den Stolz durchscheinen, der sich dahinter verbarg. «Ihr werdet heute wahrscheinlich Zeuge dieser Arglist werden. Ihr werdet aufgefordert sein, Freundinnen und Nachbarinnen zu untersuchen, Frauen, die Ihr gut kennt und von denen Ihr dachtet, sie wären für den Teufel unerreichbar.» Er machte eine schnelle, ausladende Geste, als würde er etwas schneiden. «All diese Freundschaften, diese Verbindungen, die Zuneigung, die Ihr empfindet, müsst Ihr anzweifeln und hintanstellen, um Eure Aufgabe zu erledigen. Stellt alles auf den Prüfstein.»

Langsam und bedächtig schaute er sie alle nacheinander an. «Werdet Ihr das tun? Werdet Ihr – jede von Euch – uns Euer Wort geben, dass Ihr sie gründlich untersuchen werdet?» Sein Blick war streng. Als jede der Frauen zustimmend genickt hatte, faltete er wieder die Hände. «*So soll euer Licht leuchten vor den Menschen, damit sie eure guten Werke sehen und euren Vater, der in den Himmeln ist, verherrlichen.* Dies sind die Worte des Apostels

Matthäus. Denkt daran, wenn Ihr Euch heute an Euer Werk macht.» Er sah Mrs. Knill an und kräuselte die Lippen; es war mehr eine Grimasse als ein Lächeln. «Ich überlasse Euch nun Eurer Hauptsucherin, meine Damen.» Dann schlüpfte seine schmale Gestalt durch die Tür, und er war verschwunden.

Martha wurde wieder Sue zugeteilt. Sie folgten der Hauptsucherin ins Obergeschoss. Dort gab es zwei Kammern für die leibliche Untersuchung, und in jeder saß eine Verhaftete. Auf dem Treppenabsatz forderte Mrs. Knill sie beide auf, zu warten, bis sie sie rief. Sie schloss die Tür der rechten Kammer auf und trat ein.

Das Wirtshaus war über Nacht kaum abgekühlt, und die Luft im oberen Stockwerk roch abgestanden. Martha ging zu dem kleinen Flügelfenster und versuchte, den Verschluss zu öffnen. Es war fest verschlossen. Die Glasscheiben teilten die Aussicht in zwei Hälften. Eine davon hatte einen Riss, der verzerrte, was draußen vor sich ging. Drei Personen überquerten die Straße, ein Gefangener und zwei Kerkermeister. Als sie in den Riss im Glas traten, sahen sie einen Moment wie monströse Kreaturen aus, dann waren sie wieder normal. Der Gefangene war Pater Leggatt, der die Tide Lane hinunter in Richtung Schlucht geführt wurde. Er humpelte.

Deutlich pochte das Unbehagen unterhalb ihres Brustbeins. Wohin brachten sie ihn? Als hätte er ihre Gedanken gehört, blickte er auf. Sein Gesicht veränderte sich; er sah sie erschrocken an, dann deutete er ein Winken an. Sie widerstand dem Drang, vom Fenster wegzutreten. Nein, nein: Sie musste ihn unterstützen, ihren Kurs beibehalten. Bedächtig nickte sie ihm zu, dann führte sie die Fingerspitzen beider Hände zusammen und küsste sie. *Fürchte dich nicht, denn ich bin mit dir! Habe keine Angst, denn ich bin dein Gott!* Er würde diese Geste, die ihnen beiden Mut machen sollte, verstehen. Vielleicht würde es ihm besser ergehen als den anderen, so fromm, wie er war. Sein fester Glaube, nicht nur an Gott, sondern auch an die Erlösung – das war es schließlich, was er predigte.

Sie spürte, wie ihr Gewissen erneut ins Wanken geriet, wie ihre innere Kompassnadel zu schlingern begann. Als sie in dem salzverkrusteten Fensterglas ihr Spiegelbild wahrnahm, besann sie sich wieder. An ihrer Hüfte hing ein Beutel mit einer Wachspuppe darin, die ihr nichts nützte, solange sie sie nicht benutzte. Sie blickte sich um. Sue saß, ihr den Rücken zugewandt, auf der obersten Treppenstufe. Martha beschaute sich das Fenster genauer. Der Rahmen war an den Scharnieren feucht. Sie stocherte in dem aufgequollenen Holz, bis sich ein Stück löste, ein Splitter von der Länge ihres kleinen Fingers. Sie testete ihn an der Innenseite ihres Handgelenks, stellte sich vor, wie er die Haut des Atzmanns durchbohrte. Unten wurde die Tür des Gasthauses geöffnet, gewährte dem Getrampel von Füßen und lauten Stimmen Zutritt. Die Kerkermeister kamen. Im selben Moment rief eine Stimme nach ihr und Sue. Keine Zeit für weitere Überlegungen, Mrs. Knill rief sie beide zur leiblichen Untersuchung.

«Bringt mir mehr Licht», sagte die Hauptsucherin.

Martha nahm ein Binsenlicht vom Wandleuchter, entzündete es und ging langsam zu dem Tisch, auf dem Jennet lag, nur mit einem langen Leinenhemd bekleidet. Ihr Kopf hing in einem solchen Winkel über die Tischkante, dass ihre Halsknochen hervortraten. Wie schmächtig sie war, wie blass.

«Bringt es näher heran», sagte Mrs. Knill. Sie hatte Jennet das Hemd bis zu den Hüften hochgeschoben, und nun drückte sie die Knie der jungen Frau auseinander. Martha senkte die Binse. Das flackernde Licht erhellte Jennets Geschlecht, das Fleisch in einem gestutzten Nest aus Haaren. Martha wandte den Blick ab. Es war falsch, das zu sehen, Jennets Scham, so rücksichtslos zur Schau gestellt.

«Seht her!» Mrs. Knill nahm Martha das Licht ab und drückte es Jennet beinahe auf die Haut. Jennet fluchte, dann japste sie vor Schreck. «Seht genau hin», befahl Mrs. Knill, «und sagt mir, was Ihr seht.»

«Ihr seht gar nichts», bellte Jennet, «außer dem, was wir Frauen alle haben.»

Martha zwang sich, hinzuschauen. Die Falten von Jennets Geschlecht waren mattrosa. Mrs. Knill fuhr mit dem stumpfen Ende der Lanzette darüber und hob die Schamlippen an. Martha erkannte sofort, was das Ungewöhnliche war. Die Lippen waren sehr groß und schlaff, wie kleine Euter. Jennet wehrte sich und versuchte, die Beine zu schließen. Es kostete Martha alle Überwindung, ihr nicht zu helfen. Mit strahlendem Gesicht und hochgezogenen Augenbrauen wartete Mrs. Knill auf Antwort.

Was sollte sie erwidern? Die Schamlippen waren unansehnlich, ja, aber doch keine Sünde. Gott hatte sie so gemacht.

«Was sagt Ihr?», fragte die Hauptsucherin und wies mit der Lanzette darauf. «Findet Ihr nicht, dass ihre Lippen groß sind?» Sie schaute Sue an, die nickte.

«Ja, Madam, das sind sie.»

«Was meint Ihr, Martha?»

Sie wiegte den Kopf. Sie versuchte, Zeit zu gewinnen, indem sie so tat, als würde sie nachdenken. *Vielleicht. Vielleicht.* Ihre Finger zeichneten ihren Zweifel in die Luft, die vielen intimen Stellen, die sie bereits gesehen hatte, die vielen Schamlippen. Manche länger, manche kaum ausgeformt – der Mensch war nun einmal nicht vollkommen, und das gehörte dazu.

«Ja, ja.» Mrs. Knill klang ungeduldig. «Ihr habt Euch vieler Frauen angenommen und ihre Scham gesehen, und Ihr wisst, wie es dort unten aussehen soll und wie nicht. Aber *ich* frage Euch nun ob *dieser* Frau. Seht es Euch an. So sieht keine aufrichtige Frau aus. Das sind die Lippen von einer, die der Teufel beglückt hat, nicht wahr?»

In Marthas Kopf gingen die Gedanken hin und her. Nun bloß vorsichtig, um Jennets und ihrer selbst willen! Ein falsches Wort, und ihre Freundin war verloren, doch schwieg sie, waren sie vielleicht beide verloren.

Auf dem Tisch zuckte Jennet wild herum und versuchte, sich aufzusetzen, den Kopf zu heben. «Ich habe keine Dämonen», sagte sie. Ihre Stimme drang heiser aus ihrer überdehnten Kehle. «Ich schwör's! Ich schwör's auf die Bibel, wenn Ihr wollt. Ich bin keine Hexe. Ich habe keine Dämonen.»

«Wie kommt es dann», fragte Mrs. Knill, «dass Eure Lippen so groß geworden sind? Das sind kaum die Lippen einer Jungfer. Wer hat sie benutzt?»

«Niemand. Mein Kästchen habe ich für niemanden geöffnet …»

«Aber irgendwer hat es doch geöffnet. Das sind die Lippen von einer, die dem Teufel beigewohnt und seine Dämonen gesäugt hat.»

«Nein, Herrin, nein! Nichts von alledem!»

«Ihr lügt. Der Beweis ist nur allzu deutlich», stellte Mrs. Knill fest und schwenkte die Lanzette. Sie beugte sich über Jennet. «Denkt daran, was Euch erwartet – Euer Leib am Galgen, Eure Seele in der Hölle. Erzählt uns die Wahrheit, solange Ihr noch könnt.»

«Da ist nichts zu erzählen», zischte Jennet und wand sich fort von der Lanzette. Die Sehnen an ihrem Hals wölbten sich. «Weil ich keine Hexe bin.»

Eine Pause entstand. Im flackernden Licht schien Mrs. Knill

die Gestalt zu verändern und größer zu werden, so sehr war sie überzeugt von sich. «Dann setzt Euch auf», sagte sie mit kaltem Zorn in der Stimme. Sorgsam verstaute sie die Lanzette. Jennet stemmte sich hoch und zog das Hemd herunter. Sie suchte Marthas Blick und schaute sie anklagend an. Martha musste sich abwenden. Sie fühlte sich vollkommen ausgezehrt.

Wie konnte sie helfen? Wie durfte sie helfen?

Da explodierte das Feuer, sandte gewaltige Flammen den Schornstein hinauf und sprühte Funken auf die Dielen. Martha eilte hinüber, um sie auszutreten, aber es waren zu viele. Sue schloss sich ihr an. Wieder spie das Feuer Glut aus. Sie traten fester und liefen immer schneller vor dem Kamin hin und her. Die Funken waren hartnäckig und wollten nicht erlöschen. Mrs. Knill ergriff einen schütteren Besen, um die Glut aufzukehren. Der Besen fing Feuer, und Sue löschte ihn mit dem Inhalt des Nachttopfs. Kreidebleich sah Jennet vom Tisch aus zu, zur Sicherheit hatte sie die nackten Füße hochgezogen.

Es dauerte eine Weile, dann war die Gefahr gebannt. Das Licht war fahl geworden, Rauchschwaden zogen durch die Kammer.

«Ihr versucht, uns mit Feuer zu bekämpfen», sagte Mrs. Knill zu Jennet. «Aber wenn Ihr so deutlich Euer Hexenwerk zur Schau stellt, verdammt Ihr Euch nur selbst.»

«Ich stelle gar nichts zur Schau», beharrte Jennet. «Ich kenne kein Hexenwerk.» Sie schwang die Beine vom Tisch und stand auf. Ihr gerafftes Hemd fiel ihr über die Schenkel, und mit ihm kam Blut, ein plötzlicher purpurroter Schwall, der auf den Boden tropfte. Jennet keuchte und hielt sich die Hände vor die Leistengegend, das besprenkelte Hemd quoll ihr durch die gespreizten Finger. «Der Fluch kommt früher als sonst», sagte sie, dann sah sie Mrs. Knill an. «Ihr wart das! Ihr habt mich gestochen, damit es kommt!»

Die Sucherin ließ einen leisen Laut des Widerwillens hören. «Ihr vergesst, Jennet Savory, dass ich schon alles gesehen habe – jeden Streich der Hexen. Keines Eurer Kunststückchen kann mich noch überraschen. Keines wird Euch retten. Also bitte, säubert Euch.»

Jennets blasse Augen sahen Martha an. Furcht lag darin, aber auch ein Flehen – ein wortloser Appell um Beistand. Martha blinzelte langsam, das am wenigsten auffällige Zeichen für Einverständnis. Der Geruch des Misstrauens schien sie zu verfolgen, als sie die vollgestellte Kammer, das Durcheinander von Körben und Kisten, das durchgelegene Bett nach etwas Nützlichem absuchte. Sie riss von einem der einst ansehnlichen Vorhänge ein Stück mottenzerfressenen Damast ab. Aus dem Augenwinkel sah sie, wie sich etwas bewegte, sich vom Bettgestell löste – etwas Schwarzes, Festes, das sich von selbst bewegte. Sie erstarrte. Das Ding rannte auf langen, dünnen Beinen auf Jennet, Sue und Mrs. Knill zu, aber sie hatten es noch nicht erblickt. Die feinen Härchen in Marthas Nacken richteten sich auf. Instinktiv griff sie nach ihrem Beutel. Die Kreatur erreichte den Rand der Blutlache und tastete mit erhobenen Vorderbeinen danach. Mrs. Knill schrie auf, ein langer, krächzender Laut. Die Kreatur flitzte über Jennets Fuß hinweg. Sie fand Jennets blaues Kleid, das auf dem Boden lag, und verschwand in einer Falte im Stoff.

Marthas Puls donnerte, doch ihr Verstand tat das Gegenteil, er hüpfte umher wie ein aufgescheuchtes Reh. Sie fühlte sich nach außen hin verhärtet, aber im Inneren aufgewühlt. Das schreckliche Ding hatte die ganze Kammer in Angst und Schrecken versetzt; sie mussten es mit Licht vertreiben, bevor alles noch schlimmer wurde. Martha hob das Binsenlicht auf, das sie hatte fallen lassen, ging zum Feuer, zündete es wieder an und drückte es Sue in die Hand. Dann entzündete sie einen weiteren

Binsenstängel, dann noch einen. Was war es bloß, das sie gesehen hatten?

Spinne?, gestikulierte sie mit ausladenden Bewegungen, um Mrs. Knill zu überzeugen. Um sich selbst zu überzeugen. Ihr Kopf schwirrte, der Raum schwankte. Ihre Hand, die den Beutel öffnete, war die Hand einer alten Frau, fleckig und geädert und zitternd. Sie zog ihr Bündel Kräuter heraus und ging es behutsam durch, bis sie einen Zweig Salbei fand, das gesegnete Schutzkraut. Sie zündete es an und schwenkte es über dem Kleid. Ein beruhigender, gottgefälliger Duft breitete sich aus.

Immerhin war das Zimmer alt und voller Spinnweben; das Dachstroh des Wirtshauses wimmelte davon. Außerdem war es September, da waren die Spinnen stets besonders frech.

Mrs. Knill atmete lautstark aus, drehte sich um und sah Jennet an. «Das war Euer Dämon.»

«So etwas habe ich nicht», sagte Jennet.

«Sehr wohl habt Ihr das. Wir haben es alle drei gesehen.»

«Das war doch bloß eine Maus oder eine Spinne. Die Kammer hier ist gewiss voll davon. Ihr könnt nicht behaupten, es wäre mein.»

«Oh doch, das kann ich! Ihr habt das Feuer geschürt, damit der Dämon kommt. Und er ist gekommen und hat Euer Blut getrunken, und jetzt wartet er in Eurem Gewand.» Vorsichtig trat sie auf Jennet zu und umging dabei das Blut. «Lügen können Euch nicht retten.» Sie musterte Jennets Gesicht. Sie selbst strahlte. «Die Wahrheit kommt stets ans Licht. Nun kommt, sagt es mir. Wie heißt die Kreatur?»

«Woher soll ich das wissen? Es ist eine Spinne. Falls sie einen Namen hat, müsst Ihr ihn selbst erraten, ich weiß ihn nicht.»

«Führt mich nicht an der Nase herum. Der Beweis für Eure Bösartigkeit ist deutlich zu sehen – er ist überall in diesem Raum.

Ihr seid verloren, das ist Euch sicherlich bewusst, und Euer Leben ist so gut wie verwirkt.» Mrs. Knill senkte die Stimme. «Ich gebe Euch Gelegenheit, im Leben nach dem Tode Erlösung zu finden. Bekennt. Gesteht Eure Teufelei. Wendet Euch Christus zu, er allein hat die Macht, Euch zu retten. Lasst ab von Eurem Dämon.»

Jennet warf ihr einen matten Blick zu.

«Sagt mir seinen Namen.»

Jennets Blick wanderte zu ihrem Kleid und wieder zurück. «Ja nun. Vielleicht ... Gyles. Oder vielleicht Malkin.» Sie redete schneller, wurde lauter. «Vielleicht heißt das Ding Johnny Achtbein oder Griselda Schwarzauge. Ich kann es Euch nicht sagen. Denn ich kenne diese Kreatur nicht.»

Mrs. Knill stieß verächtlich die Luft aus. «Ihr kommt an den Galgen», drohte sie Jennet. «Wenn Ihr nicht bekennt, werde ich Master Makepeace holen; wir werden sehen, was er zu sagen hat.» Dann wandte sie sich an Sue: «Seid wachsam. Lasst nicht zu, dass sie ihre Kreatur benutzt.»

«Bitte, Madam», flehte Sue. «Ich kann hier nicht bleiben. Nicht mit diesem ... *Ding*, das sich in ihrem Kleid versteckt.»

«Schämt Euch, Mrs. Ruddock. Ich hatte mehr von Euch erwartet.»

«Bitte, Mrs. Knill.» Sue hielt ihre Handflächen hoch, als wolle sie böse Geister abwehren. «Ich habe solche Angst vor dieser Kreatur, davor, was sie tun mag. Gebt mir eine andere Aufgabe, lasst mich jemand anderen untersuchen, und ich werde es mit Freuden tun.»

«Dann geht nach nebenan, wo Mrs. Holland untersucht wird, und macht Euch dort nützlich.»

Mrs. Knill schritt zur Tür und öffnete sie. Sue stolperte beinahe über ihre Röcke, so sehr beeilte sie sich, die Kammer zu verlassen. Der Schlüssel drehte sich im Schloss.

Sie warteten. Jennet sah bleich aus, und eine blaue Ader trat an ihrer Schläfe hervor. Sie war noch jung, aber in ihrem Gesicht lag eine neu gewonnene Vorsicht, aber auch so etwas wie Würde, und ihre Augen schauten wachsam wie die eines gefangenen Tieres. Die Kammer schien immer kleiner zu werden. Martha hatte Angst und schwitzte. Sie kämpfte gegen das Unbehagen an, bis sie es nicht mehr ertrug, erst dann ging sie zum Fenster und öffnete es. Frische Luft strömte herein und brachte eine Erkenntnis mit sich. Pater Leggatt predigte stets, Satan könne mannigfaltige Formen annehmen. Bis heute hatte sie daran gezweifelt, hatte nicht so recht geglaubt, dass das Dorf so viel Böses beherbergen konnte – nicht so wie das, was der Priester beschrieb. Hier hatten solcherlei Dinge gewiss keinen Nährboden. Nicht hier in Cleftwater. Nicht in ihrem eigenen kleinen, gewöhnlichen Leben. Doch jetzt das: die Spinne, so groß wie ihre Hand, Jennets Blut. Das Glut spuckende Feuer, die viel zu großen Lippen. Man konnte das nicht alles einfach ignorieren.

Ihr ganzes Wissen, die Erfahrung eines ganzen Lebens, all die Tatsachen und Wahrheiten; Wahrheiten, die sie stets für unumstößlich gehalten hatte – all das wurde mit einem Mal auf die Probe gestellt. War Jennet doch eine Hexe? Durch das abgenutzte Leder ihres Beutels hindurch befühlte sie den Atzmann, während sie im Geiste ein Gebet suchte, eine altehrwürdige Bitte um Schutz, und es zu rezitieren begann.

«Martha? Sieh mich an. Wir haben nicht viel Zeit.» Jennet stand neben dem vermaledeiten Kleid und hatte das Schüreisen in der Hand, bereit, die Kreatur zu erschlagen. «Ich will dir etwas sagen, was ich vor diesem Stech-Weib nicht sagen wollte.» Ihre Stimme war scharf. «Die Sache ist die, Martha, wir wissen beide, *du* hättest hierhergebracht werden sollen, um gestochen zu werden. Nicht ich.» Ihr Gesicht rötete sich. «Ich habe nichts getan.

Ich habe keinem Kind etwas angetan. Du weißt, dass ich keine Teufelsdämonen habe. Ich bin unschuldig wie frischer Schnee.» Sie klang verbittert. «Du weißt es, Martha, aber du sagst nichts. Du könntest, aber du tust es nicht. Und behaupte jetzt bloß nicht», zischte sie, und ihr Tonfall wurde schärfer, «dass du keine Stimme hast, um es zu sagen. Du hast genug Mittel und Wege, wenn du sie brauchst.»

Marthas Hände hingen herunter, nutzlos wie vertrocknete Blätter.

Jennet ging zur Tür und hielt das Schlüsselloch zu. «So, und jetzt wirst du tun, was ich sage. Du teilst ihnen die Wahrheit mit, die ganze Wahrheit. Ich habe immer zu dir gehalten. Jetzt wirst du zu mir halten. Sag ihnen, dass du mich mein ganzes Leben lang kennst und dass du bei deinem Leben schwörst, dass ich keine Hexe bin. Leg die Hand auf die Bibel, wenn du musst. Schwöre, dass du mich nie dabei gesehen hast, wie ich tat, was ich getan haben soll.» Ihr Blick wanderte zu dem Kleid und wieder zurück. «Du hast den größten Teil deines Lebens bereits gelebt, Martha. Aber ich habe noch so viel von meinem vor mir, und ich will es leben. Ich bitte dich, sag die Wahrheit, auch wenn du dafür mit hochgezogenen Röcken hier auf dem Tisch liegen musst und dieses Miststück mit ihrer Nadel an dir herumsticht.» Sie ging zu ihrem Kleid hinüber und betrachtete es. «Ich will diese riesige Spinne töten. Sie hiermit erschlagen und dann ins Feuer werfen. Wir könnten so tun, als hätten wir sie nie gesehen. Dass sie nie da war. Dann steht unser Wort gegen das von Mylady Knill. Was sagst du dazu, meine Freundin?»

Sie schauten einander an, suchten in den Gesichtern der anderen nach etwas, das sie nicht fanden.

«Rasch», zischte Jennet. «Du hast die Wahl. Entweder, oder. Entweder du sagst ihnen, dass ich unschuldig bin, und nimmst meinen Platz hier auf dem Tisch ein. Oder du hilfst mir, diese Kreatur loszuwerden, von der sie sagt, sie sei mein Dämon, und schlägst dich auf meine Seite und behauptest, es hätte sie nie gegeben.» Ein durchdringender Blick. «Denn du weißt so gut wie ich, dass ich keine Hexe bin. Hast du mich verstanden?»

Marthas Hände bewegten sich, wenn auch langsam. *Ja.*

«Gut. Dann sag mir jetzt, wofür du dich entscheidest, bevor dieses Miststück von Sucherin zurückkommt.»

Sie presste sich die Finger an die Schläfen, um ihre Gedanken zu ordnen, doch es war vergebens. Sie wusste nicht mehr, was sie denken sollte. Sie wusste nur, dass sie Angst hatte. *Ich muss es wissen,* gestikulierte sie langsam. Ihre Hände waren so träge wie ihr Denken. *Ist das …* Sie tippte mit dem Fuß an die Stelle, wo sich die Kreatur versteckte. *Ist das … DEINES?*

Ein ungläubiges Staunen überzog Jennets Gesicht. «Glaubst du das wirklich, Martha? Dass ich so etwas haben könnte?»

Ihre Gedanken überschlugen sich. Die Anwesenheit dieses dämonischen Wesens bedeutete das Ende all dessen, was sie kannte und worauf sie sich immer hatte verlassen können – der Güte, der Unschuld, der Ergebenheit einer Freundin gegenüber. Martha wich zurück. *Bitte mich um nichts mehr. Ich kann dir nicht helfen.* Sie sah, wie aus Jennets Gesicht die Farbe wich. Eine Welle der Trauer durchlief sie, und sofort bedauerte sie, was sie getan hatte.

Gib mir das. Das Schüreisen war warm von Jennets Hand. Martha stocherte im Stoff. Sie wünschte, das Eisen wäre länger. Die Kreatur kam hervorgekrochen, schwarz und groß. Sie lief direkt auf Jennet zu, als suche sie Schutz.

«Jetzt, Martha!»

Als sie mit dem Eisen zuschlug, fragte sie sich, was für einen widerlichen Fleck es wohl geben würde, doch die Kreatur entging ihrem Hieb und krabbelte auf den Kamin zu. Beim nächsten

Hieb landete sie im Feuer, und es gab eine Stichflamme. Als die Kreatur im nächsten Moment wieder aus dem Feuer herauskrabbelte, glaubte Martha, ihr Herz würde stehen bleiben. Sie hörte das leise Scharren der lädierten Beine, als das Ding auf den Sims krabbelte und auf einem Ziegel Halt fand. Mit dem Schüreisen deutete sie darauf. *Benutz deine Kreatur, um dich zu retten!*

Jennet sah sie mit starrem Blick an. Ihre Augen traten aus den Höhlen, gleich würde sie sie verdrehen, das war das erste Anzeichen eines Anfalls. «Du weißt, dass ich das nicht kann», sagte sie. Sie klang plötzlich so leise, als habe man ihr einen Teil ihrer Stimme genommen. «Das Ding gehört mir nicht.» Sie schüttelte den Kopf und keuchte. «Sag's ihnen. Was wir besprochen haben. Dass *du* die Hexe bist. Sag's ihnen. Denk dran, Martha. Denk an dein Versprechen.»

Doch sie hatte ihr nichts versprochen. Von unten waren Schritte zu hören – mehrere Paar Stiefel, das schwerfällige Trampeln einer Wache, der leichtere Tritt von Mrs. Knill. Mit dem Schürhaken hob sie das Kleid auf. *Zieh das an. Schnell, schnell.* Als Jennet sich nicht rührte, ließ sie das Eisen fallen, ging zu ihr hinüber und zog ihr das Kleid über die Arme. Mit einer Armlänge Abstand begann sie, das Mieder zu schnüren. Die Ösen schienen sie mit unverhohlener Wut anzustarren. Jennet wich zurück, ihre Bewegungen waren ausladend und ungenau, ihr Blick wirr.

Ich kann nichts mehr für dich tun. Du musst dir nun selbst helfen, sagte sie zu ihrer Freundin und versuchte, sich möglichst gerade hinzustellen und dabei Jennet zu stützen. *Gott steh dir bei.*

Die Tür flog auf, und die Brüder Bullard und der Wachtmeister traten ein, ihnen folgten Sue und Mrs. Knill. Schweigend betrachteten sie den Anblick, der sich ihnen bot: Jennets rußverschmiertes Gesicht, ihr halb zugeschnürtes Mieder, die rote Lache auf dem Fußboden.

«Bringt sie in den Kerker», befahl Mrs. Knill.

«Wartet», schrie Jennet. «Ihr wollt nicht mich. Sondern *sie.*» Sie wich Roberts Griff aus. «Martha ist die Hexe.»

«Da hört Ihr, wie sie einer anderen die Schuld für ihre Teufeleien gibt», sagte Mrs. Knill. «Wo ist die Kreatur?»

Martha zeigte auf den Kaminsims. *Da oben.*

«Los jetzt, Jungs», befahl der Wachtmeister. «Nehmt sie mit.»

«Halte dein Wort, Martha!», rief Jennet. «Sag ihnen, was du geschworen hast ...»

«Sei still, Mädchen», warnte sie der Wachtmeister, «oder ich lasse dich in einen Sack stecken.»

In der Tür wehrte sich Jennet so sehr, dass Robert stehen bleiben musste. «Ihr bringt mich nicht zum Schweigen, wenn die da viel schlimmere Dinge getan hat als alles, was Ihr mir vorwerft», fauchte sie und wand sich unter Roberts Griff. «Schaut sie Euch an! Sie, die das Kind meiner Schwester verflucht hat, sodass es gezeichnet zur Welt kam ...»

«Sie bekommt gleich wieder einen ihrer Anfälle», sagte Ned.

«Dann schafft sie hinaus», bellte Wachtmeister Napier. Er schlug die Tür hinter sich zu. Sie konnten noch hören, wie Jennet kämpfte, wie sie schrie, als sie fortgezerrt wurde.

«Ihr könnt auch gehen, Martha», sagte Mrs. Knill. Sie war bester Laune, wie sie dort auf und ab ging und den Kamin musterte. «Eure Arbeit hier ist fürs Erste getan.»

16

Im Durchgang zwischen Küche und Schankraum wurde Martha langsamer und blieb stehen. Wachen und Büttel saßen beim späten Frühstück, aber das Dröhnen ihrer Stimmen und das Klirren von Besteck und Bierhumpen drangen kaum durch den Schleier ihrer Gedanken. Sie schwankte zwischen Zorn und Gram, es gelang ihr nicht, sich auf ein einziges Gefühl festzulegen. Der Wurm in ihrer Kehle wurde unruhig und verursachte ihr Übelkeit. Dinge konnten mehr als eine Bedeutung haben oder auch gar nichts bedeuten. Eine Spinne konnte eine Spinne sein oder ein Dämon. Eine Frau war eine Frau, ein Priester ein Diener Gottes – bis ein Gericht oder ein Hexenfinder kam und ihnen einen neuen Namen gab. Dann war die Frau plötzlich eine Hexe und der Diener Gottes ein Unhold. Dann konnten Lippen, die nicht zum Sprechen da waren, einer Frau das Leben kosten. Der Unterschied war der zwischen allem und nichts, zwischen Hoffnung und Verzweiflung.

Durch die Hintertür sah sie einen Mann, der sich im Hinterhof erleichterte. Der Himmel hatte sich zugezogen, und in dem Zwielicht konnte sie nicht erkennen, wer es war. Dann war er fertig und kam wieder herein, im Gehen schloss er seine Hose. Makepeace. Er sah sie, hielt inne und schien etwas sagen zu wollen. In seinen Augen las sie Ablehnung, eine aufkeimende Abscheu. Sie fühlte sich schuldig, als habe er sie bei einer Untat ertappt; in diesem Moment war sie sich deutlich ihres unförmigen Leibes und ihrer groben Gesichtszüge bewusst. Sie war älter – nein: alt –, war kaum noch zu etwas nütze, konnte keine Kinder mehr bekommen, war nicht mehr attraktiv, so sie es denn je gewesen war. Obgleich sie stumm war, war sie widerborstig, da sie so viel wusste. Sie verfügte über die Erfahrung eines ganzen Lebens, und diese Erfahrung wucherte in ihr wie Unkraut.

Endlich ließ er von ihr ab. Er wollte gerade an ihr vorbeigehen, als der Wurm zustieß. Unwillkürlich hustete sie, und winzige rote Tröpfchen landeten auf ihnen beiden. Makepeace entfuhr ein leiser Laut des Ekels. Dann wischte er sich mit einem Tuch aus feinem Batist den Ärmel ab, während er schnell weiterging.

Plötzlich war es viel zu heiß, oder vielleicht war es auch nur sie, der heiß war, heiß vor Zorn, einem glühenden, stechenden Zorn. Sie ging in die Küche, dort war niemand. Sie öffnete die Schnur ihres Beutels, wühlte sich durch die Kräuter und fand den Atzmann in sein Leinentuch gewickelt. Sie holte ihn hervor und drehte ihn immer wieder in ihrer Hand. Hier die blinde Seite, da die Seite mit den Augen. Ihr alltägliches Ich verblasste, verschwand. Sie wollte Unrecht tun. Sie wollte Schaden anrichten. Sie löste den fingerlangen Holzsplitter aus dem Leinen und stach ihn in den Atzmann, hier und hier und *hier*. Vielleicht konnte sie so das Böse aufhalten. Die Jagd vereiteln. Den Hexenjäger aufhalten, der in Cleftwater seine ganz spezielle Seuche verbreitete. Der nichts als Gift und Galle hinterlassen würde, wenn er weiterzog.

Sie stach immer weiter zu. Sie war sich des Risikos bewusst, fühlte sich zugleich aber wieder lebendig, ihr ganzer Leib bebte. Die Verfolger sollten ihre eigene Medizin kosten; der Hexenjäger sollte unter der Spitze des Splitters leiden wie die anderen – wie Prissy, wie Jennet. Der Splitter war ihre eigene Lanzette, ein strafendes Schwert, der Atzmann ihr Märtyrer. Wie die Spitze in das Wachs drang, die Wunden, die nicht bluteten, all das war erstaunlich befriedigend. Ihre Bewegungen wurden boshafter, aber zugleich präziser; ihr Geist war aufgewühlt, aber zugleich aufmerksam. Sie war sich nun nicht mehr so sicher, worauf sie da einstach, nur, dass es größer war als sie selbst; dass es alles umfasste, was sie kannte. Nan Dolans verbeulte Kupferpfanne war Zeuge, zeigte ihr, wer sie war, zeigte ihr, was sie tat. Sie war zersplittert, sie war viele; ein stiller Zorn hielt sie zusammen, ließ sie den Atzmann quälen. Wie wild stach sie zu; die Puppe sollte leiden, für jene, die bereits leiden mussten, und für jene, die noch leiden würden – all die ungerecht behandelten Frauen, mit oder ohne Namen, in dieser und der nächsten Grafschaft.

Mutter sprach in ihr Ohr: Es reicht. Martha hielt inne. Sie kam wieder zur Vernunft. In ihrer Hand lag der Atzmann und starrte sie entsetzt an. Er war mit Löchern übersät, einige davon sehr tief. Der Splitter steckte in seinem Geschlecht.

Sie erschauderte und ekelte sich plötzlich vor der Puppe. Was hatte sie bloß getan? Was würde deswegen geschehen? Es gab ein Wort für das, was sie war – für eine Frau, die einen Atzmann besaß und hineinstach. Sie verstaute die Puppe wieder und ging zur Seitentür hinaus. Dabei stieß sie fast mit Sue und Liz Godbold zusammen, die zwei Männern dabei zusahen, wie sie eine Gestalt in den Hof zerrten, deren Kopf unter einer Decke verborgen war.

«Obacht, meine Damen», sagte Herry. Die Gefangene wand sich in seinem Griff wie ein kleiner Wirbelsturm. Eine dünne Stimme protestierte, klang empört und verzweifelt zugleich.

«Jesus Maria, was für ein Trampel», sagte Thaddeus Spalding, ein wenig außer Atem.

«Sie wird leichter sein, wenn der Hexenjäger mit ihr fertig ist», sagte Herry. «Wenn nicht ihr Leib, dann doch zumindest ihr Gewissen.» Er rief über seine Schulter. «Öffnet den Stall für uns – Liz! Martha!»

Die Tür saß so fest, dass sie sich mit der Schulter dagegenstemmen mussten. Die Stiefel der Männer klapperten auf dem Pflaster, als sie die Gefangene an Heuballen und leeren Ständen vorbeizerrten und an einer Ziege mit vier kleinen Zicklein, eingepfercht in einem Stand mit kotbesprenkelten Wänden. Als die Ziege sie sah, schrak sie zurück und kräuselte das Maul. Neben diesem Stand drückten sie die Frau auf die Knie und zogen die Decke fort. Ihr Gesicht kam zum Vorschein, rot vor Wut. Die Männer betrachteten sie, in ihren Gesichtern las man Abscheu, aber auch Neugier.

Agnes.

«Na also», sagte Herry. «Hier sitzt Mrs. Crozier nun also als

Häufchen Elend neben der Krippe. Oder *Lady Agnes*, wie sie gerne genannt werden möchte.» Er ging in die Hocke. «Wollt Ihr uns nicht danken, da wir Euch diese Gefälligkeit erwiesen haben? Euch verhüllt haben, als wir Euch herbrachten, damit Eure Nachbarn es nicht sehen?»

«Die Decke war eine Gefälligkeit, das gebe ich zu», sagte Agnes mit einer Stimme wie Stahl. «Aber das macht Euch nicht zum Gentleman, Gowler.» Sie warf die Decke von sich. «Ich sehe, wie sehr Euch diese Aufgabe gefällt – Euch allen. Master Makepeace zu helfen. Unschuldige zu quälen, die Euch nichts getan haben.» Im Stall lief die Ziege hin und her, ihr Messingglöckchen klingelte. «Ich frage mich, ob Euch das nicht ein wenig zu gut gefällt. Wie schnell Ihr zur Stelle seid, wenn es darum geht, jemanden zu verurteilen! Gestern sah ich, wie Ihr Pater Leggatt zu unserem Kuhteich brachtet. Wie Ihr ihm die Daumen an die Zehen bandet. Wie Ihr es wart, der ihn zum Wasser brachte und ihn hineinstieß …»

«Hab bloß getan, was mir befohlen war, Mrs. Crozier, nicht mehr und nicht weniger. Und zwar von rechtschaffenen Männern – Master Makepeace und den Richtern und dem Wachtmeister. Männern, die wissen, was sie tun, die keinen Vorteil daraus ziehen, die nur dieses Dorf von seinen Hexen befreien wollen. Das habt Ihr gestern gesehen, Mylady. Einen Hexer, der in ehrliches Wasser geworfen wird. Ob er untergeht oder schwimmt, ist nicht an mir.» Herry zog den Hals ein wie ein Schwan, der gleich angreifen will. «Aber er schwamm, Herrin, wie Ihr es von Eurem schönen Fenster aus gesehen habt. Ihr wisst, was das bedeutet. Wir alle wissen, was das bedeutet. Nur Hexen schwimmen.» Er hielt inne und betrachtete Agnes dabei, wie sie mühsam versuchte, sich aufzurichten. Obgleich sie so mitgenommen aussah – ihr Haar war zerzaust, ihr Mieder teilweise gelöst –, wirkte Agnes immer noch stolz und hübsch. «Ich frage mich, ob Ihr das wollt, Mylady. Schwimmen, meine ich. Und ob Euer dicker Bauch Euch nach unten ziehen würde oder Eure Röcke aufblähen.» Er beugte sich über Agnes, schien Gefallen an dem Thema zu finden. «Was ist los in Eurem Haus, hm? Eure unscheinbare Martha hier, die alles sieht, aber nie spricht und Eure Geheimnisse für sich behält. Eure Köchin, die Hure – wie ich höre, hat sie Dämonenzitzen an ihrer Brust. Euer Küchenbursche, den Ihr in die Kirche schickt, um für Euch alle zu beten – Euer Haus ist voller Sünder.» Er lehnte sich näher zu ihr. Sein Gesicht war verzerrt, sein Mund ein Kessel, in dem die Kränkungen brodelten. «Was habt Ihr da drin?», fragte er und stach mit dem Finger in die Luft über ihrem Bauch. «Ist das Kind da drinnen von Kit oder vom Teufel?»

Agnes schlug seine Hand fort. Dann streckte sie die Arme nach Martha aus. Sie ergriff sie und half ihrer Herrin, aufzustehen. Einen Moment lang stand Agnes da und musterte ihre Entführer, unverhohlener Zorn blitzte in ihren Augen, die Arme hatte sie schützend über der Kugel ihres Bauches verschränkt. Sie schwitzte und war bereits schmutzig vom Kehricht des Stalls. Von der Seite sah sie unförmig aus, die Kugel mit dem Kind war tief zwischen den Horizont ihrer Hüften gerutscht, das Gewicht so groß, dass sie es kaum noch tragen konnte. Wenn das Kind jetzt kam, hier im Stall – was dann? Dann war das gewiss das Ende, für das Kind und vielleicht auch für seine Mutter. Marthas Gedanken rasten und zeigten ihr alle Einzelheiten dessen, was sie erwartete. Blutgetränktes Stroh. Bleiche tote Körper. Kits Augen, fassungslos, verständnislos. Das Kind, in sich zusammengerollt, selbst im Tod vollkommen.

Lasst sie. Ihre Arme sägten. *Sie ist kurz davor,* teilte sie Liz mit. *Das Kind wird bald kommen.*

«Was will sie?», fragte Thaddeus.

Herry blies die Wangen auf. «Weiß nicht genau. Schätze, wir sollen die Sucherinnen holen. Aber du wärst ein Trottel, Thaddeus, wenn du auf solch einen simplen Trick hereinfällst.»

«Das ist kein Trick. Sie muss untersucht werden. Sie muss beobachtet werden.» Thaddeus nickte zum Wirtshaus hinüber. «Keine Sorge, Herry. Ich habe auch Familie, ich sehe schon, was los ist. Mrs. Crozier sieht so aus, als würde sie gleich ihr Kind bekommen. Du gehst und suchst Mrs. Knill, schickst sie her. Sie wartet schon auf Mrs. Crozier, wie ich hörte. Liz und Martha können bei der Lady bleiben. Schätze, sie wird uns keinen Ärger machen. Ich werde aufpassen.»

Herry ging. Thaddeus beobachtete Agnes und zog dabei seine grauen Augenbrauen bis zur Stirn hoch. Nach einiger Zeit ging er ebenfalls hinaus und schloss das Tor. Der Tag blieb draußen. Martha wippte auf ihren Fersen. In ihrem Kopf schrien ihre Gedanken. Das Kind war voll entwickelt. Es war an der Zeit, dass es zur Welt kam. Wo war Kit? Warum hatte er zugelassen, dass sie Agnes mitnahmen?

Herrin, wo ist der Herr? Warum ist er nicht bei Euch?

«Er ist schwer erkrankt. Er wird gar nicht wissen, dass ich hier bin. Er lag mit Fieber im Bett, als sie seine Gattin beim Abendessen vom Tisch fortrissen und wie eine gewöhnliche Verbrecherin in den Kerker brachten.» Agnes lächelte verbittert. «Nun hat sein Haus gar keine Frauen mehr. Seine Köchin wurde wegen Hexerei in den Kerker geworfen. Seine schwangere Gattin, die kurz vor der Geburt steht, bezichtigt man desselben Verbrechens.» Ihre Augen waren voller Grimm, die Pupillen wie Samenkörner, schwarz vor Wut. Sie richtete sie auf Martha. «Seine geliebte Amme ist jetzt eine Dienstmagd der Hexenjäger. Oh, denke nicht einmal daran, mich zu untersuchen, Martha. Wem dienst du jetzt? Welchem

Herrn? Welcher Herrin?» Ein bitteres Lachen. «Verzeih, wenn ich mich frage, zu wem du nun halten wirst.»

Sie zuckte zurück, als hätte Agnes sie geschlagen, dann formte sie ihre Hände zu weichen Fäusten und presste sie zusammen, während sie überlegte, wie sie antworten sollte. Sie hatte Gesten, um ihre Ergebenheit auszudrücken, aber wie viel davon würde man verstehen? Was würden die Wächter verstehen? Was Agnes, die sich nie die Mühe gemacht hatte, mehr als die Grundzüge von Marthas Zeichen und Gesten zu lernen, und den Rest Kit überließ? *Herrin, ich meine es nicht böse.* Sachte Gesten: Fingerspitzen, die über geschlossene Lippen strichen, ein leichtes Kopfschütteln. *Ich halte zu Euch. Zu dem Kind.*

Agnes runzelte die Stirn. «Ich weiß nicht, was du mir sagen willst, Martha. Aber ich glaube nicht, dass ich dir trauen kann … Lass mich allein. Wir müssen nun Feinde sein.»

Martha stand wie angewurzelt da, regungslos. «Hört auf, mich so anzuschauen», schnauzte Agnes in ihre und Liz' Richtung. «Erledigt Eure Arbeit, oder lasst mich gehen.»

Liz sagte: «Nun, beides wird nicht gehen, Mrs. Crozier, denn wir sind hier, um Euch zu beobachten und zu untersuchen, und wir können Euch nicht gehen lassen, bevor wir das getan haben.» Sie trat näher, sah Agnes an und sprach zu Martha: «Wie weit ist das Kind? Wenn es zur Welt kommt, ohne dass sie gestanden hat, sind sie und das Kind des Teufels, hat man mir gesagt.» Sie bückte sich und brachte ihr Gesicht auf die Höhe von Agnes'. «Ist es das, was Ihr wollt, Mylady? Für Euch selbst? Für Euer Neugeborenes, Euer schuldloses Kind? Es kommt in diese schlimme Welt und macht sie noch schlimmer, da seine Mutter zu stolz war, um zu berichten, wie sie gesündigt hat.» Sie wartete ab und sah Agnes ernst an. Die schaute weg. Liz richtete sich auf. «Sprich du mit ihr, Sue. Vielleicht hört sie auf dich.»

«Das bezweifle ich.»

Bitte, wandte Martha ein. *Tut alles, um sie zu retten.* Bis auf das rastlose Treiben der Ziegen war es still im Stall. Agnes fühlte sich sichtlich unwohl und verlagerte immer wieder ihr Gewicht. Sie sprach nicht, sah keine von ihnen an. Die Zicklein blökten in ihrem Stand und wollten Milch. Während sie ihre Jungen säugte, musterte die Mutterziege Agnes mit ihren wachsamen gelben Augen. Im Stall roch es nach Sommer, nach dem Klee in den Heuballen, nach dem erdigen Duft der Tiere. Einfache Gerüche. Beruhigende Gerüche. Die Szenerie schien so friedlich wie die Bilder auf dem noch erhaltenen Buntglasfenster der Allerheiligenkirche.

«Ihr solltet mir lieber zuhören, Madam», sagte Liz. «Es wird Euch gewiss nicht gefallen, was ich zu sagen habe, aber ich werde es Euch trotzdem mitteilen, denn Ihr solltet begreifen, wie es um Euch steht. Ich nehme an, Ihr habt in Eurem Leben noch nicht viel Ärger erlebt, aber jetzt steckt Ihr mittendrin. Glaubt einer, die es weiß. Ich hatte viel Ärger in meinem Leben, genau wie Sue hier, und zweifellos werden wir noch mehr davon haben, bevor unsere Zeit auf Erden vorbei ist. Aber Ihr – Ihr habt die Möglichkeit, Euer Kind zu retten, auch wenn Ihr Euch vielleicht nicht selbst retten könnt.» Sie hielt inne, als warte sie auf ein Zeichen der Zustimmung von Agnes. Es kam keines. «Madam, wir werden Folgendes tun. Ihr wollt Martha nicht in Eurer Nähe haben, das verstehe ich. Ich glaube, wir alle haben unsere Zweifel an ihr. Wie kommt es, dass Prissy und nun auch Ihr zum Hexenjäger gebracht wurdet, aber Mrs. Hallybread hier nicht?»

Martha zuckte zusammen, sie spürte, wie sich in ihrem Mund Worte des Widerspruchs formten, und ihre Hände protestierten. *Ich bin keine Hexe –*

«Aber hört mich an, Madam», fuhr Liz fort und sah Martha streng an, «Ihr müsst auf mich hören. Ihr müsst tun, was das

Beste für Eurer Kind ist. Weder Sue noch ich wollen, dass Ihr es verliert. Nicht an diesen Irrsinn und nicht an den Teufel. Selbst Martha – sie will, dass es lebt, das steht fest. So, Madam, und nun werde ich einmal nachschauen, was los ist.» Sie machte sich daran, Agnes die Röcke hochzuziehen. Agnes wehrte sich gegen Liz' Berührung. «Sachte, Madam. Ich werde Euch nicht wehtun. Ich will nur kurz schauen.»

Liz schaute und erschrak. Agnes' Schenkel waren voller Sommersprossen. Ihre Haut war dermaßen übersät damit, als wäre sie in ein Fass mit Körnern gefallen. Martha kannte auch ihre anderen Flecken – Agnes hatte ein großes Muttermal in der Kniekehle, eines auf dem Bauch, eines auf der Brust, nur knapp vom Mieder verdeckt. All diese Flecken waren zu deutlich, als dass sie den Sucherinnen verborgen bleiben würden, und es waren zu viele, um sie zu erklären. Noch vor ein paar Tagen hätten sie niemanden geschert. Plötzlich waren sie ein Zeichen des Bösen und trugen den Schuldspruch bereits in sich. Mit einem Mal packte Martha die Furcht. Solange das Kind noch nicht geboren war, genoss Agnes einen gewissen Schutz; solange sie es im Leib trug, packte man sie nicht allzu hart an. Liz hatte sich gesammelt und griff zwischen Agnes' Schenkel – behutsam, suchend, intim. Dort wölbte sich bereits die Glückshaube des Kindes. Sie konnten den Scheitel sehen, dunkles, feuchtes Haar, an dem das silbrige Gewebe klebte. Liz befühlte es vorsichtig und ignorierte Agnes' Klagen. Ihr Blick veränderte sich, während sie am Werk war, ihre Augen wurden groß, dann verengte sie sie zu Schlitzen. «Ihr seid ganz kurz vor der Niederkunft», sagte sie zu Agnes. Sie dachte nach. «Ihr müsst Euch entscheiden, Madam, und zwar schnell. Denkt an Euer Kind – stellt sein Wohl über das Eure. Wollt Ihr, dass es in Sünde geboren wird? Gezeichnet, wie Ihr es seid?» Sie deutete auf die Muttermale. «Was sind das für Male? Woher habt Ihr die?» Agnes starrte sie nur an. «Nun, Madam? Was habt Ihr uns zu sagen?»

«Nichts», zischte Agnes. «Ich habe Euch überhaupt nichts zu sagen. Diese Male, wie Ihr sie nennt, hat mir mein Schöpfer gegeben. Was mein Kind betrifft: Es ist unschuldig und in der Güte Gottes gezeugt. Das ist die Wahrheit.» Sie schaute die Frauen abwechselnd an. Ihr Gesicht leuchtete vor Trotz, sie würde gar nichts zugeben.

Lasst ab von ihr. Martha zog Agnes' Kleid herunter. *Es reicht.*

«Wir brauchen Mrs. Knills Lanzette», sagte Liz. «Aber während wir warten, muss die Lady laufen. Los jetzt, Sue.»

Die beiden Sucherinnen packten Agnes und gingen mit ihr durch den Stall; halb führten sie sie, halb zerrten sie sie mit sich. Agnes setzte betont langsam einen Fuß vor den anderen und machte sich dabei ganz steif, so empört war sie. Martha konnte kaum zusehen, ihr Verstand raste, und immer wieder kam ihr Kit in den Sinn: seine letzte Anweisung, als sie das Haus verlassen hatte. Tu für sie, was du kannst. Tu für sie, was du kannst. Jawohl. Sie hatte getan, was sie konnte, aber das reichte bei Weitem nicht aus. Das Böse war nach Cleftwater gekommen und hatte Kummer mitgebracht, mehr, als sie geahnt hatte. Ihre Künste, ihre Fähigkeiten waren nichts dagegen. Gegen dieses Böse gab es keinen Schutz, keinen sicheren Ort, und Agnes lief mit mühsamen Schritten geradewegs hinein.

Die Zeit schlich dahin. Liz war geduldig, sprach leise mit Agnes und drängte sie, ihrer Seele die Last zu nehmen. Sie gingen wieder bis zum Ende des Stalls, drehten sich langsam um und begannen, zurückzugehen. Von draußen hörte man Hufgetrappel, das Knirschen von Wagenrädern, auf der Straße wurde jemand lautstark begrüßt; Waren aller Art wurden auf dem Marktplatz ausgeladen. Wo blieb Mrs. Knill? Agnes wurde sichtlich langsamer.

Barsch verlangte sie etwas zu trinken. Liz sagte, sie dürfe ihr nichts geben. Martha protestierte. Ein stiller Groll ging zwischen ihnen hin und her wie Perlen auf einem Abakus. Schließlich lenkte Liz ein. Agnes ließ sich auf einem Ballen Gärfutter nieder, erschöpft, misstrauisch. Sue rief durch die Tür, Thaddeus solle Bier bringen. Sie hörten das Scharren des Quernsteins, den er vor das Tor schob.

Wie die Ziegen waren sie nun eingepfercht im Zwielicht des Stalls. Von draußen drangen gedämpfte Geräusche, Fliegen summten herum. Neben ihr schnappte Agnes nach Luft und presste sich die Hände auf die Leisten, und dann schrie sie plötzlich auf – ein spitzer Schrei, der Martha an die kranke Kuh denken ließ. Bei Pansenblähung half nur Schneiden. Sie schob den Gedanken beiseite. Bitte, Gott, gib, dass wir heute nicht schneiden müssen. Agnes riss die Augen auf und brüllte. Sie fiel zu Boden und bäumte sich wieder auf. Wasser sprudelte aus ihr heraus und durchnässte ihre Röcke.

Ihr Fruchtwasser, gestikulierte Martha erschrocken.

«Jawohl», sagte Liz und sah zu, wie das Fruchtwasser aus Agnes herauslief. «Sieht aus, als sei ihre Zeit gekommen.» Sie beugte sich über Agnes und fuhr fort mit ihrer Moralpredigt, zunächst ganz leise. Agnes wollte selbst dann nicht zuhören, als sie Liz darum bat, sie zu stützen. Liz schimpfte, ging zu einem umgedrehten Heringsfass und nahm mit verschränkten Armen darauf Platz. «Mrs. Crozier, lasst mich Euch einen Rat geben. Eure Köchin ist nun schon seit beinahe vier Tagen hier, und in dieser Zeit hat sie kaum Schlaf und noch weniger Nahrung bekommen. Wenn Ihr schweigt, wird es Euch genauso ergehen. Wenn Ihr Hilfe wollt», mahnte sie, «müsst Ihr Euch zuerst selbst helfen.»

Der Quernstein knirschte, und Thaddeus Spalding kehrte mit

einem vollen Krug zurück. Er betrachtete Agnes – ihr nasses Gesicht und ihre nassen Röcke. «Was ist mit ihr?»

Ihr Kind kommt.

«Was sagt sie?»

«Mrs. Crozier kreißt», verkündete Liz.

«Ist das wahr?» Thaddeus goss Bier in einen Becher. «Vielleicht beruhigt sie das. Ihre Zunge, meine ich.» Er hielt den Becher hoch. «Nehmt einen Schluck, Mylady. Und dann sprecht mit Liz hier. Sie will nur Eurem Kind helfen. Sagt ihr, was sie wissen muss.»

«Und was soll das sein?», fauchte Agnes. Durch die offene Tür fiel grelles Licht auf sie, das ihr Gesicht verschwimmen ließ, statt es deutlicher zu machen. «Ihr wollt doch bloß, dass ich genau jene Worte sage, die Ihr mir in den Mund legt.»

«Weiß nicht, Mylady», gab Thaddeus zurück. «Ich weiß nur, dass Euch noch einiges bevorsteht. Ihr könnt es Euch schwerer machen oder leichter. Ihr habt die Wahl.» Er reichte ihr den Becher. Agnes ergriff ihn und trank. «Madam Satansbraut. So nennt man Euch drüben in den Scours. Ist nicht schwer zu verstehen, warum, Mylady.»

Friedlich, friedlich. Marthas Hände flatterten wie die Flügel einer aufgeschreckten Möwe. *Lasst ab von meiner Herrin.*

«Sie muss hinüber ins Wirtshaus», stellte Liz fest.

Ja, ja, sie muss. Sie darf nicht hier –

«Dort ist kein Platz», sagte Thaddeus schlicht. «Das Haus ist voll.»

«Das ist wahr», bestätigte Sue. «Sie haben Pater Leggatt da drinnen und noch zwei andere Frauen.»

«Sie wird vorerst hierbleiben müssen», sagte Thaddeus. Er sah sich um. «Ich kann frisches Stroh hinlegen, wenn Ihr wollt. Vielleicht finde ich auch ein Tuch für einen Vorhang oder so etwas.»

Sie braucht mehr als das, beharrte Martha. *Bier, sauberes Wasser …* Ihre Hände stocherten in der stickigen Luft und verrieten ihre wachsende Panik. *Sauberes Leinen, einen Stuhl –*

«Wir kümmern uns darum», unterbrach Liz sie. «Thaddeus, würdet Ihr noch einmal zum Haus gehen und Mrs. Knill holen? Sagt ihr, was los ist. Wir brauchen sie. Oder Master Makepeace.»

«Ich versuch's, aber beide sind im Moment mit Gefangenen eingeschlossen.» Er wandte sich zur Tür, doch dann kam er zurück und beugte sich zu Agnes. «Ihr mögt Euch dem Satan verschrieben haben», sagte er mit sanfter Stimme, als spräche er mit einem Einfaltspinsel, «aber für Euer Kind ist es noch nicht zu spät. Ihr könnt zumindest seine Seele retten. Wie es jede christliche Mutter tun würde.»

«Aber wenn sie sich verkauft hat», sagte Sue misstrauisch, «dann hat sie gewiss auch das Kind verkauft. Oder vielleicht hat sie das, was sie in sich trägt, ja vom Teufel. Ich meine, seht Euch doch nur ihre Male an.» Sie wich zurück, bekreuzigte sich und hielt dann ihre Hände vor sich, die Handflächen nach außen, als wolle sie böse Geister abwehren. «Verlangt das nicht von mir, Liz. Bittet mich nicht darum, bei der Geburt ihres Teufelswelpen zu helfen.»

«Schäm dich, Sue», sagte Liz. «Du bist ein Christenmensch. Vertrau auf deinen Glauben, und vertrau Gott dem Herrn, er wird dich beschützen.»

«Nun tu nicht so, als wüsstest du alles, Liz Godbold. Ist es denn so verkehrt, Angst zu haben? Sag mir nicht, dass du selbst keine Angst hast. Gott weiß, was sie gebären wird, aber ich werde nicht dabei helfen, es zum Leben zu erwecken. Und was, wenn sie den Teufel anruft, auf dass er *uns* plagt?» Sue flüchtete hinter einen Stapel leerer Heringsfässer. «Ich werde sie von hier aus beobachten. Wenn sie irgendetwas Ungehöriges tut, kann ich Thaddeus rufen.»

Von Liz kam ein unzufriedenes Murmeln. «Also gut. Dann bleib da drüben, Sue, und schau zu, wie ich die ganze Arbeit erledige. Kommt jetzt, Mrs. Crozier. Wir wollen wieder gehen.»

«Nein», sagte Agnes mit zusammengebissenen Zähnen. Martha sah, wie sich ihr großer Bauch hob. «Lasst mich ausruhen. Ich kann nicht mehr gehen.»

«Aber Ihr müsst», sagte Liz, nicht ohne Mitgefühl. «Wir gehen so lange, bis das Kind kommt oder Ihr beichtet. *Dann* könnt Ihr Euch ausruhen. Hoch mit Euch!» Sie half Agnes, aufzustehen. Sie gingen los, sehr langsam. Agnes zeigte sich abwechselnd zornig und schmerzerfüllt, und sie wimmerte empört, während die Wehen in immer kürzerem Abstand kamen. Liz redete ihr gut zu, dann wieder tadelte sie Agnes und schürzte die Lippen, wenn sie sich widersetzte. «Wo bleibt denn bloß Mrs. Knill?», fragte sie Sue, doch die schüttelte den Kopf und zuckte mit den Schultern.

Nach einiger Zeit verlangte Agnes den Nachttopf. Es gab keinen; sie musste ihr Geschäft in einer Ecke verrichten. Martha hielt ihr die Röcke hoch, während sie sich hinhockte, und dann musste Agnes sich auch noch übergeben. Sofort kam ein Schwarm Fliegen und ließ sich auf der Lache nieder. Martha streute Stroh darüber und führte Agnes in einen leeren Stand, in der Hoffnung, dass sie sich etwas erholen würde. *Lass sie in Ruhe. Dem Kind zuliebe,* bedeutete sie Liz, die widerstrebend zustimmte. Agnes in ihren Wehen war rasend vor Zorn, sie schaukelte auf allen vieren, protestierte und stieß Fetzen von Gebeten aus und verlangte nach Bier, nach Kit. Die Szene war unwirklich, apokalyptisch. Wenn das Kind jetzt käme und starb? Was würde sie zu Kit sagen? Martha bückte sich und strich Agnes die losen Haarsträhnen zurück. *Herrin. HERRIN.* Agnes stieß Martha von sich. *Schaut mich an. Hört – hört auf das, was ich Euch mitteile.* Agnes musterte sie von der Seite. *Um des Kindes willen und auch um Eurer selbst willen*. Die Idee kam Martha erst, als sich ihre Hände hoben, ihre Bewegungen waren schnell und verschwörerisch. *Sagt es ihnen.* Sie deutete zu Liz und Sue hinüber. *Erzählt ihnen von Eurem Unglück – von dem Kind, das Ihr verloren habt. Letztes Jahr.* Sie sah, wie ihre Herrin darum rang, sie zu verstehen.

«Was meinst du?», keuchte Agnes.

Die Düsternis des Stalls lastete auf ihnen wie Blei. Martha nutzte die Gelegenheit und gestikulierte schnell: *Kit hat die Schiffe verloren, und Ihr habt das Kind verloren.* Agnes betrachtete sie, auf ihrem Gesicht zeigten sich abwechselnd Verwirrung und Misstrauen. *Sagt ihnen, dass IHR es seid, die verflucht wurde.*

«Worüber sprecht Ihr?», fragte Liz Godbold, die die Öffnung des Standes verstellte.

Agnes verzog das Gesicht. Der Augenblick dehnte sich aus zu einer Ewigkeit, während der Martha sich alle möglichen Folgen ausmalte, die das, was nun geschehen würde, für Agnes hatte, für das Kind, für sie selbst.

«Martha hat mich an schwere Zeiten erinnert», sagte Agnes schließlich zwischen tiefen Atemzügen. «Vergangenes Jahr. Als mein Gatte – er und ich, wir beide – heimgesucht wurden. Martha glaubt, wir seien verflucht.»

«Du glaubst, die Croziers sind verflucht?», fragte Liz Martha.

Ja.

«Vielleicht ist es ja wahr», röchelte Agnes und schnappte nach Luft. «Monatelang wurden wir geplagt. Erst kam meinem Gatten der Brand ins Korn. Dann sanken seine beiden Schiffe im Herbststurm, und wir verloren alles – nun, das muss ich Euch nicht erzählen, Mrs. Godbold. Mein Mann ging fort, um seine Schulden zu begleichen. Während er fort war, verlor ich ...» Agnes brach ab, sie war kurz davor, ein Geheimnis zu verraten. Martha war die Einzige neben Agnes und Kit, die davon wusste. «Da verlor ich das Kind, das ich in mir trug. Es war ein Knabe. Selbst Martha konnte ihn nicht retten.»

«Wann war das?»

«Zu Martini. Das war der schwerste Schlag. Aber warum Martha mich jetzt daran erinnert ...» Agnes sprach nicht weiter, ihre Stimme wurde brüchig. Sie streichelte ihren Bauch. «Gebe Gott, dass ich dieses Kind nicht auch verliere.»

Nur Mut, sagte Martha zu ihr. *Das Kind ist seine volle Zeit im Leib. Alles ist gut. Es ist gesund.*

«Unser Heiland Jesus Christus kam auch in einem Stall auf die Welt. Die Geburt ist etwas ganz Natürliches – schaut, die Mutterziege dort drüben ist ja ebenfalls im Stall niedergekommen», sagte Liz. «Ihr habt alles, was Ihr braucht, Mrs. Crozier. Sauberes Stroh, so, wie es unser Herr bei seiner Geburt hatte, und sogar drei Wehmütter, die Euch zu Diensten sind.»

«Das ist bei Weitem nicht, was ich verdiene», sagte Agnes, nun wieder aufgebracht. «Gott weiß, dass ich versuche, ein christliches Leben zu führen. Ich gehe in die Kirche, ich beichte, ich gebe Almosen. Nach dem Sturm habe ich, so gut ich konnte, Euch und anderen geholfen ...»

«Mein Sohn Judah», berichtete Liz, nun selbst erzürnt, «ist seither nicht mehr derselbe. Anders als der feine Master Crozier musste mein Judah helfen, die Leichen aus dem Meer zu ziehen. Sein eigener Vater – ertrunken. Und was ist mit Tom Archer? Judah wäre beinahe selbst ertrunken, als er Tom aus dem Wasser zog, und beide waren halb tot, als sie an Land kamen.»

«Und keiner von beiden ist seit damals derselbe», warf Sue ein.

«Mein Gatte hat getan, was er konnte», unterbrach Agnes sie, «um Euch für Eure Verluste zu entschädigen, ganz besonders für Euren Gatten, Mrs. Godbold. Was Tom Archer betrifft, so haben wir ihm versprochen ...» Sie hielt abrupt inne; die Krämpfe wurden stärker, und statt hin und her zu schaukeln, wand sie sich nun in Schmerzen.

«Ja, aber erst später», sagte Liz kühl. «Erst, *nachdem* ich zu Euch kam und Euch um Hilfe bat. Erst, *nachdem* Marion zu Kit ging. Das hat sie mir erzählt. Sie musste ihn – Euren Gatten – um Hilfe bitten.»

«Weil es uns selbst an allem fehlte», sagte Agnes in einem scharfen, unbarmherzigen Tonfall. «Wir hatten auch viel verloren ...»

«Das bezweifle ich nicht», rief Sue. «Aber Ihr habt immer noch Euren Gatten, und Liz hat ihren nicht mehr. Und Euer Gatte lebt weiterhin in seinem schönen Haus, ist gesund und hat gute Dienstboten und seine hübsche Gattin und neue Schiffe, die ihn wieder reich gemacht haben. Marions Tom hingegen ... nun ja. Er wird nimmer derselbe sein. Ein junger Bursche, der vor seiner Zeit ein alter Mann geworden ist. Er kann nicht mehr auf See arbeiten, weil er das Wasser nicht erträgt. Kann aber auch nicht anderswo neu anfangen, weil Ihr in Eurer ach so großen Güte dafür sorgt, dass er hier bleiben muss, weil er an Äcker gebunden ist, die er nicht besitzen kann. So ist Euer Gatte, Mrs. Crozier. Ein gottesfürchtiger Mann, ja, aber nicht sehr großherzig, wenn es darauf ankommt.»

Nein! Das ist nicht wahr! Nichts davon ist wahr, protestierte Martha, ihre Bewegungen ausladend und nachdrücklich, als wolle sie eine Schiefertafel abwischen oder ein Unglück von sich fernhalten.

«Denkt nur einmal daran, was in Cleftwater Schlimmes geschehen ist, seit Ihr hierhergekommen seid, Mrs. Crozier», fuhr Liz fort. Sie beachtete Martha nicht. Mit dem Licht im Rücken überragte ihre schlanke Gestalt die von Agnes. Sie zählte an ihren Fingern ab, während sie weitersprach: «Euer verdorbenes Getreide, das beinahe das halbe Dorf vergiftet hat. Der Sturm, der meinem Peter das Leben gekostet hat. Seht Ihr, wie ich das aufzähle, Mylady?» Sie befingerte das kleine Messingkreuz an ihrem Hals. «Jeden Tag bin ich Witwe, und jeder Tag ist eine Prüfung – Ihr werdet nie wissen, wie das ist.»

Martha trat vor und stellte sich zwischen Agnes und Liz. *Halt. Hört auf. Ihr sprecht böse. Ihr peinigt meine Herrin. Ihr peinigt das Kind –*

«Jetzt, da du es sagst, Liz, passt plötzlich alles zusammen», meinte Sue, die zögernd hinter ihrem Fass hervortrat. «Ja. Wie ein Puzzle.» Sie wagte sich näher heran, und dann tat sie einen Satz auf Liz zu. «Denk an Jennet Savory. Sie läuft umher wie eine alte Jungfer und tut am Sabbat so fromm wie kaum jemand sonst. Aber seit Tom krank ist … na ja. Wir alle wissen, was sie in den Scours treibt. Tut gewissen Männern gewisse Gefallen, und die bezahlen sie dafür. Gottgefällig ist das nicht. Und das Leiden, das sie hat, dass sie vor dem Mund schäumt und stammelt und zusammenbricht – seit wann wird das immer schlimmer? Seit Mrs. Crozier nach Cleftwater gekommen ist. Mich überrascht nicht, dass Jennet mit dem Teufel im Bunde ist. Ich habe das längst geahnt.» Sie lehnte sich in den Stand hinein, nun schrie sie fast: «Wart Ihr es, Mrs. Crozier? Habt Ihr den Brand ins Getreide gebracht? Habt Ihr den Sturm heraufbeschworen? Wart Ihr es, die Marion Archers Kind verhext hat? Wolltet Ihr es für Euch selbst, nachdem Ihr Euer eigenes verloren hattet? Oder wolltet Ihr bloß nicht, dass eine andere bekommt, was Ihr nicht habt?»

Ein Schauder lief über Agnes wie eine brechende Welle. Sie presste sich ihre Faust in den Mund, drum herum drangen kleine Schmerzensschreie hervor. Sue und Liz schauten ungerührt zu.

«Wenn Mrs. Knill kommt – falls sie überhaupt noch kommt –, werden wir ja sehen, was ihre Lanzette findet», sagte Sue. «Dann wissen wir es genau.» Sie sog die Wangen ein. «Warum bist du deiner Herrin eigentlich so treu ergeben, Martha, obwohl sie so gar nicht nett zu dir ist? Hat sie dich auch verhext, so wie Prissy? Was meinst du, Liz?»

«Ich meine dasselbe wie du, Sue. Genau dasselbe.»

Einen Moment lang gestattete sich Martha, ihnen in die Augen zu sehen. Die beiden waren verstummt und musterten sie und Agnes; die fromme Liz befühlte ihr Kreuz, Sue stand aufrecht, die Arme vor der Brust verschränkt. Merkwürdige Inquisitoren, diese zwei ehrenwerten Frauen, die sich selbst auch in diesem Moment noch vom Schlimmsten überzeugten. Martha hob die Hände, um zu antworten oder zu widersprechen, und stellte fest, dass sie zu Fäusten geballt waren. Der Zorn überkam sie so plötzlich wie eine Gewitterböe: ein Zorn auf ihr Schweigen, auf das lebendige Geschwür in ihrer Kehle. Aus einer plötzlichen Eingebung heraus beugte sie sich vor, ergriff Agnes' Haar und zog ihren Kopf empor, ein wenig grober als beabsichtigt. Mit der freien Hand formte sie einen auf und zu klappenden Mund. *Sprecht!* Die Luft in der Scheune war stickig, aber ihre Bewegungen umso drängender. *Herrin, Ihr MÜSST sprechen.* Sie schüttelte Agnes' Kopf, als könne jene so eher verstehen.

Agnes' Gesicht war verzerrt, hässlich vor Schmerz. «Lass mich los, Martha. Du zerrst wie eine Verrückte.»

Warum verteidigte Agnes sich nicht? Um des kommenden Kindes willen? Martha sah Agnes flehend an; sie sah das bleiche Gesicht, die Furcht in ihren Zügen. Ihr kam der Gedanke, dass eine Geburt sie alle gleich machte. Die stolze Agnes, die so wenig darauf vorbereitet war, dass ihr Böses widerfuhr, hockte am Boden, trotz ihres Reichtums und ihrer Stellung. Sie hatte eine Stimme, aber sie konnte sie nicht nutzen.

Martha ließ los. Ihre Arme glitten nach unten, ein Handgelenk streifte den Beutel. Falls es ihr gelang, dann war es nun an der Zeit, den Atzmann zu benutzen. Seine Macht zu beschwören. Ihre Gedanken drehten sich im Kreis, immer schneller, und landeten immer wieder bei der Wachspuppe. Zweimal hatte sie sie bereits gestochen, aber was hatte es genutzt? War Hilfe gekommen? Hatte er Linderung gebracht? Der Atzmann war doch bloß ein grob geformter Klumpen Wachs. Was, wenn seine Macht ebenso grob war – langsam, unkontrollierbar?

Vielleicht sollte sie es sein lassen, sich des Atzmanns entledigen, wie sie es sich erst gestern geschworen hatte. Sie könnte entsetzt spielen und so tun, als hätte sie ihn zufällig gefunden. Als gehöre er ihr nicht. Ein fremdes Etwas. Gottlos. Vor ihrem geistigen Auge flackerte ein Possenspiel auf, in dem sie den Atzmann preisgab, sich selbst und Agnes und Prissy von jeder Schuld entlastete, alle Bedrohung abwendete; ihr Leben und das Leben im Dorf zur alten Ordnung zurückkehrten. Das Possenspiel geriet ins Stocken, dann ging es weiter, aber blasser, als verschwinde die Farbe gemeinsam mit ihrer Entschlossenheit. Nun sah sie sich selbst, wie sie in den Kerker gesteckt, dann angeklagt wurde; den Strick, der ihren Beutel zuband, als Strick um ihren Hals. Und sie sah andere, eine Schar gefesselter Frauen, es wurden immer mehr. Hektisch musterte sie die Gefangenen. Wen würden sie mitnehmen? Wer würde übrig bleiben? Wer würde sich um das Kind kümmern?

Sie wusste, wie sie gerade aussah, unbeweglich, den Blick starr auf das gerichtet, was sein würde und was nicht; was die Puppe im Beutel an ihrer Hüfte anrichten würde. Eine Hexenjagd mittels einer Hexenpuppe beenden: Gewiss, das war richtig, das war passend. Es gab kein besseres Mittel. Warum fühlte sie sich dann so hin- und hergerissen: den Atzmann preisgeben oder ihn behalten?

Weil er ihr gehörte. Ein unrechtes Ding, vielleicht, aber ein unrechtes Ding, das ihr gehörte. Das Ausmaß seiner Macht kannte noch niemand, doch sie allein war in der Lage, diese Macht hervorzurufen. Sie war noch nicht bereit, ihn sein zu lassen, noch nicht. Kurz fielen ihr die müden Augen zu: Sie sah noch einmal die Dachkammer vor sich, das spärliche Licht und Mutter, die ihr die Wachspuppe in die Hand drückte.

Das ist alles, was wir haben, dieses bisschen Macht.

Verwende ihn selten. Aber verwende ihn.

Das Tor zum Stall öffnete sich mit einem Ächzen, und die Sonne fiel herein und tauchte sie alle in helles Tageslicht. Blinzelnd sah Martha, wie mehrere Gestalten auf sie zukamen. Keine Zeit, keine Zeit mehr. Sie beugte sich wieder zu Agnes, ihre Hände malten in der Luft, drängend, voller Eile. *Herrin. Sagt, dass Euch eine andere verwünscht hat.* Sie schaute hinter sich, sah die Wachen, schon fast bei ihr; sah Erleichterung in Sues Gesicht, so etwas wie Siegesfreude in Liz'. Sie wandte sich wieder zu Agnes um und fasste ihre Herrin am Kinn. *Sagt, dass Ihr verflucht wurdet. Sagt es, Herrin.* Agnes wand sich in ihrem Griff wie ein erbeutetes Tier in der Falle. *Ich flehe Euch an. Rettet Euch. Rettet das Kind.*

Sie formte ihre linke Hand zu Hörnern und legte sie an die Wölbung ihrer Stirn. *Sagt ihnen, dass es eine Hexe war* – ihre Gedanken arbeiteten in rasendem Tempo.

Noch während sie das Zeichen formte, war sie entsetzt über ihre eigenen Hände, mit denen sie das Leben einer anderen Frau für nichtig erklärte. Die unschuldige Prissy. Ma Southern. Die Schwestern Durriken. Sie konnte bereits spüren, was sie angerichtet hatte, als ihr ein Schauer der Unrast über den Rücken lief. Sie dachte wieder an Jennet, an ihre falschen Anschuldigungen, an ihren Spinnendämon. Ihre Hände bewegten sich, durchschnitten die schwere Luft. *Sagt ihnen,* schrieb sie – und spürte wieder dieses Ziehen in sich, als ob sich in ihrem Inneren, unter den Bändern ihres Mieders und ihren Unterröcken und ihrer heißen Haut, ein Riss auftat –, *sagt ihnen, dass es Jennet Savory war. Sagt, dass Jennet Euch verflucht hat.*

Und da kamen sie, Mrs. Knill und Thaddeus Spalding und Robert Bullard, betraten den Stand und stellten sich vor der kreißenden Frau hin.

«Das ist sie?», fragte die Hauptsucherin.

«Das ist sie, Madam. Agnes Crozier», sagte Liz.

«Aber sie ist hochschwanger», gab Mrs. Knill zurück. «Das wusste ich gar nicht.»

«Ihre Fruchtblase ist bereits geplatzt», berichtete Liz. «Sie liegt in den Wehen.»

«Dann muss man sie ins Haus bringen.»

Martha half Robert, Agnes emporzuziehen. Ihre eigenen Glieder waren wie Blei, sie hatte keine Kraft mehr. Seit dem Frühstück waren Stunden vergangen.

«Ihr nicht, Martha», sagte Mrs. Knill.

Die Hitze des Stalls drückte auf sie nieder. Einen Moment lang sah die Hauptsucherin wie ein Bild in tausend Stücken aus, ein Mosaik aus lauter Schwarz.

Ich nicht?

«Der Laufbursche Eures Herrn war gerade hier und hat nach Euch gefragt. Ihr werdet daheim gebraucht. Wie es scheint, ist Euer Herr erkrankt.» Mrs. Knill betrachtete Agnes, ihr fleckiges Kleid, ihr wildes Gesicht, ihr zerzaustes Haar. «Keine Sorge, Martha. Wir werden uns um Eure Herrin kümmern.»

Teil drei

Schleim

Samstagnachmittag

⇷ 17 ⇸

Draußen: der sterbende Tag. Am Strand die Flut. Wind, salzige Luft. Die Wolken über der Sandbank von Holleswyck wie riesige Fäuste, bereit, zuzuschlagen. Die Sonne war kaum zu sehen, eine blasse Schwäre in der Glückshaube der Wolken. Verunsichert trat Martha auf die Straße, ging los, doch dann hielt sie inne und blieb stehen. Der Sommer ging zu Ende, und nicht nur das. Sie hatte das Gefühl für Zeit verloren. Sie hatte sich selbst aus den Augen verloren. Sie hatte nicht getan, worum Kit sie gebeten hatte: Sie hatte keine einzige Frau gerettet. Vielleicht hatte sie sogar eine ins Unglück gestürzt. Ihre Hände ballten sich und lösten sich wieder, fochten ihren inneren Kampf aus. Daheim wurde sie gebraucht, doch wie konnte sie sich gestatten, einfach so heimzugehen? Im Kerker und im Wirtshaus litten unschuldige Frauen – litt Prissy, und sie hatte das Mädchen in Gefahr gebracht.

Ihre Beine weigerten sich, aber sie zwang sie, sich zu bewegen, zu groß war ihr Wunsch, neu anzufangen, zu bereinigen, zu dienen. Sie ging über die Straße zum Kerker.

Martin hatte Dienst. «Was ist es diesmal?»

Ein letzter Blick, sagte sie und tippte sich an die Augen.

«Ein was?»

Blick.

«Ihr könnt sie von hier aus sehen», sagte er, doch dann sah er ihren Gesichtsausdruck und lenkte ein.

Trotz der Finsternis spürte sie, wie voll der Kerker war. Bewegungen. Röchelndes Atmen. Vertraute Formen bildeten sich, schienen aus dem Schatten heraus zu gerinnen, nahmen Substanz und Gestalt an. Ma Southern lag immer noch am Boden, sie atmete kaum. Prissy war neben ihr zusammengesunken, das Kinn auf der Brust, ihr goldenes Haar verbarg ihr Gesicht. Hannah Holland befand sich immer noch in ihrem Stand. Weiter hinten in der Dunkelheit, an der gegenüberliegenden Wand, kniete Pater Leggatt. Seine Haltung war ihr vertraut – er hatte den Kopf gesenkt, aus seinen gefalteten Händen baumelte ein Kruzifix. Er hatte die Augen geschlossen, aber sein Mund bewegte sich, Worte sprudelten daraus hervor.

Vielleicht spürte er, dass sie vor ihm stand, oder er hatte genug gebetet. «O Martha», hauchte er. Seine Stimme war gedämpft, sie klang wie bei jemandem, der gerade aus einem Traum erwacht ist. «Ich dachte, du wärst bei den Sucherinnen.» Seine Augen hatten Mühe, sich zu konzentrieren. «Ich dachte, ich würde dich nie wiedersehen. Ich würde niemanden je wiedersehen.» Er runzelte die Stirn, als dächte er über ein kompliziertes Problem nach. «Sie haben mich der Wasserprobe unterzogen, wie dich. Mir die Zehen an die Daumen gebunden und mich schwimmen lassen. Ich glaube, dieser hier wurde beinahe abgerissen.» Er rieb seinen Daumen, dann hielt er ihr die Hand hin.

Sie drehte sie um, um besser sehen zu können. Der Daumen war violett angelaufen, so stark war er gequetscht, und stand schief ab. Sie wusste gleich, dass man ihn wieder einrenken und schienen musste. Sie schaute sich hilflos um. Hier war nichts, womit sie ihm helfen konnte. Ihre Hand wanderte zum Beutel. Doch dann fiel ihr etwas ein, es war wie eine Erleuchtung: Sie hatte, was sie brauchte! Den Holzsplitter, der im Atzmann steckte. Sie hatte ihn am Morgen erst hineingesteckt.

Das fingerlange Stück Holz würde reichen. Plötzlich wurde ihr schwindlig, als würde ihr alles Blut in die Hände fließen. Sie konzentrierte sich ganz und gar auf ihre Hände, wandte dem Priester den Rücken zu und knotete den Strick des Beutels auf. Mit unsteten, ungeschickten Fingern durchwühlte sie den Inhalt und suchte nach dem Atzmann. Da, sie hatte ihn gefunden. Wenn man sie dabei nur nicht ertappte …

Der Splitter befand sich noch, wo sie ihn hineingesteckt hatte. Sie versuchte, ihn herauszuziehen, aber das Wachs war hartnäckig, und sie war darauf bedacht, sich mit ihrer selbst gemachten Lanzette nicht zu verletzen.

«Was braucht Ihr so lange, Martha?»

Sie zuckte zusammen.

Martin blinzelte durch das Tor. «Ihr kräutert da doch nicht etwa, oder? Wenn ja, müsst Ihr das lassen. Keine Hilfe für die Gefangenen. Das ist ein Befehl von Master Makepeace persönlich.»

Sie nickte und winkte flüchtig in seine Richtung. Offensichtlich reichte Martin das nicht; er spähte weiter durch das Gitter. «Los jetzt. Kommt zum Ende.»

«Nun mach schon, Martha», sagte Pater Leggatt. «Wir müssen voneinander Abschied nehmen. Auch Christus hatte keinen Beistand, niemanden, der ihm die Wunden verband. Ich folge nur seinem Beispiel.» Seine Augen leuchteten vor Inbrunst. «Fünfmal musste ich schwimmen, und fünfmal erwartete ich, unserem Erlöser zu begegnen, fand aber nur Teichkraut. Daher weiß ich, dass der Herr einen anderen Plan für mich hat. Dessen bin ich mir gewiss. Mir stehen noch weitere Prüfungen bevor, ehe das Ende kommt», verkündete er mit solcher Inbrunst, als müsse er sich selbst davon überzeugen. «Jede davon ist auf ihre Weise ein Segen.»

Sie sah ihn verblüfft an. Mehrere Erwiderungen gingen ihr durch den Kopf, zweifelnde, ungläubige Fragen. Sie legte ihre

Hände auf ihre Füße, auf ihren Hals. *Ein Segen? Die Wasserprobe? Das Erhängen?*

«Wie Christus auserwählt zu sein, um zu sühnen.»

Sie spürte einen ganzen Schwall unschöner Gefühle, einen unausgegorenen, stumpfen Zorn. Sie hob den Arm und zeigte auf die vier Wände des Kerkers. *Was ist mit den anderen*? Es fiel ihr schwer, dem Inhalt ihrer Gedanken eine Form zu geben. *Diese Frauen? Sind sie auch ... auserwählt?* Sie wusste, dass sie ihre Zeichen schneller in die Luft schrieb, als dass er ihr folgen konnte. *Sie sind doch bloß Sündenböcke –*

Der Priester hob seine gefesselten Hände. «Ich habe dich beunruhigt. Das wollte ich nicht. Lass uns gemeinsam beten. Wollen wir das tun? Beten wir, dass wir in unserem Glauben stark bleiben.»

Sosehr sie sich danach sehnte, sie konnte seinen Segen, seinen priesterlichen Singsang, den Balsam der uralten Worte in diesem Moment kaum ertragen. Dennoch kniete sie nieder und zwang sich, zuzuhören. *Unser Vater, der du bist in den Himmeln, geheiligt werde dein Name.* Die Worte des Gebets verhallten ungehört in der Finsternis des Kerkers, in der Finsternis ihres Glaubens, wie Steine, die man ohne Sinn und Zweck in einen Brunnen wirft. Ihre Augen waren geschlossen, aber sie weinte. Etwas in ihr wusste bereits, dass dies das letzte Mal sein würde, ihr letztes gemeinsames Gebet.

Als er fertig war, stand sie auf. Der aufgeknüpfte Beutel stand offen, und eine Handvoll Kräuter fiel heraus. Sie warf sie wütend in eine Nische des Kerkers und stellte sich dann vor den Priester, diesen guten Mann, ihren Verfechter, ihren Beichtvater, der in seinem Elend auf den Knien vor ihr hockte. Er sollte seinen Glauben lieber für eine Frau aufwenden, die dessen würdiger war. Sie deutete auf Hannah und Ma Southern und Prissy. Vor allem

Prissy. Reue durchströmte sie wie die Flamme eines frisch geschürten Feuers. *Betet mit ihnen. Betet FÜR sie. Sie haben es mehr verdient als ich.*

Als sie wieder auf der Straße war, schlug die Uhr am Gemeindehaus fünfmal. Der Ostwind trieb von See Nebel herein, der den Tag allzu früh in den Abend übergehen ließ. Kühle Luft fuhr ihr in die Ohren und trug ungewohnte Töne herbei, die vom Dorfplatz kamen. Sie hielt sich die Finger über die Augen und sah, wie der Stallbursche von Nan Dolan ein Pferd in den Hof des *Four Daughters* führte. Es war ein schönes Ross, gepflegt und gestriegelt, keines aus dem Dorf. Dahinter kam in schnellem Trab und mit schleifenden Zügeln ein weiteres Pferd gelaufen, ein Brauner, Nathaniel Whistlers Wagenpferd. Nate lief hinterher, aber das Pferd wurde schneller. Es kam direkt auf sie zu. Sie stellte sich ihm in den Weg und streckte die Hände aus. Das Ross wurde langsamer und wich ihr aus. Sie spürte, wie nervös es war.

Sie summte leise vor sich hin. Die großen Hufe wurden langsamer, und es gelang ihr, die Zügel zu packen. Das Tier kam zögernd zum Stehen und starrte sie von der Seite mit einem aufgerissenen Auge an. Sie wollte ihm die Schnauze streicheln, aber es riss den Kopf fort, wollte ihre Berührung nicht. Was hatte es so beunruhigt? Sie ergriff das Zaumzeug und lehnte sich an seinen Hals, ließ ihren Mund Wörter formen, ein sinnloses Summen. Mutter hatte ihr beigebracht, so mit aufgewühlten Tieren zu reden. Sie waren alle von Gott geschaffen, aber wenn sie sich fürchteten, dann fast immer vor den Menschen oder vor dem, was die Menschen taten. Sie presste ihre Lippen in das kastanienfarbene Fell, summte wieder und spürte den schnellen Puls. Es war töricht, das bisschen an Stimme, das sie besaß, für ein verängstigtes Pferd aufzuwenden, aber sie fuhr dennoch fort, es zu beruhigen, zu streicheln und seine Mähne zu befühlen, in der Hoffnung, dass sich sein Puls verlangsamte. *Ruhig. Ganz ruhig.* Das Ross stupste sie mit seinen sommersprossigen Lippen an, ließ sich aber nicht gänzlich beruhigen. Sie steckte es mit ihrer eigenen Unruhe an.

Dann war es plötzlich doch still. Sie öffnete die Augen. Nate hatte das Zaumzeug gepackt.

«Wie geht's, Martha?»

Sie schüttelte den Kopf. *Nicht gut.*

«Ah, ja», sagte Nate und sprach zu seinem Tier. «Kann mir vorstellen, dass das ein schmutziges Geschäft ist – Eure Hexensucherei.» Er streckte eine Hand nach den Zügeln aus. «Aber steckt Geld drin, selbst für Leute wie uns, nicht wahr?» Er klopfte dem Pferd auf die Flanke und las in ihrem Gesicht. «Oh, ich verurteile Euch dafür nicht, Martha. Soweit ich weiß, gibt es viele Leute in Cleftwater, die gerne helfen und dafür Geld nehmen.»

Sie hob eine Hand. Mit der Handfläche oben und gekrümmten Fingern fragte sie: *Wer?*

Er nickte in Richtung Wirtshaus. «Wer? Nun, zum einen die alte Nan Dolan, die Zimmer und Stall vermietet. Lässt sich das gewiss vergolden. Hat jetzt alle drei einquartiert, den Hexenjäger und seine Sucherin und diesen Bastard von einem Richter, Palfreyman aus Salt Dyke. Dann das ganze Brot und Bier für die Kerkermeister und euch Sucherinnen … Ich weiß, ich weiß, Martha. Es ist ein gottgefälliges Werk, das Ihr tut, und es ist nötig, um dieses Dorf von dem Unrat zu befreien, der hereingelangt ist. Aber wir alle nehmen Geld und vergessen darüber, wer unsere Freunde sind. Auch ich. So sind die Zeiten, in denen wir leben. Und Gil Hesketh – der verkauft dem Hexenjäger unser Holz. Und vielleicht auch unsere Seelen.»

Welches Holz? Wozu?

Aber er sah ihre Frage nicht mehr. Er hatte sich abgewandt und zog an den Zügeln. «Komm schon, Walt. Nun komm.» Das Ross setzte sich in Bewegung und trottete in einem weiten Bogen in die andere Richtung. «Pass auf, Martha.»

Sie trat zurück. Plötzlich traf sie ein Windstoß und wirbelte Sand und Spreu auf, beides stammte von den Feldern oberhalb des Dorfes. Sie kniff die Augen zusammen, um besser sehen zu können, und erblickte einen Mann und sein Pferd, das etwas zog – einen dicken Rundbalken, grob behauen und dreimal so lang wie sie. Sie bewegten sich langsam voran. Der Balken nahm die gesamte Breite der Straße ein und holperte über den steinigen Untergrund. Sie ging in gehörigem Abstand hinterher, so schnell es ihre Müdigkeit zuließ. Nate hatte seinen alten Pferdewagen neben der Sonnenuhr geparkt, und Gil Hesketh Sohn Clem war dabei, Holz abzuladen – flache Bohlen, die aussahen wie Fußbodenbretter, aber auch längere Balken, die höher als das Marktkreuz waren und dicker als die Taille eines Mädchens. Gil war bereits bei der Arbeit. Das Holz tönte unter seinem Hammer. Sie beobachtete, wie er Bolzen anbrachte, die sich schnell und präzise in das Holz bohrten. Ein Rahmen nahm Gestalt an. Gil arbeitete in der Mitte und wurde bereits von mehreren aufrecht stehenden Balken überragt. «Herrgott noch mal», rief Nate und sprang zurück. Es spritzte gelb auf seine Hose. «Nun sieh sich das einer an! Walt segnet das Holz mit seinem eigenen Weihwasser.»

«Sieht so aus», sagte Gil, nahm einen Nagel in die Hand und betrachtete das tropfnasse Holz. «Nicht, dass die Stadt es merken wird. Oder mit dem Holz hinterher noch irgendetwas anstellen wird.» Er beugte sich wieder über die Bohlen.

«Wohl wahr. Ich würde es auch nicht nehmen», sagte Nate. «Es sei denn, der Pfarrer hat dem Holz die Beichte abgenommen.»

Voller Unbehagen sah Martha den Männern bei der Arbeit zu. Sie tat einen großen Schritt über Walts gelbes Rinnsal hinweg und ging zu der Stelle, an der Gils Sohn arbeitete. Clem war gerade mit einem aufgerollten Strick beschäftigt, den er sich über die Schulter gehängt hatte und von dem er Längen abmaß, als er sie kommen sah.

Was tut Ihr da?

Er kam aus dem Takt und hörte auf. Dann trat er zielstrebig durch den Holzkorpus und kam auf sie zu, hielt das Seil an ihren Kopf und entrollte es an ihrem Leib, Länge um Länge, bis er ihr ganzes Körpermaß hatte.

«Achtet nicht auf mich, Martha», sagte er knapp. Er war ein schmalgesichtiger Bursche und genauso schmächtig wie sein Vater. Dennoch hatte seine Geburt seiner Mutter das Leben gekostet. Sie sah, wie unter seinen schweren Lidern die Gedanken arbeiteten. Er zählte zusammen, rechnete.

Was messt Ihr?

Er blinzelte sie an, als sei sie nicht ganz bei Verstand. «Ich schaue, wie lang der Strick sein muss», sagte er. «Es heißt, einige der Frauen sollen schon in den kommenden Tagen hängen.» Sie spürte, dass die Angst sie durchzuckte wie ein Peitschenhieb. «Wir sollen das Schafott bauen, und dieser Richter aus London ist gerade eingetroffen – das ist seine Stute, die sie da gerade bei Nan Dolan in den Stall bringen. Schätze mal, dass er dafür hier ist, warum auch sonst?» Er wickelte sich das Seil um die Faust. «Hab gehört, er hat ein richtiges Schafott verlangt – wie man das wohl tut, wenn man von den Oberen dafür bezahlt wird, dass man eine Stadt von ihren Hexen befreit.» Er spie aus und wischte sich mit dem Unterarm den Mund ab. «Aber wie dem auch sei, ich würde sagen, es sieht schlecht aus für Eure Prissy. Und für Jennet. Für alle.» Er hielt inne, und seine Miene wurde freundlicher. «Oh, ich wollte Euch nicht erschrecken. Ich dachte, als Sucherin wüsstet Ihr das bereits.» Er fasste sie an der Schulter und schüttelte sie. «Ihr macht gute Arbeit, Martha. Bei jeder anderen, die die Untersuchungen erledigt, hätte ich Zweifel. Aber Ihr habt eine reine Seele und seid dieser Stadt und den Menschen hier verbunden. Deshalb weiß ich, dass die Frauen da, solange sie bei Euch sind … nun ja. Dass sie eine Chance haben. Wenn sie denn eine verdienen.» Er schaute sich kurz zu der Stelle um, wo sein Vater arbeitete, und senkte die Stimme. «Nehmt Euch in Acht, Martha. Ja? Nicht jeder sieht das so wie ich. Passt bloß auf, dass Ihr nichts tut, weshalb Ihr hier landen könntet.» Er deutete mit dem Daumen auf das Gerüst. «Mir gefällt auch nicht, was wir hier tun, aber wir bekommen Geld dafür, also mache ich besser weiter. Was habt Ihr vor? Steht die nächste Untersuchung an?»

Sie schüttelte den Kopf und zeigte auf die Straße, in Richtung ihres Zuhauses.

«Das ist gut. Dort seid Ihr sicherer als hier.» Er tippte sich an die Mütze. «Dann geht jetzt. Geht heim und kümmert Euch um Euren Herrn.» Er winkte in den blauen Abend. «Und ruht Euch ein wenig aus. Ihr seht halb tot aus.»

Er ging, und sogleich fühlte sie sich einsam und verlassen. Das Böse schritt voran und griff mit langen Fingern nach dem Dorf. Die frühe Dunkelheit setzte den Geschäften des Tages ein Ende.

Das galt jedoch nicht für das Wirtshaus: Es war voll mit Kundschaft, die Tür mit ihrem irren Knarren schwang auf und zu und wieder auf, und jedes Mal drang ein jäher Schwall Geräusche heraus – derbes Gelächter, Gesang, ein fallen gelassener Krug, der auf dem Boden zerschellte. Sie machte sich auf den Heimweg. Am Strand lagen oberhalb des Seetangs die Fischerboote, eine Reihe hölzerner Bäuche, die sich auf ihren Kielen neigten wie eine Schule gestrandeter Wale. Die meisten Besatzungen waren bereits an Land, und für die noch nicht angelangten Boote waren die Leuchtfeuer von Wish Hill angezündet worden, ihre schmalen Strahlen zeichneten Pfade in die Dunkelheit. Sie folgte einem davon. Unter ihren Röcken rieben ihre Schenkel aneinander, das schmerzhafte Scheuern war zugleich eine Buße und erinnerte sie an ihre Freiheit. Sie war frei – eine freie Frau, die freiwillig zu Fuß ging, die niemand dazu zwang. Und doch spürte sie im Bauch eine Spannung, als zurre jemand ihr Inneres mit einem Strick fest.

Sie war auf dem rechten Weg: heim, um ihren kranken Herrn zu pflegen.

Sie ging in die falsche Richtung: fort von Prissy und Agnes.

Wie aus heiterem Himmel war das scharfe Bellen eines Hundes zu hören. Ein Licht begleitete es und kam auf sie zu.

«Martha?» Simon hielt die verbeulte Sturmlaterne empor. Sie wandte ihren Kopf vom grellen Schein der Laterne ab. «Ich habe dich gesucht.» Er legte die Stirn so sehr in Falten, dass ihm die Augenbrauen davonzufliegen drohten. «Ich bin zum Kerker gegangen, aber du warst nicht da. Dann war ich im Wirtshaus, und dort hieß es, du bist fort. Wo warst du nur? Dann sind wir wohl aneinander vorbeigegangen, als wir vorhin, also, wir …» Er stolperte über seine Worte. «Gott sei's gedankt, dass ich dich gefunden habe.» Der Nebel wurde immer dichter und hatte Simons Kittel bereits bis auf die Rippen durchnässt. «Wir müssen sofort heim. Der Herr ist krank, sehr krank. Er behält weder Essen noch Wasser bei sich.» Er hob die Laterne, leuchtete ihr mit dem flackernden gelben Licht direkt ins Gesicht und las, was dort stand. «Gott sei's gedankt, dass du in Sicherheit bist», sagte Simon. «Gott sei's gedankt, dass du zu uns zurückgekehrt bist. Ich habe dafür gebetet, dass du sicher heimkommst.»

Eine Pause. Sie war erleichtert, dass er endlich still war. Matthew, der Hund, schritt unablässig vor ihnen her, als würde er ihnen den Weg weisen. Sie spürte, wie Simon sie musterte. «War's schlimm, Martha? Ist es schlimm … für die Frauen?»

Ja.

Er schwieg, verdaute ihre Bestätigung. Dann wollte er mehr wissen. «Wie schlimm?»

Sie schüttelte nur den Kopf. Am Tor zum Hinterhof reichte er ihr die Laterne. «Halte das, während ich Wasser hole.» Er machte eine Geste. «Ich nehme an, du willst dich waschen.» Er beugte sich vor, betätigte die Schwengelpumpe, füllte den Eimer und stellte ihn ab. Sein Blick war ernst. Plötzlich zog er sie an sich und umarmte sie fest. Sie war schlaff vor Müdigkeit, und ihre Arme hingen herunter wie abgestorben. Simon schlang sie um seinen Rücken. Er war sechzehn und ein Mann und weinte, dieser Knabe, der letzte ihrer Freunde, der zu ihr hielt.

«Es war … schrecklich, Martha», sprach er in ihren Nacken hinein. «All die Frauen, die sie mitgenommen haben. Prissy, und dann warst du fort und dann die Herrin.» Sie roch Alkohol an seiner Haut. Das wunderte sie. Er war sonst immer so korrekt, ein überzeugter Anhänger des Wortes. «Ich konnte es nicht glauben, als sie kamen, um Agnes zu holen. Ich habe versucht, sie aufzuhalten – wirklich, das habe ich. Der Herr war so krank, dass er nicht einmal vom Bett aufstehen konnte.» Er drückte sie wieder an sich. Sie musste sich zwingen, aufrecht stehen zu bleiben und nicht in sich zusammenzusacken. Ein Teil ihrer Entschlossenheit war verschwunden – aus ihr herausgespült oder im Kerker zurückgeblieben. «Ich muss gestehen, der Herr und ich sind nicht allzu gut zurechtgekommen ohne dich», sagte er, und beim letzten Wort verschluckte er sich.

Sie befreite ihre Hände. *Du hast dein Bestes getan.* Ihre Gesten waren kümmerlich und unzulänglich, sie gingen beinahe im Nebel verloren.

Samstagabend

18

Sie stand erstarrt in der Hintertür und wartete darauf, dass die Welle ihrer Gefühle abebbte. Das Haus kam ihr vertraut und doch fremd vor, als sei ein verirrter Geist hineingefahren und habe alles zum Stillstand gebracht. Die Türen standen alle offen, und sie konnte in Kits Zimmer sehen, wo sich auf dem Mahagonischreibtisch seine Karten und Papiere stapelten. Sie ging weiter in die Küche. Auf dem Schneidebrett lagen die Reste der Petersilie, die sie gehackt hatte. Wie lange war das her? Zwei oder drei Tage; ein ganzes Leben. Bevor sie Sucherin geworden war. Der Saft hatte das Holz grün gefärbt. Einige Augenblicke lang stand sie in der Tür, und der Hund leckte ihr die Schienbeine und die Finger, während sie sich in dem vertrauten Durcheinander der Küche orientierte, zwischen ungespülten Töpfen, welken Früchten und Zwiebeln und dem nicht geleerten Abfallkübel. Sie lauschte auf die Geräusche, die ihr Leben hier ausmachten, und versuchte, sie in Gedanken heraufzubeschwören. Prissy, die bei der Arbeit summt. Agnes, die Anweisungen die Treppe hinunterruft.

Fort.

Simon stand mit dem tropfenden Eimer in der Tür. «Wo willst du das haben?»

Sie zeigte zum Tisch. *Der Herr – was ist mit ihm?*

«Er hat Fieber. Wenn er isst oder trinkt, muss er spucken, und dann hustet er. Und er plappert, Martha – Worte ohne Sinn.

Manchmal denkt er, ich wäre die Herrin. Dann wieder ruft er nach dir.»

Von oben war Kits feuchtes Husten zu hören.

Ein Sud, ein feuchter Wickel – Kit würde wohl beides brauchen. Sie ging zum Kräuterschrank und nahm eine Flasche Kräuterlikör heraus und eine Auswahl zuverlässiger Heilpflanzen: Minze, Malve, Alant gegen Husten, Eisenkraut gegen Fieber. Sie bröselte alles in ihre Rührschüssel, dann holte sie saubere Tücher aus der Küchentruhe und ging zur Treppe. Simon folgte ihr und stellte sich dann vor sie auf die erste Stufe, dass sie nicht vorbeikam. Das ärgerte sie; sie dachte nur noch an Kit.

«Sag mir zuerst, was du weißt, Martha. Hast du Prissy gesehen? Wie geht es ihr? Und was ist mit Agnes? Und dem Kind?»

Was sollte sie ihm sagen? Und wie? Welchen Trost konnte sie vermitteln, was würde ihm helfen, die Neuigkeiten zu verdauen? Simon mochte Agnes, die seine unterwürfige Art schon immer geschätzt hatte. Aber Prissy hatte er mehr als bloß gern, dafür gab es gewisse Anhaltspunkte – er erwies ihr kleine Gefälligkeiten, schenkte ihr Muscheln und wilde Blumen und diese dünnen, krummen Püppchen, die er aus Treibholz schnitzte. Einmal, als er dachte, dass ihn niemand sah, hatte er versucht, sie zu küssen.

Sie schaute ihn an, schaute in seine großen grauen Augen mit den schwarzen Pupillen und den schimmernden Wimpern – Augen wie die eines Mädchens – und sah die Gefühle, die sich darin spiegelten.

Sie werden ... geprüft. Das Kind der Herrin kommt zur Welt, genau jetzt.

In der Schlafkammer roch es. Kits Kopf war in das Kissen gesunken, und einen fürchterlichen Moment lang dachte sie, er sei tot. Der Hund sprang auf die Matratze, legte die Vorderbeine über die Beine seines Herrchens und winselte ihn an wie zum Gruß, sein Schwanz wippte auf und ab und klopfte auf das Bett. Sie stellte die Medikamente ab und beugte sich vor, um Kit abzuhorchen. Seine Atmung war schwach.

Sie streichelte seine Schulter, bis er ein Auge öffnete. *Herr.*

«Mm?» Sein Gesicht war gezeichnet, sein Atem stank. «Martha.» Er versuchte vergebens, sich aufzusetzen. «Was gibt es Neues?»

Sie griff in seine Achselhöhle und zog ihn hoch, und mit der anderen Hand klopfte sie das Kopfkissen auf. Er ließ sich dagegen sinken. Schlaffe Haarsträhnen rahmten sein Gesicht ein. *Seid still*, schrieb sie ihm in die Handfläche, die viel zu warm war. Er starrte sie an und packte ihr Handgelenk.

«Wie geht es meiner Agnes? Wie geht es dem Kind?»

Sie befreite sich aus seinem Griff und führte den Becher an seinen Mund.

Trinkt.

Sie hatte den Kräutertrank in den kleinen Zinnbecher gegeben, den er als Knabe benutzt hatte. Er schob ihn fort. «Sag es mir.»

Zuerst trinkt.

Er schluckte. Der Trank kam zu schnell, er würgte und spuckte alles auf das Laken. Er hustete, einmal, zweimal, er konnte nicht mehr aufhören. Es wurde ein richtiger Anfall daraus, und inmitten des Hustens vernahm sie einen Namen, aber nicht ihren eigenen. Den von Agnes. Als er endlich fertig war, sackte er erschöpft in sich zusammen und lehnte sich an sie. Seine Lippen und sein Kinn waren mit Blut besprenkelt, wie auch das Laken um ihn herum.

Sie wischte ihm Blut und Speichel von den Lippen. Einfache Bewegungen, einfache Handgriffe; sie wischte die Zeit fort – dreißig Jahre –, und da war er, ihr kleiner Kit, der sie so unerschütterlich und bedingungslos gernhatte, dass sie glaubte, ihre Welt könne doch noch in die richtigen Bahnen gelenkt werden. Die Zuneigung durchfuhr sie wie ein Blitzschlag. Die Mutterliebe mit ihrer erstaunlichen Kraft. Um bei Kit zu sein, hatte sie nie geheiratet; hatte sie nie ein eigenes Kind zur Welt gebracht. Kit war ihr Kind, ihr Beinahe-Sohn. Sie setzte sich auf den Rand der Matratze, legte ihm den Kräuterwickel auf die Stirn, benetzte sein Gesicht und beobachtete ihn, wie er unruhig vor sich hin dämmerte.

Er schlief. Sie spülte das Tuch aus und stellte die Schale mit dem rostfarbenen Wasser in die Ecke. Dann ging sie wieder in sein Zimmer, zündete einen Zweig getrockneten Salbeis an und legte ihn auf einen Teller, den sie auf das Fußende des Bettes stellte. Nach einiger Zeit erfüllte der Rauch das Zimmer. Sie öffnete ein Fenster, setzte sich auf Kits Stuhl und starrte hinaus. Die Freude, Kit zu sehen, verflog bereits, und im gleichen Maße sank ihre Laune. Der Sonnenuntergang leuchtete durch den Nebel und färbte ihn orange und rot. Ihre Gedanken schweiften ab und kehrten immer wieder zu Prissy und Agnes zurück. Vier, fünf Tage, seit sie sie mitgenommen hatten. Zu viele Nächte im Kerker. Und was war mit dem Kind? Simon kam mit Brot und einem Teller mit Taubenschenkeln und einem Stück trockenem Käse. Sie hatte nicht gewusst, dass sie Hunger hatte, bis sie das Fleisch mit dem zarten Wildgeschmack hinunterschlang. Das Fenster hielt die Dunkelheit draußen, aber sie spürte, wie es in ihr selbst immer düsterer wurde.

Als sie fertig war, stellte sie den Teller auf den Boden und schlief sogleich auf dem Stuhl ein. Ihr Kopf sank gegen Kits Matratze, und sie wurde wach und schlummerte erneut ein und kam wieder zu sich, hin und her, und jedes Mal, wenn sich ihr Bewusstsein meldete, vernahm sie die ferne Messingglocke der Boje draußen, die die Schiffe vor der Sandbank warnte. Einige

Zeit später schreckte sie wieder hoch und hörte die Glocke erneut. Ihr Atem ging im Einklang mit ihrem Läuten. Der Salbei war verbrannt, in der Schale zu Asche geworden. Sie konnte den Strand riechen; Seetang und Salz und nasses Holz. Nun war Hochwasser, das wusste sie, ohne hinzusehen. Sie hörte den beharrlichen Klang der Wellen in ihrem ständigen Zwiegespräch mit dem Ufer. Ein immerwährendes Geräusch wie ein Pulsschlag. Darüber die große Kuppel des Nachthimmels – immer gleich, endlos, unberechenbar. Kit schlief weiter, der Hund auch, aber Marthas Seele war unruhig, sie tastete in der Dunkelheit nach dem Kerker und dem Wirtshaus und den Frauen, die dort gefangen waren. Als ob sie betete, murmelte sie ihre Namen.

Wartete. Nichts.

Die Pein in ihrer Seele flammte auf, und gleichzeitig klapperte der Fensterladen und öffnete sich. Es war noch sehr früh, und der Nebel war überall und drang bis an die Fensterscheibe heran. Darin war ein Gesicht: Mutters Gesicht, wie die Pietà, trauernd und zugleich voller Vorwürfe, gleich würde sie sprechen. Martha schrie auf oder versuchte es zumindest; mit einer Hand griff sie nach dem Beutel, den sie am Gürtel trug, er hing schlaff herab wie eine geleerte Blase. Verzweifelt tastete sie durch das Leder und griff dann in den Beutel hinein. Kein Atzmann. Da waren bloß ein paar getrocknete Zweige und Blätter.

Sie drehte den Beutel von innen nach außen. Kein Atzmann. Sie stand auf und tastete ihre Kleidung ab, das Mieder und die Röcke. Dann durchsuchte sie Kits Schlafzimmer, obgleich sie wusste, dass es sinnlos war, dass sie eine Närrin war, hob die Bettwäsche, schaute unter das Bett. Das Blut rauschte in ihren Ohren. Der Atzmann war nichts und alles; auch wenn er ihr Angst machte, brauchte sie ihn. Ohne ihn hatte sie kein Rückgrat, keine Knochen, keine Sehnen, keine Kraft. Keine Macht.

Sie rief sich die verschwommenen Bilder der letzten Tage ins Gedächtnis. Wann hatte sie ihn zuletzt gehabt? Gestern? Vorgestern? Wann? Denk nach, Martha. Eine Erinnerung wurde immer deutlicher – eine Szene im Wirtshaus? Nein –

Der Kerker. Dort war es. Er musste ihr mit dem Bündel Kräuter aus der Tasche gefallen sein, als sie zuletzt nach den Gefangenen gesehen hatte. Pater Leggatt und Prissy.

Ein neuer Gedanke kam ihr – genauso schlimm oder sogar noch schlimmer –, dass jemand den Atzmann finden und wissen würde, dass er ihrer war.

Hinter ihr öffnete sich die Schlafzimmertür. Sie fuhr herum. Niemand da. Aus dem Bett drang das sinnlose fiebrige Stammeln Kits, das in Husten mündete. Immerhin war sie nicht nutzlos. Sie wurde gebraucht, wenigstens Kit brauchte sie. Diese Tatsache gab ihr Kraft, riss sie aus ihrer Schockstarre. Sie setzte sich neben ihn, führte seine warme Hand an ihre Lippen, genoss seine Nähe, obwohl er krank war und übel roch. Seine Stirn war rot, sein Kinn voller dunkler Stoppeln, seine blauen Augen waren trübe. In seinem Fieber betete er, und seinen abgehackten Worten fügte sie ihr eigenes Gebet hinzu. *Herr, erbarme dich, Vater unser, erbarme dich, gewähre uns deine Gnade.* Der Morgen rückte näher, das erkannte sie daran, wie weiß der Nebel war. Das blubbernde Geräusch in Kits Brust wurde nicht besser, auch nicht, als sie ihn aufsetzte und die Kissen in seinem Rücken aufschüttelte.

Sie legte ihm gerade einen neuen Wickel auf die Stirn, als der Husten wieder einsetzte. Ein Gurgeln. Sie presste ihm das feuchte Tuch auf den Mund. Das Gurgeln nahm zu, wurde heftiger, wollte nicht aufhören.

Ihr Leben, ihre Welt, alles zerbrach.

Schließlich hatte er sich ausgehustet. Seine Lunge tat ihren

Dienst mehr schlecht als recht, als wäre sie voller Löcher. Als sie den Wickel fortnahm und sah, was er darauf hinterlassen hatte, packte sie die Verzweiflung. Diesen blutroten Treuebruch hatte sie nicht kommen sehen, sie konnte den Anblick kaum ertragen.

Sonntag

⤙ 19 ⤚

Der Tag verstrich. Sie kümmerte sich um Kit. Die Sorge lastete auf ihr wie der Deckel auf einem Topf. Sie konnte sich nicht beruhigen, wartete auf Neuigkeiten und rechnete jeden Moment damit, dass man sie ins Wirtshaus oder zum Kerker rief. Überall im Haus lauerten schmerzhafte Erinnerungen an die Frauen, die hier fehlten.

Am Vormittag sagte Simon, sie sollten in die Kirche gehen, aber Kit war zu krank, um das Haus zu verlassen. Simon ging allein. Stattdessen betrat sie Kits Zimmer und betete neben ihm, über ihm. Als er wieder eingeschlafen war, verließ sie das Haus und ging erst zögernd, dann immer schneller die Tide Lane hinunter. Die Straße war leer. Die Menschen waren beim Gottesdienst, ihre Häuser waren verriegelt, an den Haustüren hingen Glücksbringer – an den Türsturz genagelt einzelne Schuhe, ein vertrocknetes totes Kätzchen, hier und da ein Hufeisen. Sie ging bis zum Marktkreuz, das mit Kränzen aus Lorbeer und Eberesche geschmückt war. Über dem Dorf lag eine übernatürliche Stille, archaisch und rätselhaft. Sie zwang sich, weiterzugehen, halb schlich sie, halb lief sie, bis zum Gemeindehaus, unter dessen Dachvorsprung sie stehen blieb. Da drinnen war der Atzmann. Oder doch nicht? Sie spürte, wie die Angst ihre Klauen nach ihr ausstreckte. Wann, wann würde er sein Werk tun? Dann verließ sie der Mut – oder der Unmut –, der sie hergetrieben hatte, um den Atzmann zu suchen. Sie ging mit festem Schritt die Tide

Lane hinauf und fiel vor Erleichterung fast in Ohnmacht, als sie ihren Garten erreichte und in Sicherheit war.

Am Nachmittag ließ Kits Fieber nach. Sie legte ihm feuchtwarme Wickel auf Gesicht, Hals und Brust, und er setzte sich auf und aß ein gekochtes Ei, das sie ihm mit dem Apostellöffel fütterte. Früher hatte er zwei solche Löffel gehabt, jetzt war nur noch einer da, auf dessen Stiel Johannes samt Kelch und Schlange abgebildet war. Kit aß die Hälfte des Eies und bedeutete ihr, sie sollte den Rest essen. Sie hatte kaum Appetit, aber sie musste essen, um für ihn bei Kräften zu bleiben.

Simon saß draußen auf der Gartenbank und spielte auf der Maultrommel. Die fröhliche Melodie tönte herauf, und sie erkannte das Lied, ein Seemannslied, konnte sich aber nicht an den Text erinnern. Sie versuchte, Kit zum Reden zu bringen. Sie hatte das drängende Bedürfnis, ihm mitzuteilen, was sie alles gesehen hatte, wozu man sie gezwungen hatte – die Folgen ihres Paktes. Aber er war sehr in sich gekehrt, und als er sprach, sprach er nur über Agnes; seine Gedanken galten allein ihr. Sie saß in seinem Sessel und flickte einen Riss in einem von Agnes' Nachthemden, bis er wieder einschlief. Dann ging sie hinaus aufs Feld, um Kräuter zu pflücken, Löwenzahn und Kamille, die um den Kuhteich herum wuchsen wie viele kleine Sonnen. Das Wasser im Teich hatte die Farbe von Blei. Hier hatten sie die Wasserprobe mit ihr vollzogen. Und auch mit Pater Leggatt. Wie konnte es nur sein, dass er angeklagt wurde, sie aber nicht? Ihre Gedanken waren unbarmherzig und unbeugsam, und sie schaute lange in die Tiefe des Teiches und dachte darüber nach. Beten oder ertrinken, das waren die zwei Wahlmöglichkeiten.

Sie ging auf die Knie. *Mein Gott ist mein Hort, bei dem ich mich berge, mein Schild und das Horn meines Heils, meine Festung und meine Zuflucht. Mein Retter, vor Gewalt rettest du mich!* Nur, dass er sie gar nicht gerettet hatte. Oder vielleicht doch, indem er die Gewalt gegen eine andere gelenkt hatte. Gegen Prissy, ja. Und Agnes. Ihre Schuldgefühle wurden immer stärker. Ihr fiel es schwer, an etwas anderes zu denken. Ihr Rock war feucht, und sie dachte an die Vertiefung im Moos, die sie hinterlassen würde, wie einen Abdruck ihres unbedeutenden, schlechten Lebens. Sobald sie fort war, würde sich das Moos von selbst wieder aufrichten und ihre Spuren auslöschen. Sie jedoch musste weiterleben, beschmutzt und befleckt. Aber wie – wie sollte sie weiterleben?

Das kochende Wasser in der Küche erinnerte sie einmal mehr daran. Die Kräuter waren auf dem Tisch ausgebreitet wie blättrige Sternbilder, sie schnitt die Köpfchen und Blätter ab und gab sie in den Topf. Der Geruch war vertraut und beruhigend, sie atmete tief ein. Um den Wurm zu beruhigen, sollte es ihr gelingen. Die Medizin war hauptsächlich für Kit, aber sie stellte auch ein wenig für sich beiseite. Als sie sie mit nach oben nahm, schien ihr Duft wie eine Verheißung vor ihr her zu schweben. Kit regte sich, als sie eintrat. Sie legte ihm ein frisches Handtuch unter den Kopf und strich ihm mit ihren Fingern das Haar zurück. Er nahm ihre Hand. In diesem Moment hielt die Welt inne, und in diesem Innehalten lag Zufriedenheit. Sogar Glück. Das Haus und das Zimmer waren für einen kurzen Moment vollkommen still, als würden sie diesen Augenblick lang nicht stören wollen. Dann hustete Kit und ließ sie los.

Sie wusch ihm wieder das Gesicht und ging dann nach draußen, wo sie sich für eine Weile auf die Bank setzte. Die Sonne ging unter, und das Meer glühte in verschiedenen Farbtönen flüssigen Goldes. Bei jedem Atemzug spürte sie den Hustenreiz. Der Eber kam zu ihr und musterte sie mit seinem gezeichneten Gesicht, sie streichelte ihn. Als die Nacht hereinbrach, wurde der Nebel auf dem Meer dichter, Kits Fieber stieg wieder, und ihre Verzweiflung wuchs. Sie ging durch das Haus und schloss alle Fensterläden. Beim Abendbrot konnte nur Simon etwas essen. Sie kochte mehr Kamille auf, seihte sie ab, um eine Tinktur herzustellen, und ließ sich von Simon helfen, ihre Matratze in Kits Zimmer zu bringen und neben sein Bett zu legen. Sie kauerte zusammengerollt auf dem Lager, das Laken über den Kopf gezogen, und fürchtete sich vor Spinnen und vor Kits gurgelndem Atem. Ein Gefühl wie eine düstere Vorahnung fuhr ihr durch den ganzen Leib, von Kopf bis Fuß. Würde Kit wieder gesund werden? Was war mit dem Kind? Sie dachte an Agnes' gepflegten Körper, an ihre glatten, weißen Hände, die keine Ahnung von der Arbeit hatten, die andere Frauen verrichteten. Ihre eigenen waren hässlich geworden von der vielen Plackerei, aber falls sie müsste, würde sie sie immer wieder wählen, diese Hände, die zu heilen verstanden.

Zwischen Mitternacht und dem Morgengrauen wachte Kit auf und spuckte Blut auf die Bettdecke. Er zitterte, und als sie seine Haut berührte, zuckte sie zurück, so heiß war er. Sie wusste nicht, was sie gegen ein solch hohes Fieber tun sollte. Sie dachte an den Arzt; aber würde er überhaupt herkommen wollen, um Kit zu helfen – in dieses verdorbene Haus, das Hexen beherbergt hatte? Sie gab Kit etwas von der Tinktur, tupfte ihn mit kühlem Wasser ab und brachte sein blutbeflecktes Laken in die Waschküche. Sie legte sich wieder hin, fiel in einen rastlosen Schlummer und sah im Traum immer wieder den Atzmann. Als der Hahn krähte, kam sie zu sich und war entschlossen, ihn sich zurückzuholen, solche Angst hatte sie, dass ihn jemand finden würde.

Montag, später Nachmittag

⫷ 20 ⫸

Kit wachte auf und verlangte nach Haferbrei. Sie hatten kaum noch Vorräte. Sie brauchten Eier, Rüben, gesalzene Heringe. Martha nahm einen Korb vom Haken und brachte ihn zu Simon. Er saß auf seiner Pritsche. Seine Knie zeigten zur Seite wie die gespreizten Flügel eines Insekts oder eines Engels. Er schnitzte gerade aus einem Stück Birke eine Puppe.

«Für das Kind, wenn es herkommt», sagte er verbissen. «Ein Geschenk. Von mir.»

Sie beobachtete sein fahriges Geschick, sah, wie die Puppe Gestalt annahm, bemerkte, wie sein linkes Bein verräterisch zitterte. Sie deutete auf den Korb. *Würdest du bitte gehen? Auf den Markt?*

Er zögerte.

Hering einholen.

Hering war seine Leibspeise. Er seufzte. «Ich weiß schon, Martha. Na gut.»

Er war gerade so lange fort, wie sie brauchte, um Feuer zu machen und etwas altes Brot zu zerbröseln. Im Laufschritt kam er zurück.

«Sie hängen sie. Die Frauen.»

Wen? Welche?

«Weiß nicht.» Er nahm ihr das Brot aus der Hand. «Lass das liegen. Die werden kaum warten.»

Sie gestikulierte voller Panik: *Du gehst.*

Er legte den Laib auf den Tisch. «Wir gehen zusammen, Martha. Ich gehe nicht allein.» Er sprach so laut, dass er fast brüllte. Offenbar ging er vom Schlimmsten aus: «Sonst bin ich es noch, der dem Herrn sagen muss, dass seine Frau oder seine Köchin oder beide gehängt wurden, und das will … das kann ich nicht allein.»

Sie fühlte sich von seinem Blick bedroht, hilflos. Was er verlangte, war nur recht und billig, aber die Aussicht auf das, was sie zu sehen bekämen, ließ es ihr erst kalt und dann heiß werden. Ihre Hand wanderte zu ihrer Hüfte und fand nichts, nur die Stelle, wo der Atzmann gewesen war.

Nun gut. Ihre Hände zitterten.

Sie gingen hinten hinaus. Es war Ebbe, und der Nebel hatte sich beinahe gelichtet. Verdrießliche grüne Wellen spülten auf den Strand und hinterließen einen Schaum wie geronnene Milch, von dem Fetzen über die Straße wehten. Das Licht, die Umgebung, alles schien unwirklich. Simon hakte sie unter, damit sie schneller ging. Ihr Umhang flatterte so sehr, dass sie dachte, er würde reißen. Sie konnte den Hafen riechen, den Gestank nach durchnässtem Hanf und angelandetem Fisch.

Sie hörten die Menschenmenge, bevor sie sie erreichten. «Sobald jemand gehängt wird, kommen die Leute alle aus ihren Häusern», sagte Simon säuerlich. Als sie das Marktkreuz erreichten, sahen sie, wie sich vom Wirtshaus aus am Gemeindehaus vorbei und bis hin zum Hafen die Menschen drängten – eine sich dahinwälzende, wimmelnde Masse, wie Heringe aus einem geplatzten Netz. Manche Gesichter kannte sie, viele nicht, Leute aus anderen Dörfern, Marktfrauen und Netzmacher, der Messerschmied von Sandgrave, Ginsterschneider, Hausierer, die Kuppler von Holleswyck, die Wahrsagerin mit den Zahnlücken. Die Leute strömten die Küstenstraße herauf, die Schwestern des Bürgermeisters Schulter an Schulter mit vagabundierenden Bettlern.

«Warte hier», sagte Simon. «Ich versuche herauszufinden, für wen der Strick ist.» Sie sah ihm zu, wie er sich durch die Menschen schlängelte und am Rande der Menge in Richtung des Kerkers schlich. Möwen kreisten über der Menge und schrien einander an. Über den Straßen lag eine unheilvolle Kraft, ein erdrückendes Gefühl, als würde man sich gegen nasse Schafe stemmen. Die Menge verströmte einen eigenen Geruch, Bier und Schweiß, vermischt mit dem strengeren Aroma von Erwartung und Aufregung. Als sie hinter sich blickte, hatte sie den Eindruck, als sei die Menge noch mal dichter geworden.

Plötzlich hielten alle den Atem an, und die Menge verstummte, als wäre sie ein einziger Mund. Vor sich sah sie nichts als Rücken. Ein wenig wacklig stellte sie sich in ihren Holzschuhen auf die Zehenspitzen und erblickte den Querbalken des Schafotts, an dem vier aufgewickelte Stricke befestigt waren. Dann verlor sie das Gleichgewicht und reckte sich gerade rechtzeitig wieder hoch, um zu sehen, wie der Henker das erste Seil ausrollte – ein schmächtiger Mann mit einem ausdruckslosen Gesicht unter einer schwarzen Kapuze. Er hielt die Schlinge hoch, wie um sich der Zustimmung der Menge zu vergewissern. Irgendwo vorne reckte ein Mann die Faust in die Luft und stieß einen Schrei aus. Die Menge stimmte ein und gab eine Mischung aus Jubel und tierischem Geblöke von sich. Martha kämpfte mit sich und zwang sich, wieder zum Galgen zu blicken, zu den Stricken, die daran hingen, erwartungsvoll, bereit, Hälse zu umschlingen.

Die nächsten Augenblicke fühlten sich an wie Jahre, während der Wind vom Hafen her den Geruch von Fisch über den Marktplatz wehte. Er wirbelte Sand und Unrat auf und weckte in ihr eine lange unterdrückte Erinnerung: die See ruhig, der Himmel blau, Mutter gefesselt inmitten einer Meute johlender vornehmer Männer; Mutters Hals in der Schlinge, als die Dorfuhr die schlimmste aller Stunden verkündete, die Stunde des Todes; jene Stunde, die Martha seither verfolgt hatte, als Kind, als Erwachsene, als Dienstmagd, und die nun wiederkehrte. Heute, an diesem Tag, würde der Strick das Leben einer anderen unbescholtenen Frau fordern, mit einer Schlinge, die eigentlich für sie bestimmt war: Martha Hallybread. Der schwerfällige Schlag der Uhr bekräftigte es.

Sie reckte den Hals nach rechts und links, zerrte an Armen, suchte nach Lücken im Gedränge. Die Leute sahen sie an, ohne sie zu sehen. Kurz tat sich ein Spalt auf, durch den sie einen Büttel erblickte, der Ma Southern aus dem Kerker führte, ihr Gesicht eine Maske des Schreckens. Wie langsam die lahme Frau ging, die Beine einer Marionette, die die letzten steifen Schritte zum Galgen tut. Irgendein Knabe, den sie nicht kannte, löste sich aus der Menge und spuckte sie an, bevor der Büttel sie weiterzerrte. Sie stand einsam und verloren auf der Plattform und starrte die Leiter und die Schlingen an; die Spucke tropfte auf ihr Mieder. Der Ausrufer ließ seine Glocke ertönen, dann verkündete er Ma Southerns angebliche Verbrechen. Ma Southern starrte ihn bloß an. Dann ergriff der Wachtmeister ihr dünnes Handgelenk und schob sie die kurze Leiter hinauf, das Signal für den Pöbel, wieder zu johlen.

Martha bahnte sich weiter ihren Weg, arbeitete sich schräg nach vorne durch, vorbei an winkenden Armen und achtlosen Füßen. Vom Strand kam eine jähe Windbö. Ein Vater hob gerade seinen kleinen Sohn von der Aufsitzhilfe an der Wand des Gemeindehauses herunter, und mit einem Satz war Martha dort, um sich den Platz zu sichern. Der Vater half ihr hoch. Sie kannte ihn ein wenig, hatte einst seinen Knaben entbunden. Der Steinblock bot ihr den erhofften Ausblick: das Schafott, den Henker, wie er sorgfältig die Ma Southern zugedachte Schlinge prüfte, und die jubelnde Menge, die sich wie eine Schlange durch das ganze Dorf wand und ihr Gift in die Straßen spuckte. Wie durch den Lärm angelockt, erschienen die Schwestern Durriken am Tor des Kerkers: Joan hob ihre gefesselten Hände, um die Augen vor dem grellen Licht zu schützen, Rose wurde von Ned Bullard geführt und beteuerte im Gehen schluchzend ihre Unschuld.

«Sie ist so jung», sagte eine Frau in Höhe von Marthas Knien.

«Ja, bei Christus, aber eine gute Partie für das Bett Satans», höhnte ihr Mann mit schwerer Zunge. «Hängt sie schnell auf», brüllte er, «aber lasst sie langsam sterben.»

«Keine Vergebung!», schrie eine Frau, deren Stimme Martha bekannt vorkam. Zwanzig Schritte entfernt stand Liz Godbold inmitten der Menge, ihr Gesicht bleich und vom Zorn gezeichnet. «Keine Gnade für diese Höllenbrut!» Der Mob griff ihre Worte auf, und bald brüllte alles immer wieder: «Keine Gnade! Keine Gnade!» Ringsherum stampften Füße, wurden Münder aufgerissen, aus denen Verwünschungen, Gebete und Flüche zum Himmel flogen.

Trotz des Windes hatte Martha das Gefühl, dass sie keine Luft bekam. Sie stieg wieder herunter; jemand reichte ihr eine Hand, und sie nahm sie dankbar an. Simon nickte in Richtung Schafott und zog sie hinter sich her. Der Wind erfrischte, und die Menge wogte, öffnete und schloss sich um sie. Sie kamen so mühsam voran wie ein Kind bei der Geburt. Bald waren sie nahe genug, dass sie die zum Gerippe abgemagerte Ma Southern sehen konnten, Joans urinbefleckte Röcke, den Henker, der zwischen den Frauen hin und her stolzierte und ihnen mit einer solchen Sorgfalt die Schlingen um die Hälse legte, als seien sie Edeldamen und er ihr Ankleider. Joan begann heftig zu zittern und verlor beinahe den Halt auf der Leiter. Der Henker sah es, nahm einen Streifen Leintuch von seinem Gürtel und band ihn ihr um die Augen. Joan bewegte den Mund und stieß angstvolle Laute aus. Sie betete oder versuchte es zumindest.

Der Henker entrollte das vierte Seil, und wieder ertönte das Gebrüll. Vor dem Kerkereingang wogte die schaulustige Meute und teilte sich, die Leute verhöhnten und bespuckten die Gestalt, die zwischen ihnen hindurchgeführt wurde. Langsam kam sie näher, gebückt, nur wenige Schritte von ihr entfernt. Martin Strong zerrte eine gefesselte Frau mit sich, deren Kopf unter einer Decke verborgen war. Am Fuße des Schafotts stolperte die Gefangene, es gelang ihr nicht, die Stufen zu erklimmen. Martin nahm ihr die Decke ab. Langes goldenes Haar fiel herab.

Martha wurde übel. Sie wollte jammern, fluchen, verhandeln. Sie wollte um Prissys Leben betteln, selbst jetzt noch, da man sie zu der Schlinge führte, die gewiss – nach Recht und Gesetz – für sie bestimmt war. Sie krallte sich an Simon fest, damit er sie ansah. *Bursche, Bursche, ich flehe dich an. Sprich jetzt für mich. Sei meine Stimme*, gestikulierte sie. Er schnitt eine Grimasse, verstand sie nicht. Sie warf ihre Arme in Richtung des wartenden Galgens und schüttelte heftig den Kopf. *Nicht Prissy. Sag ihnen: nicht Prissy.* Musste sie ihm das alles ausbuchstabieren? *Sie hat nichts Schlechtes getan.* Ihre Hände spielten verrückt vor Panik. Sie zwang sich, langsamere, größere Gesten zu machen. *Sag ihnen: nicht Prissy. Sag ihnen, sie sollen stattdessen MICH nehmen.* Simon machte große Augen. Sie packte seinen Arm und schob ihn vorwärts, stieß dabei gegen die Leiber, die ihnen im Weg waren. Vor dem Schafott standen die Wachen mit erhobenen Stöcken. Robert Bullard sah sie kommen und baute sich vor ihr auf.

«Um Gottes willen, was tut Ihr denn da?», zischte er. Sein Gesicht war aschfahl. «Bleibt zurück, Martha, wenn Ihr noch ganz bei Trost seid.»

Nicht Prissy, bedeutete sie ihm. Ihre Finger kratzten in der Luft. *Nicht Prissy. Sie ist keine Hexe, sie hat nichts –*

Robert schob sie mit seinem Stock von sich fort. «Bleib zurück, du dumme Mähre.» Er schaute Simon an. «Um Himmels willen, bring sie fort», zischte er.

Ihre Hände kritzelten noch einmal: *Hängt mich auf, nicht Prissy,* bevor Simon sie ergriff und mit den seinen festhielt. Sie wehrte sich und versuchte, sich fortzureißen. Er ließ sie nicht los. Sie sammelte alles, was sie an Stimme besaß; es ächzte und knackte, ihre Zunge verrenkte sich. Die Wahrheit wallte in ihrer Kehle auf, und ebendort starb sie. Der Wurm fraß sie.

Über ihnen verlangte der Henker nach einem Messer, um Prissy das Haar abzuschneiden. Der Wachtmeister zückte seinen Dolch. Mehrere Handvoll goldener Haare fielen auf die Bohlen. Durch das O der Schlinge war Prissys Hals zu sehen, weiß und schlank. Sie zitterte stark. Die letzten Worte des Ausrufers verhallten in der drückenden Luft; nachdem er vom Schafott herabgestiegen war, legte ihr der Henker die Schlinge um den Hals. Martha trat fest auf Simons Fuß. Er fluchte, tat einen Schritt zurück und ließ von ihr ab. Ihre Hände flogen hoch wie entfesselte Geister. *Hängt stattdessen mich. Ich habe Böses getan. Ich bin die He…*

Von irgendwoher ertönte eine Trommel, ein lauter, trockener Trommelwirbel. Der Wachtmeister verlas die Todesurteile. Die Zeit war zur Neige gegangen. Und die Gnade auch, es gab keine mehr. Zum Wachtmeister oder zum Hexenkenner zu gehen und die Wahrheit zu sagen, würde ihren sicheren Tod bedeuten, aber war sie nicht ohnehin bereits verurteilt? Mit dem Tod von Prissy weiterzuleben – was wäre das für ein Leben? Jeden Tag würde sie sterben, Stück für Stück aufgefressen von ihrem schlechten Gewissen.

Der Henker trat die erste Leiter um. Martha ließ ihre Hände sinken. Sofort zuckten und strampelten Ma Southerns lahme Beine; ihr Gesicht verzerrte sich, als hätte ihr jemand einen Witz ins Ohr geflüstert. Der Henker ging zu den Schwestern Durriken und trat auch ihnen die Leitern fort. Jetzt waren sie an der Reihe, zu japsen und zu zucken, ihre Gesichter wurden fleckig. Der Wind blähte ihre Röcke auf und verdrehte die Schlingen, in denen ihre Gesichter aussahen wie koboldhafte Fratzen.

«Wo ist dein Teufelsgatte jetzt, mein Liebling?», brüllte der Messerschleifer aus Sandgrave. Er meinte Prissy.

«Schätze, der wärmt schon das Bett an», brüllte ein anderer aus der Menge. Spöttische Lacher. Applaus, tierische Rufe aus voller Kehle, von diesem Pöbel, der Prissy tot sehen wollte. Martha sah, wie der Henker sie fragte, ob es Grund für Gnade gebe, konnte aber weder hören, was er sagte, noch, was Prissy mit ihrem aschfahlen Gesicht antwortete, ihre Lippen bewegten sich, Christus, erbarme dich, Herr, erbarme dich, ihre Augen starrten in die Ferne. Der Henker richtete die Schlinge. Dann hielt er inne. Martha versuchte, sich den Weg nach vorn zu bahnen, aber es schien, als hätte sich ganz Cleftwater gegen sie verschworen.

Der Henker legte Prissy die Schlinge um den Hals und richtete sie so aus, dass der Knoten hinter ihrem Ohr lag. Dann trat er gegen die Leiter.

Die Menge stieß ein triumphales Gebrüll aus. In welchem Taumel, welcher Raserei Prissys Leben zu Ende ging, als ihr Strick ruckte und zuckte. Tränen liefen Martha über das Gesicht. Lautlos schlug sie auf sich ein, schlug sich auf die Brust, die Wangen, die Kopfhaut; sie würde sich züchtigen, bis sie umfiel. Angehörige der Sterbenden – Hilda Southern, die Brüder Durriken – drängten vor zum Schafott, um die zuckenden Beine zu ergreifen und an ihnen zu ziehen, sie stillzuhalten, dem Leben der Frauen ein schnelleres Ende zu bereiten. Wer würde Prissy helfen? Sie schaute sich um. Simon war fort. Also war es wohl an ihr. So viel konnte sie für ihre Freundin noch tun. Vielleicht würde es ihr Gewissen entlasten, ihre Seelenqual ein wenig lindern.

Der Henker war vom Schafott herabgestiegen und wurde – Held, Heiland – von der Menge auf Händen getragen. Hinter ihm sah sie Simon auf dem Podest; er hielt Prissys Füße und hängte sich mit seinem Gewicht an das ihre. Martha versuchte verzweifelt, zu ihm durchzudringen. Undeutlich hörte sie, wie der Wachtmeister die Menschen zur Ordnung rief, aber der entfesselte Pöbel ließ sich nicht zähmen. Sie war bereits etwa dreißig Schritte zurückgedrängt worden, mehr noch. Eine Faust landete in ihren Rippen und stieß sie zu Boden, ihr Besitzer schob sich an ihr vorbei. Sie hatte nichts, woran sie sich festhalten konnte, keinen Halt im Leben. Sie überlegte, ob sie einfach reglos liegen bleiben und dieses Dickicht von Beinen und stampfenden Füßen über sich ergehen lassen sollte. Doch irgendein Instinkt übernahm die Kontrolle. Sie stemmte sich hoch auf die Knie. Wenn sie leben wollte, musste sie kriechen, und das tat sie, ohne dass sie wusste, wohin.

Jemand packte sie an der Kapuze ihres Umhangs und dann an der Schulter. «Martha?» Wachtmeister Napier zog sie empor. Sein Gesicht war streng, sein Griff gebieterisch. Richter Bacon und Pfarrer Deben standen links und rechts neben ihm. Alle drei musterten sie.

«Kommt», sagte der Wachtmeister.

Er hielt sie am Ärmel. Die anderen Männer traten an ihre Seite, und sie gingen los. Sie konnte kaum mithalten. Der Schweiß an ihrem Leib trocknete und machte einer eisigen Kälte Platz. Wohin wollten sie mit ihr? Was würden sie mit ihr tun? Das Gemeindehaus tauchte auf, düster und gewaltig.

Wartet.

Die Männer blieben stehen. Sie schaute alle flehend an.

«Wir bringen Euch doch bloß heim», sagte Wachtmeister Napier wie zu einem Kind. Er lockerte seinen Griff. «Dies ist ein übler Abend, Martha. Hier seid Ihr nicht sicher, weder Ihr noch die anderen Frauen.»

Was ist mit Simon?

«Was sagt Ihr?»

Simon.

«Ich weiß nicht, was Ihr meint, Martha. Aber falls Ihr Euch um Simon sorgt, kümmert Euch nicht. Ich habe ihn schon kämpfen sehen. Er weiß seine Fäuste einzusetzen. Jetzt bringen wir Euch erst einmal heim.»

Es fühlte sich so verkehrt an, Simon zurückzulassen. Sie hatte gedacht, sie würden gemeinsam heimgehen und sich darauf gefasst machen, Kit zu berichten, was geschehen war. Sie wandte sich um und schaute zurück. Simon war nirgends zu entdecken. Die Sonne sank, und lange Schatten legten sich über das Schafott. Die Menge hatte sich gelichtet, aber noch immer standen Männer unterhalb des Podests, und der auffrischende Wind trug Fetzen ihrer Gesänge herüber. Prissys Leichnam drehte sich im Wind. Vielleicht bewegte sich auch bloß die Luft über dem Leichnam, vielleicht ließ ihre Blässe alles um sie herum verschwimmen. Ach, es konnte doch nicht sein, dass Prissy nun fort war. Gewiss war sie noch hier, noch anwesend, noch nicht hinübergegangen?

«Dies ist der schlimmste Tag, den Cleftwater je erlebt hat», sagte Richter Bacon zu den anderen Männern wie auch zu ihr. «Und ein schlechter Tag für das Rechtswesen, wenn man alte Frauen, jawohl, und kranke und solche, die keine Verwandten haben, die für sie Partei ergreifen, in den Tod schickt.»

«Das böse Ende böser Machenschaften», stimmte der Pfarrer zu.

«Ja, aber noch ist es nicht das Ende», sagte der Wachtmeister. «Noch sind Frauen im Kerker. Zweifellos wird es weitere Hinrichtungen geben, bevor der Sommer vorbei ist.»

Sie ließen den Marktplatz hinter sich. Die Tide Lane war eine helle Fährte, die sie durch diese Nacht leitete, die ihren Schrecken noch immer nicht verloren hatte. In den Häusern entlang der Straße brannte Licht. Godbold, das Haus ihrer früheren Freundin, nun wohl eher eine Feindin. Archer, das Haus des toten Kindes. Durriken, das Haus der erhängten Schwestern. Das Haus von Thaddeus Spalding, dem Bestatter. Dann die leere Schwärze des Feldes und dahinter ihr Zuhause: das Haus des kranken Kaufmanns, seiner eingekerkerten Frau, seiner erhängten Dienstmagd. Sie wurde langsamer, zögerte weiterzugehen.

«Soll ich mit dir heimgehen, Martha?», fragte Pfarrer Deben. «Ich könnte mit dir und den Deinen beten.»

Einen Moment lang spielte sie mit dem Gedanken, doch dann verwarf sie ihn. Es Kit zu sagen, war ihre Aufgabe. *Nein. Aber ich danke Euch,* bedeutete sie ihm und faltete ihre Hände wie zum Gebet.

Am Strand saß zusammengesunken eine schemenhafte Gestalt. Ihr Kopf hing auf die Brust. Ein Schauer fuhr ihr über ihre Brust. War das ... Prissys Geist? Die Angst wich der Freude: Jetzt würde sie doch noch ihren Frieden mit Prissy machen können! Sie lief über die Straße. Der Wachtmeister rief ihr warnende Worte hinterher, aber sie achtete nicht auf ihn. Über ihr und um sie herum tobte der Wind und peitschte die Brandung und sprühte ihr salzige Gischt in Gesicht und Augen. Die Gestalt hob den Kopf und sah sie direkt an – nein, kein Geist, sondern Simon. Sein Gesicht und seine Hände waren kalt, und sie nahm ihren Umhang und legte ihn über ihn. Jetzt war es an ihr, ihn zu führen. Sie geleitete ihn vom Strand auf die Straße. Die Männer schauten ihn misstrauisch an und gingen mit ihm im Gleichschritt.

Der Pfarrer fasste Simons Arm. «Das war ein gutes Werk. Dass du zu Prissy gegangen bist, um ihr Leiden zu lindern.»

«Ich habe bloß getan, was jeder anständige Mensch tun würde.» Simon klang mürrisch. Seine Zähne klapperten vor Kälte.

«Viele Männer sehen lieber zu, als selbst zu handeln», sagte Pfarrer Deben. «Was du heute getan hast, war ...»

«... unüberlegt und riskant», schaltete sich der Wachtmeister ein. Sein Tonfall war so grimmig wie sein Gesichtsausdruck. «Ich gestehe, es war mutig. Aber Ihr habt dem Hexenjäger ja geradezu die Stirn geboten.»

«Master Makepeace ist kein maßvoller Mann», sagte Richter Bacon.

«Nein, das ist er nicht», bestätigte der Wachtmeister. Er hob einen Finger zur Warnung. «Seid vorsichtig, junger Mann. Tut nichts, was Aufmerksamkeit erregt. Lasst Euch in der Kirche sehen. Er hat mitbekommen, was Ihr getan habt. Er hat bereits gefragt, in welchem Haushalt Ihr dient. Und ich konnte ihm nur sagen: in einem, der seine Köchin an den Galgen verloren hat und dessen Hausherrin im Kerker sitzt. Und dessen treueste Dienstmagd heute vor dem Galgen gesehen wurde, wie sie winkte und auf sich aufmerksam machte, als sei sie besessen.»

Sie warf Simon einen Blick zu. Er sah zu Boden, aber um seinen Mund spielte ein trotziger Zug. «Prissy war eine reine Seele, ein braves Christenmädchen», sagte er. «Sie hätte einen besseren Tod verdient.» Er blickte trotzig auf. «Das hat Martha gemeint, sonst nichts.»

Es war schon beinahe dunkel, als sie das Haus erreichten. Auf dem Hof flatterte das eingerissene Laken, das Zeichen ihrer Schuld.

«Oh», sagte der Pfarrer und presste sich eine Hand auf die Brust. Sein Atem ging schnell. «In welch Zeiten wir leben, da ein flatterndes Laken ein Herz zum Stillstand bringen kann.»

«Ganz so unschuldig war Mrs. Persore nicht, wie ich gehört habe», sagte der Wachtmeister und sah Richter Bacon an.

«Was meint Ihr?», fragte Simon.

«Sie hat gestanden», gab Richter Bacon zurück.

«Niemals. Niemals. Nicht Prissy», protestierte Simon. «Nicht sie.»

«Oh doch», bekräftigte der Richter. «Ich wünschte, ich könnte Euch etwas anderes mitteilen.» Sein Blick war voller Sorge und Trauer. «Ich muss gestehen, dass ich Vorbehalte gegenüber den Methoden von Master Makepeace habe. Aber mir fällt es schwer, seine Beweise zu widerlegen.» Er lockerte sein Jabot und rieb sich den Nacken. «Verzeiht mir. Ich war wach bis spät in die Nacht und bin dann beim Hahnenschrei wieder aufgestanden.» Die Müdigkeit hatte sich auf seine Stimme gelegt wie Raureif. «Priscilla Persore hat gestanden, sich dem Teufel hingegeben zu haben, gemeinsam mit mehreren anderen Hexen, deren Namen sie nannte. Und das Teufelsmal trug sie auch – nicht wahr, Martha? Und später gab sie zu, eine Schwangere verflucht zu haben, deren Kind letzte Woche krank zur Welt kam. Und als sie bei der Geburt sah, dass es krank war, befahl sie ihrem Dämon, das Kind sterben zu lassen. Und das tat es. Ihr seht also, junger Freund», sagte er zu Simon in sanftem Ton, «ich hatte keinen Grund, sie freizusprechen.»

21

Sie saßen schweigend in der Küche. Kits ungegessenes Abendessen – Brot in Milch – stand auf dem Tisch und wurde kalt; als sie heimgekommen waren, war er in sehr schlechter Verfassung gewesen. Martha hatte nur eine Lampe angezündet, und die rauchte, weil der Docht getrimmt werden musste. Das Licht loderte und flackerte und warf Schatten an die Wand. Simon war in sich selbst versunken, zusammengekauert unter der ausgeblichenen grünen Decke, unerreichbar. Er war fort, weit fort, in einem Exil der Trauer. Er ließ die Locke von Prissys Haar, die er auf dem Schafott aufgeklaubt hatte, nicht los; Martha hatte sie um einen Strang roter Wolle geflochten, und dabei war sie für ein paar Minuten, als sie mit der Locke in den Fingern dasaß, abgelenkt gewesen, ihrem Gewissen entronnen. Doch sobald sie Simon sein düsteres Andenken an Prissy und an diesen furchtbaren Tag gegeben hatte, waren ihre Gedanken gleich wieder zu Prissy zurückgekehrt. Und zu Agnes: Wie erging es der Herrin? Wie dem Kind? Selbst, als sie für sie betete, wusste sie, dass sie nicht länger warten durfte. Ihre Knochen waren schwer, ihr Atem ebenso. Sie fühlte sich krank, und sie ahnte auch, weshalb: Das Scheitern all ihrer Bemühungen machte sie krank – die Gebete und Heilmittel und Mutters Puppe hatten dafür gesorgt, dass sie selbst verschont geblieben war, hatten aber dafür anderen geschadet.

Ihr Schweigen, das Prissy das Leben gekostet hatte, machte sie krank.

Sie stand auf. Wie von selbst bewegten sich ihre steifen Beine; sie liefen durch die dunkle Küche. Sie konnte ihnen bloß folgen. Ihre Beine gingen zum Feuer, und sie nahm eine Kerze und zündete sie an und verließ damit die Küche. Die Luft im Haus war stickig und roch nach Krankheit. Sie lief den schmalen Flur hinunter zum Arbeitszimmer. Sie trat ein und schloss die Tür hinter sich. Ihre Beine gingen weiter und brachten sie zu dem großen Fenster. Sie wusste, warum, schob dieses Wissen jedoch beiseite. Sie atmete tief ein, stieg auf die Fensterbank und holte aus einer Spalte im Putz oberhalb des Fenstersturzes eine Strohpuppe hervor.

Sie hatte sie im letzten Herbst gemacht – eine von dreien, die sie aus der letzten Garbe des geernteten Strohs geflochten hatte. Ihre Köpfe hatten winzige Zöpfe, ihre Leiber waren lang und dünn, mit spindeldürren Armen und Beinen. Den ganzen Winter über hatte sie daran gebastelt, ihr Haar mit Bändern gebunden und ihnen einfache, selbst genähte Unterröcke angezogen. Dann hatte sie sie im Haus versteckt. Dies war die erste dieser Puppen, in einem groben Kleid aus grünem Damast, den sie heimlich vom Saum von Agnes' Winterkleid abgeschnitten hatte. Sie hatte sie über Kits großem Fenster versteckt, wo sie dafür sorgen sollte, dass ihm kein Leid geschah.

Die zweite steckte in der Nische über der Hintertür, die dritte hatte sie hoch oben außer Sicht über der Eingangstür angenagelt. Still und leise nahm sie sie herunter. Regungslos lagen sie auf ihrer Hand und starrten sie mit leerem Blick an. Etwas in ihr regte sich. Der Wurm rumorte. Sie hatte die Puppen nach dem verhängnisvollen Sturm angefertigt, um Kit und seinen Haushalt zu schützen. Eine plötzliche Hitze wallte in ihr auf, das Gefühl, dass Unheil drohte. Die Puppen waren eine Verfehlung, Heidenwerk, Götzenbilder, verhöhnten den rechten Glauben. Solange sie sie behielt, solange sie sich hier im Haus befanden, konnten sie sie in Gefahr bringen. Sie waren ein weiterer Beweis dafür, dass sie eine Abtrünnige war, die Gott dem Herrn abgeschworen hatte – so es denn noch eines Beweises dafür bedurfte.

Unten schlief Simon auf dem Küchenstuhl. Sie schlich sich an seinem Arm vorbei, der schlaff herabhing, und ging leise zur Feuerstelle. Sie tat die erste Puppe hinein, und eine schmutziggelbe Flamme loderte auf. Als sie zusah, wie sie verbrannte, war ihr, als hebe sich ein Schleier. Vielleicht waren die Puppen völlig nutzlos gewesen, letztlich waren sie doch nichts als zusammengebundenes Stroh. Unter seiner Decke regte sich Simon. Im

Schein des Feuers flackerte sein Gesicht, ein Schatten mit goldenen Flecken. Sie hielt die nächste Puppe ins Feuer. Das Haar rauchte und würde sich gleich entzünden.

«Was tust du da?» Simon warf die Decke fort, kam herbeigelaufen und entriss ihr die Puppe. Er begutachtete die Beschädigung. «Ich dachte, die hast du zum Spielen für Kits Kleines gemacht?»

Sie wusste keine Antwort, zumindest keine, die ihm gefallen hätte. Er schaute sie fragend an, dann beugte er sich vor, nahm ihr die letzte Puppe ab, und sie sah, wie sich sein Ausdruck veränderte, wie etwas Grimmiges und Zorniges in seine Augen trat. «Vor einer Woche haben wir alle hier gesessen und nichts Böses geahnt. Gar nichts.» Er starrte auf die Puppen, auf Prissys Haarsträhne. «Ich dachte, Prissy ist die reinste Seele der ganzen Christenheit. Und von dir dachte ich das auch.» Er sah abrupt auf und richtete seinen Blick auf Martha. «Was wolltest du mir vorhin sagen? Am Galgen … als du wolltest, dass sie dich nehmen statt Prissy? Als du gesagt hast, dass *du* die Schuldige bist?» Sein Blick suchte den ihren. «Langsam zweifle ich an dir, Martha. Ich weiß nicht, wohin du gegangen bist und was du getan hast.» Seine Stimme wurde leiser, aber sein Blick brannte in ihren Augen. «Hast du mir etwas zu sagen? Dann sag's, jetzt ist die Zeit dafür.»

Er wartete. Ihre Hände regten sich nicht.

«Nein? Nichts?» Seine großen Augen blitzten auf, die die Wahrheit forderten. «Seltsam. Vorhin, als ein Strick im Spiel war, hattest du eine ganze Menge zu sagen.»

Aus ihrer Kehle drang ein Laut des Protests.

Plötzlich wurden seine Augen feucht. «Du bist immer wie eine Mutter für mich gewesen, Martha. Die einzige Mutter, die ich je kannte. Und bis jetzt hatte ich alles für dich getan, alles, damit du in Sicherheit bist.» Sie griff nach seiner Hand, aber er zog sie fort.

Der Schmerz in seinem Blick schwand und machte einer wilden Entschlossenheit Platz. «Prissy ist verloren, und ich habe ihr nie gesagt, wie gerne ich sie habe. Ich kann nicht anders, ich muss ständig daran denken, dass sie fort ist, und du bist noch hier. Das ist ungerecht. Das ist einfach ungerecht.» Er schüttelte den Kopf. «So vieles an dir kommt mir merkwürdig vor – ich frage mich, was du wirklich mit deinen Kräutern anstellst und mit deinen seltsamen Gebeten. Hütest du noch mehr Geheimnisse? Nein, sag's mir nicht. Du kannst nicht sprechen, und dieses eine Mal ist das auch gut so, denn was ich nicht weiß, das kann ich nicht bekennen, wenn mich jemand danach fragt.»

Er warf die Puppen ins Feuer. «Du solltest auf dich aufpassen, Martha, um Kits willen. Um des Kindes willen, Gott sei seiner gnädig, falls es überlebt. Und um Agnes' willen. Gebe Gott, dass sie sie aus dem Kerker lassen. Gebe Gott, dass sie wohlbehalten heimkehrt.» Das Feuer brannte ungleichmäßig, Rauchschwaden stiegen auf. An der Wand bäumte sich Simons Schatten auf. «Ich bleibe hier, bis es dem Herrn besser geht, aber … du solltest besser fernbleiben. Kümmere dich um deine Sachen, und ich kümmere mich um meine, bis der ganze Spuk vorbei ist. Und wenn jemand kommt und mich fragt, werde ich nicht wider dich sprechen. Aber ich werde auch nicht für dich sprechen.» Er war wütend und redete laut, brüllte beinahe. Ihre Augenlider flatterten unter seinen Worten. «Geh deiner Wege, Martha. Und lass mich bitte in Frieden.»

Er schnappte sich Prissys Haarlocke und ging.

*

Ihr Leben war wie ein abgenutztes Seil, bei dem nach und nach die Fasern rissen. Sie stand auf und machte sich daran, den Tisch abzuräumen. Langsame, schlingernde Bewegungen; ein trockenes Gebet, das ihr im Mund stecken blieb. *Sieh mich an, o Herr, mich, deine Dienerin.* Die Flamme der Lampe war beinahe erloschen, und in dem schwachen Licht spürte sie ein Gefühl der Beklemmung in sich aufsteigen, eine Angst, gewaltig wie eine Flutwelle, die sie nur mit Mühe im Zaum zu halten vermochte.

Im Hof warteten die Schweine. Sie schüttete das durchweichte Brot und den Rest ihres Bieres in den Trog und sah, wie sie alles auffraßen, ohne wirklich hinzuschauen. Hinter ihnen lag ihr Garten mit den hohen Stauden von Fingerhut und Wolfswurz, auf deren Blütenkelchen das Mondlicht glitzerte, das über die Mauer fiel. Im Grau der Nacht musste sie an alles denken, das sie verloren hatte. Die verlorenen Hoffnungen. Die verlorenen Leben, darunter ihr altes Leben hier im Haus, wo sie sicher gewesen war und ihr eigenes Stück Erde gehabt hatte, auf dem sie stehen konnte; ihr künftiges Leben mit Kits Kind. Alles verwirkt ob ihrer Sünden.

Mea culpa. Mea maxima culpa. Die Schuld durchflutete sie in Wellen, die kein Ende nahmen. Sie flehte Gott um Gnade an, um Vergebung ihrer Missetaten und um Beistand für jene, denen sie nicht geholfen hatte.

Um Vergebung, dass sie geschwiegen hatte, als sie Prissy verurteilt hatten. Um Vergebung für ihren Atzmann.

Um Vergebung dafür, dass sie dem Leben des Neugeborenen der Archers ein Ende bereitet hatte.

Sie hatte es mit dem Gesicht nach unten auf ihren Schoß gelegt und gegen ihre Knie gepresst. Mit ihrer verborgenen Hand hatte sie ihm die Nase und den gespaltenen Mund zugehalten. Sie hatte das kurze Leben ausgelöscht wie eine Kerzenflamme, denn solange er lebte, hätte sie sein Leiden mit ihm geteilt, und das hätte sie nicht ertragen können. Der schnelle Tod durch ihre Hand war ein Werk der Gnade, eine barmherzige Tat. Und eine Pflicht, denn wer das Faule, Missgestaltete aufhielt, wirkte dem Bösen entgegen. Das Kind war eine Kreatur, das Produkt eines Fluchs; hätte man es am Leben gelassen, hätte es sie alle ins Unglück stürzen können.

Nach einer Weile hatte sein sinnloses Zappeln aufgehört. Mit zitternden Händen hatte sie es in ihr altes blaues Geburtstuch gewickelt, so, wie sie es mit einem lebenden Kind getan hätte. Sie hatte über dem Kind ein Gebet gesprochen und es dann Prissy gereicht.

Und auch dies quälte sie, auch dies war eine Missetat, denn mit diesem simplen Handgriff hatte sie Prissy ins Unglück gestürzt. Und nun war auch Prissy tot, und sie, Martha, lebte, und solange sie lebte, würde sie keinen Trost mehr finden; weder ihr Gewissen noch ihre Seele würden je wieder zur Ruhe kommen.

Die Schweine betrachteten sie, hoffnungsvoll wie immer. Der Nachtwind streichelte ihren Nacken. Sie betrat das Beet mit den Heilpflanzen. Die Winde des Lebens würden immer wehen, aber hier unter den Pflanzen konnte sie vielleicht noch Erlösung finden. Sie beugten sich ihr entgegen, berührten sie, begrüßten sie. Sie sank auf die Knie, ein bloßer Fleck, ein Schatten inmitten ihrer Formen.

Sie spürte, wie sich unter ihrem Brustbein etwas regte: ihre Seele, die der Kummer quälte und die entsetzt war über ihre Besitzerin. Sich selbst das Leben zu nehmen, war eine Todsünde, aber war sie nicht ohnehin verloren, so schwarz, wie ihr Innerstes war?

Auf Händen und Knien kroch sie und zerdrückte dabei den wilden Thymian, den sie überall auf dem Beet hatte wachsen lassen. Sein reinigender Duft besänftigte ihre innere Unruhe. *Naht euch Gott, und er wird sich euch nahen!* Vor ihr ragten die Giftpflanzen auf: die anmutige Wolfswurz, todbringend in all ihren Bestandteilen – dem langen dünnen Stängel, den fleischigen Blättern und den wippenden Blütenkelchen. Hier würde sie liegen bleiben und in einer letzten Umarmung der Wolfswurz ihr Ende finden.

Dienstag

22

Aber am Morgen wachte sie auf und war nicht tot.

Sie lag auf der feuchten Erde und starrte zwischen den Stauden empor. Es wurde bereits hell, und die Farben des Heilkräuterbeetes erwachten. Sie war nicht tot. Wieso war sie nicht tot? Sie berührte das Kreuz an ihrem Hals. Sie berührte den Beutel an ihrem Gürtel. Er war leer, aber er enthielt noch einen Teil des Atzmanns, ein Überbleibsel wie ein Echo.

Sie stand auf, und ohne zu überlegen, ging sie über den Hof auf die Straße. Sie war nicht tot. Die Gasse, das Feld, das Dorf, der graue Horizont – alles taumelte vor ihren Augen, vertraut und fremd. Barfuß ging sie den Strand hinunter zum Wasser. Die Luft fühlte sich zugleich aufgeladen und ausgelaugt an. Über ihrem Kopf begann der Himmel, sich zu färben. Das frühe Sonnenlicht berührte ihr Gesicht. Sie schloss die Augen und sah ihre rötlichen Lider. Die Farbe heiler Haut. Die Farbe von Gesundheit. Heute war sie nicht tot. Heute war sie am Leben. Sie öffnete die Augen, und der Haufen blasser Kiesel vor ihr schien sich zu verschieben, sich neu zu formieren in der Gestalt des Atzmanns: noch immer hier und doch nicht hier. Aber heute, heute war sie am Leben, weil Gott es so gewollt hatte. Er hatte sie verschont, hatte seine schützende Hand über sie gehalten, um sie vor jedem Schaden zu bewahren, so, wie er es tat, seit der Hexenjäger gekommen war. Gott musste einen Plan für sie haben.

Sie drehte sich um und betrachtete das Dorf. Kits Haus – ihr

Haus – sah friedlich aus, regungslos, bis auf den Rauch, der aus dem Schornstein quoll. Simon war bereits aufgestanden und ging seinem morgendlichen Werk nach. Sie musste das Gleiche tun.

Tom Archers Tor war wieder niedergetrampelt, und auf der Straße stand ganz allein eine schwarzbunte Kuh und rief nach ihren Schwestern.

23

Kits Fieber war gestiegen. Er hustete pausenlos. Sie setzte ihn auf und versuchte, etwas Medizin in die heiße Öffnung seines Mundes zu löffeln. Er schlug den Löffel fort. Sein Atem roch nach dem Schlechten, das in ihm brütete. Plötzlich kam ihr der furchtbare Gedanke, eine Schlange könne irgendwie in ihn eingedrungen sein, und sie lief ans obere Ende der Treppe und stampfte mit den Füßen auf, um Simon zu rufen. *Komm hoch!*

Simon hielt Kit fest, während sie ihm die Tinktur einflößte, die Kit prompt auf die Bettdecke erbrach. Er verfluchte sie beide, wusste nicht, wer sie waren.

Sie berührte Simon an der Brust und dann den Apostellöffel und die Flasche mit der Tinktur. *Du musst den Arzt holen.*

«Ich soll den Pfarrer holen?»

Nein. Sie legte ihre Hände wie einen Trichter um ihr Ohr und beugte sich vor, wie um Kits Brust abzuhorchen. *Den Arzt.*

«Den Arzt?» Er zögerte. «Ich möchte dich nicht mit dem Herrn allein lassen. Nicht, dass du ihm etwas antust.»

Sie starrte ihn an. *Geh JETZT. Komm schnell wieder.*

Er stand immer noch unschlüssig herum.

Sie wedelte mit den Armen. *Hau ab!*

Er polterte die Treppe hinunter, und sie hörte, wie er die Haustür hinter sich zuschlug, und dann, wie sein Gehen in ein Laufen überging. Kit sank gegen sie. Wenn sie ihn losließ, würde er ihr entgleiten, vielleicht für immer. Aber ihre eigene Körperwärme tat ihm nicht gut. Er war schweißgebadet, und sie richtete ihn wieder auf, lehnte ihn gegen das Kissen und wusch ihm, so gut sie konnte, mit einem Fetzen von einem alten Laken das Gesicht, den Hals und die Achselhöhlen. Sie hörte, wie der Wind im Kamin heulte; er hatte wieder gedreht. Ein großer bräunlicher Berg aus Wolken zog über die Sandbank hinweg. Darin braute sich ein Gewitter zusammen. Schwaches grünliches Licht erfüllte das Schlafzimmer, und alles, was es berührte, nahm ein seltsam kränkliches Aussehen an. Simon würde bereits die Scours durchquert haben und nun im Laufschritt auf der High Street unterwegs sein. Doktor Quinnell wohnte fast ganz oben in einem der neueren Häuser mit schöner Aussicht. Ihre verzweifelten Gedanken liefen voraus und dann wieder zurück, und jeder einzelne Gedanke endete mit dem Tod. So viele Menschen waren gestorben. In so kurzer Zeit. Kits Tod wäre am schlimmsten. Wäre das Ende. Ihre Augen wurden feucht. Kleine Tränen liefen ihr die Wangen hinab. Sie sah Doktor Quinnell vor sich, wie er Kit zur Ader ließ, und sie ging hinunter in die Küche, holte die Aderlassschale und brachte sie nach oben. Sie schob die Bettvorhänge zurück und gab Kit einen Kuss und hielt die Lippen auf seine Stirn gepresst. Er regte sich. «Gottbefohlen», sagte er, oder er schien es zu sagen, seine Stimme war nurmehr ein Flüstern. Sie zog den Stuhl heran und setzte sich zu ihm, hielt seine schlaffe Hand in der ihren und spürte die Hitze, die durch seine Haut brannte. Das fahle Morgenlicht hob die dunklen Bartstoppeln auf seinem Kinn hervor, seinen wächsern schimmernden Teint, seine Augen, die ins Nichts starrten. Er verließ sie, nein: Er hatte sie bereits verlassen, war auf dem Weg dorthin, wo ihre Fürsorge ihn nicht mehr erreichte; wo das Leiden ihn erlösen würde. Kleine, leise Gebete kamen ihr in den Sinn, hervorgeholt aus der Kindheit wie die Perlen von Mutters Rosenkranz: *Sei gegrüßt, o Königin, Mutter der Barmherzigkeit. Zu dir rufen wir.* Vielleicht würde Mutter sie hören und sich erbarmen und ihr aus dem Nirgendwo eine Nachricht, irgendeine Art von Beistand senden.

Hinter ihr tauchte etwas auf, das einen Schatten auf das Bett warf und dann gegen das Fenster prallte. Sie fuhr herum. Auf dem Glas war der Abdruck gefächerter Flügel zu sehen. Sie stand auf und öffnete das Fenster. Unten lag ein schwarzes Etwas, darin eine gelbe Perle, die gen Himmel starrte.

Ein schwarzer Vogel.

Eine Amsel mit verdrehtem Hals. Schon kamen die Schweine; diese Biester hatten immer Hunger, und sie würden tun, was Schweine immer tun. Sie rannte die Treppe hinunter und ergriff auf dem Weg den Gartenbesen. Sie staunte, wie kühl es draußen war. Die Hitze war so plötzlich verschwunden, wie der Vogel sein Leben ausgehaucht hatte. Die Flügelspitzen bewegten sich im Wind, und einen Moment lang dachte sie, er lebe noch. Sie hob den Besen und wartete. Nichts. Er war tot, und da kamen die Schweine angetrottet.

Fort mit euch! Sie schlug mit dem Besen. Die Schweine wichen zurück, aber nur ein Stück weit. Ihre Schnauzen bewegten sich, sie witterten eine Mahlzeit. Sie trieb sie in ihren Pferch und schloss sie ein, dann hob sie den Vogel auf, der mit leerem Blick an ihr vorbeistarrte. Sie folgte seinem Blick und sah über der Gartenmauer eine Ansammlung von Köpfen: Simon mit seinen ungekämmten Locken, Doktor Quinnell mit seiner wohlfrisierten kastanienbraunen Perücke, den Sheriff – warum war der hier? – und die Brüder Bullard. Alle starrten sie an.

Sie konnte spüren, wie sie errötete. Die tumbe Martha. Die Teufelsbraut Martha mit ihrem ermordeten Vogel.

Doktor Quinnell fragte: «Was habt Ihr da, Martha?»

Dies. Sie zeigte ihm den Vogel; las die Bestürzung in seinem Gesicht. Ned und Robert tauschten Blicke aus.

«Und woher habt Ihr ihn?»

Sie zeigte zum Schlafzimmer hinauf. *Er ist gegen das Fenster geflogen.* Sie ließ ihren Hals hängen und ahmte den Vogel nach. *Hat ihm das Genick gebrochen.*

«Was auch immer du damit vorhast», sagte Simon bedeutungsvoll, «leg ihn besser fort.»

Vor dem fahlen Grabeslicht des Himmels zeichneten sich die Männer nur als Umrisse ab. Sie wollte den Vogel nicht aus der Hand geben. Solange sie ihn festhielt, war sie unantastbar; war Kit unverwundbar.

«Martha», sagte Simon wieder. «Leg das jetzt hin.»

Doktor Quinnell brach den Bann: «Simon, ich kann nicht länger warten. Ist Euer Herr oben?» Er nahm seine Medizintasche und ging über den Hof zum Haus.

«Ja. Ich führe Euch hin.» Sie gingen hinein.

Die Amsel in ihrer Hand schwankte hin und her.

«Warum haltet Ihr den Vogel fest, Martha?», fragte Wachtmeister Napier. Er sah sie wachsam an. «Warum habt Ihr ihn getötet?» Er sprach langsam und betont, wie zu einem Kind.

Ich habe ihn nicht getötet. Er ist gegen … Sie verlor den Halt, war wie betäubt vor Müdigkeit.

Der Wachtmeister wandte sich an die Brüder Bullard. «Was sagt sie?» Robert schüttelte bloß den Kopf. Der Wachtmeister öffnete das Tor. «Lasst ihn fallen, Martha. Nun lasst ihn schon fallen.» Er winkte Ned zu sich.

Der große Bursche näherte sich vorsichtig. In der Hand hatte er einen aufgerollten Strick. «Kommt schon, Martha. Lasst das los», sagte er mit einer Stimme wie Sirup. «Es sieht auch so schon schlecht für Euch aus, auch ohne dieses Ding.» Als sie sich nicht rührte, schüttelte er sie, damit sie den toten Vogel losließ. Ihr Mund öffnete sich und formte sich zu einem Schrei. «Lasst ihn los. Ihr müsst jetzt mit uns kommen.» Er legte ihr den Strick um die Taille. «Ich habe gebetet, dass dieser Tag nicht kommt. Jetzt ist er da, und wir müssen das Beste daraus machen.» Er fesselte ihr die Hände so sanft und sorgfältig, wie man es einem solch großen Burschen gar nicht zugetraut hätte. «Tut mir leid, Martha», beteuerte Ned, «dass ich es bin, der Euch festnimmt.» Er klang erschüttert.

Hinter ihm sprach der Wachtmeister, verlas irgendein offizielles Schriftstück. Auf dem Boden lag der tote Vogel. Ein Zeichen Gottes, seine neue Botschaft, geschrieben in den Federn gespreizter schwarzer Flügel.

Donnerstagnachmittag

⥼ 24 ⥽

Nach dem Wind kam Wasser. Aus dem Maul des Wasserspeiers, der mit seinem boshaften steinernen Gesicht an einer Ecke des Daches des Gemeindehauses kauerte, lief unaufhörlich der Regen. Das Meer war aufgewühlt, das Hochwasser unnatürlich hoch, die Wellen drohten über die obere Kante des Kiesstrands zu treten.

Flüchtige Blicke. Zwei Tage und zwei Nächte lang hatte sie ohne Pause laufen und gehen müssen, mit bloßen Armen, zitternd in dem Unterhemd, das sie vor drei Tagen angezogen hatte; Kleidung aus einer anderen Zeit, einer freundlicheren Welt. Ohne Schuhe hatte sie wahrscheinlich ganz England durchmessen, ihre Fußsohlen hatten erst Blasen bekommen und dann geblutet; im Inneren des Gemeindehauses hatte sie die Welt umrundet. Wie klein die Welt dabei geworden war, und wie gut sie sie kennengelernt hatte: die Wände aus schimmerndem Feuerstein, die Dielen mit ihrer Maserung und ihren Kerben. Zu Beginn hatte sie bei jeder Runde auf Geräusche aus dem Kerker unter ihr gelauscht, auf ein noch so schwaches Lebenszeichen der Frauen, die noch nicht tot waren, von Jennet, Agnes, dem Kind. Doch irgendwann, nach Stunden um Stunden, war da nur noch eines, auf das sie sich konzentrieren konnte: den nächsten Schritt, den man sie zu tun zwang. Stets waren zwei andere bei ihr, Kerkermeister und Sucherinnen. Sie hatten ihren Beutel geleert und die Kräuter durchwühlt und ganz am Boden den getrockneten Fingerhut und die giftige Hundspetersilie gefunden, und abwechselnd hatten die

Sucherinnen sie immer wieder gefragt: Was habt Ihr uns zu sagen? Welches Böse, welche Hexereien habt Ihr begangen? Damit sie sprechen konnte, hatten sie die Handgelenke losgebunden. Ohne den Strick hatten ihre Hände steif und kraftlos herabgehangen. Sie hatte sich zwingen müssen, sie zu bewegen.

Wie geht es meiner Herrin? Was ist mit dem Kind?

«Lasst sie weiter gehen», hatte Mrs. Knill angewidert gesagt. «Sie flattert bloß herum wie eine Krähe.»

Krähe. Krähenfüße. Das mühsame Gehen ließ sie um unzählige Jahre altern. Im Gemeindehaus wurde es kalt. Mrs. Knill legte sich ihren Umhang um. Sue Ruddock ging heim und kam durchnässt, aber mit einem dickeren Schal zurück und berichtete vom Unwetter: unpassierbare Straßen, die unteren Scours und Kits Wiese unter Wasser. Bevor Sue zu Ende gesprochen hatte, schnippte Mrs. Knill mit den Fingern nach Ned, der geistesabwesend auf dem großen Richterstuhl saß. Er richtete sich auf.

«Feuer», sagte sie. «Macht Feuer. Holt Anzündholz.»

Ned schaute von ihr zu dem großen offenen Kamin. Dort lagen Holzscheite, aber kein Anzündholz. Er stand auf und stapfte hinaus.

Wieder musste sie gehen. Runde um Runde durch den Saal, durch ihr Leben, durch ihr Gewissen. Sie konnte die Stunden nicht mehr auseinanderhalten. Nur ihre Füße hinterließen Spuren, rote Abdrücke auf den schmutzigen Dielen. Regelmäßig wurden jene, die sie durch den Saal führten, ausgetauscht. Manchmal fand sie sich zwischen den Brüdern Bullard eingekeilt, zwischen Roberts Ochsenschultern und dem schmalen Ned. Besonders unangenehm war es, wenn der große Martin und der kleine Herry sie in ihre Mitte nahmen, die unterschiedlich große

Schritte taten; Martin passte seine Schritte den ihren an, aber Herry forcierte das Tempo, und wenn sie auch nur einen Moment nachließ, kniff er in die weiche Haut an der Unterseite ihrer ausgestreckten Arme. Herry, immer wieder Herry mit seinem höhnischen Grinsen in dem verkniffenen Gesicht, der Schmähungen und Scheltworte murmelte, bis selbst er müde wurde.

Immer wieder durfte sie dann für ein paar Minuten sitzen. Sie schlief ein, sackte in sich zusammen, kippte nach vorn, wachte wieder auf. «Wenn du das schon für Marter hältst», sagte Liz Godbold zu ihr, «denk daran, was dich in der Hölle erwartet.»

Einmal ging Sue Ruddock hinaus und kam mit einem vollen Becher Bier zurück. Marthas Lippen zitterten; Mrs. Knill hatte ihr Speis und Trank verboten, damit Martha nicht so tun konnte, als würde sie den Nachttopf brauchen. Sue trank, dann sah sie sich verstohlen um und kippte den Rest Martha in den Mund. Bier, Bier; seine köstliche Nässe. Sie leckte den Becher aus.

«Um Gottes willen, Mrs. Hallybread», rief Martin. «Wenn Ihr Teufelswerk getan habt, dann gesteht es jetzt und bittet um Vergebung.»

Was konnte sie schon sagen? Sie hob die Hände und ließ sie wieder sinken. Ihre Finger waren blau angelaufen und dürr, Zweige aus Knochen. Nichts, gar nichts konnte sie sagen. Ausgerechnet sie, die nicht reden könne, meinten die Wächter zu Mrs. Knill, als sie vom Abendessen zurückkam. In ihrer Hüfttasche klimperten Münzen, um den Hals trug sie ein neues grünes Band, das mit kleinen Perlen besetzt war. Die Hauptsucherin lächelte und zeigte ihre gepflegten Zähne. «Oh doch, sie wird schon reden. Lasst sie nur weiter gehen», befahl sie, und das taten sie.

«Simon Brock ist Dienstbote im Knoll House», fiel es Herry Gowler ein. «Der kennt ihre Sprache, der weiß, was sie mit ihren

Händen sagt.» Simon wurde herbeigeholt. Er kam herein, durchnässt vom Regen. In der Hitze des Kaminfeuers sah Martha, wie seine Kleidung dampfte und wie er schwitzte. Wieder kamen die Fragen: Was, warum, wie?

Simon sah ihr nicht in die Augen, sondern schaute nur auf ihre Finger, die zu ihm sprachen. «Sie schwört, dass sie keine Dämonen hat. Sie dient Christus, nicht dem Teufel.»

«Und doch haben wir giftige Kräuter in ihrem Beutel gefunden.»

«Sie meint, die Kräuter sind gegen ihren Husten. Und auch für Mrs. Crozier. Um ihre Schmerzen zu lindern, wenn sie ihr Kind hier geboren hat.»

Schallendes Gelächter. «Wie reizend! Dass sie so an ihre Herrin denkt. Ihr Kräuter zu bringen, um Agnes' Qualen zu lindern – und dann auch noch giftige Kräuter. Aber da ist noch etwas anderes: In ihrer Schlafkammer wurde eine Truhe gefunden, eine Hexen-Zauberkiste. Und darin befanden sich mehrere heidnische Amulette.» Die Hauptsucherin richtete ihre stechenden blauen Augen auf Simon. «Wusstet Ihr davon? Habt Ihr gesehen, wie sie sie benutzt hat?»

Simon war überrascht. «Sie hat einmal gesagt, dass die Truhe ihrer Mutter gehörte. Daher kommt die, das hat sie mir gesagt, dass sie sie von dort hat. Sie hat sie mir nur einmal gezeigt – nur die Truhe, nicht, was darin ist.»

Er sah Martha verblüfft an. Sie wusste, dass er sich gerade ein neues Urteil über sie bildete, und das fiel nicht sehr positiv aus. «Ich weiß ganz sicher», fuhr er fort, «dass die Truhe, die Ihr gefunden habt, ihr viel bedeutet. Sie bewahrt darin ihre ganz besonderen Dinge auf. Nicht, dass das viel wäre, denn viel hat sie nicht. Was sie hat ... ist vor allem, was Master Kit ihr gegeben hat oder was sie noch von ihrer Mutter hat.»

«In ebendieser Truhe», berichtete Mrs. Knill, «fanden wir einen zerdrückten Frosch und ein Hexenglas mit Nägeln darin. Und jede Menge anderen widerwärtigen Plunder.»

Simon sah Martha an und kniff die Augen zusammen, als gehe von ihrer besudelten Seele ein grelles Licht aus, das ihm ins Gesicht schien. Seine widerstreitenden Gefühle waren beinahe mit Händen zu greifen. Erledigt. Sie war erledigt. Wie überraschend und doch passend, dass ausgerechnet Simons Zeugnis sie überführen sollte. Mehrere qualvolle Momente lang schauten sie einander an; Simons Blick kam aus seinem Innersten, und sie begegnete ihm auf ebenso ehrliche Weise. Sie sah, wie die Muskeln um seinen Mund herum zuckten und verrieten, welcher Kampf in ihm tobte.

«Ich weiß nichts von irgendwelchen Amuletten», sagte Simon langsam. «Ich habe Martha nie mit so etwas gesehen.»

Mrs. Knill sah ihn prüfend an. Dann schickte sie ihn fort.

Der Himmel leuchtete nacheinander in verschiedenen Farbtönen, ein Regenbogen der Dämmerung, bevor die Nacht alle Farbe tötete. Die Fenster gen Westen verwandelten sich in schwarze Quadrate. Vielleicht war sie bereits tot, hinübergegangen in die Schatten der Hölle.

Gepriesen sei Gott.

«*Sagt* es ihnen, Martha», drängte Ned über den Lärm des Windes hinweg, der vom Meer herüberbrüllte. Das Feuer flammte auf und taufte die Anwesenden mit einem trüben Licht. Sie war vor Erschöpfung ganz benommen, dennoch vernahm sie die wachsende Panik im Dorf – Schreie, Rufe, Sturmglocken, spritzende Pfützen. Immer wieder ächzte die Tür des Wirtshauses, aus dem man Lebensmittel und Tiere auf die Straße brachte.

«Was ist denn da los?», fragte Mrs. Knill und riss die blauen Augen auf.

«Die Flut hat die High Street erreicht», verkündete Ned von der geöffneten Vordertür her.

Wie auf Kommando heulte der Wind auf. Martha lauschte. Von überallher hörte sie Wasser, kalt, dunkel. Die Nordsee griff das Land an und sprach in Zungen, in ihrer eigenen Sprache. Sie konnte hören, was das Meer vorhatte: Es wollte sie alle ersticken.

Mrs. Knill zog sich zurück. Dann verabschiedete sich Liz Godbold. Herry ging, angeblich, um Bier zu holen. Die Uhr schlug: Mitternacht, ein Uhr, zwei Uhr. Jeder Glockenschlag nahm ihr ein Stück Leben. Sue Ruddock, die für ein paar Münzen zusätzlich noch geblieben war, ging ebenfalls hinaus und verkündete, sie müsse sich erleichtern. Sie kam nicht mehr zurück. Nun waren nur noch sie und Martin da, und er teilte seinen Krug Dünnbier mit ihr. Sie trank zu schnell und musste husten, Galle spritzte auf ihr Hemd. Als sie sich wieder aufrichtete, sah sie in einem überirdischen Licht Prissy vor sich stehen, vollkommen unversehrt, aber mit vorwurfsvollem Blick. Die Galle brannte in ihrer Kehle, aber trotzdem entfuhr ihr ein krächzender Laut. Martin half ihr hoch und legte ihren Arm um seine breiten Schultern. Sie roch den Gestank, der aus ihrer Achselhöhle aufstieg. Sie musste wieder gehen, aber eigentlich trug er sie, ihre Glieder waren völlig erschöpft, sie konnte nicht einmal mehr den Kopf heben. Prissy stand noch eine Weile da, dann war sie plötzlich verschwunden.

Die Zeit schritt voran. Der Wind heulte unaufhörlich. Ein oder zwei Mal glaubte sie, darin einen hohen Klang zu vernehmen – ein schrilles Heulen, wie von einem schreienden Säugling. Sie lauschte angestrengt. Mit letzter Kraft schickte sie einen Teil von sich, ein kümmerliches, zitterndes Stückchen ihrer Seele, unter die Dielen und Balken, um danach zu suchen, nach Jennet und Agnes und dem Kind; sie fand in der stickigen Luft kaum eine Spur von ihnen.

Einige Stunden vor Sonnenaufgang kam Wachtmeister Napier herein. Martin stellte zwei Stühle vor das Feuer. «Setzt Euch», befahl der Wachtmeister. Martha sank in sich zusammen, den Kopf auf den Knien schlief sie augenblicklich und traumlos ein. Der Wachtmeister rüttelte sie wach. Er drückte ihr die Spitze seiner Degenscheide unters Kinn und hob ihren Kopf an. Mit Augen braun wie Grabenwasser schaute er sie durchdringend an. Seine dünnen Lippen bewegten sich. Er teilte ihr mit, wenn sie nicht gestehe, werde sie gehängt wie die anderen, ihre Leiche werde fortgekarrt und ohne Zeremonie in ein anonymes Grab geworfen. Oder in das Röhricht westlich vom Dorf, wo sie namenlos vermodern werde und die Binsen bis ans Ende der Zeit ihre Geschichte ausseufzen würden.

Sie konnte kaum den Kopf oben halten. Sie sah ihn an oder versuchte es zumindest, aber ihre Augen schweiften ab. Die Puppe. Der Atzmann. Mutters Worte: Sag nichts. Es gibt nichts zu sagen.

«Willst du nicht reden, Martha? Willst du nicht deine Seele reinigen?» Er sah sie mit ernster Miene an. Als sie nicht antwortete, führte er sie zu dem spitzbogigen Fenster, das auf den Marktplatz hinausging. Am Galgen, neben Prissy, hing der aufgedunsene Leichnam von Pater Leggatt. Verrottende Wäsche auf einer Leine.

Freitag

25

Herry schob sie hinein. Das Tageslicht war ein schmaler Streifen, der kurz hinter dem Tor zum Kerker endete. Martha schritt hindurch. Das Licht ging ihr bis zu den Knien, dann bis zu den Schienbeinen, dann bis zu den Knöcheln. Dann war es fort. Hinter ihr knirschte Metall auf Metall, als Herry das Tor verriegelte.

Obwohl sie kaum etwas sah, spürte sie die Leere und Erschöpfung. Dass sie nun eingesperrt war, fühlte sich auf sonderbare Weise richtig an, wie das Ende von etwas. Als sei sie endlich dort, wo sie hingehörte. Ihre Augen gewöhnten sich an die Dunkelheit. Überall an den Wänden hockten Gestalten, nur undeutlich auszumachen. Eine lag mit merkwürdig verdrehtem Leib an der Wand zur Straße, ein Durcheinander aus Kleiderfetzen und Gliedmaßen, der Mund halb offen. Sie ging darauf zu, aber der Geruch hielt sie fern. Hannah Holland, tot.

Martha atmete durch ihren Ärmel. Rechts neben der Backsteinsäule, die den Uhrenturm beherbergte, befand sich ein hohes, vergittertes Fenster. Durch das Fenster drang ein wenig vom ersten fahlen Morgenlicht, und darin erkannte Martha drei zusammengekauerte Gestalten. Ein Stimmchen stieß ein leises Wehklagen aus, das ihr dennoch durch Mark und Bein ging. Ein Klangfaden in der Dunkelheit. Da ertönte das Geräusch wieder, jetzt deutlicher, unverkennbar. Der Schrei eines Kindes. Der Schrei *des* Kindes! Da war er, der lang ersehnte Laut. Er drang durch die Dunkelheit zu ihr wie aus einem

Traum. Ihr Kopf stieß gegen die Laterne, als sie den Kerker durchmaß, aber sie spürte es kaum. Sie sah nur das Kind in den Armen seiner Mutter, und dann hob sie es hoch, hielt es und küsste es, immer wieder. Der Kerker drehte sich, er verschwand. Er kehrte zurück, aber nun war sein Dunkel samten, das Kind ein Seraph, eine Knospe aus Licht, ein Wunder, ein Mädchen. Nichts war mehr von Bedeutung außer der Tatsache, dass das Mädchen lebte, die Existenz seines vollkommenen Schreis, der die Welt aufleuchten ließ. Die drei Gestalten bewegten sich, wie durch das Geräusch zum Leben erweckt. Eine hob die Hand und winkte: Komm her.

«Hast du etwas zu trinken?», fragte Jennet.

Nein.

«Dann geh und piss in den Topf», sagte Ellen. «Deine Herrin muss trinken.»

Sie reichte Jennet das Kind und ging zum Topf. Ihr Harn war spärlich. Sie brachte ihn Agnes und streichelte ihre Wangen, um sie zu wecken. Agnes war ein schlafendes Gerippe, sie fühlte sich kühl an, ihr Gesicht war eingefallen, die Wangenknochen stachen deutlich durch die schmutzige Haut. In ihrem Mieder hingen ihre Brüste schlaff herab, ihre Röcke waren voll brauner und roter Streifen, frisches Blut floss über altem.

«Ich habe keine Milch mehr.» Agnes' Stimme war dünn wie Spinnweben, kaum mehr ein Flüstern. «Das Kleine braucht mehr.»

«Das Kleine hat alles bekommen, was sie hatte, und jetzt ist sie leer», sagte Jennet schlicht. Sie nahm Martha den Topf ab. «Hilf mir.» Sie beugten sich zu Agnes. «Kommt, Mylady», krächzte Jennet. «Es ist nicht schön, aber es ist alles, was da ist.» Sie träufelte die Flüssigkeit in Agnes' Mund. Agnes stöhnte und zog den Kopf fort.

Vom Meer her brüllte der Wind. Der Regen fiel und fiel, unerbittlich. Er sammelte sich in Pfützen vor dem Tor und den

Fenstern. Sie zogen sich in einen Stand an der zur Stadt gewandten Mauer zurück und drängten sich in dem spärlichen Schutz aneinander, nahmen Agnes in ihre Mitte, um sie warmzuhalten. Das kleine Mädchen reichten sie von einer zur anderen, krumme Arme bildeten eine knochige Wiege. Alles, wofür Martha Augen hatte, war das Kind, Kits Kind, dieses vollkommene Wesen aus Haut, Blut und Sehnen. Das Licht auf seiner Stirn, der rotbraune Flaum auf seinem Kopf, seine Wimpern. Die Kleine schlief und wachte auf und weinte, öffnete ihre Lippen, die glänzten wie Edelsteine, schnupperte nach ihrer Mutter Brust. Manchmal legten sie sie an, und ihr kleiner Mund fand sein Ziel und saugte, aber wenn sie sie fortnahmen, waren ihre Lippen rot. Martha nahm der Mutter das Kind ab und wiegte es in den Schlaf. Unablässig fiel der Regen. Sein Geräusch war eine Qual. Sie waren gefallene Frauen, man hatte sie ausgesondert, hielt sie fern von jeder Fürsorge, von der Gnade Gottes. Sie sollten verdursten. Martha nahm den leeren Nachttopf und versuchte einmal mehr, ihn zwischen die Gitterstäbe des Kerkertors zu stecken, aber es war zwecklos. Sie streckte die Arme hindurch und versuchte, den Regen aufzufangen, aber nur ein paar Tropfen, die von den Mauern abprallten, trafen ihre Hände. Sie leckte sie ab, doch das spärliche Nass machte ihren Durst nur noch schlimmer. Sie tat es noch einmal, dann ging sie zu Agnes und öffnete die Lippen ihrer Herrin und spuckte hinein und verteilte das Nass in ihrem Mund. Diese kleinen Dienste, die sie Agnes noch leisten konnte. Sie waren voller Güte. Sie waren vergebens.

Niemand bewachte sie. Niemand kam. Die Pfütze unter dem Tor wurde breiter und länger, aber das Wasser war schlammig, ungenießbar, ein flüssiger Hohn, der in den Kerker eindrang. Sie waren zu durstig, um zu reden. Als Martha das nächste Mal aufstand, um sich zu erleichtern, waren nur noch ein paar Tröpfchen im Topf. Sie teilte sie aus, etwas bekam Agnes und das, was übrig war, Ellen. Jennet tupfte ihre Finger in die Reste und befeuchtete ihre Lippen, dann langte sie herüber, um Marthas Lippen zu befeuchten. Instinktiv wich sie zurück. Jennets Gesicht war bleich und hohl, die Vertiefungen in ihren Wangen sahen aus, als habe ihr jemand etwas Böses angetan. Das Gesicht einer Hexe oder das einer Freundin? Sie wandte sich von Jennet ab. In der Mitte des Kerkers gab es eine Vertiefung im Boden, die aussah wie die Höhle irgendeiner Kreatur, und sie kroch hinüber, und sie rollte sich zusammen und legte sich hinein. Nun lag sie dort, wo Prissy und Ma Southern gelegen hatten, bevor sie gestorben waren, und wo sie sich um Pater Leggatt gekümmert hatte. Als sie auf der harten, festgetrampelten Erde lag, musste sie an ihren Garten denken mit seinen gepflegten Beeten, ihr Leib sehnte sich nach den Pflanzen, an die sie sich erinnerte, an deren verschiedene Düfte und Farben, die sie nie wiedersehen würde. Was würde zuerst kommen? Der schnelle Tod am Ende eines Stricks oder ein langsamerer und elenderer – wie für Agnes, aus der als rotes Rinnsal das Leben heraussickerte, oder das Kind, das erst verstummen und dann für immer einschlafen würde. So würde es ihnen allen ergehen, eine nach der anderen würde ihr Leben lassen, und ihr Tod würde so unbedeutend sein, wie ihr Leben es gewesen war.

Als sie sich in ihrer Kuhle drehte, stieß sie mit ihrer bloßen Ferse auf etwas, das im Boden steckte. Alle Stimmen in ihrem Kopf verstummten. Sie setzte sich auf und tastete. Etwas schimmerte, war halb eingegraben, sie kratzte die lehmige Erde fort. Sie musste vorsichtig graben, damit es nicht zerbrach. Langsam legte sie es frei; wie sie es aus der Erde hob und an sich drückte, hatte etwas Mütterliches, beinahe schon Heiliges an sich.

Beide Gesichter waren etwas beschädigt, die Gesichtszüge ein wenig zerdrückt und eine Hand fast abgerieben. Die Nadel und der Holzsplitter waren noch da, stachen immer noch. Sie fuhr mit dem Daumen darüber und verletzte sich am Splitter. Da man ihr den Beutel weggenommen hatte, steckte sie das Ding in ihr Mieder. Es ging so einfach, als kehre es an seinen angestammten Platz zurück, und sofort spürte sie einen frischen Mut, der ihren ganzen Leib erfasste, fühlte ihre Angst schwinden. Sie stand auf, klopfte sich den Dreck ab und ging zum Tor, trat in die braune Pfütze und hämmerte mit dumpfen Schlägen gegen die Gitterstäbe. Nichts. Sie winkte Jennet zu sich. Sie schlugen an das Gitter und rüttelten daran. Jennet rief.

Nach einigen Minuten tauchte ein Paar abgetragener Stiefel auf der Treppe auf. «Was wollt ihr?» Oberhalb der Stiefel kam ein maulwurfsfarbenes Wams zum Vorschein.

«Bier», rief Jennet. «Apfelwein, Dünnbier. Irgendetwas. Wir brauchen es.»

«Ich habe euch schon etwas gegeben.»

«Das war gestern Abend. Wir haben alles ausgetrunken. Wir brauchen mehr.»

«Ich bin nicht euer Laufbursche, der zum Wirtshaus für euch rennt. Trinkt den Regen.»

Jennet fluchte: «Hol dir die Pocken, Herry Gowler! Wir haben eine tote Frau hier drin und noch eine, die bald stirbt, wenn wir nichts zu trinken bekommen.» Sie rüttelte wieder am Tor. «Komm herein und sieh selbst.»

Er stieg weiter die Treppe herunter. Am Rand der untersten Stufe, die bereits unter Wasser stand, blieb er stehen. «Welche ist denn tot?»

«Hannah Holland. Letzte Nacht gestorben.»

Herry beugte sich vor, um hineinzuspähen. Man sah seinem Gesicht an, wie sehr er sich konzentrierte.

«Wenn du sie sehen willst, Herry, komm herein», sagte Jennet. «Sieh selbst, in was für einem Höllenloch ihr uns hier haltet.»

«Ein Höllenloch ist gerade gut genug für solche wie euch. Besser als das, wo ihr als Nächstes hinkommt.»

«Nun schau schon hin.» Jennet zeigte auf die Tote. «Da ist sie, die arme Hannah. Tot und fängt schon an zu verwesen.»

Er blinzelte. «Ich sehe nichts.»

«Aber du kannst sie doch riechen? Oder riechst du nur deinen eigenen Gestank?» Jennet trat zur Seite, damit Herry besser hineinschauen konnte. «Sieh, da drüben. Das ist Agnes Crozier. Sie hat seit der Geburt nicht aufgehört zu bluten. Sie muss ordentlich versorgt werden. Und das ist ihr Kind, ein kleines Mädchen. Es wird den heutigen Tag nicht überleben, es sei denn – Herry, wage nicht, wegzuschauen! Es sei denn, du hilfst. Es ist mir egal, was du von mir und den anderen denkst, ob du uns für die Huren Satans hältst oder nicht. Für uns ist es zu spät, das wissen wir, und Hannah kümmert es jetzt gewiss auch nicht mehr. Aber wenn dieses unschuldige Neugeborene stirbt, dann ist das allein deine Schuld, Herry. Dann lastet das für immer auf deinem Gewissen.»

Er schnaubte. «Mein Gewissen ist rein. Ich tue, was mir Leute befehlen, die besser sind als ihr. Wenn der Hexenjäger sagt, ich soll euch einsperren, dann sperre ich euch ein. Wenn er sagt, ihr sollt weder essen noch trinken, dann gebe ich euch nichts. Trinkt halt das Regenwasser.» Er trat in die Pfütze und beugte sich zum Gitter herunter. «Ihr habt doch alle keinen Penny – außer Lady Agnes, vielleicht bezahlt Kit Crozier ihre Kerkergebühr, vielleicht aber auch nicht, denn wie ich gehört habe, ist er fast tot.» Er zog den Kopf zurück. «Ihr habt euch Luzifer versprochen, soll der euch doch helfen. Soll der euch doch zu trinken bringen. Soll der euch das Essen bringen und eure Unkosten begleichen.» Er grinste und zeigte seine verfärbten Zähne.

«Noch sind wir nicht tot, Herry Gowler», flüsterte Agnes. «Wir bitten Euch als Christenmensch um diesen Gefallen.» Mit aller Kraft versuchte sie, sich auf die Knie zu stemmen, aber vergebens. «Mein Kind ist unschuldig, und es muss trinken. Meine Freundinnen auch, damit sie genug Stimme für Richter Bacon haben.» Sie ließ sich gegen Ellen zurücksinken.

Herry lachte. «Ihr könnt so lange auf Richter Bacon warten, wie ihr wollt. Der nützt euch gar nichts. Er ist schwer am Husten erkrankt. Sie haben statt seiner diesen anderen Richter geholt, und der hat für Hexen gar nichts übrig.» Er erhob sich. «Für euch ist das Ganze so gut wie vorbei. Ihr seid tot, alle, wie ihr da seid.»

Erschöpft bat Jennet: «Bring uns einfach etwas zu trinken, Herry. Hilf uns dieses letzte Mal.»

«Nein.»

Jennet stieß einen langen, zischenden Atemzug aus. «Dann werde ich dich verfluchen, Herry Gowler. Du hältst mich für eine Hexe? Dann will ich eine sein. Ich werde dich mit einem Fluch belegen, der dich für den Rest deines Lebens verfolgen wird, denn ich werde tot sein und niemand wird wissen, wie man den Fluch wieder aufheben kann.»

Ihre schrille Stimme traf nur noch seinen Rücken, er hatte sich bereits abgewandt. «Auf deine Flüche gebe ich nichts, Jennet Savory.» Die losen Sohlen seiner Stiefel klatschten auf den Stufen, als er fortging.

Wieder und wieder hämmerte Jennet gegen das Tor, bis Martha ihre kleinen Hände vom Metall löste. *Lass gut sein.* Wo sie auf das Eisen geschlagen hatten, waren die Fäuste rot. Später würde sie dort Striemen haben. Sie strich Jennets Handflächen glatt. Quer über die linke verlief die Lebenslinie als ungebrochener, tief eingekerbter Bogen.

Deine Hand …

«Was?»

Mit dem Fingernagel zeichnete sie die Linie nach. *Deine Hand sagt, du wirst ein langes Leben haben.*

«Ich werde lange leben?» Sie schnaubte spöttisch. «Ja. Nun ja. Wohl gerade lange genug, um erhängt zu werden, wenn ich nicht vorher verdurste.» Sie starrte durch das Tor in den Tunnel aus graublauem Licht. Eine Handvoll Tage im Kerker, und schon war Jennet ganz mager, ausgemergelt. «Dies unser Leben als Frauen. Warum müssen wir so leiden? Wir sind verflucht, bloß weil wir Frauen sind. Sie schätzen uns für unsere Fut und vielleicht unser Aussehen, aber für kaum etwas anderes. Sie *benutzen* uns, Martha. Sie kaufen und verkaufen uns, sie schwängern uns, sie sperren uns ein. Wenn wir aufbegehren, dann drücken sie uns nieder.» Sie zog ihre Hände fort und hielt sich die Augen zu. «Ich halte es nicht mehr aus. Mein Leben ist nichts als Schufterei. Dauernd muss ich an verschlossene Türen hämmern. Muss betteln um das, was mir – uns – von Rechts wegen zustehen sollte. Und ich meine nicht einmal irgendwelche besonderen Dinge. Ich meine die ganz grundlegenden Dinge, die sogar die Tiere bekommen. Ein Stück Brot, wenn wir Hunger haben. Bier, wenn wir Durst haben. Saubere Lappen, wenn wir bluten. Ach, schau mich nicht so an – es ist mir egal, ob es eine Sünde ist, so zu sprechen. Ich bin doch ohnehin schon tot. Da kann ich genauso gut aussprechen, was ich denke.»

Sie trat vom Gitter zurück, ihre Beine zitterten. Ihr Gesicht war nicht mehr so bleich wie zuvor: Es zeigte rote Flecken, als habe man ihr ein paar Ohrfeigen verpasst. Martha nahm sie in den Arm. Sie hörte nur ihren Atem und das unbarmherzige Prasseln des Regens. «Lass mich in Ruhe», sagte Jennet, aber es war bloß noch ein Flüstern. Sie zitterte und wand sich, die wilde Kraft in ihrem Inneren griff wieder einmal nach ihr, ihr Zopf schlängelte sich wie ein lebendiges Wesen um ihren Hals, ihre Augen zuckten unruhig in ihren Höhlen hin und her. Gleich würden sie sich nach oben drehen, als wollten sie die Unterseite des Himmels betrachten.

Cleftwater ohne Jennet, ohne diese unverschämte, vorlaute, plumpe, pietätlose Frau, die sich in den Scours an Männer verkaufte und die hin und wieder ihre Anfälle bekam; Cleftwater ohne ihre Peinigerin, ihre Anklägerin, die manchmal ihre Freundin war – dieser Gedanke war unwirklich, inakzeptabel. Sie musste sie irgendwie ablenken, dann ließ sich der Anfall vielleicht abwenden. Sie ergriff Jennets Zopf und zog daran, nicht allzu stark, aber doch fest, einmal, zweimal. *Schau. Schau her.* Sie wartete. Jennet zitterte noch immer. Sie war sehr blass, und das Mal auf ihrer Wange stach hervor wie ein Brandzeichen. Martha holte aus ihrem Mieder den Atzmann hervor und hielt ihn hoch. *Schau.* Jennets zuckende Augen wurden größer. *Schau dir das an.* Sie griff so fest zu, dass das Wachs in ihrer engen Faust nachzugeben begann. Sie drehte die Puppe, um Jennet die beiden Gesichter, das pockige Wachs, die Nadel und den Holzsplitter zu zeigen. Mit jedem Detail schwanden bei Jennet ein wenig mehr die Anzeichen des bevorstehenden Anfalls.

«Was ist das?», fragte sie schließlich. Jennet starrte in das blinde Gesicht des Atzmanns. «Woher hast du das?», fragte sie und wollte danach greifen.

Martha nahm ihn schnell wieder fort und hielt ihn so, dass die anderen Frauen ihn nicht sehen konnten. Jennets Blick folgte dem Atzmann. Ihrem Gesicht war anzusehen, dass ihr ein Gedanke kam. «Hast du das gemacht?» Sie sog ehrfürchtig den Atem ein. «Du hast es gemacht.»

Nein. Nein, nein. Ich habe ihn nur erweckt.

«Du hast es aufgeweckt? Wie meinst du das? Wie denn? Woher hast du es?»

Martha legte einen Finger an ihre Lippen. *Sprich leiser.* Sie warf Ellen und Agnes einen Blick zu. Die schienen zu dösen. *Der gehörte meiner Mutter.*

«Deine Mutter? Hat sie es dir gegeben?»

Ja. Und dann … habe ich ihn erweckt.

Jennet runzelte die Stirn. «Ein merkwürdiges kleines Püppchen. Ich weiß gar nicht, ob es mir gefällt. Steckten diese Stacheln schon immer darin?» Sie betrachtete es weiter und grübelte darüber nach. «Darf ich es anfassen?» Sie streckte vorsichtig einen Finger aus und streichelte es. «Ich habe so etwas noch nie aus der Nähe gesehen. Die Leute verstecken es normalerweise irgendwo. Aber du hast es bei dir.» Ein langer Blick. «Ja, nun, man muss nicht lange nachdenken, um darauf zu kommen, warum. Du kannst es also benutzen. Ist es das? Damit es tut, was du willst?»

Ja. Ich habe ihn gestochen.

«Was ist das … für ein Stachel zwischen seinen Beinen?» Der Splitter.

Meine Lanzette.

«Dein Pikser? Woher hast du den?»

Ein leichter Anflug von Scham. *Ich habe ihn gemacht.* Martha hob in einem leichten Anflug von Trotz das Kinn. *Atzmänner sind dazu da, dass man hineinsticht. Wie Frauen. Wie Hexen.*

Jennets Gesichtsausdruck veränderte sich, wurde etwas weicher, aber als sie auflachte, klang es wie ein Kläffen. «Da hast du nicht ganz unrecht, meine Freundin. Aber ich frage mich: *Wozu* hast du hineingestochen?» Sie zog die Augenbrauen hoch und sah Martha fragend an.

Martha hielt sich die Hand erst vor den Mund, dann vor die Kehle. *Ich habe ihn gestochen … um die Hexenjagd zu beenden.* Sie schlang die Hände um ihren Hals. *Um zu verhindern, dass wir gehängt werden.*

«Du hast hineingestochen, um Makepeace aufzuhalten?»

Ja.

«Nun, ich kann verstehen, warum du das willst. Wirklich. Aber es hat nichts genützt, oder?» Jennet streckte die Hand aus. «Lass mich mal sehen.» Zögernd gab Martha ihr den Atzmann. Ihr war, als spüre sie etwas, als sie beide die Wachspuppe berührten, ein Kribbeln. Jennet untersuchte sie und drehte und wendete sie. «Ich habe mich schon immer gefragt, was du wohl für eine bist. Die liebe, stumme Martha. Die gute Seele von Cleftwater. Wo wären wir nur ohne sie? Sie und ihre kleine Hexenpuppe.» Sie kicherte und betrachtete den Atzmann von allen Seiten. «Scheint so, als hatte ich recht, an dir zu zweifeln. Scheint so, als wärst du wirklich eine Hexe, Martha Hallybread.» Sie ließ die Puppe auf ihrem Arm tanzen. «Das ist ein schönes Püppchen. Hast du noch eines? Du hättest eine ganze Familie daraus machen können. Um uns alle zu beschützen. Andererseits ist es vielleicht ganz gut, dass es nur das eine gibt, wenn das alles ist, was du an Hexerei damit zustande bringst.» Sie ließ die Puppe hin und her gehen. «Wir werden uns damit bescheiden. Hat es einen Namen? Nein? Na dann, kleines Püppchen. Du bist zerstochen und beschädigt, aber mit dem, was von dir übrig ist, wollen wir gnädig umgehen, was?» Jennet war ganz begeistert. Sie ging hinüber zu der Stelle, an der Ellen und Agnes lagen, und hielt ihnen den Atzmann hin. Ellen regte sich und öffnete die Augen.

«Die Kleine hat sich vollgemacht», sagte Ellen.

«Hier stinkt's doch eh schon so, da macht das keinen Unterschied», sagte Jennet. Sie ließ den Atzmann über dem Kind baumeln. Das winzige Kindlein bewegte sich in dem Tuch, in das es eingewickelt war. «Schau mal, meine Kleine – siehst du mein Püppchen?» Das Kind war wach und beobachtete den tanzenden Atzmann mit milchigem Blick.

«Was tust du da, Jennet Savory?», zischte Ellen.

«Ich will nur sehen, was dieses Püppchen kann. Vielleicht kann es uns helfen.»

«Oder es ist unser Ende», sagte Ellen. «Nimm das Ding fort von der Kleinen.»

«Es ist ganz harmlos, Ellen. Es ist bloß irgendein Tand von Marthas Mutter.»

«Das ist nicht irgendein Tand. Das ist ein Atzmann. Dazu da, Menschen zu schaden.» Sie sah Martha an, dann Jennet. «Sofort weg mit dem Ding! Wenn wir damit erwischt werden ...»

«Pah. Wer soll denn kommen und uns erwischen? Die lassen uns hier verrotten. Wie auch immer, ich habe es Martha abgenommen, weil sie es benutzt hat wie eine Hexe. Es ist jetzt meins.»

Ein Zorn, heiß wie Blut, kam über Martha. Der Atzmann war ein Geschenk und ein Talisman. Dieses gallefarbene Stück Kerzenwachs war ihr Erbe – ihre letzte greifbare Verbindung zu Mutter. *Gib ihn zurück.* Sie streckte die Hand aus und packte Jennet an der Schulter, um ihr den Atzmann wieder abzunehmen.

«Na los. Nur zu, Martha. Du kannst mir wehtun, so viel du willst. Ich behalte die Puppe.»

Sie musste an die Spinne denken, die gekommen war, als Jennet blutete. Wie falsch das gewesen war. Wie falsch es jetzt war, dass sie den Atzmann hatte und glaubte, sie könne ihn behalten. Sie packte fester zu und spürte Jennets Widerstand. Jennets Gesicht mit dem dunkelroten Fleck sah verzerrt aus, hässlich. Das Gesicht einer Hexe.

«Du hast ihm böse mitgespielt, Martha. Ich werde ihn auf andere Weise benutzen.»

Wie denn?

«Das sagte ich doch. Ich werde freundlich mit ihm umgehen. Dann wird daraus ein Atzmann, der Gutes tut.»

War das möglich? Sie wusste es nicht mehr. Ihr Griff lockerte sich. Sie war so müde und erschöpft. Sollte Jennet die Puppe doch haben. Sollte sie doch herausfinden, was sie mit ihr anstellen konnte. Wenigstens wäre sie, Martha, dann frei von diesem Makel.

Dann behalte ihn.

«Das werde ich auch, meine Freundin. Das werde ich auch.» Jennet drehte den Atzmann in ihren Fingern und sprach mit ihm. «Unsere Martha gibt keine gute Hexe ab, nicht wahr? Aber du brauchst dir keine Sorgen mehr um sie zu machen. Ich kümmere mich um dich, kleiner Atzmann.»

«Hüte deine Zunge», zischte Ellen. «Sie kommen.»

Martha wurde flau im Magen. Sie schnappte sich den Atzmann, ging zu dem kleinen Fenster und warf, aber der Atzmann prallte von den Gitterstäben ab und landete in Ellens Schoß. Das Kind erschrak sich und brüllte. Auf der Treppe standen drei Paar Stiefel, die in Reithosen steckten.

«Schnell», hauchte Ellen.

Das Kind war in Agnes' Schal eingewickelt, und Jennet wickelte es aus. Von der Stelle, an der das Tuch verschmutzt war, schlug ihnen ein übler Gestank entgegen. Dort, wo das Kind in seinem Stuhl lag, war die Haut wund. *Tu die Puppe hinein,* bedeutete Jennet ihr. Martha steckte den Atzmann in den Schal, dann wickelten sie ihn wieder um das Kind oder versuchten es zumindest, denn die Kleine begann, sich zu beschweren und zu strampeln.

Herry war am Tor. Er nahm den Schlüssel vom Gürtel und hielt ihn empor wie eine heilige Reliquie. «Ihr wolltet Hilfe. Hier ist sie.» Er warf Jennet einen spöttischen Blick zu, bevor er zur Seite trat, um seine Begleiter eintreten zu lassen: Robert Bullard. Wachtmeister Napier. Der Geruch von Hannahs Leiche schwebte zu ihnen herüber, als suchte er den Weg nach draußen.

«Jesus Christus», sagte Robert und hielt sich die Hand vor das Gesicht.

«Die da ist tot.» Herry deutete mit der Spitze seines Stiefels auf Hannah und dann auf Agnes. «Die hier ist so gut wie hinüber.»

Der Wachtmeister kam näher, betrachtete Agnes und ihre zerschlissenen Röcke. «Warum ist sie voller Blut?»

«Sie hat ihr Kind zur Welt gebracht», erklärte Herry. «Das da drüben.»

«Gütiger Himmel!», rief der Wachtmeister aus und betrachtete das Kind. «Noch hier im Kerker gelingt es ihnen, sich fortzupflanzen.» In Ellens Armen wand sich der Säugling. «Wie hat sie das Kind geboren?»

«Auf die übliche Weise, Sheriff», sagte Jennet. «Durch die Stelle zwischen unseren Beinen, die ihr feinen Herren so gern ...»

«Halt deinen Mund», fuhr der Wachtmeister sie an. «Ich höre mir deinen Schmutz nicht an.» Er beugte sich über Ellen und sah sich das Kind an. «Was hat es denn?»

«Es ist ein Neugeborenes», sagte Ellen. «Und hat Hunger. Das hier ist kein Ort für die Kleine. Sie sollte nicht hier sein. Und ihre Mutter, Madam Crozier, auch nicht. Sie wird sterben, wenn kein Arzt kommt.»

«Für sie kann ich nichts tun. Die Mutter, meine ich. Sie bleibt hier, bis sie vor den Richter kommt. Was das Neugeborene angeht ... Ja, ich denke mal, das muss nicht hier bleiben.»

«Bringt sie zu einer Amme, ich flehe Euch an.» Kaum hörbar schwebte Agnes' Stimme von ihrem Lager zu ihnen herüber.

«Ihr müsst», sagte Ellen. «Bringt sie zu Liz Godbold. Ihre Tochter hat Milch. Sie kann die Kleine stillen, bis ...»

Wachtmeister Napier kaute auf seiner Unterlippe. «Gut, gut. Ich denke, das lässt sich machen.» Er drehte seinen Kopf zu

Robert. «Tut das. Bringt das Kind zur Godbold. Beeilt Euch, Mann. Gebt ihr das Balg, und kommt sofort zurück.»

Wartet, ich bitte Euch. Bitte. Bitte. Martha bildete mit den Armen eine leere Wiege. *Lasst ihre Mutter ihr noch Lebewohl sagen.*

«Na gut», sagte der Wachtmeister.

Martha nahm das Kind und küsste es immer wieder, während sie den Schal fester wickelte. *Lebewohl, Kits Mädchen. Sei gesund und gedeihe.* Sie spürte, wie der Kummer in ihr aufstieg und sich ausbreitete, als wäre etwas in ihrem Inneren geborsten. Sie drückte das Kind an sich, ging hinüber zu Agnes und legte es an die leblosen Lippen der Mutter. Ein letzter Kuss. Mutters Segen. Sie legte Agnes' schlaffe Hand auf den Bauch des Kindes, wollte, dass die Mutter noch einmal das Mädchen spürte oder das Mädchen seine Mutter, und sei es nur für einen Moment.

«Genug jetzt», sagte Wachtmeister Napier. «Robert, nehmt es mit.»

Robert streckte seinen Arm aus – einen großen, groben Arm, der sich eher eignete, einen Pflug oder einen Spieß zu halten als ein Neugeborenes. Als Martha ihm das Kind reichte, übergab sie ihm damit auch den Gestank des verschmutzten Schals, faulig und stechend.

«Muss ich sie in diesem stinkenden Tuch mitnehmen?» Mit seinen großen Fingern wickelte Robert das Tuch ab. Der Kopf des Atzmanns kam zum Vorschein und dann der Rest, der Torso mit den beschädigten Armen, die verbogenen Beine – es sah aus, als würde das Kind die Puppe gebären. Dann fiel sie auf den Kerkerboden.

Robert trat einen Schritt zurück und stieß behutsam mit der Fußspitze dagegen. «Was ist das? Schaut, das hier hat sie ausgeschissen.»

Der Wachtmeister ging in die Hocke, um sich das Ding anzusehen. «Als ich gestern Abend ging, war Hannah Holland noch am Leben. Heute ist die Hexenmaid tot und Mrs. Crozier schwer krank. Und nun finden wir auch noch solch ein Zauberding? Das ... das ist ein Atzmann. Ich habe so etwas bereits gesehen. Widerwärtige Amulette, angefertigt für üble Zwecke und mit bösen Zaubern versehen.» Er sah sie alle nacheinander an. «Wem gehört der?»

Die Zeit stand still, die Sekunden vergingen so langsam wie Stunden. In Roberts Armen regte sich das Kind. Bitte, lieber Gott, hilf. Steh dem Kind bei. Gib, dass Jennet schweigt. Martha hielt ihre Hände fest, damit sie nicht zitterten.

Der Wachtmeister sah es. «Ist das Eurer, Martha?»

Ihr Herz schlug schneller, das Pochen in ihrer Brust war heftig und unregelmäßig. Sie schüttelte den Kopf. *Nicht meiner.* Und das stimmte ja auch. Der Atzmann gehörte ihr nicht mehr. Schließlich hatte Jennet verkündet, sie werde ihn behalten.

«Nein? Das ist nicht Eurer?», fragte der Wachtmeister. Sie hörte den Zweifel in seiner Stimme. «Ich weiß nicht, ob ich Euch das glauben kann. Was habt Ihr mir zu sagen, das mich beruhigen würde?»

Sie öffnete die Lippen, zwang ihre Stimme zu einem Krächzen. *Das ist nichts, das ist nur –*

«Was meint sie?»

«Weiß nicht», sagte Robert. «Vielleicht versucht sie, uns abzulenken.» Sie fing seinen Blick auf. Eine stumme Bitte. «Ich kenne mich ein wenig damit aus, wie sie mit den Händen redet, aber alles verstehe ich nicht. Bis gestern hatte ich nie Grund, an ihr zu zweifeln», fuhr er fort, wie immer sprach er langsam wie ein Ochse. «Aber dann, am Montag, bei der Hinrichtung – da hat sie mit den Händen gefuchtelt, als ob sie unbedingt etwas über Prissy

Persore erzählen wollte. Und dann, als wir zum Knoll House kamen. War schon seltsam, wie ihr Herr krank in seinem Bett lag, und sie war draußen mit diesem toten Vogel. Ich weiß nicht mehr, was ich von ihr halten soll.» Er schaute auf den Atzmann. «Und nun das da.»

Ihre Hände gestikulierten wie wild, widersprachen dem, was er angedeutet hatte. *Es ist eine Puppe. Ein Kinderspielzeug.*

«Was sagt sie?», fragte der Wachtmeister.

«Irgendwas mit dem Balg», sagte Robert. «Das Spielzeug von dem Balg.»

«Spielzeug?» Die Lippen des Wachtmeisters wurden schmal, und es zischte, als er die Luft durch die Zähne einsog. Intensives Misstrauen zeichnete sein Gesicht. «Ein merkwürdiges Spielzeug für ein Kind, mit diesem Stachel darin. Sagt mir, Martha, woher habt Ihr es?»

Sie öffnete den Mund – nutzlos, vergebens. Die ständige Anstrengung, mit den Händen zu formen, was sie nicht sagen konnte, die Belastung, stets missverstanden zu werden. Sie hob ihre unzuverlässigen Hände. *Ich habe es gefunden.*

Der Wachtmeister sah Robert an. «Sie sagt, sie hat es gefunden.»

«Ihr habt es gefunden? Wo?»

Dort drüben. Auf dem Boden.

«Irgendeine andere arme Schlumpe muss es verloren haben», sagte Jennet schnell. «Ma Southern, vielleicht. Der würde ich das zutrauen. Die war wie eine Elster. Ständig auf der Suche nach Glücksbringern.»

«Das ist wahr», bestätigte Robert. «Die hat sie verkauft.»

«Ja», sagte Jennet, «sie hat immer versucht, solche Dinge zu verkaufen. Besondere Steine oder Zweige, die sie aus der Hecke gepflückt hatte …»

«Aber das hier», schaltete sich Wachtmeister Napier ein, «ist nicht so harmlos. Das ist kein Glücksbringer. Es ist eine Hexenpuppe, und so, wie es aussieht, wurde sie bereits benutzt.» Er beäugte die Puppe und dann Martha. «Ihr sagt, Ihr hättet sie gefunden, und vielleicht stimmt das ja auch. Aber wenn Ihr sie gefunden habt, warum habt Ihr sie dann versteckt? Es sei denn, Ihr wolltet sie selbst benutzen.»

Ein Moment der Stille, in dem das Kind kurz Ruhe gab, bevor es wieder zu schreien anfing. Wachtmeister Napier erhob seine Stimme über das Geschrei des Neugeborenen. «Will keine von euch es zugeben? Will keine von euch bekennen, um ihre Schwestern zu schonen?»

Mit zwei Fingern nahm er die Puppe in die Hand und quetschte sie mit Daumen und Zeigefinger. Ihm war anzusehen, wie wenig ihm das Ding behagte. Abwechselnd waren die beiden Gesichter des Atzmanns zu sehen: das blinde, das sehende; das klagende, das stumme. Martha hörte jetzt deutlich seinen Singsang, sein Flehen wie aus einem Mutterleib, auch wenn das Geräusch schwach war und wie aus großer Entfernung zu ihr drang. Bekenne, bekenne, drängte er sie – oder doch nicht? Sie sah Jennet an und dann das weinende Kindlein und suchte in ihren Gesichtern nach der Antwort. Währenddessen veränderte sich das Klagen des Atzmanns; sein Ruf war nun das Geschrei des Kindes, oder das Geschrei des Kindes veränderte sich, wurde lauter und eindringlicher.

Der Ruf von Kits Mädchen, das unbedingt leben wollte.

«Was für ein Haufen Quälgeister», rief der Wachtmeister. «Satansbrut. Ihr kommt alle an den Galgen, da kann euch euer böser, kleiner Atzmann auch nicht helfen.» Er musterte sie alle angewidert. «Nun gut, wir werden folgendermaßen verfahren. Wir einigen uns darauf, dass der Atzmann dem Kind gehört, denn bei ihm wurde er schließlich gefunden. Das ist eine Tatsache. So werde ich es Master Makepeace mitteilen, wenn ich ihm diese Hexenpuppe bringe.»

Samstagabend

⤙ 26 ⤚

Sein hageres Gesicht hatte einen gebieterischen Ausdruck, als er im großen Saal auf dem Richterstuhl mit der hohen Lehne saß. Das Licht von dem Ring beinahe heruntergebrannter Kerzen auf dem Richtertisch schien um seinen Kopf wie ein flackernder Heiligenschein. Vor ihm lag ein Blatt Pergament und daneben der Atzmann, halb mit einem Tuch bedeckt.

Martin geleitete sie zu dem leeren Stuhl, der dem Tisch gegenüberstand, und wies sie wortlos an, sich zu setzen und zu warten. Ellen und danach Jennet hatten bereits auf diesem Stuhl gesessen und waren so lange befragt worden, bis sie zusammengebrochen waren. Jetzt war sie an der Reihe.

Makepeace beachtete sie überhaupt nicht. Er schrieb etwas auf das Pergament. Sie sah ihm zu, beobachtete, wie sich die Haut über den Knochen spannte, starrte auf seine Hand, bis diese Hand alles um sich herum vereinnahmte, zum Mittelpunkt wurde. Schließlich setzte er die Feder ab und streckte die Finger. Er lehnte sich zurück, hob den Blick und fand sein Abendessen – ein halb verspeistes Stück Fleischpastete auf einem Zinnteller. Geistesabwesend aß er es auf, immer noch in das Dokument vor sich vertieft. Der überwältigende Geruch von gekochtem Fleisch verhöhnte sie. Sie würde vor Hunger noch verrückt werden. Wie lange war es her, dass sie eine richtige Mahlzeit gegessen hatte? Allzu viele Tage.

«Mrs. Hallybread. Ich habe Euch einiges an Arbeit erspart.» Der Hexenjäger lächelte sein übliches verzerrtes Grinsen. «Ihr braucht Euch nicht die Mühe zu machen, Euch weitere Lügen auszudenken.» Er drehte das Pergament in ihre Richtung. «Ich weiß, was Ihr seid. Seht her, hier habe ich Euer wahres Wesen vermerkt.»

Ihr Herz pochte wie eine schadhafte Uhr. Was hatte Jennet ihm erzählt? Was hatte Jennet gesagt? Sie musste all ihre Kraft aufbringen, um hinzusehen. Die Linien seiner Schrift durchzogen das fleischfarbene Pergament wie Fäden eine genähte Wunde. Eine Liste: Er hatte all ihre vermeintlichen Missetaten notiert, ihre alltäglichen und ihre übernatürlichen Vergehen. Überall hatte sie Satans böses Werk verrichtet: Sie hatte die Ernte verdorben, Dämonen ausgesandt, um ihre Nachbarn zu verfluchen, gemeinsam mit anderen Hexen Satan gehuldigt.

«Was wollt Ihr mir noch mitteilen?», fragte er, «was sollte ich noch wissen?»

Was denn noch? Ihr Geist bestand nurmehr aus wirren Gespinsten, die sofort flohen, wenn sie danach griff.

«Erzählt ihm alles, Martha», bat Martin sie. Sein Kiefer zitterte, als habe ihm jemand eine Ohrfeige verpasst. «Was auch immer Ihr getan habt, sagt es Master Makepeace. Erleichtert Euer Gewissen. Dann hat das alles ein Ende, und Ihr könnt Euren Frieden mit Gott machen und in seiner Barmherzigkeit Ruhe finden.»

«Sie wird nirgends Ruhe finden», verkündete Makepeace. «Höchstens in den Armen des Teufels. Sie hat ihr irdisches Dasein verwirkt. Deswegen.» Er zog das Tuch vom Atzmann. «Sagt mir seinen Namen.»

Sie sah ihn ausdruckslos an. *Den kenne ich nicht.*

«Sie sagt, dass sie den Namen nicht weiß, Sir.»

«Das sehe ich selbst, Master Strong. Sie muss doch wissen, wie es heißt.»

Sie breitete die Hände aus. *Nein, Herr. Ich weiß es nicht.*

Der Hexenjäger gab ein verächtliches Schnauben von sich. «Ich glaube doch», sagte er langsam, «dass Ihr es wisst.» Sein Blick spießte sie auf, sie erkannte erneut, wie sehr er sie verachtete, wie standhaft er in seinem blinden Eifer war. Mit dem stumpfen Ende des Federkiels schob er die Puppe in ihre Richtung. Der Atzmann war voller Kratzer. Hatte sie ihn so verletzt? Wer war so boshaft gewesen?

«Diese Spuren» – Makepeace hielt eine Kerze an die Puppe – «sind die Stellen, an denen jemand in das Ding hineingeschnitten und hineingestochen hat. Nämlich seine Herrin. Seine Hexe.» Er sprach langsam, legte sorgfältig wie ein Mann des Gesetzes seine Beweise dar. «Und hier sind besonders tiefe Spuren, an der Kehle und hier, quer über der Brust. Und hier oben an den Beinen.» Sein Blick wanderte vom Atzmann zu ihr. «Was für ein Mensch besitzt so etwas? *Benutzt* so etwas? Um einem anderen Schaden zuzufügen?»

Alles hat seine Zeit – mal war es Zeit, etwas zu behalten, mal, es preiszugeben; mal war es Zeit, zu schweigen, mal, zu sprechen. Sie blickte auf ihre Hände hinunter, jede war einen Zentner schwer, sie war nicht imstande, sie von ihren Oberschenkeln zu heben.

«Mrs. Hallybread. Gebt Acht, falls Ihr Euch retten wollt. Es wurde bei der Tochter der Croziers gefunden, aber ich glaube nicht, dass es ihr gehört. Sie wurde von einer Hexe geboren, aber ich schätze, so jung, wie sie ist, kann sie selbst keine sein. *Noch* nicht.»

Er wartete, gewichtig, voller Hochmut. Sie wandte den Blick ab. Was wusste er von ihrer Sprachlosigkeit – von der Ohnmacht, von einem Leben voller Hindernisse? Sie ließ den Kopf sinken, ihr Blick wurde unscharf, sie schloss die Augen. Auf dem Inneren ihrer Lider sah sie ein Geflecht aus Atzmännern, jeder einzelne eigenartig beleuchtet, jeder einzelne mit einem nutzlosen Mund, dessen Lippen sich bewegten und lautlose Bitten ausstießen, die sich in der immer dünner werdenden Luft verloren.

«Ich habe diese Frage bereits Eurer Hexenschwester, Mrs. Savory, gestellt», fuhr der Hexenjäger fort. «Sie leugnete jede Kenntnis der Puppe. Also frage ich jetzt Euch, Martha: Wem gehört dieser Atzmann?»

Vorsichtig jetzt. Ganz vorsichtig. Sie öffnete die Augen, ergriff mit einer Hand ihre andere und hielt sie fest, als könne sie durch bloßes Stillhalten die Absolution dieses Momentes, so vorhersehbar sein Ende war, noch verlängern.

Der Hexenjäger starrte sie an und riss dabei die Augen so weit auf, dass sie nicht anders konnte, als hineinzuschauen. «Kommt schon, Mylady. Einer von euch muss er gehören. Eine von euch hat ihn benutzt.» Im Schwarz seiner Pupillen brannten winzige Feuer; weiße Flammen der Macht, des Privilegs, des Stolzes. «Mrs. Hallybread. Wenn Ihr nicht antwortet, werde ich Euer Schweigen als Geständnis auffassen. Qui tacet consentire videtur. Das ist Latein. Es bedeutet: Wer schweigt, der scheint zuzustimmen. Versteht Ihr? Wenn Ihr schweigt, gehe ich davon aus, dass der Atzmann Euch gehört. Ich frage also noch einmal: Wem gehört der Atzmann?»

Wieder sein bohrender Blick: fordernd, abweisend. Im Glanz dieses Blickes wurde sie kleiner und kleiner, ein Nichts unter vielen in einer Schar, einer Kolonne, einer Legion von Frauen – alten, jungen, unberührten, erfahrenen, klugen, einfältigen, glücklosen, unterdrückten, kranken, missbrauchten, verstümmelten, verunglimpften, gebrochenen Frauen. Niemand vermochte sie zu zählen, jene Frauen, die früher einmal gelebt hatten, und jene, die noch nicht auf der Welt waren; jene, die bereits tot waren, und jene, die durch seine Hand noch sterben würden. Ein gewaltiger, pochender Zorn stieg in ihr auf, ein Zorn, der dem seinen in nichts nachstand. Sollte er sie doch für verdorben halten, für geistlos, überlistet durch Satan. Sollte er sie doch «Hexe» taufen, wie er so viele andere getauft hatte. Sie würde sich diesen Titel zu eigen machen. Auf diese Weise würde sie ihm trotzen.

Sie blinzelte. Sah wieder die zahllosen glücklosen Frauen vor sich, flüchtig, geisterhaft, aber dennoch unübersehbar, und all diese Frauen verlangten, beachtet zu werden; wertgeschätzt zu werden. Sie holte tief Luft, stieß sie wieder aus. Mit großen Bewegungen gestikulierte sie zum Saal, zum Dorf dahinter, zu den Dielen und durch sie hindurch zu den Frauen, die darunter gefangen waren.

Wir, die wir uns Euch versagen. Wir, die wir Euch Einhalt gebieten. Wir, an denen es ist, Euch anzuklagen.

«Was meint sie?»

«Ich … ich bin mir nicht sicher», gestand Martin. Sie hörte das Zögern in seiner Stimme. «Um ehrlich zu sein, Herr: Sie hat keine Worte außer denen, die sie mit ihren Händen macht, und das sind bloß ganz einfache. Ich weiß nicht, ob es daran liegt, dass sie keine Formen hat für das, wonach Ihr sie fragt, oder dass ich sie bloß nicht verstehe.»

«Aber ich muss es erfahren. Ich muss die Wahrheit wissen. Für die Akten. Für den Richter.» Er sah sie an. «Sprich noch einmal. Antworte noch einmal.»

Die Puppe … der Atzmann … gehört uns allen. Ist FÜR uns alle.

«Ihr führt uns an der Nase herum, Mylady», sagte der Hexenjäger ungerührt, unbewegt. «Meine Frage war simpel. Sie bedarf einer simplen Antwort.» Er beugte sich zu ihr vor, seine Miene war ernst, seine blutleeren Lippen bewegten sich langsam und bedächtig, als spräche er zu einem Kind. «Ja oder nein, Madam: Ist das Euer Atzmann?»

Der Wurm war wach und hatte sich nun vollends entrollt; er entfaltete sich in ihrer Kehle in seiner ganzen erstickenden Länge.

Er gehört uns allen. Allen Frauen.

Makepeace sah Martin erwartungsvoll an.

«Sie sagt, er gehört ihnen allen.»

«Wem?»

«Allen Frauen.»

«Allen Frauen?»

«Ja, Herr. Das hat sie gesagt.»

Der Hexenjäger lehnte sich in seinem Stuhl zurück. Ein ungeheurer Triumph erhellte sein Gesicht, als hätten sich Gewitterwolken verzogen, um einem unheimlichen, dreisten Licht Platz zu machen – einem Licht, das sein wahres Wesen offenbarte. «Ein Hexenzirkel! Cleftwater hat einen eigenen Hexenzirkel! Und Ihr gehört dem Zirkel an, nicht wahr? Und diese abscheuliche Puppe ist ein Instrument Eures teuflischen Zirkels. Ich hatte es bereits geahnt, und nun hat Gott es bestätigt.»

Er nahm die Feder und begann, wie wild zu schreiben, ließ Worte auf das Pergament regnen, das apokalyptische Kratzen der Feder löschte alle Wahrheit aus, verdunkelte die Sterne am Himmel. Ihr wurde klar, dass sie etwas in ihm freigesetzt hatte, eine Kraft, die besser unter Verschluss geblieben wäre.

«Nun, Mrs. Hallybread, seid so gut und nennt mir die Namen Eurer Hexenschwestern.»

Nein, nein! Ich meinte – ich meine, der Atzmann hat keine Herrin. Er ist sein eigener Herr. Es gibt keinen Hexenzirkel.

Aber er sah sie gar nicht an. Ihre Hände hielten inne, als wären sie vor Schreck erstarrt. Was hatte sie gesagt? Was hatte sie getan? Sie konnte kaum klar denken, machte sich Vorwürfe. Doch nun war es zu spät. Zwecklos. Unten aus dem Kerker drangen Geräusche herauf. Das würgende Husten einer Frau. Und dann – vollkommen abwegig, wie durch ein Wunder – das alles durchdringende Wimmern des Kindes. Das Kind lebte noch. Das Kind war noch hier. Verzweifelt gestikulierte sie. *Nicht sie. Verschont sie. Verschont die anderen. Verschont das Kind.*

«Was sagt sie nun?»

«Irgendwas über die anderen Frauen. Die im Kerker.»

«Was ist mit ihnen?»

«Sie möchte, dass Ihr sie begnadigt.»

Das Lachen, das seitlich aus dem Mund des Hexenjägers kam, klang wie ein Bellen. Er legte die Feder nieder und drehte das Pergament in ihre Richtung. «Schaut, Mrs. Hallybread, hier habe ich Eure Worte niedergeschrieben. Und hier,» – er fuhr mit dem Finger über das Dokument; am Finger klebte Tinte, die aussah wie getrocknetes Blut – «hier müsst Ihr Euer Zeichen setzen, um zu bestätigen, dass dies Euer Zeugnis ist.»

Er sah ihr Zögern, verstand es aber falsch. «Wollt Ihr es Euch doch noch anders überlegen?» Er wartete. «Nun ist die Stunde gekommen, Mrs. Hallybread. Ihr habt keine Zeit mehr, und ich habe keine Geduld mehr. Ihr könnt die Wahrheit sagen oder stumm bleiben, wie Ihr es gewohnt seid: Ihr habt die Wahl. Ihr behauptet, der Atzmann gehört Eurem ganzen Zirkel. Ihr zeigt auf jene im Kerker – Jennet Savory, Ellen Warne, Eure eigene Herrin, Agnes Crozier. Ich glaube, Ihr seid alle verdammungswürdige Hexen. Wenn Ihr mir nichts anderes mitzuteilen habt, werde ich jede von Euch dem Strick überantworten. Zum letzten Mal, Mrs. Hallybread. Wem gehört der Atzmann? Schreibt es auf. Schreibt es hierhin.» Er tauchte den Federkiel in das Tintenfass und hielt ihn ihr hin. Dunkle Tinte quoll aus der Spitze.

Aber es war Martin, der ihn nahm, der Martha die Faust öffnete und die Feder hineindrückte. «Es ist an der Zeit, Martha.» Seine Stimme klang so brüchig, als würden ihm gleich die Tränen kommen. «Ihr habt vieles getan, was falsch war, und Euch damit ins Unglück gestürzt. Das ist die Wahrheit. Aber Master Makepeace hier, der zeigt Euch, wie Ihr Eure Schuld tilgen könnt. Unterzeichnet, was er geschrieben hat, ich flehe Euch an. Bekennt all das, was Ihr getan habt, nur so könnt Ihr Eure Seele vor Gott reinwaschen. Der Herr wird Euch gnädig betrachten, Euch vielleicht sogar vergeben. Das wünsche ich mir für Euch.»

Der Wurm ballte sich zusammen und ließ sich nicht hinunterschlucken. Sie musste den Mund öffnen und um ihn herum atmen. Martins große Hand schloss sich um ihre. Er drückte die Feder auf das Pergament und bewegte ihre Hand. Ein Fleck erschien, dann ein unbeholfen gekritzeltes X, kaum ein Ersatz für ihren Namen. Über ihrem Kopf sagte Martin: «Das war's. Gott schütze Euch, Martha Hallybread.»

Er nahm seine Hand fort, nahm seine Treue und Verbundenheit fort, und im selben Moment wurde ihr bewusst, dass dies das Ende war; dass sie so gut wie tot war. Und dass sie nichts erreicht hatte. Da waren so viele Wahrheiten, die noch ungesagt waren. Der Wurm war wie eine Schlinge im Inneren ihres Halses, bereit, sie zu erdrosseln.

Nein. Nein. Nicht auf diese Weise. Noch nicht. Mrs. Knills Lanzette, Master Makepeace' Feder: Sie logen, sie an sich waren bereits Lügen. Erstere hatte sie benutzt, um den Atzmann zu stechen; die zweite würde sie benutzen, um ein Zeichen zu setzen, aber ihr eigenes Zeichen – eine letzte, allzu späte Berichtigung. Die Feder hatte noch Tinte, ihre Spitze kratzte auf dem Pergament. Es hatte beinahe etwas Heiliges, so gut tat es ihr, die Namen durchzustreichen: Jennet Savory, Ellen Warne, Agnes Crozier – geschätzte, verratene Frauen. Als letzten strich sie ihren eigenen Namen durch.

Der Hexenjäger fauchte, reckte den Hals und riss den Mund

auf. Ein Sturm kam heraus, ein wahrer Hagelschauer aus Verwünschungen. Er versuchte, ihr den Federkiel zu entreißen, aber sie hielt ihn fest. Die Feder wand sich, kratzte, blutete und malte dann einen langen, breiten Strich glänzender Tinte, einen dunklen Kometenschweif, quer über seinen Lügenkatalog. Sie ließ sie fallen. Sie spürte, dass sich in ihr etwas spaltete, wie ein Riss in ihrer Lunge. Der Wurm zappelte. Er war überall in ihr und bestand darauf, dass sie ihn in die Freiheit entließ. Sie öffnete den Mund und ließ ihn atmen. Sie musste husten, dann noch einmal und noch einmal, dieses Mal jedoch fast doppelt so heftig. Sie krümmte sich und beugte sich vor. Sie bestand nur noch aus Fetzen. Lumpen. Sie kämpfte darum, die Kontrolle über sich zu behalten, aber ihre verzweifelte Lunge tat, was sie wollte, während sie von innen ertrank. Sie öffnete die Augen, erwartete, Mutter zu sehen, doch stattdessen sah sie den Atzmann, nun rot besprenkelt. Als sie danach griff, kündigte sich der nächste Huster an; ihre Finger schlossen sich um das lebendige Wachs, als der Husten in ihrer Kehle aufwallte und dann aus ihr herausbrach. Über sich hörte sie, wie der Hexenjäger aufschrie. Er war zu spät zur Seite getreten. Auf seiner Wange prangte ein zähflüssiger Faden, der zitterte, als wäre er lebendig. Der Wurm! Der Wurm hatte für sie unterzeichnet. Sein Rot leuchtete. Die Farbe der Freude.

Montag

‹ 27 ›

«Hier drüben», sagte Jennet.

Herry verriegelte hinter ihr das Tor und watete durch das Wasser davon.

Der Kerker schien voller blasser Gestalten. Nach einem Moment konnte sie die Frauen ausmachen, die an der gegenüberliegenden Wand des Kerkers kauerten. Die Zeit, die viele verlorene Zeit stürzte auf sie ein. Sie raffte ihre Röcke und ging auf sie zu. Der Boden war uneben, und es war schwierig, Halt zu finden, nicht auszurutschen. Das Flutwasser war wie ein lebendiges Wesen, das sich an ihre Schienbeine schmiegte. Etwas trieb darin, seine dicken Tentakel winkten ihr in der Strömung. Sie sah genauer hin. Da trieb Hannahs Leichnam, die aufgedunsenen Lippen wie die eines Seeungeheuers, das an der Oberfläche nach Luft rang. Der Gestank war so massiv, als könne man ihn mit Händen greifen.

Unter dem Fenster des Uhrenturms war der Fußboden erhöht, dort befand sich eine Stelle mit trockener Erde, kaum zwei Armlängen breit. Genug Platz für drei, wenn sie sich sehr zusammendrängten; nun würden sie zu viert sein. Als sie sich näherte, richtete Jennet sich steif auf. Wasser rann vom Saum ihres Rocks.

«Du warst so lange fort», sagte Jennet. Sie zitterte so sehr, dass ihre Zähne klapperten. «Wir dachten, wir würden dich nie wiedersehen. Ich nahm an, sie hätten dich umgebracht, wie sie Prissy und die anderen umgebracht haben, die Armen. Aber irgendwie bist du ja immer noch hier.» Sie klang heiser. «Rück, Ellen. Mach Platz für Martha.»

Sie kauerten sich zusammen. In Ellens Armen lag ein schmutziges Knäuel Stoff, das ein schwaches Geräusch von sich gab; es klang wie ein schlecht geöltes Scharnier. Das Kind döste unruhig vor sich hin, eingewickelt in Agnes' feuchten Schal. Jennet sah, wie erstaunt sie war. «Ja, genau. Scheint, als hätten sie das Kind verurteilt. Scheint, als wollen sie es hier drin verrotten lassen, wie uns andere auch», sagte sie. «Wir sind schließlich alle Hexen.»

Martha hielt das Kind fest im Arm, steckte dem Mädchen einen ihrer krummen Finger in den Mund und spürte, wie kräftig es saugte. Eine Zeit lang spürte sie einen inneren Frieden, eine große Dankbarkeit. Doch als ihr kalt wurde, schwand das Gefühl. Was ihr Leib an Wärme übrig hatte, wollte sie dem Kind geben. Wollte sie Agnes geben. Sie rückte näher an ihre Herrin heran.

«Wir werden uns mit dem Sitzen abwechseln müssen», sagte Jennet. «Zwei von uns immer bei Mrs. Crozier. Sie ist schwach, sie hat eine böse Erkältung.»

Martha hatte jegliches Zeitgefühl verloren. Das einzige Maß war das Hochwasser, das unaufhaltsam stieg und ihnen immer mehr von dem trockenen Boden nahm, auf dem sie standen. Von Zeit zu Zeit tauschten sie die Plätze, schoben einander hin und her. Agnes, die nicht mehr stehen konnte, blieb zwischen ihnen sitzen.

«Ich muss pissen», sagte Jennet. «Hältst du deine Herrin fest? Sonst fällt sie noch hinein.»

Martha schlang, so gut es ging, den Arm um Agnes. Der leichenkalte Hals ihrer Herrin presste sich an ihren. Jennet erledigte ihr Geschäft und kam zurück. Sie fühlte Agnes' Handgelenk und schüttelte den Kopf. «Sie geht uns verloren. Wir müssen versuchen, sie wach zu halten. Sie bei uns zu behalten. Mehr können wir nicht tun.» Sie klang reuevoll, bußfertig.

Sie würde dir danken. Wenn sie es mitbekäme.

«Ich habe Agnes Crozier nie gemocht, wirklich nicht. Aber ich kann mir nicht vorstellen, dass sie eine Hexe ist. Ich kann mir nicht vorstellen, dass sie irgendetwas von dem getan hat, was sie behaupten. Sie ist eine sehr stolze Frau, ohne Zweifel, und das macht sie zur Sünderin, wie wir alle Sünderinnen sind. Aber das ist auch schon alles, oder nicht?» Sie drängten sich wieder um Agnes und das Kind. Jennet sprach in die aneinandergepressten Leiber hinein. «Wer war's? Wer hat gegen sie ausgesagt?»

«Ich nicht. Ich habe gar nichts gesagt», zischte Ellen durch ihre klappernden Zähne hindurch.

«Ich auch nicht. Ich habe zu niemandem etwas gesagt, nicht einmal zum Hexenjäger, als ich hin und her laufen musste», fauchte Jennet. Sie spie die Wörter regelrecht aus. Martha löste einen Arm und legte ihn um Jennets dünne Schultern. «Wir haben keine Hexen in Cleftwater. Zumindest hatten wir keine, bis der Hexenjäger kam. Er hat uns alle vergiftet.» Sie senkte den Kopf. «Es tut mir leid, dass ich schlecht von dir gedacht habe, Martha. Es tut mir leid, was ich gesagt habe. Ich wollte dir nie etwas Böses – niemandem, keiner einzigen Frau in Cleftwater. Ich weiß nicht, was in mich gefahren ist, nachdem das Kind meiner Schwester gestorben war. Sie wollte so gerne ein Kind. Das wollten wir alle.»

Die Erinnerung an das tote Kind war wie ein körperlicher Schmerz, der plötzlich wiederkehrte, nachdem er eine Weile ausgeblieben war. Martha legte Jennets Hand auf das Kind, das noch lebte, Kits Mädchen. *Dies hier. DIES hier.*

«Ja. Jawohl. Wir müssen für sie alles tun, was wir können, für das Würmchen. Wir müssen bis zum Ende aushalten, wenn es sein muss. Sie warm halten.»

Martha zog Jennet zu sich heran, bis sich ihre Köpfe berührten. Jennets Stirn war feucht. Sie versuchten, Agnes und das Kind zwischen sich warm zu halten, während zu ihren Füßen das stinkende Wasser schwappte. Das Fenster zeigte ein Stück Außenwelt. Einen dünnen Mond, der sich ab und zu zwischen den dunklen Wolken am Himmel zeigte. Tote Füße, die am Galgen hingen und wie Pendel im Wind schwangen, als würden sie nach dem Allmächtigen treten.

Die Uhr verriet, wie die Stunden vergingen, und mit jedem Glockenschlag schwanden ihre Kräfte. Sie saß da, den Kopf auf Jennets Schulter, und Jennets Kopf ruhte auf Ellens Schulter. Die Kälte drang in ihren Leib ein. Jedes Mal, wenn sie aufwachte, hatte die Flut ihnen wieder ein Stück trockenen Bodens genommen. Immer, wenn sie wach war, meldete ihr Leib, was alles mit ihr nicht stimmte. Ihre Muskeln waren steif vor Kälte. Ihr Magen krampfte sich vor Hunger zusammen. Ihre geschwollenen Füße füllten die Holzschuhe aus, oben am Rand quoll das Fleisch heraus und drückte schmerzhaft gegen das Leder. Schließlich zog sie sie aus und stieß sie fort. Das winzige Mädchen wachte immer öfter auf, es hatte Hunger und wollte trinken. Sie alle hatten Brüste, doch keine Milch. Abwechselnd wateten sie zum Tor und benetzten ihre Münder mit Feuchtigkeit. Der Wind hatte nachgelassen, doch der Regen fiel unvermindert, und die Flut stieg immer weiter, im Kerker wie auch draußen. Sie hörten auf der Straße das Wasser rauschen. Sie lauschten dem Getöse der Flut, den Alarmglocken, dem Blöken verängstigter Tiere und dem Geschrei der Menschen, die versuchten, ihr Hab und Gut und ihr Leben zu retten. Der Wind frischte wieder auf, und der Regen nahm zu. Er war kalt und brachte den Geruch des Meeres mit, während sich die Außenwelt langsam auflöste. Agnes begann zu würgen. Es wurde immer mühsamer, sie aufzurichten. Manchmal sprach sie, murmelte Worte ohne Bedeutung.

Irgendwann später erwachten sie im regengetränkten Licht des frühen Tages und hörten die zielstrebigen Schritte von Wachtmeister Napier.

Er schloss das Tor auf. «Gebt mir das Kind», sagte er und winkte Ellen zu sich.

Sie sah ihn misstrauisch an. «Wohin bringt Ihr es?»

«Es soll gestillt werden», erklärte der Wachtmeister.

«Von wem?»

«Liz Godbold.» Der Wachtmeister verzog das Gesicht zu einer Grimasse. «Ach, Ellen, halt die Klappe. Ich habe lange genug gebraucht, um jemanden zu finden. Die Hexenbrut will niemand stillen – niemand außer Liz Godbold, und auch die nur gegen Bezahlung.»

«Was ist mit Mrs. Crozier?», fragte Jennet. «Sie ist so gut wie tot.»

«Für sie habe ich keine Anweisungen», sagte Wachtmeister Napier. «Der Richter und Master Makepeace sind bei Tagesanbruch abgereist, sie wollten fort, bevor die Straße überflutet wurde.»

«Was ist mit uns anderen? Wollt Ihr uns einfach hierlassen?», fragte Jennet wütend und trat in das Wasser.

«Entweder das oder der Galgen», antwortete der Wachtmeister. «Soll ich einen Strick frei machen?»

Das Kind begann zu schreien. Jennet drückte es an sich, und dann legten Martha und Ellen die Arme um sie. Mehrere kostbare Augenblicke lang standen sie alle drei so da und umarmten einander, während das Weinen des Kindes ihr eigenes übertönte.

Wachtmeister Napier klatschte in die Hände. «Kommt schon. Die Zeit ist um. Das Kind muss zu seiner Amme.»

Er nahm das kleine Mädchen, breitete den verschmutzten Schal über Agnes aus, wandte sich um und verließ schnellen Schrittes den Kerker. Das Schreien des Kindes änderte die Tonlage, während es leiser wurde. Es gab keine verhängnisvollen letzten Blicke, niemand sah sich um. Sie, Martha, war es, die zur Salzsäule erstarrte; sie spürte, wie ihr die Tränen über die Wangen liefen. Kits Mädchen: gerettet. Kits Mädchen: für immer fort. Das überstieg ihre Kräfte. Ihr Schlund war eng und merkwürdig voll, und ihr wurde klar, dass der Wurm sie nicht verlassen hatte, zumindest nicht ganz; sein Mal, sein Abdruck, war immer noch da, als Wunde in ihrer Kehle.

*

Sie wurden von einem Schwall Wasser geweckt, der sich durch das hochgelegene Fenster ergoss. Ein kleines Boot trieb vorbei, gezogen von einem Pferd, das von einer durchnässten Gestalt geführt wurde. Jennet rief, und die Gestalt blieb stehen und sah sich um. Jennet rief erneut. Der da draußen hatte sie gehört. Als er sich näherte, kam ein weiterer Schwall durch das Fenster und überflutete das letzte Stück trockenen Bodens. Das kantige Gesicht des Stallburschen von Nan Dolan tauchte vor dem Fenster auf.

«Was wollt Ihr?»

«Zu essen», rief Jennet. «Habt Ihr etwas? Irgendetwas – einen Kanten Brot, ein Stück Käse –, irgendetwas.»

«Wer ist da?»

«Ich, Jennet. Jennet Savory. Mit Mrs. Crozier, die gerade verhungert ...»

«Ich habe nichts übrig», sagte er. «Ich habe nur, was in meinen Taschen ist, und das brauche ich für mich selbst.»

«Kommt schon, Will.» Jennet wurde lauter. «Ihr könnt doch sicher etwas entbehren. Ihr kommt direkt von Nan, Ihr müsst doch mehr haben als nur ein paar Brotkrusten.»

«Was ich habe und was nicht, geht Euch nichts an», sagte er.

Die Büschel seines spärlichen Bartes troffen vor Regenwasser. «Und überhaupt, warum sollte ich Hexen helfen?» Er wandte sich ab.

«Wartet!», rief Ellen. Sie hatte sich mühsam aufgerappelt und schwankte hin und her. «Bitte, Will. Wir sind zu viert hier gefangen. Wir haben seit Tagen nichts mehr zu essen, nicht einmal Reste. Ich bitte Euch als Nachbarn, als Christenmenschen und Nachbarn: Denkt daran, wie oft ich Euch geholfen habe.»

Er kam mit dem Gesicht ganz nah an das Gitter heran. «Wer ist das da bei Euch?»

«Agnes Crozier. Sie ist so gut wie tot.»

Er stieß einen Fluch aus und bekreuzigte sich. Sein Kopf verschwand aus der Fensteröffnung. Wasser schwappte herein, als er fortging. Minuten später tauchte er wieder auf, mit einem Stück Brot, das er zwischen den Gitterstäben hindurchzwängte. «Mehr kann ich nicht entbehren.»

«Gott segne Euch, William Frobisher», hauchte Ellen.

«Wie schlimm ist die Flut?», wollte Jennet wissen.

«Schlimm. Sie geht quer durch das Dorf, hinauf zum Wish Hill und bis ganz hinüber zu den Scours.»

«Was ist mit den Leuten in der Tide Lane? Was ist mit meiner Schwester?»

«Die Häuser sind überflutet, aber die Leute hatten Zeit, sich zu retten», sagte Will. «Einige sind in der Allerheiligenkirche untergekommen, andere sind zu St. Hildas hinübergegangen. Darunter ist auch Eure Schwester, sie ist in der Kirche.»

«Sie lebt noch?»

«Sie ist krank, aber ja, sie lebt.»

«Und was ist mit uns?», fragte Jennet. «Wer holt uns hier raus? Oder sollen wir hier drinnen verrotten?»

«Soweit ich weiß, sollt ihr verrotten, aber ob im Kerker oder am Galgen, weiß ich nicht.» Hinter Will wieherte das Pferd. In dem unwirklichen Licht ragte streng und imposant das Schafott auf, und daran baumelten die Leichen wie ruhelose, aufgedunsene Gespenster. «Wie auch immer, Ihr werdet noch eine Weile warten müssen. Euer Richter ist fort, Euer Makepeace auch. Die Straße steht unter Wasser. In Cleftwater kommt niemand herein oder heraus, weder Richter noch Henker. So ist das.» Sein Gesicht war unbewegt, seine Stimme sachlich. «Ihr habt also noch ein paar Tage, schätze ich.»

«Was haben wir heute? Ist heute Sonntag?»

«Heute ist Montag, aber es wird dennoch viel gebetet, das kann ich Euch sagen. Ihr tätet gut daran, auch zu beten, nämlich dass Euch nicht zuerst das Wasser den Garaus macht.»

28

Die Zeit verschwamm, die Stunden flossen ineinander; Martha gab es auf, sie zählen zu wollen. Sie war gefangen in einer Starre, die auf ihr lastete wie ein Gewicht, das sie kaum fortzuschieben vermochte. Sie konnte ihre Beine nicht mehr spüren. Dann wurden auch ihre Arme taub. Das Stück trockenen Bodens, das sie mit den anderen teilte, schrumpfte auf wenige Zoll zusammen. Das Wasser berührte beinahe ihre Füße. Sie lehnte sich mit der Stirn an die Kerkermauer und fiel immer wieder in eine frostige Ohnmacht; sie döste, schreckte hoch, döste, verlor jeden Rest ihrer selbst, der anderen Frauen. Die düsteren Vorahnungen klebten an ihr wie ihr durchnässtes Unterkleid.

Sie erwachte inmitten der schwarzen Flut. Der Fußboden war verschwunden. Ihre Füße waren verschwunden. In einiger Entfernung, jenseits der hellen Öffnung des Fensters, lag Ellen mit dem Gesicht nach unten im Wasser, unbeschwert schwebten ihre gespreizten Finger an der Wasseroberfläche. Agnes war in sich zusammengesunken, die Kälte quälte sie. Sie stöhnte leise, es klang wie bei einem Tier. Martha zog sie empor, und dann stellten sie und Jennet sich abwechselnd neben sie und hielten sie fest, umarmten sie wie einen geliebten Menschen. Martha tastete nach dem Puls. Sie war nicht tot, zumindest nicht ganz. Jennet tätschelte Agnes' Wange. «Agnes. Mrs. Crozier. Wacht auf. Ihr müsst wach bleiben.»

Es ist zu kalt für sie.

«Das weiß ich selbst. Was sollen wir nur tun?»

Martha schaute sich im Kerker um, betrachtete die Stäbe der Fenstergitter und die Pfeiler, die im fahlen Licht aussahen wie die Stämme kahler Bäume. Dann kam ihr ein Gedanke, eine Erinnerung an Tom Archer oder vielleicht Gil Hesketh, wie er beim Scheren ein Schaf so zwischen seinen Beinen festklemmte, dass es nicht zu Boden sacken konnte.

Eine letzte Chance für Agnes. Eine letzte Chance für sie, eine Schuld wiedergutzumachen. Ihre tauben Finger lösten die Haken ihrer Jacke. Sie zog sie aus und reichte sie Jennet.

Zieh ihr das an.

«Was? Aber dann wird dir doch kalt.»

Das ist nicht wichtig.

Irgendwie zwang sie ihre Finger, ihr Mieder zu öffnen, es am Schal zu befestigen und beide Kleidungsstücke so zu einer Art Seil zu verknoten. Sie ging zu Agnes. *Hilf mir mit ihr.* Sie schleppten Agnes zu einem Pfeiler in der Mitte des Kerkers. Das Seil aus den Kleidern führten sie unter Agnes' Armen hindurch und banden es am Pfeiler fest; dies war ihr letzter Dienst an ihrer Herrin, die nun wie eine Märtyrerin in ihrem improvisierten Geschirr hing. In

Marthas Kopf meldete sich die Erinnerung an ihren letzten Streit und Agnes' unschöne Worte. Alte Martha. Stumme Martha. Die Amme vom Lande mit ihren heilenden Kräutern. Agnes sackte in sich zusammen, ihr Kopf ruhte auf einer Stelle in Marthas Mieder, die auffallend dick war. Darin steckte noch etwas.

Sie holte es heraus.

Jennet starrte sie an. «Meine Güte. Du hast das Ding immer noch?»

Ich habe ihn mitgenommen.

«Vom Hexenjäger?»

Ja. Er hat ihn zurückgelassen. Also habe ich ihn wieder an mich genommen.

Jennet starrte sie an und schüttelte dann den Kopf. «Ach, Martha. All die Jahre, und trotzdem kenne ich dich nicht. Nicht wirklich.»

Sie hielten Agnes fest. Trotz des Geschirrs sackte sie weiter in sich zusammen und drohte, abgemagert, wie sie war, unter dem Seil hindurch ins Wasser zu gleiten. «Ich kann sie nicht mehr lange halten», sagte Jennet. «Ich habe keine Kraft mehr.»

Jetzt ist es an der Zeit, die Stachel zu entfernen.

«Ja. Das solltest du tun, Martha. Du hast sie hineingesteckt, da ist es nur billig, dass du sie wieder herausnimmst. Ich kann verstehen, warum du es geweckt hast. Ich hätte wohl dasselbe getan, das Hexenpüppchen deiner Mutter aufgeweckt, und sei es nur, um mich zu beruhigen. Aber es zu stechen – das war nicht recht. Damit warst du nicht besser als dieses Miststück mit ihrer Nadel.» Der Atzmann mit seinem verwundeten Blick schien sie beide zu betrachten. «Na also, mein Hübscher. Du wurdest gestochen und bist gezeichnet wie wir. Aber warte nur», sang Jennet heiser und ohne Melodie, «gleich bist du von deinen Stacheln befreit. Dann tust du zur Abwechslung vielleicht einmal etwas Gutes.»

Die Nacht senkte sich über den Kerker, in ihrem Grau war kaum noch etwas zu erkennen. Martha hielt sich den Atzmann direkt vor das Gesicht. Sie blinzelte, und im Nu war der Kerker verschwunden, und sie war in dem Wirtshaus mit den rohen Dachbalken, roch die von Verlangen und Lust geschwängerte Wirtshausluft. Besoffene Onkel, die in dem muffigen Bett auf Mutter lagen; Mutter mit ihrem Rosenkranz; Mutter, über eine Wiege gebeugt, in der eine Wachspuppe lag, der sie leise etwas vorsang. Der Atzmann, das Kind – beide von Mutter zu dem gemacht, was sie waren, durch ihre Taten sowie durch ihre Sünden. Sünden, geboren aus Not und Verzweiflung.

Das ist alles, was wir haben, dieses bisschen Macht.

Sie sieht Mutters Hexentruhe und ihren verbrecherischen Inhalt; Perlen, Nägel, Talismane aus Leder, aus Pflanzen, aus toten Tieren – einer Wühlmaus, einem Vogel, einer Kröte. Sie sieht Schattenfrauen, die sie herstellen, verschenken, weitergeben; hört deren leisen Singsang; spürt deren flüchtige Anwesenheit auf ihrem Gesicht, als sie mit leisem Rascheln in die Gegenwart eintreten.

Sieht, wie der Atzmann die Stummel seiner Hände aufstellt und ihr winkt, ihr Zeichen gibt, stumpfe Gesten formt.

Glaube nicht, dass wir nichts bedeuten. Vergiss nicht. Gib nicht unser bisschen Macht preis: dass wir heilen können, dass wir uns mit den Kräutern auskennen.

Sie zeigt ihr große Garben geschnittener Kräuter, Schafgarbe und Baldrian und Goldrute; Stängel von Wollkraut, mit Wachs zu Kerzen geformt. Sie zeigt ihr Bussarde, die im aufgewühlten Boden picken; Ödland, in dem Gräber ausgehoben wurden.

Sie hat die Hand erhoben, darin leuchtet der Atzmann. Ein Brandsatz, den sie gegen das Schicksal schleudert, das ihr droht. Eine Fackel, die ihr den Weg leuchtet.

Es dauerte eine Ewigkeit, bis sie die Nadel aus dem Hals und den Splitter aus der Leiste des Atzmanns entfernt hatte. Nervös wartete sie ab. Hoffnung flackerte in ihr auf wie geschürte Glut – dass die dunkle, gefahrvolle Gegenwart einem gleißenden Licht Platz machen würde.

Agnes würde sich erheben, gesund und mit neuer Kraft, ihre Brüste voller Milch. Das Kind wäre satt und warm.

Ein goldener Schlüssel würde im Tor erscheinen.

Ihre Kehle würde heilen; sie würde um Hilfe rufen, sich für Agnes einsetzen; ihr die Wahrheit sagen.

Mehrere Augenblicke vergingen. Vom Pfeiler kamen leise Töne. Martha hob Agnes' schlaffen Kopf. Im Zwielicht hatte Agnes' Gesicht immer noch Spuren von Würde, ein göttlicher Schimmer lag in ihren Augen. Doch dieser Schimmer verblasste wie eine niedergebrannte Kerze, die sanft erlosch. Der Regen fiel und fiel, er rann durch das Fenster, Sterblichkeit in jedem Tropfen.

Dienstag

≺ 29 ≻

Morgendämmerung, Bewegung vor dem Tor. Männer mit Schlüsseln. «Was?», fragte Jennet mit schwerer Zunge.

Sie sind da.

Herry Gowler mit seinem schiefen Grinsen. Er fluchte leise, als er in das schmutzige Wasser trat. Hinter ihm spähte Ned Bullard durch das Gitter.

«Jene von euch, die noch am Leben sind, sollen herauskommen.» Herry öffnete das Tor. Wo er hintrat, wirbelte Schlamm im Wasser auf. «Bloß ihr zwei?»

«Bloß wir zwei», bestätigte Jennet. «Bringst du uns unsere Henkersmahlzeit?»

«Hat euch das etwa euer Herr und Meister Satan versprochen?», lachte er. «Weit gefehlt, meine Damen. Wir bringen euch an den Galgen.»

«Aber warum?», rief Jennet. «Makepeace ist fort, der Richter ist fort.»

«Halt die Klappe. Der Wachtmeister hat gesagt, ich soll euch nach oben bringen, und genau das tue ich. Nun hoch mit euch.»

«Gebt uns noch einen Moment», bat Jennet.

«Wozu?», fragte Herry. «Ihr habt es euch doch schon tagelang hier gemütlich gemacht.»

«Ja, aber wir müssen uns noch Lebewohl sagen. Komm schon, Herry. Das wirst du uns doch wohl gestatten.»

Er seufzte. «Na schön.» Er drehte sich um.

Die Angst klebte an ihnen wie ihre nassen Kleider, als sie einander umarmten.

«Du hast mich auf diese Welt geholt. Jetzt verlassen wir sie gemeinsam. Scheint fast angemessen», sagte Jennet. Auf ihrem blassen Teint wirkte das violette Feuermal, als habe sie jemand ins Gesicht geschlagen. Sie zog Martha an sich und küsste sie auf die Wangen, auf die Stirn, presste sich gegen den kleinen Leib des Atzmanns. «Gottes Liebe, Martha.»

Dir auch, mein Herz. Es tut mir leid, es tut mir so leid.

Sie wollte um Pater Leggatts Beistand bitten, doch dann fiel ihr ein, dass er sich bereits an jenem Ort befand, zu dem sie nun selbst aufbrechen würden.

Ihre Knochen waren aus Blei, und sie ging mit dem Schritt einer alten Frau, die jeden Moment zu fallen droht. Es gab keinen Halt mehr für sie; für sie und Jennet war die Zeit auf dieser Erde vorüber. Wachtmeister Napier stand oben auf der Treppe des Kerkers und schüttelte den Kopf, als sie vorbeigingen. Draußen im zarten Licht des Morgens war alles still und ruhig. Meer und Hochwasser bildeten eine Einheit, die ungebrochen bis zum Horizont reichte. Das Dorf stand unter Wasser, die Flut überdeckte alle Unvollkommenheiten. Vor ihnen das Schafott, leer, erwartungsvoll. Keine Leichen mehr, nur frische Stricke. Einer davon gehörte ihr. Am Fenster des Wirtshauses standen zwei Frauen, Nan Dolan und Liz Godbold, Kits Tochter schmiegte sich an ihre Schulter. Freude und Zuversicht strömten durch sie hindurch. Gott schütze Kit. Gott segne sein kleines Mädchen. Ein Teil von ihr wollte nicht sterben, wollte weiterleben und Kits Mädchen aufwachsen sehen.

Zum letzten Mal wandte sie sich um und sah auf die Straße – oder dorthin, wo die Straße gewesen war. Wo ihr Leben gewesen war.

Sie sah sich nach dem Henker um, aber da war bloß Richter Bacon, der auf sie zukam und ein Pergament emporhielt. Die Sonne schien, und die rasch vorbeiziehenden Wolken zeichneten Streifen von Licht und Schatten auf sein Gesicht. Er öffnete den Mund und begann in sehr ernsthaftem Tonfall zu sprechen; ein schneller Strom unverständlicher Worte. Sie stand da und sah zu, wie sich seine Lippen bewegten, begriff aber nichts von dem, was er von sich gab. Neben ihr sackte Jennet in sich zusammen, fiel auf die Knie und begann, wie wild zu zucken. Marthas Herz pochte, doch nach jedem Schlag hatte sie das Gefühl, gleich setze es aus. Sie spürte, wie sie sich auflöste, wie sie innerlich floh vor dem, was nun kommen würde. Sie sagte Adieu zu ihrem kleinen Leben mit den zahllosen kleinen Taten, zu dieser schönen Welt und ihrer kurzen Zeit darin. Adieu zu ihrem Leiden, der Stummheit, dem Schmerz, der Freude, Kits Gesellschaft und Liebe, dem Schreien seiner Tochter, adieu zu hoffnungsvollen Morgenstunden zwischen duftenden Kräutern, ruhigen Abenden am plätschernden Ufer, langen Nächten, in denen sie die Sterne betrachtet hatte, zähen Stunden der Hausarbeit, kurzen Zeiten der Behaglichkeit, adieu zum Duft von Prissys frisch gebackenem Brot, zu Kits Hund mit seinem duftenden Fell, zu Simons beruhigender, unerschütterlicher Heiterkeit, den treuen Schweinen, den Erinnerungen an Mutter, dem unguten Trost des Atzmanns.

All das schwand, es war schon fast fort. *O Herr, sei unser Schutz, bis zum Ende und noch im Ende.* Sie fragte sich, wie lange der Tod dauern würde, welchen Tanz ihre Beine vollführen würden, was von ihr zuerst sterben würde, ihr Kopf, ihre Hände, ihr Puls? Plötzlich bekam sie es mit der Angst zu tun – was, wenn nicht Mutter auf sie wartete, sondern Prissy oder der tote Knabe der Archers, um sie in die Vorhölle fortzutragen? Der Richter sprach weiter, würdevoll und ernst, doch seine Worte lösten sich in nichts auf. Sie dachte bloß an das, was vor ihr lag: der Strick, der sie erwürgen würde, dann die Umarmung des Todes; sie würde sich beidem klaglos überantworten. Der Wind wurde kälter; er würde ihren Leib am Strick bald hierhin, bald dorthin drehen. Dann würde die Welt die zwei Gesichter der Martha Hallybread sehen: das verdammte und das tote; ihre leeren Augen, ihre stummen Lippen. Ach, ach. Was für eine merkwürdige Angelegenheit es doch war, dieses Sterben, wie falsch es war und zugleich voller Wahrheit.

Teil vier

Blut

Sie erwacht in einem Traum, in dem sie durch das Dorf geht, vom Galgen über den Marktplatz und den Strand entlang. Die Tide Lane erstrahlt in der Sommersonne: eine Richtung, ein Weg. Sie geht weiter, angetrieben von einem ungewohnten Zwang. Während sie geht, scheint sie leichter zu werden und sich zu erheben; da ist ein neues Gefühl von Weite, als fiele aller Ballast, alle Schuld von ihr ab.

Das Meer neben ihr ist friedvoll, von einem arglosen Blau. Und von ebendort – über das Blau, aus ihm heraus, rasch über die spiegelglatte Wasserfläche schreitend: Mutter, die Martha wie eine helle Glocke zuruft und mit ausgestreckten Armen auf sie zukommt. Martha breitet ebenfalls die Arme aus, findet aber nur fiebrige Luft. Stattdessen steht vor ihr in der Gasse nun der Atzmann, voller Narben und so groß wie eine Frau. Er schließt Martha sanft in seine Arme.

Alles steht still. Gegenwart und Vergangenheit werden eins. Sie spürt, wie ihr Leib weicher wird, wie sie selbst dünner, weniger wird. Was ist, wird zu nichts, und im Nichts verschmilzt sie mit der Wachspuppe. Sie ist der Atzmann, und er ist sie: ihre Scham in seinen Wunden, sein Verlangen in ihrem Puls, der gleichmäßige Herzschlag seiner Bestimmung.

Verwende mich selten. Aber verwende mich. Für die Gerechtigkeit. Für das Gute.

Martha bekommt Angst und schämt sich, versucht, sich aus der Umarmung zu lösen, sich von der Puppe zu trennen oder sie zurückzugeben, der Vergangenheit oder Mutter zurückzugeben. Doch Mutter ist jetzt Erde, Wrasen, Himmel. Trugbild. Seele.

Martha mit dem Atzmann in der Gasse. Er lässt von ihr ab und bläht sich auf, sein Wachs schwillt an, ihm sprießen neue Gliedmaßen, bis es tausend Atzmänner sind, jeder einzelne eine Frau. Zahllose Frauen drängen sich um Martha, schauen sie hoffnungsvoll an und bedeuten ihr, sich umzudrehen. Zielstrebig trotz ihres marionettenhaften Ganges geleiten sie Martha die weiße Straße hinunter. Die Tide Lane ist der Weg zurück in die feindliche Gegenwelt mit ihren vielen hasserfüllten Behauptungen. Martha zögert, versucht, langsamer zu gehen, aber die Frauen schieben sie vor sich her. Während sie gehen, sprechen sie, eine nach der anderen; sie hört sie bis in ihr Mark, sie hört sie mit ihrer Seele, ihre Stimmen klingen wie aus einer winzigen Kammer.

Wir sind Miststück. Wir sind Schlampe. Wir sind Hure, Metze, Kupplerin, Isebel, Dämonin, Zauberin, Dirne, Fotze, Mähre, Waschweib, Muttergottes, Hundsfott, Flittchen, Sau, Furie, Wespe, Megäre, Schnepfe, Schaf, Maid, Harpyie, Sukkuba, Dame, Herrin, Teufelsweib, alte Vettel. Wir sind der Natur zuwider, wir sind Gott zuwider. Wir sind ohne Zahl, wir sind Legion. Wir sind zu viele, wir sind nie genug.

Die Frauen strömen in alle Richtungen, das Dorf wimmelt von ihnen, sie füllen den Strand; Martha sieht sie bis zum Horizont strömen. Gemeinsam erreichen sie Kits Haus. Am Tor bleiben sie stehen. Alles sieht aus wie zuvor. Da ist ihr Arzneigarten mit seinem verlockenden Smaragdgrün, die sorglosen Schweine dösen in ihrem Pferch, Kits Hund liegt auf den Steinplatten neben der Hintertür und sonnt sein glänzendes, goldenes Fell.

Hinter ihr und um sie herum versammeln sich die Frauen und warten mit wachen Augen darauf, was sie tun wird. Es ist nicht an ihnen, Ratschläge zu erteilen; sie muss selbst beschließen, das Tor zu öffnen und hindurchzugehen.

Der Atzmann, nun wieder ein Püppchen, schmerzt in Marthas Hand.

Sie spürt bereits die Anzeichen ihrer eigenen Verwandlung, ihre Fasern verdichten sich, ihr Name – ihre Namen kehren zurück: Martha, die Sünderin, die alte Jungfer.

Heilerin. Hexe.

Ja. Ja: Sie ist all das, sie kennt ihre Tücken so gut wie ihre Gaben. Hat sie denn eine Wahl? Was kann sie tun, als einmal mehr versuchen, ihre Gaben für das Gute zu nutzen?

Tags darauf

⊹ 30 ⊹

Der Himmel erinnerte an eine Makrele, dunkle Streifen über fleckigem Hellrot. Tom Archers Kuh stand auf dem höher gelegenen Stück, am oberen Ende von Kits Wiese. Ihr Euter war prall von Milch. Martha legte das Seil um den Kopf des Tieres und führte es die Wiese hinunter. Die feuchte Luft roch nach der Flut. Das der See zugewandte Ende der Weide stand noch immer unter Wasser, und im toten Nass trieben seltsame Dinge: eine ertrunkene Spitzmaus, eine Kindermütze und ein Fäustling, ein Stück eines zerrissenen Segels, Brocken stinkenden Exkrements. Aber die Kuh trottete seelenruhig neben ihr her, fort vom Wasser. Am Strand waren zahlreiche Dorfbewohner dabei, den verrottenden Seetang zusammenzusammeln und zu großen Ballen aufzuschichten. Eine schwache Sonne warf ihr Licht auf die Tide Lane, und dort entlang führte Martha die Kuh und hinein. Der Drang, heimzukehren, ist allen Lebewesen angeboren.

Brot, eingeweicht in warmer Milch. Simon hielt ihr einen Teller hin. Martha wusste, dass sie der Verlockung widerstehen musste. Wenn sie aß, wenn sie Speise zu sich nahm, beschloss sie damit, in dieser Welt weiterzuleben, und verzögerte ihre Reise in die nächste.

Sie betrachtete Kits Zimmer und das, was sich darin befand. Ein Apfelbutzen lag auf der Fensterbank und wurde braun. Die Täfelung aus Eichenholz glühte in der Sonne des späten Vormittags wie dunkler Honig. Simon und Jennet, ihre beiden treuen

Freunde, beobachteten sie, das wusste sie, obgleich sie nach unten schaute. Simons Gesicht war ein Ausbund an Verblüffung. Seine Kiefer mahlten, seine Lippen öffneten und schlossen sich: Mit seinen Worten versuchte er, sie zu erreichen. Er ergriff ihre Hand und schüttelte sie, versuchte, ihr den Atzmann zu entreißen, ihr irgendein Zeichen zu entlocken.

«Hat dieser … Götze dich krank gemacht?»

Nein. Nein. Allein der Atzmann und das Kind waren noch von Bedeutung. Den einen hatte Mutter ihr geschenkt, das andere Agnes; sie waren alles, was sie noch auf dieser Erde hielt. Simon redete weiter, er hatte viele Vorschläge – für Martha, für sie alle, wie es weitergehen könne. Die Sorge machte ihn redselig, und in allem meinte er, die Hand Gottes zu sehen. Sie hörte nur halb zu, nicht, weil er ihr gleichgültig war, doch sie war nicht gewillt, sich noch einmal durch seine Worte übertölpeln zu lassen.

Endlich stellte Simon die Schüssel ab. Er sprach über seine Schulter. «Warum antwortet sie nicht? Ist sie krank?»

«Mag sein», sagte Jennet. «Ja, das mag sein. Ein Seelenleiden.»

«Was sollen wir tun? Sollen wir den Arzt holen?»

«Ach, der würde sie bloß zur Ader lassen. Lass sie in Frieden. Ihr ganzes Leben hat sie geschuftet. Lass sie einmal in Ruhe dasitzen. Es gibt Schlimmeres für ein Seelenleiden, als in der Sonne zu sitzen.» Jennet nahm ihren Schal ab und breitete ihn über Martha aus. «Du könntest Kit bitten, zu ihr zu kommen und mit ihr zu reden. Ihn liebt sie von allen Menschen am meisten – abgesehen von dem Kind. Vielleicht kann er sie aufmuntern, dass sie wieder sie selbst wird.»

«Er ist gerade erst kräftig genug, um sich aufzusetzen.»

«Wenn ihm Martha am Herzen liegt, muss er wohl herkommen, oder? Nur dieses eine Mal muss er sich anstrengen. Ihr zuliebe. Wie oft hat sie sich für ihn angestrengt? Unzählige Male, für ihn und Agnes und all die anderen. Ich würde sagen, nun ist er dran. Er soll sie trösten, jetzt gleich.»

Sie warteten. In ihrer Brust klopfte das Herz weiter, ihre Lunge behielt den verhassten Rhythmus. Durch das offene Fenster war die Warnglocke an der Sandbank zu hören, wie eine Aufforderung zum Handeln, doch sie hatte weder die Kraft noch den Willen, dieser Aufforderung nachzukommen. Nach einiger Zeit verließen ihre Freunde sie. Sie trieb wieder fort, an einen zeitlosen Ort. Dort fand sie etwas von den Frauen: eine Spur wie ein Fingerabdruck in Wachs; ein Echo wie eine geschlagene Glocke.

Sankt Martin, Mitte November

⸗ 31 ⸗

Zwei Monate waren vergangen, seit sie dem Galgen entkommen war, im letzten Moment begnadigt durch Richter Bacon. Sechzig Tage als freie Frau, die in sich alles andere als frei war. Zu viel hatte sie gesehen, zu viel war fort. Ihr Leben hatte seine frühere Form verloren, alles eingebüßt, was es einst ausgemacht hatte. Die Nächte waren eine Qual, rastlos schlummerte sie ein, um sogleich wieder aufzuwachen und nach Kit zu horchen. Die Tage verschwammen, die Stunden vergingen ohne Anfang und Ende. Sie schürte das Küchenfeuer, braute Medizin, buk Brot, fütterte die Schweine, wechselte die Laken, schöpfte Wasser und kochte es ab, badete das verklebte Auge des Hundes, half Simon, einen Weg durch den Schutt zu bahnen, den das Hochwasser im Hof hinterlassen hatte, wusch Agnes' Unterröcke und hängte sie in der Küche zum Trocknen auf. Als sie trocken waren, faltete sie sie sorgfältig, verstaute sie im Wäscheschrank im Obergeschoss und steckte Lavendelzweige in die Falten. Jede Handlung, jeder Atemzug bot ihr Gelegenheit, sich Vorwürfe zu machen. Das Kind war immer noch zum Stillen bei den Godbolds. Kit lebte – preiset den Herrn! –, war allerdings nur noch ein Schatten seiner selbst, dünn wie ein Kind, fehl am Platz im großen Ehebett. Sie musste sich jedes Mal zwingen, hinaufzugehen und ihn zu pflegen, und oft war es Simon, der mit den Tees und Tinkturen, die sie für Kits geschwächte Lunge zubereitet hatte, die Treppe erklomm. Mit der Zeit fand sie es einfacher, wieder in seiner Nähe zu sein und seinen durchdringenden Duft zu riechen – ein Grund mehr, weiterzumachen.

Wenn sie in der Morgendämmerung an den Strand ging, ertappte sie sich dabei, wie sie den Horizont absuchte. Sie hielt Ausschau nach den Frauen. Hoffte vielleicht, sie zu sehen. Doch sie sah nur das Auf und Ab der Wellen, beobachtete, wie sich das übel riechende Wasser zurückzog und Tag für Tag mehr von den Spuren der Flut preisgab. Trümmer. Verwesung. Aber auch: neues Wachstum, Leben im Brackwasser – Grün, das aus dem Schwarz erwuchs.

32

Sie stand in ihrem Arzneigarten und schaute sich den Bestand an. Eine Überfülle erdrückender Farben. Brandige Stängel, gekrönt von Samenköpfen, jeder einzelne Same ein Vorwurf. Dahinter ragten Wolfswurz und Fingerhut auf, in unantastbaren Türmen. Irgendetwas musste damit geschehen. Sie zückte ihr Messer und begann zu schneiden, eine Ernte, aus der ein Kahlschlag wurde. Himbeere, Herzgespann: Schwangerschafts- und Gebärkräuter, für Agnes gepflanzt und nun nicht mehr benötigt. Vielleicht sogar verboten. Die Pflanzen klammerten sich im Boden fest, wehrten sich und kratzten sie, als sie sie herauszog. Das war ihr Protest.

Sie warf alles auf einen Haufen im Hof, dann ging sie zum Haus zurück. Simon war dort, ebenso Jennet mit dem Kind auf dem Arm.

«Komm, setz dich zu uns, Martha. Ruh dich ein wenig aus.» Simon ging zur Gartenbank und klopfte darauf. Als sie sich nicht rührte, kam er und holte sie. Sie saßen zu dritt auf der Bank, dicht an dicht. Sie genoss es nicht mehr so wie früher, nur tatenlos dazusitzen. Dann bestand die Gefahr, dass die Gedanken wieder auftauchten, dass ihr Gewissen wieder mit ihr schimpfte. Das Kind quäkte, und für den Bruchteil eines Atemzugs war es das Kind der Archers, das protestierte, und dann steckte Jennet dem kleinen Mädchen einen Finger in den Mund. Das Kind saugte wie wild, als wolle es seinen Anspruch auf Leben geltend machend.

«Sie hat Hunger», sagte Simon.

«Sie wächst», gab Jennet zurück. «Wie es sich für einen Säugling gehört.» Martha beobachtete die verschiedenen Regungen, die sich auf Jennets Gesicht abzeichneten – zart, weich, reumütig. Sie passten gut zusammen, das hungrige Kind und die ungewöhnliche Madonna. «Habt ihr noch einmal darüber nachgedacht, wer sich um sie kümmern soll?»

Simon sagte: «Wir tun das, Jennet. Darüber braucht man nicht lange nachzudenken. Sie hat ihre Mutter verloren, aber sie hat immer noch einen Vater, und sie hat uns – Martha und mich.»

«Ganz so einfach ist es aber nicht, oder, Simon? Ihr Vater ist immer noch schwach – in mehr als einer Hinsicht.» Kaum merklich spannte sich ein Muskel in Jennets Kiefer an. «Ich weiß nicht, ob Kit bewusst ist, was er an Martha hat. Zumindest nicht immer.» Sie bedachte Martha mit einem reumütigen Blick. «Aber das muss Kit mit seinem Schöpfer ausmachen. Ich weiß nur, dass du jetzt ein Mann bist, Simon. Bald wirst du dir eine Frau suchen und eine eigene Familie gründen wollen. Oder etwa nicht? Ach, spar dir das Erröten. Wir alle wissen das. Ein gut aussehender Bursche wie du. Es ist bloß eine Frage der Zeit, bis du heiratest.» Das kleine Mädchen war still und starrte Jennets Gesicht an und ihre blassen Augenbrauen, die sich hoben und senkten, während sie sprach. «Und dann müssen sich Martha und Kit um das Kind kümmern, die beide weder bei Kräften noch jung sind. So sieht es für mich aus.»

«So sieht es vielleicht aus», gab Simon zu, «aber so ist es nicht. Gott der Herr hat seine Hand ausgestreckt und dieses Kind beschützt und es wohlbehalten zu uns heimgebracht. Er wird seine Hand nicht von ihm nehmen. Er wird ihm beistehen. Martha und ich werden uns um dieses Kind kümmern, als wäre es unser eigenes.» Behutsam packte er Jennets Arme und senkte sie so, dass sie alle das Mädchen sehen konnten. Es war unverkennbar, wer seine Eltern waren – das Mädchen hatte die Stirn seines Vaters und das Haar seiner Mutter, ein dunkelroter Flaum. «Wir haben ihrer Mutter gedient. Wir werden uns um ihre Tochter kümmern. Sie ist das Mädchen unseres Herrn, und wir sind ihm treu ergeben. Wir drücken uns nicht vor unserer Pflicht.»

«Das ist ja auch gut so», verkündete Jennet. «Behaltet eure erhabenen Gedanken.» Ein brüchiges Lachen. «Aber eure Kleine braucht Milch genauso sehr, wie sie deine Gebete braucht, Simon. Sie braucht Muttermilch, wenn sie gedeihen soll, und zwar reichlich.» Sie warf Martha einen prüfenden Blick zu und sagte: «Meine Schwester hat noch welche.» Sie redete weiter. «Sie hat so viel Milch, dass sie gar nicht weiß, wohin damit. Ach, ich weiß, es gibt Kräuter dagegen, Kräuter, die sie austrocknen. Aber ich … ich hatte eine andere Idee.» Sie sprach nun leise und eindringlich, die folgenden Worte waren nur für Martha bestimmt. «Ich muss dich nicht daran erinnern, was geschehen ist, Martha. Du verstehst mich schon.»

Über ihr das Geschrei der Möwen. Zu begreifen, was Jennet gerade gesagt hatte, fand Martha so anstrengend, als müsse sie ein Gewicht stemmen.

«Was meinst du damit, Jennet?», fragte Simon.

«Martha weiß, was ich meine. Mit ihr rede ich, nicht mit dir», zischte Jennet. Sie zog das Kind an ihre Brust und drückte es an sich. Irgendeine plötzliche Empfindung – Zuneigung? Hingabe? – hatte ihr Farbe ins Gesicht getrieben. «Liz Godbold meint, unsere Kleine hier trinkt reichlich. Offenbar will sie leben.» Sie atmete nervös, und das dunkle Rot ihres Feuermals bewegte sich, während sie sprach, als wäre es lebendig. «Ich bitte dich, lass Marion die Kleine stillen. Nur eine Zeit lang – bis sie abgestillt ist.» Jennets Katzenaugen schauten sie an, ohne zu blinzeln. «Ich hoffe, du kannst dich dazu durchringen, Martha, Marion das zu gestatten. Damit sie es erfährt … Damit sie weiß, wie es ist, Mutter zu sein.»

Martha überkam der Wunsch, weit fort zu sein. Sie stand auf, zeigte Jennet die leere Wiege ihrer Arme. *Es ist nicht mein Kind, es ist nicht an mir, es fortzugeben.* Ohne sich umzublicken, ging sie über den Hof, doch verließ sie der Schwung, und sie blieb am Tor stehen, um gegen die Klagen in ihrem Kopf anzukämpfen. Wieso war sie noch hier? Die Schlinge hätte ihr ein Ende bereiten, ihr den Atem nehmen sollen. Auge um Auge; die Rechnung ihres Lebens wäre beglichen gewesen, Wiedergutmachung geleistet.

Als sie ausatmete, stellte sie fest, dass sie diesen Atemzug schon seit einer Ewigkeit angehalten hatte. Eine dünne Mondsichel zeigte sich über dem Psalm Cliff, ganz blass, wie der abgeschnittene Fingernagel einer Frau. Frau. Frauen: Als hätte der Gedanke sie herbeigerufen, kamen sie, sie waren überall, hinter ihr und vor ihr und um sie herum, hüllten sie ein; sie spürte ihre schonungslose Wärme auf ihrer Haut, das kollektive Seufzen ihres Atems. Irgendwo unter ihnen wartete Mutter, warteten die verschleppten Frauen. Es war wie eine Trance, ein Instinkt, wie das Gefühl, das sie hatte, wenn sie den Bauch einer werdenden Mutter abtastete: Ihr Gewissen suchte nach etwas Gutem in ihr, nach etwas, das Erlösung verhieß. Bilder von früher kamen ihr in den Sinn; Erinnerungen an ihren Dienst, ihr gottgefälliges Werk, und jede einzelne ließ so etwas wie Mitgefühl für sich selbst in ihr aufflackern, bevor sie verblasste.

Von der Bank hinter ihr hörte sie Simons Maultrommel, er spielte die ersten Töne eines Liedes. Horch, horch, die Lerche, sang er in seinem jungenhaften Tenor, der so erstaunlich rein klang. Welch ein Rätsel das Schicksal doch war, welch ein Rätsel ihr Leben, welch ein Rätsel Simons Musik, deren fröhliche Melodie sich durch das Geflecht ihrer Angst schlängelte. Horch, horch. Sie hatte alles überlebt – die Hexenverfolgung, den Verlust der Schwestern, das Schafott. Sie hatte sich nicht sonderlich ehrenhaft verhalten, aber sie war nicht gestorben. Kit lebte, seine Tochter lebte. Horch, horch, sang Simon wieder. Je lauter er sang, desto zuversichtlicher fühlte sie sich. Vielleicht, ja, vielleicht gab es doch Grund zur Hoffnung.

33

Sie saß in Kits Zimmer und flickte den Ärmel seines Hemdes. Von draußen drangen leise, aber deutlich die Geräusche vom Gesindemarkt herüber, der anlässlich Sankt Martin abgehalten wurde. Töne von Flöten, das dumpfe Wummern einer Trommel. Das Feuer im Ofen war fast heruntergebrannt, aber an der Wand darüber leuchtete im Schein der Nachmittagssonne der verzierte Silberspiegel, der mit großem Aufwand aus den Niederlanden – wo auch immer das sein mochte – hergeschafft worden war. Die Tür schwang auf, und der Hund kam herein, stapfte geräuschlos über den Teppich und legte seine Schnauze auf ihren Oberschenkel. Ihm folgte Kit, ein Gespenst im Nachthemd. Er hielt Agnes' violettes Halstuch und ihre Hausschlüssel in der Hand. Und ein Paar ihrer Pantoffeln.

«Dies hier ist für dich.» Er schwankte, knickte ein, hustete allzu lang.

Setzt Euch. Ihr müsst Euch setzen. Sie erhob sich und brachte ihn zu dem großen Stuhl. Seit Wochen war er nicht mehr aus dem Bett aufgestanden. Seine Beine waren wie dürre Spindeln, die aus dem Batist herauswuchsen. Sie schürte das Feuer und spürte, wie sich der alte Instinkt ihrer bemächtigte, ihn zu bemuttern. Knochenbrühe – es war noch eine Portion übrig; die sollte er haben. *Ich bringe Euch …*

Er hielt ihren Arm fest. «Bitte, Martha. Setz dich zu mir. Das ist alles, was ich im Moment will. Diese Dinge sind mein Geschenk an dich, meine treueste … meine liebste Freundin. Ich möchte, dass du sie bekommst. Und meine ganze Dankbarkeit dazu.» Seine Hand wanderte zu seiner Liebeslocke und berührte sie. «Dafür, dass du meine Tochter heimgebracht hast. Dafür, dass du für meine arme Agnes alles getan hast, was du konntest.»

Agnes. Ebenjene Agnes, die vor zwei kurzen Monaten noch in diesem Stuhl gesessen hatte, quicklebendig. Die Schuld wallte in ihr auf. Hatte sie wirklich alles getan, was sie konnte? Sie wusste es nicht mehr. Sollte Gott darüber richten. Kit drängte sie, die Geschenke anzunehmen, die zierlichen Schuhe, den kostbaren Schal. Zu kostbar, um ihn bei der Arbeit zu tragen. Zu kostbar für sie, Martha Hallybread, die unwürdige.

Ihr solltet das behalten. Für Eure Tochter.

Er schüttelte den Kopf. Auf seinem Gesicht sah sie Falten, die im Sommer noch nicht da gewesen waren. «Es dauert Jahre, bis sie die gebrauchen kann. Für sie bewahre ich andere Dinge auf.»

Sein Husten kam wieder, rau und feucht. Ganz unten aus ihrem Verstand kam der Gedanke gekrochen, dass sein Husten ihr Husten war – unumkehrbar, dauerhaft. Eine unabsichtliche Mitgift.

Sie ging zur Kühlkammer, holte die Brühe heraus, stellte sie auf ein Tablett und tat ein Stück Brot dazu. Kit trank langsam, alle paar Sekunden hielt er inne, um zu atmen. Als die Schale halb leer war, bedankte er sich, und sie stellte sie beiseite. Sie holte Agnes' Sommerdecke aus dem Obergeschoss und legte sie über ihn. Sie zog den Schemel heran, aber Kit bat sie, sich auf einen richtigen Stuhl neben ihn zu setzen.

Die Luft im Raum war schwer, voller Dinge, die sie nicht aussprechen konnten.

«Meine Tochter braucht einen Namen», sagte Kit, nachdem sie eine Weile geschwiegen hatten. «Ich habe es zu lange aufgeschoben. Wegen ... all dessen, das geschehen ist.» Sie wandte sich zu ihm um und sah ihn an. Sein Mund verzog sich, sie hörte ihn schlucken. Sie dachte, wenn er es sich gestattete, würde er weinen und weinen und weinen. «Agnes», sagte Kit mit so viel Nachdruck, wie seine brüchige Stimme zuließ. «Sie soll Agnes heißen. Um mich an sie zu erinnern. Uns. Und ich werde – wir werden – sie lieben und ehren, wie ihre Mutter geliebt und geehrt wurde.»

Sie nickte. *Ja. Ja.* Eine Träne kam; Kit wischte sie fort und nahm dann ihre Hand. Sein Griff war warm und fest. So saßen sie eine ganze Zeit. In aller Stille schmiedeten sie einen neuen Pakt, sie vereinbarten, so lange weiterzumachen, wie sie nur konnten.

Kit sank der Kopf auf die Brust; er schlief ein, der Hund Matthew ebenso, beider Atem wurde eins mit dem Takt der Wellen. Im Haus war es still. Das Licht im Zimmer, der Geruch von Kits Tabak, Matthew, der ruhig zu seinen Füßen lag – alles schien wie aus einer früheren Zeit; einer gütigeren, hoffnungsvolleren Zeit. Sie ließ sich treiben, ließ ihre Gedanken abschweifen. Aber sie kam nicht zur Ruhe; sie fühlte, wie sich ihr Gewissen regte, spürte einen Druck in einer dunklen Nische ihres Geistes, aus der ebenso dunkle Empfindungen entwichen.

Diesen Empfindungen nachzugeben, war gefährlich. Sie stand auf und ging leise im Zimmer umher, betastete Kits Zunderbüchse und seinen Kompass und die Perle, die er an seiner Liebeslocke getragen hatte, als Agnes noch am Leben gewesen war; sie hob die Gegenstände auf und legte sie wieder hin, als könne sie allein durch die Berührung etwas von beiden – ihrem Herrn und ihrer Herrin – wiederfinden. Oder die Essenz ihres gemeinsamen Lebens mit ihnen.

Eine Bewegung im Spiegel ließ sie aufmerken. Dort blitzte etwas auf. Sie zwang sich, hinzuschauen. Da war ihr Ebenbild und dahinter, nicht zur Gänze sichtbar, der Atzmann – oder sie selbst als Atzmann –, der den Kopf schüttelte und ihr seine zwei Gesichter zeigte: die blinde Seite und die sehende Seite; die Seite, die heilte, und die Seite, die zerstörte. Sie schämte sich, wollte fortschauen, aber der Spiegel hielt ihren Blick fest, und während sie hinschaute, schwebte der Atzmann auf sie zu, stülpte sich über sie, fuhr in sie hinein und durch sie hindurch, sodass sie sich unwillkürlich schüttelte.

Sicherlich nur eine Illusion, ein Trugbild. Doch irgendetwas blieb bestehen, ein Stück Wahrheit, das an den Rand ihres Bewusstseins drang. Sie blinzelte. Der Spiegel blinzelte zurück. Sie ging zum Fenster und öffnete es. Frische Luft strömte herein und mit ihr eine Mischung aus Geräuschen: Schaufeln, Hämmern, Vogelgezwitscher, der fröhliche Lärm vom Markt. Sie zwang sich, zu lauschen. Cleftwater machte weiter und setzte sich wieder instand. Sie sollte es ihm gleichtun. Wie zur Bestätigung schrie eine Möwe, und dann schrie die kleine Agnes, und sie dachte, dass das bisschen Zeit, das ihr noch blieb, zwar nicht viel war, aber dennoch ein Geschenk.

Hinter ihr regte sich Kit. Sie drehte sich zu ihm um. *Wir brauchen …* setzte sie an, und im selben Moment sagte Kit: «Eine Köchin und jemanden, der Simon hilft. Geht zusammen auf den Gesindemarkt. Sprecht mit Tom Archer. Und auch mit Marion. Fragt sie, ob sie unser Mädchen weiterhin stillen möchte. Und such uns eine neue Pr…» Beinahe hätte er «Prissy» gesagt; er hatte sich gerade noch gebremst. Sie hatte ihm die kleine Truhe gebracht, in der er sein Geld aufbewahrte. Er schloss sie auf und zählte einige Münzen ab. «Gib die hier Marion Archer, richte ihr meinen Dank aus.» Er griff noch einmal hinein und steckte ein paar weitere Münzen in einen Geldbeutel. «Findet uns die Leute, die wir brauchen. Nur die Besten, Martha. Nur solche, die so erlesen sind wie Simon und du.»

An der Hintertür legte sie sich den neuen Schal um. Die Wolle roch noch nach Agnes. Simon folgte Martha, als sie die Tide Lane hinuntergingen. In den Schlick, den der Sturm hinterlassen hatte, war ein Trampelpfad getreten. Als sie das Marktkreuz erreichten, stellten sie sich hinter eine Gruppe von Heringsfrauen, gut zu erkennen an ihren gestreiften Röcken, an denen glitzernde Fischschuppen klebten. Es war mitten am Nachmittag, und der Gesindemarkt war in vollem Gange. Die Straße war voll mit Ständen und aufgebockten Tischplatten, zwischen denen Käufer und Knauser hin und her schlichen, schauten und feilschten. Simon blieb an einem Bäckerstand stehen, um sich Rosinengebäck zu kaufen. Er steckte sich ein Stück in den Mund, grinste und reichte auch Martha eines. Der Geruch von gebratenem Hammel, das Gedränge der Leiber, die Wellen von Lärm; Martha wurde unwohl, als sie an die Hinrichtungen denken musste. Auf dem Dorfplatz war das Schafott verschwunden, stattdessen stand dort ein großer hölzerner Pferdekarren. Ringsherum waren Menschen aufgereiht, die man anheuern konnte: Männer, Frauen, Burschen und Mädchen. Sie betrachtete das Meer aus Gesichtern und erkannte viele von ihnen wieder – Leute aus den Scours, die durch die Flut alles verloren hatten und nun nach neuer Arbeit suchten. Jeder von ihnen stellte ein Werkzeug zur Schau, das für seine Fähigkeiten oder seinen Beruf stand. Der Fuhrmann stand vor seinem Karren; er hatte sich kunstvoll ein Stück Kordel in den Hut geflochten und arbeitete an einem teilweise fertiggestellten Rad. Neben ihm standen zwei Ginsterschneider, die ihre Sicheln und Sensen präsentierten. Ein paar Schritte weiter stand ein Grüppchen Schafhirten, die sich auf ihre Hirtenstäbe stützten, einer hatte ein Büschel Wolle im Knopfloch. Unter ihnen war Tom Archer, der gerade in ein Gespräch mit einem wohlhabenden Bauern aus Holleswyck vertieft war. Martha stieß Simon an und zeigte auf ihn. Während sie zuschauten, schlossen Tom und Judah Godbold mit dem Bauern ein Geschäft ab, schüttelten ihm die Hand und erhielten ein paar Münzen von ihm. Dann blickten sie beide hinüber in Richtung Wirtshaus.

«Judah gibt das Geld sicherlich gleich wieder aus», sagte Simon. «Und Tom mischt mit, jede Wette.»

Geh und sprich mit ihm.

«Welchem von beiden?»

Sie formte mit ihren Händen ein T. *Tom. Sag ihm, Kit hat Arbeit für ihn. Und zwar jede Menge.*

«Wir sind zu spät, Martha. Er hat doch schon Arbeit gefunden.»

Sie zeigte ihm Kits Geldbörse. *Unser Herr wird bezahlen. Gutes Geld.*

Sie angelte zwei Münzen heraus und gab sie Simon. *Bring Tom mit. Bring einen Krug mit. Wir werden darauf anstoßen, dass er bleiben darf.*

Sie beobachtete, wie Simon Tom in das Wirtshaus folgte, dann drehte sie sich um und ging über den Platz. Auf der Seeseite standen die Frauen, die Arbeit suchten: Hausmädchen mit Wischhader und Besen, Melkerinnen mit Schemel und Eimer. Langsam schritt sie zwischen ihnen hindurch. Marion Archer saß auf ihrem Melkschemel und hielt in einem Arm das Kind der Croziers und im anderen ein Wallholz. Als sie Martha sah, stand sie auf. Sie war so mager, ihr Schatten war bloß ein dünner Strich. Martha ging zu ihr und fasste sie an der Schulter.

Du blutest.

«Was?»

Du blutest. Da war Blut an Marions Röcken. *Du blutest … da und da.*

Marion stöhnte und knüllte das Tuch in ihrer Faust. «Ich kann nicht fort hier. Nicht, bevor Tom und ich Arbeit gefunden haben.» Zerstreut sah sie sich um und musterte die Szenerie. «Ich weiß nicht, wohin er gegangen ist. Ich habe solche Angst, dass die Soldaten ihn mitnehmen. Sie sind auf der Suche nach Männern. Sie ziehen schon eine Weile durch das Dorf und halten Ausschau nach arglosen Burschen, denn für jeden Rekruten bekommen sie Geld.» Sie schaute hinab auf das Kind. «Ich habe solchen Durst. Euer Mädchen trinkt mindestens für zwei.»

Mach dir um Tom keine Sorgen, gestikulierte Martha und schrieb ein großes S in die Luft: *Er ist mit Simon im Wirtshaus.* Sie nahm sich Agnes' Schal von den Schultern und band ihn Marion wie eine Schürze vor ihre Röcke. Die Flecken waren so rot, dass sie zu schreien schienen. Wo konnten sie ein ruhigeres Plätzchen finden, wenn die Straßen so überfüllt waren? Sie waren zwei Frauen, und hier waren so viele Männer.

Komm mit. Nun war es an ihr, den Weg zu weisen. Sie legte Marion einen Arm um die Taille und führte sie quer über den

Marktplatz. Marion ging mit kleinen, verkrampften Schritten und stützte sich auf Martha wie ein Krüppel. Sie gingen an den Strand und setzten sich vor Judah Godbolds Fischerboot, lehnten sich dagegen und spürten die Wärme, die in den Planken steckte. Sie saßen in nahezu kameradschaftlicher Stille beieinander. Marion öffnete ihr Mieder und legte sich das Kind an die Brust: dieses Kind, das so bezaubernd war, der Kern aller Tugend und Güte. Als es einschlief, bewegte sich der kleine Mund des Kindes, als wolle es sprechen.

Aber es war Marion, die sprach. «Wir hatten uns so gefreut», sagte sie. «Auf unser Kind.» Sie blickte zum Horizont im Osten, ohne wirklich hinzuschauen. Das Meer war aufgewühlt, diffus in seiner Unendlichkeit, und die Brise trug einen feinen Hauch von Salz herüber. «Nach allem, was wir durchgemacht hatten, Tom und ich. Was wir verloren hatten. Und dann war ich schwanger, meine Gebete waren erhört worden. Ein Geschenk Gottes, das wieder etwas Licht in unser Leben brachte. Und dann verliere ich ihn … unseren Knaben.»

Nein, bedeutete Martha ihr. *Du kannst nichts dafür.* Ihre Kehle pochte, wurde eng. Der Wurm lebte, er wohnte noch immer in ihr. *Gott hat ihn zu sich gerufen.*

«Ich habe solche Angst um ihn. Um seine Seele», sagte Marion. «Er ist so schnell gestorben. Tom hat ihn so schnell begraben.» Sie zupfte an sich herum, zog an ihren Wimpern, ihren Lippen, losen Haarsträhnen. «Ich habe ihn nicht einmal gesehen. Jennet und Liz, sie haben mich nicht schauen lassen. Ich weiß, er kam … falsch zur Welt. Das weiß ich», wiederholte sie, als müsse sie sich selbst davon überzeugen. «Tom meinte, unser Knabe hätte ohnehin nicht überlebt. Ein, zwei Tage, höchstens. Aber ich habe ihn nicht leben gesehen. Das ist das Schlimmste daran. Dass ich ihn geboren habe und nicht wirklich sehen durfte. Meinen eigenen Sohn! Ihn zu verlieren, war schlimm genug. Aber ihn zu verlieren, ohne ihm eine Mutter gewesen zu sein? Das ist ...» Ihre Stimme zitterte und drohte zu kippen. «Ich kann den Gedanken einfach nicht ertragen.» Sie sah Martha in die Augen, ihr Blick war voller Schmerz, ihr Gesicht schlaff wie eine leere Tasche. «Wie soll ich damit leben, Martha? Sag du es mir. Ich weiß es nicht.»

Im Windschatten von Judahs Boot schien alles still und friedlich. Marthas Hände hoben sich, wie von unsichtbaren Fäden gezogen. Der Bibelvers ging ihr durch den Kopf: *Weinen hat seine Zeit, und Lachen hat seine Zeit ...* Marion sah ihr zu; leise fuhr sie fort: «Klagen hat seine Zeit, und Tanzen hat seine Zeit.» Ihre Stimme ließ sie im Stich. Eine Weile schauten sie einander an, zwei bezwungene Frauen, in deren Augen der Schmerz leuchtete. «Du hast dein Bestes gegeben, Martha», sagte Marion sanft. «Jennet hat mir erzählt, was du alles getan hast, um Agnes und dieses kleine Mädchen hier zu retten. Genauso, wie du dein Bestes für mich und Tom getan hast. Ihn geheilt hast, als er fast ertrunken war. Mir geholfen hast, als ich Fieber hatte. Als ich krank war, nachdem unser Knabe ... Tom meint, dass ich nur deinetwegen noch am Leben bin.» Kits Tochter schlief in ihrem Arm, und Marion wiegte sie. «Das ist ein Leben für ein Leben, wie auch immer man es sehen mag. Du hast eine gute Seele, Martha. Glaube ich jedenfalls. Egal, was alles geschehen ist.» Marion hielt inne und befühlte die Decke. «Ah. Sie hat genässt. Ich sag dir, deine Kleine hier, die wird leben.» Sie hielt sich am Boot fest und zog sich hoch. «Ach, ich bin erschöpft. Und habe Durst. Ich gehe heim. Ich muss endlich etwas trinken.»

Martha stand rasch auf. *Komm mit mir*, bedeutete sie ihr, von frischer Kraft beflügelt.

«Ist schon in Ordnung», gab Marion zurück. «Wir haben Dünnbier gebraut.»

Ich meine, bedeutete Martha ihr mit großen, ausladenden Bewegungen, damit Marion sie auch ganz sicher verstehen würde, *komm mit zu Kit.*

«Zu Kits Haus? Warum sollte ich das tun?»

Um bei uns zu leben. Um uns zu helfen, das Kind großzuziehen.

«Euch … wobei helfen?»

Martha machte eine Wiege aus ihren Armen. *Das Mädchen großzuziehen.*

Marion starrte sie an. «Aber die Kleine ist … ist doch fast deine, Martha. Und wenn ich eine Weile bei euch wohnen soll, was wird dann aus Tom? Und meiner Schwester?»

Die auch. Mit einer kreisenden Bewegung deutete sie auf das Wirtshaus und dann die Straße hinauf zum Haus der Archers. *Du und Tom und Jennet.*

«Wir alle?»

Martha formte mit den Fingern ein Haus, dessen Dach durchhing und nachgab, während Marion zusah. *Euer Haus ist nicht gut. Da kann man nicht leben. Nicht dieses Kind.* Sie spürte, dass Marions volle Aufmerksamkeit auf ihr Gesicht und ihre Hände gerichtet war. *Kit will das Beste für sein Mädchen. Und ich will das Beste für euch.*

Marion bewegte sich nicht. *Nun komm schon.* Martha packte sie am Ärmel. Er war feucht vom nässenden Kind. Eine unrechte Frau geleitete eine, der Unrecht widerfahren war: Das fühlte sich nur folgerichtig an, rechtschaffen. Sie stiegen die steinige Böschung des Kiesstrands hinauf zur Straße und zum Markt, wo die Leute waren – gute Leute, *ihre* Leute. Sie kamen gerade noch rechtzeitig, um mitanzusehen, wie ein junger Mann den Karren erklomm: Ralph – Herrys Komplize mit den Henkelohren, der sich einen Kochtopf als Helm aufgesetzt und eine orangefarbene Schärpe umgebunden hatte, die er stolz der Menge vorführte.

Herry kletterte ebenfalls auf den Wagen, verbeugte sich und steckte sich eine Flöte in den Mund. Eine Reihe hoher Töne erklang, und dann zwinkerte Ralph dem Publikum wissend zu und begann zu singen:

«Die Weiber, die Weiber
Sind wahre Beutelschneider
Manche bieten sich für bare Münze an,
Manche haben in jedem Dorf einen Mann.
Manche sind lüstern, manche voll List
Nimm dich vor ihnen in Acht.»

Die Flöte spielte, und Ralph hüpfte umher und sang weiter:

«Manche sind braun und manche blond,
Manche sind dünn und manche rund.
Manche tun stets ihre Pflicht
Unter dem Mieder, darüber nicht.
Manche sind lüstern, manche voll List
Nimm dich vor ihnen in Acht.»

Das Lied war zu Ende. Es gab ein paar halbherzige Jubelrufe, ein wenig Applaus. Herry sprang vom Karren, Ralph folgte ihm. Gemeinsam bahnten sie sich ihren Weg durch die Menge und hielten die Mützen auf in der Hoffnung, jemand werde eine Münze hineinwerfen.

«Von mir bekommen diese beiden Taugenichtse keinen Penny», verkündete Marion. Sie lachte schroff. «Lass uns heimgehen, Martha. Dein Mädchen muss gefüttert werden, und ich …» Sie sah an ihren Röcken hinunter. «Ich brauche saubere Unterröcke. Und muss mich waschen. Und ich will endlich den Becher Apfelwein», sagte sie und rollte mit den Augen, «den Tom mir vor über einer Stunde versprochen hat.»

Marion hatte sich das Kind über die Schulter gelegt, und mit der freien Hand hielt sie Agnes' Schal an ihrem Rock fest. Auf der anderen Straßenseite im *Four Daughters* herrschte reges Treiben. Die Vordertreppe und das Wirtshaus waren voll mit Kundschaft, aber von Tom und Simon war keine Spur. Martha hoffte, dass sie im Hinterhof waren, wo sie gerade vereinbarten, dass Tom zu Kit kommen werde, und auf die Zukunft anstießen. Wegen des großen Andrangs mussten sie in der Gosse gehen und über den Unrat und die Abfälle vom Markt hinwegsteigen. Das Tor zu Nan Dolans Hinterhof stand offen, und gerade als sie daran vorbeigingen, kamen ihre Zicklein herausgerannt. Sie schleiften ihre Stricke hinter sich her und liefen zielstrebig auf den Berg verdorbenen Gemüses auf dem Marktplatz zu.

Martha lief hinter ihnen her, aber die Zicklein waren schneller. Sie verfolgte sie bis in den Bogen des Marktkreuzes, und als sie hindurchlief, stand ihr auf der anderen Seite plötzlich Jennet gegenüber.

«Ich habe dich gesucht.» Jennet strich sich die Röcke glatt. «Ich komme gerade aus dem Wirtshaus. Tom ist dort, betrunken wie ein marinierter Hering, und faselt irgendetwas davon, dass wir bei euch wohnen sollen – bei dir, Simon und Kit. Stimmt das? Oder redet Tom wieder nur seinen üblichen Blödsinn?»

Die Ziegen hüpften mit ihrer Beute an ihnen vorbei. Jennet gelang es, eines der Tiere zu schnappen.

Ja, ja. Das ist wahr. Es gab noch mehr zu sagen, über eine Zukunft, die es gemeinsam zu gestalten galt, aber sie wollte, dass Marion dabei war. Martha drehte sich um, um ihr zu winken, sah stattdessen aber bloß einen Soldaten mit verfilztem Haar, der sich ihr in den Weg stellte.

«Da schau einer an», rief Herry. «Was sagt man dazu?» Er sprach undeutlich. «Schau mal, Ralph. Sieh dir diese zwei Huren an.»

«Hier ist noch eine.» Ralph deutete auf Marion, die sich ihnen näherte. «Das ist doch die Amme, die die Hexenbrut stillt.»

«Ach, nicht schon wieder. Lasst uns in Ruhe», sagte Jennet, und ihre Katzenaugen blitzten auf.

«Das geht nicht.» Herry schwankte hin und her. «Nein. Wir können euch Hexen hier nicht durchlassen.»

Er stank aus dem Mund. Sie gingen um ihn herum; er tat einen Schritt, sie taten einen Schritt. Wie beim Schach, wie beim Tanzen. Herry war entschlossen, sie nicht passieren zu lassen.

«Das reicht, Herry», zischte Jennet. «Du bist so betrunken, dass du nicht weißt, was du sagst. Aber hör zu: Wir haben keinen Grund mehr, uns mit dir zu streiten. Also geh deiner Wege, und wir gehen unseren.»

«Aber das ist es ja gerade, du dumme Kuh», blaffte Herry. «Ich kann euch nicht gehen lassen.» Er wischte sich mit dem Handgelenk über den Mund, dann stützte er sich auf seinen Säbel. «Jetzt hört mir mal zu. Niemand hat sich mehr darüber gefreut, dass der Hexenjäger in die Stadt gekommen ist, als ich, und niemand hat sich mehr darüber geärgert, dass er wieder gegangen ist.» Sein Seufzer ging über in einen Rülpser. Der Säbel drehte sich. «Aber ich habe mir von Master Makepeace einiges abgeschaut, jawohl.» Herry trat von einem Bein aufs andere. Seine Augen pendelten hin und her, als er von Marion über Jennet zu Martha blickte und wieder zurück. Sein Gesicht wurde rot, in seinem Blick war nichts als Zorn zu lesen. «Ich weiß nun, dass es in dieser Welt keine Gerechtigkeit mehr gibt, außer man sorgt selbst dafür.» Er senkte den Blick und richtete ihn auf Martha. «Das geht vor allem dich an, Martha Hallybread.»

Angst flackerte in ihr auf. Herry hob den Säbel und setzte die Spitze auf ihre Brust.

«Da soll es so eine Hexenpuppe geben», rief Herry. «Man hat dich damit im Kerker erwischt. Das hat mir Master Makepeace höchstpersönlich erzählt. Er meint, er hätte sie mit eigenen Augen gesehen – ein böser kleiner Atzmann, von Nadeln durchbohrt.» Sein schiefes Grinsen tauchte wieder auf; spöttisch, unheilvoll. «Das ist nicht schön, Martha. So etwas sollte eine dumme alte Jungfer wie du nicht haben.» Sein Grinsen verschwand. «Ich will's sehen, Hexe. Zeig's mir. Sofort.»

Unter ihrer Unterkleidung spürte sie, wie ihr der Schweiß den Nacken hinunterlief. In Herrys Gesicht sah sie einen uralten, erbarmungslosen Instinkt. Sie hob die Hände, legte eine auf die Klinge des Säbels und griff mit der anderen in den Beutel, holte den Atzmann heraus und hielt ihn Herry vors Gesicht.

«Jesus Maria!» Ralph wich zurück, ebenso Herry. Beide starrten auf die Wachspuppe in ihrer Hand. «Dann ist es also wahr.»

«Jawohl. Nun zeigt sie ihr wahres Gesicht», zischte Herry. Er wirkte wieder klarer, seine Stimme wurde fester, ein Hauch von Triumph lag darin. «Nun wissen wir's. Sie war die ganze Zeit des Teufels. Die ganze Zeit eine Hexe.» Er ließ die Spitze seines Säbels zwischen den Knochen in ihrer Kehle ruhen. «Ich sag's dir, wie es ist: Am liebsten würde ich hier und jetzt beenden, was Makepeace versäumt hat.» Für einen Moment verstärkte er den Druck auf den Säbel. Die Spitze drohte die Haut zu durchbohren. Dann seufzte er. «Aber das muss warten, das spare ich mir auf für ein andermal. Heute werde ich Folgendes tun», fuhr er langsam fort. Er sprach den Gedanken aus, während er ihm kam: «Ich schlage dir einen Tausch vor, Martha. Ich lasse dich heimgehen in dein Hexennest zu deinem Hexenwerk, lasse dich dein Hexenkind großziehen, deine bösen Pflanzen anbauen – was du halt so tust. Und dafür gibst du mir deine Hexenpuppe. Eine Hexe für einen Atzmann: das ist ein gerechter Tausch, findest du nicht? Denn wenn ich dein Teufelspüppchen habe, kannst du damit keine Hexereien anstellen.» Seine Ziegenaugen leuchteten böse, die Pupillen waren wie Pfeile. «Gib's her», befahl er. «Dann lass ich dich gehen.»

Um sie herum fanden zahllose Geschäftsabschlüsse statt: Es wurde gefeilscht, verkauft und gekauft, Abmachungen wurden ausgehandelt, Verträge geschlossen. Hinter Herry kam ein Mann in makellosem Lederwams aus dem Innenhof des Wirtshauses gestürzt und übergab sich gegen den Torpfosten. Wie oft, wie viele Male hatte sie an diesen Moment gedacht, daran, wie sie den Atzmann aufgeben würde? Nun war es so weit. *Segnet, die euch verfolgen; segnet, und flucht nicht!* Wie passend und zugleich doch furchtbar verkehrt, dass ausgerechnet ihr Feind ihn bekam. Sollte Herry ihr doch die Last abnehmen. Sollte Herry die Folgen tragen, wie ein Wickel das Gift aus einer Wunde zieht. Das war es, womit der Atzmann lockte. Das war seine Falle. Sie streckte die Hand aus; der Rest von ihr fühlte sich auf seltsame Weise davon losgelöst an. Der Moment verging langsam und schnell zugleich. Sie drückte Herry den Atzmann in die ausgestreckte Hand. Seine Finger schlossen sich um ihn und machten klar, wer der neue Besitzer war. Er wurde still, sein Blick starrte auf das Ding, das er in der Hand hielt, aber nicht verstand.

Sie schaute weg. Sofort war dieses vertraute Gefühl wieder da, dass in ihrem Inneren etwas zerriss.

Jennet schien ihre Gedanken zu lesen. «Willst du wirklich, dass er ihn bekommt? Bist du sicher?»

Ja. Nein. Sie war plötzlich erschöpft. Herry hielt ihr immer noch den Säbel an die Kehle, und sich so zu bewegen, dass die Klinge sie nicht stach, war anstrengend. *Ich kann nicht mehr kämpfen.*

«Lasst euer dummes Getue», sagte Herry. Er hielt den Atzmann ein Stück von sich fort und wendete ihn zwischen zwei Fingern. Mit großen staunenden Augen betrachtete er ihn, fast ehrfürchtig, als wäre er eine heilige Reliquie. Für diesen einen Augenblick war seine Miene frei von jeder Bosheit. «Sieh dir das an, Ralph», hauchte er. «Wie klein der Atzmann ist, für das, was er kann. Ich kann ihn mir in die Tasche stecken. Wir können ihn in den Krieg mitnehmen, uns damit schützen. Wir können ihn gegen unsere Feinde einsetzen – sie mit einem Fluch belegen oder so etwas. Was meinst du?» Mit einem Mal verhärteten sich seine Züge wieder. Er sah Martha an. «Zeig mir, wie deine Hexenpuppe funktioniert – wie man damit zaubert», zischte er. «Dann lassen wir dich gehen.»

Sie starrte ihn an. Empörung durchfuhr sie, so scharf wie der Säbel. Niederträchtiger Herry, bösartiger Herry. Und ein Tölpel war er obendrein. Sie zeigte auf den Atzmann und deutete auf die Rillen in seiner wächsernen Haut. Mit einem Finger ahmte sie eine stechende Bewegung nach. *Man sticht hinein.*

Er beäugte sie misstrauisch. «Man ritzt ihn?»

Sie nickte. *Ja.*

«Kommen daher diese Kratzer? Du hast ihn geritzt, damit er deine Befehle befolgt?»

Ja. Sie klopfte sich an die Schläfen. *Denk an das, was du willst. Dann stich hinein.*

«Ist das alles?», fragte er. «Ist das alles?» Sie konnte hören, wie überrascht er war, er klang genau wie der leichtgläubige Knabe, der noch immer in dem erwachsenen Mann wohnte. Er wandte sich Jennet zu. «Will sie mich reinlegen?»

«Nein, will sie nicht», sagte Jennet gleichmütig, als sie begriff, wovon die Rede war. «Warum sollte sie? Dazu hat sie doch keinen Grund.» Dann beugte sie sich zu ihm, als wolle sie ihm ein Geheimnis verraten, und senkte die Stimme. «Aber du musst wissen, dass die Sache mit der Puppe einen Haken hat.»

Das Zicklein zog an seinem Strick und meckerte. Sie standen nah genug, um zu sehen, wie Herrys Verstand arbeitete, wie langsam seine Mühlen mahlten. «Einen Haken?», fragte Herry und schaute verwundert drein.

«Ja, einen Haken», erklärte Jennet. «Du musst sie gut behandeln. Du musst sie vorsichtig benutzen – ganz vorsichtig. Denn wenn du das nicht tust, wenn du sie falsch benutzt, dann fällt das auf dich zurück.»

«Was meinst du damit?»

«Ich meine genau, was ich gesagt habe. Wenn du die Puppe falsch benutzt, fällt das, was du damit anstellen willst, auf dich zurück. Benutzt du sie für etwas Böses, dann wird dir dieses Böse widerfahren. Wenn du mir nicht glaubst, Herry, dann denk an deinen Hexenjäger. Er kommt voller Tatendrang nach Cleftwater – ein Gentleman in den besten Jahren. Er ist eine Woche hier, er lässt Martha einsperren, und er kriegt diesen Atzmann in die Finger, für einen Tag. Und dann ist er plötzlich wieder fort, obwohl seine Arbeit noch gar nicht getan ist – wie kommt das wohl? Und wie kommt es, dass Martha und ich noch hier sind, noch am Leben, kerngesund, wo doch so viele andere an ihren Hälsen aufgeknüpft worden sind? Wie kommt das? Das solltest du dich fragen. Daran solltest du immer denken. *Ihr sollt euch nicht zu den Götzen wenden, und gegossene Götter sollt ihr euch nicht machen.* So steht es in der Bibel. Sieh dich also vor. Ich sag's ja bloß. Denk gut darüber nach. Willst du wirklich einen Atzmann haben – ein guter Christenmensch wie du?»

«Glaubst du wirklich, dass ich ihn ihr zurückgebe», fragte Herry ungläubig, «und eine Hexe frei herumlaufen lasse?»

«Aber sie ist doch gar keine», so Marion. «Sie ist keine Hexe. Und meine Schwester auch nicht. Das hat Richter Bacon bestätigt, und dem glaube ich eher als dir.» Agnes' Schal löste sich und fiel zu Boden. Die Blutflecken auf ihrem Rock waren deutlich zu sehen; Herry schreckte zurück, doch Marion versuchte gar nicht, sie zu verbergen. «Was ist los, Herry? Das ist doch bloß ein bisschen Blut. Wo du hingehst, gibt es jede Menge davon. Weißt du, was du bist? Du bist ein Niemand, der verzweifelt versucht, jemand zu sein; einer, der von Gerechtigkeit faselt und den Mund voller Bibelverse hat, aber das Herz voller Hass. Was geht's dich an, wenn Martha eine alte kleine Wachspuppe hat? Was soll's, wenn sie hineingestochen hat? Aber du – du würdest sie mit Freuden dafür hängen sehen. Ich frage dich: Warum ist es verboten, in eine Wachspuppe zu stechen, aber erlaubt, in eine Frau zu stechen? Und warum solltest du es dürfen, sie aber nicht?» Marion hatte einen Finger erhoben, und den stieß sie Herry nun in die Brust. «Ich sage dir eines, Herry Gowler: Sobald du in diesen Atzmann stichst, sobald du ihn benutzt – nun, dann hat er sein trügerisches Werk vollbracht und hat aus *dir* eine Hexe gemacht.»

Die Luft zitterte. Herry verzog das Gesicht, seine Miene wechselte rasch von Unglauben zu Bestürzung; ein wenig stand ihm der Mund offen, wie meistens. Während er noch verwirrt innehielt, langte Martha hinüber. Die Puppe gehörte ihr, sie war alles und nichts; sie war die Summe ihrer Geschichte – ihrer eigenen und der ihrer Mutter. Sie entwand sie Herrys Griff. Mit einem Mal schien die Zeit wieder weiterzugehen, der fröhliche Radau des Gesindemarkts ertönte, die Wellen rauschten an den Strand. Die Sonne schien auf Martha herab – auf sie alle drei –, als sie den Atzmann einsteckte und sich bei Jennet und Marion unterhakte. Herrys Verwünschungen folgten ihnen die Straße hinunter, belanglose Fetzen Lärm.

34

Moggs Ruderboot, die *Costly*, war überraschend schwer. Sie mussten mehrmals ansetzen und mit vereinten Kräften schieben, bis es im Fluss trieb. Martha stand am Bug und kletterte hinein. Im nächsten Moment schob die Strömung das Boot wieder ans Ufer. Jennet stieß es ab, raffte die Röcke und sprang an Bord.

Sie nahmen jede ein Ruder. Mogg kam aus seiner Hütte gerannt, lief auf den Steg und fluchte. Ihre ersten Ruderschläge waren allzu hastig und nicht im Einklang, sodass die *Costly* wieder herumschwenkte. Sie legten sich ins Zeug, um wieder in die richtige Richtung zu steuern, und waren bald vom aufspritzenden Wasser durchnässt. Der Fluss war kühl und schlammig. Sie ruderten an einem halb versunkenen Fischerkahn vorbei, dessen blaues Heck aus dem Wasser herausragte.

Der Sturm war so stark gewesen, dass er die Küstenlinie komplett verändert hatte. Kein Stück vom tiefer liegenden Land war verschont geblieben. Als Martha flussabwärts zum Ende der Schlucht blickte, sah sie, dass aufgeschütteter Kies einen Teil des Flusses versperrte. An beiden Ufern hatte die Flut Berge aus Tang und toten Seevögeln aufgehäuft.

Sie kamen nur langsam voran. Nach einer Weile hatte das gleichmäßige Hin und Her der Ruder etwas Beruhigendes, geradezu Hypnotisches. Moggs Beschimpfungen waren längst verklungen, die Scours gerieten aus ihrem Blick, die Hütten und Boote und die Schänke wurden klein wie Spielzeuge. Zu beiden Seiten wurde die von Stechginster bewachsene Böschung allmählich flacher, und der Ginster wich grünen Wiesen und Feldern, durch die sich der Fluss schlängelte wie eine glänzende, sich windende Natter.

«Hast du Moggs Gesicht gesehen?», fragte Jennet.

Oh ja, das hatte sie gesehen. Sie ließ sich von Jennets Lachen anstecken und krümmte sich über ihr Ruder. Martha spürte, wie das Lachen in ihr aufstieg. Es war Jahrzehnte her, dass sie sich hatte lachen hören, und als es geschah, klang es trocken und heiser, wie ein Scharnier, das Öl braucht.

Sie erreichten die erste Biegung und mussten kräftiger rudern. Hier wurde die Strömung des Flusses stärker und zog sie zielstrebig nach Osten aus der Schlucht hinaus und in Richtung Meer. Eine lebhafte Brise war aufgekommen, und für ein paar Augenblicke schien das aufgewühlte Wasser an Kraft zu gewinnen. Die Strömung drückte die *Costly* auf ein Riff aus Kies, und sie liefen auf Grund. Kleine Wellen ließen das Boot schaukeln. Martha wischte sich mit dem Ärmel über das Gesicht. Kaltes Wasser spritzte auf ihren Rocksaum, kletterte an ihren Röcken empor. Nicht schon wieder. Konnte das Wasser sie nicht in Frieden lassen? Für ein paar angsterfüllte Sekunden wähnte sie sich zurück im Kerker, in der stinkenden, unerbittlich steigenden Flut. «Alles in Ordnung?», fragte Jennet. «Wir können umkehren, wenn du willst.»

Nein. Wir fahren weiter. Sie sprach ein stilles Gebet an Mutter, an die heilige Cäcilia. Mit den Worten des Gebets kam eine neue Entschlossenheit, und sie kam auf die Idee, das Ruder wie einen Hebel zu benutzen. Noch war da das Watt, und dann war es fort, als sie wieder das tiefere Wasser erreichten.

«Hier», sagte Jennet. Sie löste Moggs Lenzeimer – einen zur Hälfte durchgeschnittenen Ledereimer – von der hinteren Ruderbank. «Du schöpfst Wasser. Ich rudere.» Sie griff nach Marthas Ruder. «Ein Stück weiter oben kommen wir in ruhigeres Wasser.» Jennet ruderte mit kurzen Schlägen, ihre schlanken Hände an den Rudern erinnerten an ein Paar flatternde Vögel. «Hätte nie gedacht, dass wir mal einen Bootsausflug machen. Aber das Leben ist voller Überraschungen, nicht wahr? *Du* bist voller Überraschungen, Martha Hallybread. Das weiß ich nun ganz gewiss.»

Martha rang sich ein Lächeln ab, als sie den Lenzeimer wieder befestigte. Links und rechts von ihnen verzweigte sich der Fluss in seine Nebenarme, wie die Finger einer Hand. In einen davon steuerte Jennet das Boot hinein. Sofort war es still. Das Boot trieb ins Schilfdickicht hinein.

Jennet stützte sich auf die Ruder. «Ist dies hier eine gute Stelle?»

War es das? Langsam stand Martha auf. Über Jennets Kopf hing die Mondsichel, ihre untere Spitze zeigte auf sie. Auf hier. Auf jetzt. Sie holt den Atzmann aus dem Beutel und hielt ihn aus irgendeinem Grund gen Himmel. Die späte Nachmittagssonne kleidete alles in Gold. Der Fluss wogte, nah und einladend. Sonnenstrahlen durchpflügten die Tiefe: jeder einzelne eine Möglichkeit, jeder einzelne eine Tür.

Wachspuppe, Hexenpuppe, Atzmann: Wie auch immer das Ding heißen mochte, was auch immer sein Zweck sein mochte: Es war nicht für den Gebrauch durch den Menschen bestimmt. Sollten die Gewässer der Schlucht den Atzmann behalten, ihn beherbergen, ihn sicher aufbewahren für eine künftige Meisterin, von der noch keiner wusste.

Sie hielt ihn sich an die Lippen und küsste ihn – einen Kuss für Mutter, einen für ihn selbst –, und dann ließ sie ihn fallen. Jennet stieß einen gedämpften Schrei aus; was sie sagte, ging in den Binsen verloren.

Der Atzmann fiel, leuchtete im goldenen Licht kurz auf, durchstieß dann die Haut des Flusses, verschwand und hinterließ eine kleine Gischtkrone. Martha lehnte sich, so weit es ging, über die Reling des Bootes und sah zu, wie der Atzmann sank; sah zu, wie sich der schockierte Blick des Atzmanns zu entspannen schien und seine Wunden verblassten. Im Prisma des Wassers teilte sich die Puppe, jeder Teil bekam einen Zwilling, jeder Zwilling vervielfältigte sich, die Puppe wurde zu vielen Puppen, wurde zu Prissy, Agnes, Mutter; wurde zu den Frauen, unzählbar, unschätzbar, eine Menge, in der jeder Teil die Geschichte des Ganzen erzählte, ein riesiger Schwarm Frauen, die in den Wellen des Flusses schimmerten. Dann war der Atzmann wieder Atzmann. Sie spürte, wie ihre Obhut endete, sich auflöste, so flüchtig wurde wie eine Fabel oder eine Verheißung. Das Flussbett nahm ihn auf, gab ihm eine Ruhestatt, deckte ihn zu mit seinem Schlick.

Eine Schwirle sang. Das Boot knarrte. Sie konnte gerade noch die Konturen des Atzmanns sehen, dann war er in den bernsteinfarbenen Fluten verschwunden.

Sie blickte vom Wasser auf. Ganz beseelt nahm sie die kleinen lebendigen Wunder der Welt wahr – die Flügel der Libellen, die leuchteten wie Edelsteine, die heilende Brise, die Wärme von Jennets Hand auf ihrem Rücken, das trockene Rascheln des Schilfs. Die beruhigende Wirkung der Gezeiten, die immer da waren. Die nahmen und gaben und die sie weder schalten noch ihr Absolution erteilten.

Danksagung

Ich bin zahlreichen Historikerinnen und Historikern, Biografinnen und Biografen zu großem Dank verpflichtet, deren Arbeit meine Recherchen beeinflusst und inspiriert hat. Von den vielen Büchern und Artikeln, die ich im Rahmen der Recherche für diesen Roman gelesen habe, möchte ich einige herausgreifen: Malcolm Gaskills detailreiches und fesselndes Buch *Witchfinders: A Seventeenth-Century English Tragedy* (John Murray 2017), in dem ich immer wieder Fakten nachprüfen konnte, während ich meinen Roman schrieb, sowie Ivan Bunns ausgezeichnetes Buch *A Trial of Witches: A Seventeenth Century Witchcraft Prosecution* (Routledge 1997). Ich bin diesen beiden Historikern nicht nur dankbar dafür, dass sie mir ihre Zeit opferten und beratend zur Seite standen, sondern auch für ihre unvoreingenommene Einstellung gegenüber den Verfassern historischer Romane. *John Stearne's Confirmation and Discovery of Witchcraft: Text, Context and Afterlife* von Scott Eaton (Routledge 2020) lieferte unschätzbare Informationen zum Kontext, insbesondere zur sozialen Dynamik rund um die Hexenverfolgungen, und gab Einblick in die Denkweise der Hexenjäger von East Anglia. Für Informationen über das frühneuzeitliche Hebammenwesen, die Humoralmedizin und die zeitgenössische Verwendung von Pflanzen und Kräutern habe ich mich ausgiebig bei Jane Sharps *The Midwives Book Or The Whole Art of Midwifery Discovered* (Hrsg. Elaine

Hobby, Oxford University Press 1999) informiert, einem Band der Reihe *Women Writers in English 1350–1850*. Jane Sharps Buch ist eine gehaltvolle, bewegende und unendlich faszinierende Quelle; ich finde dort immer wieder Inspiration.

Wer diese wissenschaftlichen Arbeiten liest, wird feststellen, dass ich mir bei der Umsetzung von historischem Material in Fiktion stellenweise einige dichterische Freiheiten gestattet habe. Während sich zum Beispiel viele Ereignisse, die in diesem Roman beschrieben werden, im Zeitraum von 1645–47 (der Zeit der Hexenverfolgung in East Anglia) abspielten, habe ich an manchen Stellen Ereignisse, die sich über viele Monate oder sogar Jahre hinzogen, auf einen kürzeren Zeitraum komprimiert. Ich habe selektiv Details aus diversen Hexenprozessen, die in Suffolk und Norfolk stattfanden, verwendet; wichtige Szenen, insbesondere die leibliche Untersuchung der als Hexen angeklagten Frauen und das Stechen in die angeblichen Hexenmale beruhen auf zeitgenössischen Berichten. Zwar sind all meine Figuren erfunden, aber einige sind eng an wichtige historische Gestalten aus dieser Episode der Geschichte angelehnt. Auch das Dorf Cleftwater ist meine Schöpfung und ein Amalgam aus mehreren Städten und Dörfern an der Küste von East Anglia, wie Aldeburgh, Dunwich, Great Yarmouth, Lowestoft und Thorpeness.

Wie ich festgestellt habe, braucht es nicht nur ein ganzes Dorf, um ein Kind großzuziehen, sondern auch, um einen Roman zu schreiben; entsprechend gibt es zahlreiche Menschen, denen ich danken möchte.

Ich empfinde es als großes Privileg, dass ich in Großbritannien von Peter Straus und in den USA von Kimberley Witherspoon vertreten werde; beiden schulde ich großen Dank dafür, dass sie so großherzige Menschen sind und sich unermüdlich für dieses Buch stark gemacht haben. Ebenso danke ich allen bei Phoenix Books und Scribner für ihre Inspiration und ihren Einsatz, insbesondere Frankie Banks, Becca Bryant, Alainna Hadjigeorgiou, Lucy Cameron, Cait Davies, Georgia Goodall, Joie Asuquo, Ashley Gilliam und Clare Maurer. Ich danke Holly Kyte für ihr hervorragendes Lektorat. Meine brillanten Lektorinnen Francesca Main (Phoenix) und Kara Watson (Scribner): Ich danke euch für eure Leidenschaft, euer Vertrauen und euer kluges Lektorat – ihr habt dieses Buch noch einmal besser gemacht. James Nunn gebührt mein herzlicher Dank für seine großartige Linolschnitt-Illustration.

Ich danke allen meinen Dozentinnen und Dozenten von der UEA, insbesondere Tom Benn, Giles Foden, Jean McNeil und Jos Smith, die frühe Fassungen dieses Buches gelesen und mich ermutigt haben, weiterzumachen.

Vielen lieben Dank auch an Dorothy und Ray Meyer, die mir den Masterabschluss ermöglicht haben.

Zu Dank verpflichtet bin ich außerdem dem Arts Council England und dem Norfolk Library and Information Service, die mir durch ihre großzügigen Projektzuschüsse wertvolle Zeit zum Schreiben geschenkt haben.

Meinen Freundinnen und Freunden, die ihr mich in entscheidenden Momenten unterstützt habt, indem ihr mich bei euch habt übernachten lassen, mich aufgemuntert oder mir Mut gemacht habt, insbesondere Maxine Altman, Karen Angelico, Emma Bamford, Kate Baker und Peter Middleton, Caroline Brazier, Catherine Gaffney, Mary und Alastair Snow: herzlichen Dank euch allen.

Ich möchte diese Gelegenheit nutzen, um Christabelle Dilks, Linden Hibbert, Delwar Hussain und Bec Sollom meine Dankbarkeit auszudrücken. Eure Kreativität, Weisheit und Freundschaft waren ein großes Geschenk für mich in meinem (Autorinnen-)Leben.

Zu guter Letzt und allen voran danke ich aber meiner Familie für die vielen Jahre, in denen sie mir Tee gekocht, meinen Laptop repariert, für mich Landkarten gesichtet und mein Manuskript Korrektur gelesen haben, und für ihren unerschütterlichen Glauben und ihre Geduld, insbesondere, wenn ich mich wieder allzu lange im Jahr 1645 aufhielt. Michael, Imi, Fraser, mein liebstes und aufmerksamstes Publikum: Ohne euch wäre dieses Buch nie zustande gekommen.